G 30111/1
14.80

D1874073

JANE AUSTEN

Kloster Northanger

AUS DEM ENGLISCHEN ÜBERSETZT VON
URSULA UND CHRISTIAN GRAWE
NACHWORT UND ANMERKUNGEN
VON CHRISTIAN GRAWE

PHILIPP RECLAM JUN. STUTTGART

Englischer Originaltitel: Northanger Abbey

Universal-Bibliothek Nr. 7728 [4]
Alle Rechte vorbehalten. © 1981 Philipp Reclam jun., Stuttgart
Gesamtherstellung: Reclam, Ditzingen. Printed in Germany 1981
ISBN 3-15-007728-1 (kart.) ISBN 3-15-027728-0 (geb.)

Kapitel 1

Wer Catherine Morland als Kind gesehen hatte, wäre nie auf den Gedanken gekommen, daß sie zur Romanheldin bestimmt war. Ihre Lebensumstände, der Charakter ihres Vaters und ihrer Mutter, ihre äußere Erscheinung und ihr Naturell – alles sprach gleichermaßen gegen sie. Ihr Vater war Pfarrer, dabei aber durchaus nicht zu kurz gekommen oder verarmt, sondern ein sehr angesehener Mann, obwohl er Richard hieß[1] – und eine Schönheit war er auch nie gewesen. Er besaß neben seinen beiden einträglichen Pfarrstellen ein beträchtliches Vermögen und hatte ganz und gar nicht die Angewohnheit, seine Töchter hinter Schloß und Riegel zu sperren. Ihre Mutter war eine schlichte, lebenstüchtige Frau von gleichmäßiger Freundlichkeit und – man höre und staune – unverwüstlicher Konstitution. Sie hatte schon drei Söhne, als Catherine zur Welt kam, und anstatt, wie man doch wohl erwarten durfte, bei ihrer Geburt zu sterben, lebte sie einfach weiter – lebte weiter und gebar sechs weitere Kinder, sah sie alle um sich herum aufwachsen und erfreute sich dabei selbst auch noch bester Gesundheit. Eine Familie mit zehn Kindern kann immer Anspruch auf das Wort »stattlich« erheben; dafür sorgt schließlich schon die Zahl der Köpfe und Arme und Beine, aber bei den Morlands gründete sich das Anrecht auf diese Auszeichnung auf wenig anderes, denn sie waren im großen und ganzen recht bieder, und ausgesprochen bieder war viele Jahre lang auch Catherine. Sie war mager und ungelenk, hatte einen blassen, glanzlosen Teint, glattes, dunkles Haar und ausgeprägte Züge. Soweit ihre äußere Erscheinung; ihre geistigen Gaben ließen die zukünftige Romanheldin auch nicht gerade ahnen. Sie liebte alle Jungenspiele und zog Cricket bei weitem nicht nur Puppen, sondern auch den Kindheitsvergnügen vor, mit denen sich Romanheldinnen im allgemeinen die Zeit vertreiben, wie der Pflege einer kleinen Hausmaus, dem Füttern eines Kanarienvogels oder dem Gießen eines Rosenstrauchs. Ohnehin hatte sie mit Gärten nichts im Sinn, und wenn sie überhaupt Blumen pflückte, dann hauptsächlich aus Schabernack – jedenfalls mußte man das daraus schließen, daß sie immer gerade die aussuchte, die sie auf keinen Fall nehmen sollte. So stand es um ihre Neigungen; um ihre Talente war es nicht minder vielversprechend bestellt. Sie lernte oder verstand nie etwas, bevor man es ihr erklärte – und manchmal nicht einmal dann, denn sie war oft unaufmerksam und gelegentlich sogar begriffsstutzig. Ihre Mutter brauchte volle drei Monate dazu, ihr »Des Bettlers Bitte« beizubringen, und sogar dann konnte ihre nächstjüngere Schwester Sally es immer noch besser als sie. Aber nicht, daß Catherine durchweg begriffsstutzig war, keineswegs; sie lernte die Fabel vom »Hasen und seinen vielen Freunden« im Handumdrehen.[2] Ihre Mutter wollte, daß sie Klavierspielen lerne, und Catherine war Feuer und Flamme, denn es machte ihr großen Spaß, auf dem alten, unbenutzt herumstehenden Spinett zu klimpern, und so fing sie mit acht Jahren an. Nach einem Jahr wars mit der Lust vorbei, und Mrs. Morland, die nicht darauf bestand, daß ihre Töchter sich trotz mangelnder Begabung und mangelndem Geschmack Bildung aneigneten, erlaubte ihr, damit aufzuhören. Der Tag, an dem ihr Klavierlehrer entlassen wurde, war einer der glücklichsten in Catherines Leben. Auch ihr Talent zum Zeichnen war nicht überragend, obwohl sie sich damit alle Mühe gab und mehr oder minder gleich aussehende Häuser und Bäume, Hühner und Küken zeichnete, wenn sie der Rückseite eines Briefes ihrer Mutter habhaft werden oder irgendein anderes Stück Papier erwischen konnte. Schreiben und Rechnen lernte sie von ihrem Vater, Französisch von ihrer Mutter, aber in keinem waren ihre Kenntnisse überwältigend, und sie schwänzte die Stunden, wann immer sie konnte. Was für ein sonderbarer, unergründlicher Charakter! Denn trotz all dieser Anzeichen von Verworfenheit im zarten Alter von zehn Jahren hatte sie weder ein schlechtes Herz noch einen schlechten Charakter, war selten bockig, fast nie unverträglich und trotz gelegentlicher tyrannischer Anfälle rührend zu den Kleinen; obendrein war sie laut und wild, haßte Stubenarrest und Sauberkeit und liebte es über alle Maßen, den grünen Abhang hinter dem Haus hinunterzurollen.

So war Catherine Morland mit zehn. Mit fünfzehn wuchs sie sich zurecht; sie fing an, sich Locken zu drehen und für Bälle zu interessieren; ihr Teint wurde klarer; Fülle und Farbe machten ihre Züge weicher; ihre Augen wurden lebhafter und ihre Figur betonter. Ihre Vorliebe für Schmutz wich der Freude an Samt und Seide, und mit dem Verstand kam auch die Sauberkeit. Mit Vergnügen hörte sie nun manchmal ihre Eltern sagen, wie sehr sie sich zu ihrem Vorteil verändert habe. »Catherine wird ein richtig gutaussehendes Mädchen. Heute sieht sie beinahe hübsch aus«, fing sie jetzt von Zeit zu Zeit auf, und solche Sätze waren Musik in ihren Ohren. *Beinahe* hübsch zu sein, bereitet einem Mädchen, das die ersten fünfzehn Jahre ihres Lebens unscheinbar war, größeres Entzücken als jemandem, der schon in der Wiege als Schönheit galt.

Mrs. Morland war eine herzensgute Frau und hatte die besten Absichten mit ihren Kindern, aber sie war so völlig mit ihrem Wochenbett und der Beschäftigung mit den Kleinen ausgelastet, daß ihre älteren Töchter notgedrungen allein zurechtkommen mußten, und daher war es auch nicht verwunderlich, daß Catherine, die von Natur so gar nichts von einer Heldin hatte, im Alter von vierzehn Jahren Cricket, Baseball, Reiten und Herumstromern den Büchern vorzog – oder wenigstens *den* Büchern, aus denen man etwas lernen konnte, denn vorausgesetzt, daß sich ihnen keinerlei nützliches Wissen entnehmen ließ, vorausgesetzt, daß sie nichts Theoretisches, sondern nur Handlung enthielten, hatte sie gegen

Bücher gar nichts einzuwenden. Aber zwischen fünfzehn und siebzehn bereitete sie sich auf ihre Rolle als Romanheldin vor; sie las all die Werke, die Heldinnen gelesen haben müssen, um sich die Zitate einprägen zu können, die in den Wechselfällen ihres ereignisreichen Lebens so brauchbar und tröstlich sind.
Von Pope lernte sie, die zu verurteilen, die

»Scherz treiben mit dem Schmerz der andern«;

von Gray, daß

»Manch Blume muß verblühn in Einsamkeit
Und ihren Duft im Wüstensand verströmen«;

von Thompson, daß

»Es ist ein köstliches Bemühen,
Des Geistes jungen Trieb zu ziehen«;

und Shakespeare versorgte sie mit einem großen Vorrat an Wissen, unter anderem, daß

»Dinge, leicht wie Luft,
Sind für die Eifersucht Beweise, stark
Wie Bibelsprüche«;

daß

»Der arme Käfer, den dein Fuß zertritt,
Fühlt körperlich ein Leiden, ganz so groß,
Als wenn ein Riese stirbt«;

und daß eine verliebte junge Frau immer aussieht

»Wie die Geduld auf einer Gruft
Dem Grame lächelnd«.[3]

So weit hatte sie also zufriedenstellende Fortschritte gemacht, und in manch anderer Hinsicht war sie auf dem besten Wege, denn obwohl sie keine Sonette schreiben konnte, zwang sie sich dazu, welche zu lesen, und obwohl anscheinend keine Aussicht für sie bestand, eine ganze Gesellschaft mit der Darbietung eines eigenen Prèludes auf dem Klavier in Verzückung zu versetzen, konnte sie dem Spiel anderer zuhören, ohne merklich zu ermüden. Nur mit dem Zeichenstift wußte sie ganz und gar nicht umzugehen – sie hatte zum Zeichnen einfach kein Talent; es langte nicht einmal dazu, das Profil ihres Verehrers so zu skizzieren, daß ihre künstlerische Handschrift darin zu erkennen war. Hier blieb sie kläglich hinter der wahren Größe einer Romanheldin zurück. Aber vorläufig ahnte sie nichts von ihrer Unzulänglichkeit, denn sie hatte gar keinen Verehrer, den sie hätte porträtieren können. Sie hatte das Alter von siebzehn erreicht, ohne einen einzigen liebenswürdigen jungen Mann gesehen zu haben, der ihre Gefühle geweckt hätte, ohne eine einzige wahre Leidenschaft hervorgerufen zu haben, ja, ohne mehr als höchst mäßige und flüchtige Bewunderung erregt zu haben. Das war wirklich sonderbar! Aber sonderbare Dinge hören auf, es zu sein, wenn man ihnen auf den Grund geht. Es gab keinen einzigen Lord in der Nachbarschaft, ja, nicht einmal einen Baron. In ihrem gesamten Bekanntenkreis hatte nicht eine einzige Familie einen Jungen großzuziehen, den sie zufällig vor ihrer Tür gefunden hatte – nicht einen einzigen jungen Mann, dessen Herkunft unbekannt war. Ihr Vater hatte kein Mündel und der reichste Mann der Gegend keine Kinder.

Aber wenn eine junge Dame dazu bestimmt ist, Romanheldin zu werden, können auch die widrigsten Umstände in noch so vielen Familien der Umgebung sie nicht davon abhalten. Etwas muß und wird geschehen, damit ihr der Held über den Weg läuft.

Mr. Allen, dem die Ländereien um Fullerton – das Dorf in Wiltshire, wo die Morlands wohnten – zum größeren Teil gehörten, wurde wegen seiner Gichtanfälle ein Aufenthalt in Bath verschrieben, und seine Gattin, eine gutmütige Dame, die an Miss Morland Gefallen fand und sich vermutlich darüber im klaren war, daß eine junge

Dame Abenteuer anderswo suchen muß, wenn sie diese in ihrem eigenen Dorf nicht findet, lud sie ein, sie zu begleiten. Mr. und Mrs. Morland war es eine große Ehre und Catherine eine große Freude.

Kapitel 2

Zu allem, was über Catherine Morlands äußere und innere Gaben bereits gesagt worden ist, darf angesichts der bevorstehenden Schwierigkeiten und Gefahren eines sechswöchigen Aufenthalts in Bath zur genaueren Information des Lesers, und da die folgenden Seiten sonst ihr Ziel verfehlen würden, ein angemessenes Bild ihres Charakters zu geben, noch hinzugefügt werden, daß sie ein liebevolles Herz besaß, ein heiteres, offenes Gemüt ohne alle Einbildung oder Affektiertheit, ein Benehmen, das mädchenhafte Ungelenkheit und Schüchternheit gerade abgelegt hatte, eine angenehme und, wenn sie einen guten Tag hatte, sogar hübsche Erscheinung und einen so beschränkten und unerfahrenen Verstand, wie das bei jungen Mädchen von siebzehn gemeinhin der Fall ist.

Je näher die Abschiedsstunde rückte, desto größer wurde, wie der Leser erwarten darf, Mrs. Morlands mütterliche Besorgnis. Tausend unheilvolle Ahnungen von dem, was ihrer geliebten Catherine während dieser ungeheuerlichen Trennung zustoßen konnte, müssen ihr Herz mit Traurigkeit erfüllt, in Tränen aufgelöst muß sie die letzten zwei, drei Tage ihres Zusammenseins verbracht, und äußerst wichtige und nützliche Ratschläge muß ihr weiser Mund unweigerlich bei ihrer Abschiedsunterredung in ihrem Zimmer offenbart haben. Warnungen vor der Brutalität von Grafen und Baronen, die sich ein Vergnügen daraus machen, junge Mädchen gewaltsam in ein entlegenes Bauernhaus zu entführen, müssen in solch einem Augenblick ihr übervolles Herz erleichtert haben. Wer hätte etwas anderes erwartet? Aber Mrs. Morland wußte so wenig von Fürsten und Baronen, daß sie sich von ihrer Durchtriebenheit keine Vorstellung machte und gar nicht ahnte, welche Gefahren ihrer Tochter von ihren Machenschaften drohten. Ihre Warnungen beschränkten sich auf die folgenden Punkte: »Ich bitte dich inständig, Catherine, daß du dir immer etwas Warmes um den Hals wickelst, wenn du nachts vom Tanzen nach Hause kommst, und es wäre mir lieb, wenn du dich bemühtest aufzuschreiben, wofür du dein Geld ausgibst; ich gebe dir dafür extra dieses kleine Büchlein mit.«

Es gehört sich so, daß Sally oder vielmehr Sarah (denn welche junge Dame, die auch nur ein bißchen Lebensart hat, erreicht das sechzehnte Lebensjahr, ohne ihren Namen so auffällig wie möglich zu ändern) in diesem Alter als ihre nächstjüngere Schwester ihre enge Freundin und Vertraute ist. Wie eigenartig aber, daß sie weder darauf bestand, Catherine solle mit jeder Post schreiben, noch ihr das Versprechen abrang, ihr ein Bild der Persönlichkeit jedes neuen Bekannten oder die Einzelheiten jeder interessanten Unterhaltung, die sich in Bath ergeben mochte, mitzuteilen. Überhaupt wurde von seiten der Morlands alles, was diese bedeutsame Reise anging, mit einem Grad von Mäßigung und Gefaßtheit getan, die eher den alltäglichen Empfindungen alltäglicher Menschen entsprach als den hochgespannten Erwartungen, den zärtlichen Gefühlen, die die erste Trennung einer Romanheldin von ihrer Familie eigentlich auslösen sollte, und anstatt ihr bei seiner Bank unbeschränkte Verfügungsgewalt über sein Konto zu geben oder gar eine Hundertpfundnote in die Hand zu drücken, überreichte der Vater ihr nur zehn Guineen und versprach ihr mehr, wenn sie mehr brauchen sollte.

Unter diesen nicht gerade vielversprechenden Auspizien fand die Trennung statt, begann die Reise. Sie ging mit angemessener Ruhe und eintöniger Gefahrlosigkeit vonstatten. Kein Räuber, kein Unwetter suchte sie heim, und kein segensreicher Wagenbruch führte sie mit dem Helden zusammen. Nichts Schrecklicheres passierte, als daß Mrs. Allen fürchtete, ihre Pantoffeln in einem Gasthaus zurückgelassen zu haben, und auch diese Befürchtung erwies sich glücklicherweise als grundlos.

So kamen sie in Bath an; Catherine war voll gespannter Erwartung, ihre Augen waren hier und dort und überall, als sie sich der gepflegten, eindrucksvollen Umgebung von Bath näherten und anschließend durch die Straßen fuhren, die sie zum Hotel führten. Sie war gekommen, um glücklich zu sein, und fühlte sich schon jetzt glücklich.

Bald waren sie in bequemen Räumlichkeiten in der Pulteney Street[4] untergebracht.

Es ist an dieser Stelle angebracht, eine ungefähre Beschreibung von Mrs. Allen zu geben, damit der Leser beurteilen kann, auf welche Weise ihre Handlungen später zur unglückseligen Wendung des Buches beitragen und inwiefern sie voraussichtlich – sei es durch ihre Unklugheit, Gewöhnlichkeit oder Eifersucht, sei es, indem sie die Briefe der armen Catherine abfängt, ihren Charakter verdirbt oder sie aus dem Hause weist – für all das verzweiflungsvolle Elend, das im letzten Band[5] auf den Leser zukommt, mitverantwortlich ist.

Mrs. Allen war eine der zahlreichen Frauen, in deren Gesellschaft man nichts anderes empfindet als Erstaunen darüber, daß es auf dieser Welt sage und schreibe Männer gibt, die genug Sympathie für sie aufbringen, sie zu heiraten. Sie besaß weder Schönheit noch Geist, Bildung oder Geschmack. Damenhaftes Auftreten, eine gehörige Portion von unaufdringlicher, passiver Gutmütigkeit und ein Hang zur Oberflächlichkeit waren alles, was sie dazu berechtigte, daß die Wahl eines so vernünftigen, intelligenten Mannes wie Mr. Allen auf sie gefallen war. In einer Hinsicht allerdings war sie vorzüglich geeignet, eine junge Dame in die Gesellschaft einzuführen, denn es machte ihr selbst ebensoviel Spaß, überall hinzugehen und alles anzusehen wie den jungen Damen selbst. Kleider waren ihre Leidenschaft; ihr ganzer harmloser Lebensinhalt bestand darin, sich herauszuputzen, und das gesellschaftliche Debüt unserer Heldin konnte erst stattfinden, als die beiden drei oder vier Tage damit verbracht hatten, herauszufinden, was man denn trug, und Catherines mütterliche Begleiterin sich ein Kleid nach der neuesten Mode zugelegt hatte. Catherine machte ebenfalls einige Einkäufe, und als all dies erledigt war, nahte der bedeutende Abend, der sie in die Oberen Gesellschaftsräume[6] führen sollte. Ihr Haar war vom ersten Friseur am Platze geschnitten und gelegt, ihre Toilette mit Sorgfalt arrangiert, und sowohl Mrs. Allen als auch ihre Zofe erklärten, sie könne gar nicht besser aussehen. Bei solchem Zuspruch hoffte Catherine, vor den Augen der Menge bestehen zu können. Wenn sie Bewunderung erregte, war es ihr sehr recht, aber sie suchte sie nicht und war nicht darauf angewiesen.

Mrs. Allen brauchte so lange zum Anziehen, daß sie den Ballsaal erst sehr spät betraten. Die Saison war auf dem Höhepunkt, der Saal überfüllt, und die beiden Damen drängten sich hinein, so gut es ging. Was Mr. Allen betraf, so begab er sich direkt ins Kartenzimmer und überließ es ihnen, allein an dem Gewimmel ihren Spaß zu haben. Mehr um die Sicherheit ihres neuen Kleides als um das Wohlbefinden ihres Schützlings besorgt, bahnte sich Mrs. Allen, so schnell es die nötige Vorsicht erlaubte, einen Weg durch die Traube von Männern an der Tür, aber Catherine hielt sich dicht an ihrer Seite und hakte sich so fest bei ihrer Freundin ein, daß auch die vereinte Anstrengung einer wogenden Menge sie nicht auseinanderreißen konnte. Zu ihrer größten Verblüffung mußte sie jedoch feststellen, daß bei weiterem Vordringen in den Saal das Gedränge keineswegs abnahm; es schien eher schlimmer zu werden, je weiter sie voranka-

men, während Catherine sich vorgestellt hatte, daß sie mühelos Platz finden und den Tänzen in aller Bequemlichkeit zusehen könnten, sobald sie erst einmal die Tür hinter sich gelassen hätten. Aber das Gegenteil war der Fall, und obwohl sie dank unermüdlichem Eifer sogar das obere Ende des Saales erreichten, war ihre Lage unverändert. Von den Tänzern sahen sie nichts als den herausragenden Kopfputz einiger Damen. Sie drangen trotzdem weiter vor; etwas Besseres stand in Aussicht, und unter Aufbietung aller Energie und Findigkeit gelangten sie schließlich in den Gang hinter der höchsten Bank. Hier war das Gedränge etwas weniger dicht als unten, und deshalb hatte Miss Morland einen umfassenden Überblick über die Gesellschaft unter sich und die soeben überstandenen Gefahren in ihrer Mitte. Es war ein großartiger Anblick, und zum erstenmal an diesem Abend hatte sie das Gefühl, auf einem Ball zu sein; sie hätte für ihr Leben gern getanzt, aber sie kannte nicht einen einzigen Menschen im ganzen Saal. Mrs. Allen tat alles, was sich in einem solchen Fall tun ließ, indem sie von Zeit zu Zeit ungerührt sagte: »Schade, daß Sie nicht tanzen können, mein Kind! Schade, daß Sie keinen Partner haben!« Eine Zeitlang fühlte ihre junge Freundin sich ihr zu Dank verpflichtet für die guten Wünsche, aber sie wurden so oft wiederholt und erwiesen sich als so völlig wirkungslos, daß Catherine ihrer schließlich überdrüssig wurde und aufhörte, sich zu bedanken.
Allerdings durften sie ihren erhöhten Zufluchtsort, den sie sich so mühsam erkämpft hatten, nicht lange genießen. Bald setzten sich alle zum Teebüffet in Bewegung, und auch sie mußten sich mit den anderen hinausdrängen. Catherine überkam allmählich ein Gefühl der Enttäuschung; sie war es leid, ständig von Leuten herumgestoßen zu werden, deren Gesichtern sie im großen und ganzen nicht das mindeste Interesse abgewinnen konnte und die ihr alle so gänzlich unbekannt waren, daß sie die lästige Gefangenschaft nicht einmal durch ein freundli-

ches Wort mit einem ihrer Mitgefangenen lindern konnte; und als sie schließlich das Teezimmer erreichten, kam ihr der Umstand, daß sie sich keiner Gruppe, keinem bekannten Gesicht anschließen konnten, daß keiner der Herren sich um sie kümmerte, noch peinlicher zum Bewußtsein. Mr. Allen war nirgendwo zu sehen, und nachdem sie vergeblich nach einem geeigneten Platz Ausschau gehalten hatten, blieb ihnen nichts anderes übrig, als am Ende eines Tisches Platz zu nehmen, an dem bereits eine größere Gruppe saß und wo sie nichts verloren hatten und sich mit niemandem unterhalten konnten als miteinander.

Mrs. Allen beglückwünschte sich, sobald sie saßen, ihr Kleid vor Schaden bewahrt zu haben. »Wie schrecklich, wenn es zerrissen worden wäre«, sagte sie, »finden Sie nicht? Es ist ein so empfindlicher Musselin. Was mich betrifft, ich habe im ganzen Saal nichts gesehen, was mir so gut gefallen hat, das können Sie mir glauben.«

»Wie lästig«, flüsterte Catherine, »nicht einen einzigen Bekannten hier zu haben.«

»Ja, mein Kind«, erwiderte Mrs. Allen, ohne sich sonderlich dafür zu interessieren, »das ist wirklich sehr lästig.«

»Was machen wir denn nun? Die Herrschaften an diesem Tisch sehen auch aus, als ob sie sich fragten, was wir hier wollen. Wir drängen uns ihnen förmlich auf.«

»Ja, das stimmt. Es ist sehr unangenehm. Ich wünschte, wir hätten eine Menge Bekannte hier.«

»Ich wünschte, wir hätten überhaupt welche hier. Dann könnten wir uns wenigstens jemandem anschließen.«

»Ganz richtig, mein Kind, und wenn wir Bekannte hätten, würden wir uns gleich zu ihnen setzen. Letztes Jahr waren die Skinners hier. Schade, daß sie jetzt nicht hier sind.«

»Sollten wir nicht lieber aufbrechen? Für uns ist hier sowieso nicht gedeckt.«

»Tatsächlich, Sie haben ganz recht. Das ist ja unerhört!

Aber ich finde, wir sollten lieber still sitzenbleiben, denn man wird in dem Gedränge so herumgestoßen. Wie sieht meine Frisur aus, mein Kind? Jemand hat mir einen Schubs gegeben und dabei ist sie, fürchte ich, ganz verrutscht.«

»Nein, gar nicht, sie sitzt sehr gut. Aber liebe Mrs. Allen, sind Sie ganz sicher, daß Sie in dieser riesigen Menschenmenge keine Menschenseele kennen? Sie müssen doch irgend jemanden kennen.«

»Beim besten Willen nicht, schade. Wirklich jammerschade, daß ich nicht mehr Bekannte hier habe, sonst würde ich Ihnen einen Tanzpartner besorgen. Ich wäre so froh, wenn Sie tanzen könnten. Da geht eine merkwürdig aussehende Frau! Was für ein komisches Kleid sie anhat! Wie altmodisch! Sehen Sie nur den Rücken!«

Nach einer Weile wurde ihnen von einem ihrer Nachbarn Tee angeboten; er wurde dankbar akzeptiert, und daraus entspann sich eine kurze Unterhaltung mit dem Herrn, und das war das einzige Mal während des ganzen Abends, daß irgend jemand mit ihnen sprach, bis Mr. Allen sie nach Beendigung des Tanzes entdeckte und sich zu ihnen gesellte.

»Nun, Miss Morland«, sagte er gleich zu ihr, »ich hoffe, Sie haben einen unterhaltsamen Abend verbracht.«

»Sehr unterhaltsam«, antwortete sie und versuchte vergeblich, ein herzhaftes Gähnen zu unterdrücken.

»Schade, daß sie nicht tanzen konnte«, sagte seine Frau, »schade, daß ich keinen Partner für sie hatte. Ich sagte schon zu Miss Morland, wie froh ich wäre, wenn die Skinners diesen und nicht letzten Winter hiergewesen wären, oder wenn die Parrys gekommen wären, wie sie einmal angedeutet haben, dann hätte sie mit George Parry tanzen können. Es tut mir so leid, daß sie keinen Partner hatte.«

»Ein andermal haben Sie mehr Glück, hoffe ich«, war Mr. Allens ganzer Trost.

Als der Tanz zu Ende war, begann sich die Gesellschaft

zu zerstreuen, was den Zurückbleibenden genügend Platz ließ, um in einiger Bequemlichkeit umherzuwandern, und jetzt war der Augenblick gekommen, wo es sich für jede Romanheldin gehört, die im Laufe des Abends noch keine hervorragende Rolle gespielt hat, bemerkt und bewundert zu werden. Alle fünf Minuten verringerte sich die Menge und gab Catherine mehr Spielraum, ihren Charme zu entfalten. Das Auge vieler junger Männer fiel nun auf sie, die vorher nicht in ihre Nähe gekommen waren. Nicht einer allerdings blieb, von sprachlosem Entzücken hingerissen, bei ihrem Anblick stehen, kein neugieriges, fragendes Flüstern machte die Runde im Saale, auch wurde sie kein einziges Mal eine göttliche Schönheit genannt. Und doch sah Catherine sehr gut aus, und hätte die Gesellschaft sie drei Jahre früher gesehen, dann hätte man sie jetzt für ungewöhnlich hübsch gehalten.
Sie wurde allerdings betrachtet, und zwar mit einiger Bewunderung, denn wie sie selbst mit anhörte, erklärten zwei Herren sie für ein hübsches Mädchen. Solche Worte verfehlten ihre Wirkung nicht; der Abend erschien ihr auf der Stelle erfreulicher als vorher, ihre anspruchslose Eitelkeit war befriedigt. Sie war den beiden jungen Männern dankbarer für dieses bescheidene Kompliment als eine wahre Heldin für fünfzehn Sonette zur Feier ihrer Reize und ging versöhnt mit aller Welt und vollkommen zufrieden mit ihrem Anteil an allgemeiner Aufmerksamkeit zu ihrer Sänfte.

Kapitel 3

Nun brachte jeder Vormittag seine regelmäßigen Pflichten: Einkäufe mußten gemacht, Sehenswürdigkeiten der Stadt besichtigt und die Brunnenhalle besucht werden, wo sie eine Stunde auf und ab spazierten, alle beobachteten und mit keinem sprachen. Einen großen Bekanntenkreis in Bath zu haben, war noch immer Mrs. Allens sehnlichster Wunsch, und sie wiederholte ihn, nachdem jeder neue Vormittag den erneuten Beweis gebracht hatte, daß sie keine Menschenseele kannte.

Dann statteten sie den Unteren Gesellschaftsräumen den ersten Besuch ab, und hier war das Schicksal unserer Heldin gnädiger. Der Zeremonienmeister stellte ihr als Tanzpartner einen jungen Mann vor, der ihr ganz wie ein Gentleman erschien; sein Name war Tilney. Er mochte ungefähr vierundzwanzig oder fünfundzwanzig sein, war ziemlich groß, hatte angenehme Züge, einen intelligenten, lebhaften Augenausdruck und war, wenn auch nicht ausgesprochen hübsch, so doch ziemlich gut aussehend. Sein Benehmen verriet gesellschaftliches Geschick, und Catherine fand, sie habe großes Glück gehabt. Während sie tanzten, war zu einer Unterhaltung nicht viel Gelegenheit, aber als sie sich zum Tee niedersetzten, bestätigte er die angenehmen Erwartungen, die er bereits geweckt hatte. Er drückte sich gewandt und lebhaft aus und hatte etwas Spöttisches und Witziges, das sie interessant fand, ohne recht klug daraus zu werden. Als sie sich eine Zeitlang über ihre unmittelbare Umgebung unterhalten hatten, sagte er unvermittelt zu ihr: »Ich habe es als Ihr Partner bisher an der angemessenen Aufmerksamkeit fehlen lassen, Madam, ich habe Sie noch gar nicht gefragt, wie lange Sie schon in Bath sind, ob Sie früher schon einmal hier waren, ob Sie schon in den Oberen Gesellschaftsräumen, im Theater und im Konzert waren und wie Ihnen Bath alles in allem gefällt. Ich bin sehr nachlässig gewesen; würden Sie jetzt die Güte haben, mir über alle diese Einzelheiten Auskunft zu geben? Wenn ja, werde ich unverzüglich mit den Fragen beginnen.«

»Sie brauchen sich deswegen nicht zu bemühen, Sir.«

»Gar keine Mühe, glauben Sie mir, Madam.« Dann

setzte er ein geziertes Lächeln auf, senkte seine Stimme zu einem affektierten Hauchen und fügte gespreizt hinzu: »Sind Sie schon lange in Bath, Madam?«
»Ungefähr eine Woche, Sir«, antwortete Catherine und bemühte sich, ein Lachen zu verkneifen.
»Tatsächlich!« sagte er mit gespieltem Erstaunen.
»Warum überrascht Sie das, Sir?«
»Ja, warum eigentlich?« sagte er mit natürlicher Stimme, »aber irgendeine Empfindung muß ich doch bei Ihrer Antwort zeigen, und Überraschung läßt sich leichter spielen als andere Gefühle und ist auch nicht unsinniger. Jetzt müssen wir weitermachen. Sind Sie zum erstenmal hier, Madam?«
»Ja, Sir.«
»Wirklich? Haben Sie schon die Oberen Gesellschaftsräume mit Ihrer Anwesenheit beehrt?«
»Ja, Sir, ich war am letzten Montag dort.«
»Waren Sie schon im Theater?«
»Ja, Sir, im Schauspiel war ich am Dienstag.«
»Zum Konzert?«
»Ja, Sir, am Mittwoch.«
»Und wie gefällt Ihnen Bath alles in allem?«
»Gut, es gefällt mir sehr gut.«
»Nun muß ich ein süßliches Lächeln aufsetzen, und dann dürfen wir uns wieder wie vernünftige Menschen benehmen.«
Catherine wandte das Gesicht ab und wußte nicht recht, ob sie zu lachen wagen durfte.
»Ich weiß schon, was Sie von mir denken«, sagte er zerknirscht, »ich werde morgen in Ihrem Tagebuch nur eine klägliche Rolle spielen.«
»Mein Tagebuch!«
»Ja, ich weiß genau, was Sie schreiben werden – Freitag: ging in die Unteren Gesellschaftsräume, trug mein geblümtes Musselinkleid mit blauen Rüschen, einfache schwarze Schuhe, sah äußerst vorteilhaft aus, wurde aber ständig von einem merkwürdigen, halbverrückten Mann

belästigt, der unbedingt mit mir tanzen wollte und mir dann mit seinem Unsinn auf die Nerven fiel.«

»Ich werde nichts dergleichen schreiben.«

»Soll ich Ihnen sagen, was Sie schreiben sollten?«

»Ja, bitte.«

»Ich habe mit einem äußerst angenehmen jungen Mann getanzt, der mir von Mr. King vorgestellt wurde, unterhielt mich glänzend mit ihm, scheint geradezu ein Genie zu sein, hoffe, ihn besser kennenzulernen. Das, Madam, würden Sie schreiben, wenn es nach mir ginge.«

»Aber vielleicht führe ich gar kein Tagebuch.«

»Vielleicht sitzen Sie gar nicht in diesem Zimmer und ich sitze nicht neben Ihnen. Mit gleichem Recht könnte ich auch daran zweifeln. Kein Tagebuch führen! Wie sollen denn Ihre Cousinen zu Hause ohne Tagebuch wissen, was für ein Leben Sie in Bath geführt haben? Wie sollen denn die Höflichkeiten und Komplimente jedes Tages berichtet werden, wie es sich gehört, wenn Sie sie nicht jeden Abend in Ihr Tagebuch schreiben? Wie sollen Sie sich an Ihre verschiedenen Kleider erinnern und den Ton Ihres Teints und Ihre Lockenpracht in aller Vielfalt beschreiben, ohne Ihr Tagebuch zu Hilfe zu nehmen? Meine liebe Madam, ich bin nicht ganz so ahnungslos im Hinblick auf die Lebensweise junger Damen, wie Sie anzunehmen belieben; es ist gerade diese reizende Angewohnheit, sich täglich schriftstellerisch zu betätigen, die im wesentlichen dafür verantwortlich ist, daß die Damen den eleganten leichten Stil schreiben, für den sie so berühmt sind. Alle sind sich darin einig, daß es ein ausgesprochen weibliches Talent ist, bezaubernde Briefe zu schreiben. Vielleicht hat die Natur mitgeholfen, aber ich bin überzeugt, im wesentlichen verdanken sie es der Übung, Tagebuch zu schreiben.«

»Manchmal frage ich mich«, sagte Catherin unsicher, »ob Damen tatsächlich so viel bessere Briefe schreiben als Herren. Das heißt, ich glaube nicht, daß die Überlegenheit immer auf unserer Seite war.«

»Soweit ich das beurteilen kann, habe ich den Eindruck, daß der Schreibstil der Damen fehlerlos ist – mit Ausnahme von drei Kleinigkeiten.«
»Und die wären?«
»Ein allgemeiner Mangel an Substanz, eine völlige Unachtsamkeit gegenüber Punkt und Komma und eine weitverbreitete grammatische Ahnungslosigkeit.«
»Ich muß schon sagen! Ich hätte mir keine Mühe zu geben brauchen, das Kompliment zurückzuweisen. Sie halten in dieser Hinsicht nicht gerade allzuviel von uns.«
»Ich würde es ebensowenig zur allgemeinen Regel erheben, daß Frauen bessere Briefe schreiben als Männer, wie daß sie bessere Duette singen oder bessere Landschaften malen. Bei allen Fähigkeiten, wo Geschmack ausschlaggebend ist, ist Begabung ziemlich gleich zwischen den Geschlechtern verteilt.«
Sie wurden von Mrs. Allen unterbrochen: »Meine liebe Catherine«, sagte sie, »nehmen Sie diese Nadel aus meinem Ärmel; ich fürchte fast, ich habe mir schon ein Loch hineingerissen. Das täte mir unendlich leid, denn dies ist eines meiner Lieblingskleider, obwohl der Stoff nur neun Shilling[7] pro Meter gekostet hat.«
»Genau das hätte ich geschätzt, Madam«, sagte Mr. Tilney mit einem Blick auf den Musselin.
»Verstehen Sie etwas von Stoffen, Sir?«
»Sehr viel sogar; ich kaufe immer meine Krawatten selbst und gelte als Kenner; und meine Schwester überläßt mir häufig die Auswahl beim Kleiderkauf. Gerade neulich habe ich ihr eins gekauft, und alle Damen, die es sahen, hielten es für einen unglaublich günstigen Kauf. Ich habe nur fünf Shilling pro Meter bezahlt, und dabei ist es echt indischer Musselin.«
Mrs. Allen war geradezu überwältigt von soviel Genie. »Im allgemeinen achten Männer so wenig auf diese Dinge«, sagte sie, »ich kann Mr. Allen nicht einmal dazu bringen, meine Kleider voneinander zu unterscheiden.

Sie müssen Ihrer Schwester eine große Stütze sein, Sir.«

»Das hoffe ich, Madam.«

»Und sagen Sie, Sir, was halten Sie von Miss Morlands Kleid?«

»Es ist sehr hübsch, Madam«, sagte er und betrachtete es kritisch, »aber ich kann mir nicht vorstellen, daß es sich gut wäscht; ich fürchte, es franst aus.«

»Was sind Sie nur für ein ...«, sagte Catherine lächelnd. Sie hätte fast gesagt: komischer Kerl.

»Ich bin ganz Ihrer Meinung, Sir«, erwiderte Mrs. Allen, »und das habe ich Miss Morland schon gesagt, als sie es kaufte.«

»Aber schließlich, Madam, läßt sich Musselin wieder verwenden. Miss Morland kann sich immer noch ein Taschentuch oder eine Haube oder einen Umhang daraus machen. Musselin ist nie verschwendet. Das habe ich meine Schwester schon x-mal sagen hören, wenn sie so leichtsinnig war, mehr zu kaufen, als sie brauchte, oder so nachlässig, ihn zu verschneiden.«

»Bath ist ein reizender Ort, Sir, es gibt so viele gute Geschäfte hier. Auf dem Lande sind wir so schlecht daran. Nicht daß wir in Salisbury keine ausgezeichneten Geschäfte hätten, aber die Entfernung ist so groß; acht Meilen sind ein weiter Weg. Mr. Allen sagt, es sind neun, auf den Meter neun, aber ich bin sicher, es können nicht mehr als acht sein, und es ist eine solche Anstrengung, ich komme immer völlig erschöpft zurück. Hier braucht man nur vor die Haustür zu treten, und innerhalb von fünf Minuten hat man alles.«

Mr. Tilney tat aus Höflichkeit so, als ob er sich für das interessiere, was sie sagte, und sie traktierte ihn mit dem Thema Musselin, bis der Tanz wieder begann. Während sie dem Gespräch der beiden zuhörte, fand Catherine, daß er sich ein bißchen zu sehr über die Schwächen anderer lustig machte. »Warum machen Sie ein so nachdenkliches Gesicht?« fragte er, als sie auf die Tanzfläche

zurückgingen. »Hoffentlich nicht wegen Ihres Partners, denn das Kopfschütteln weist darauf hin, daß Sie mit dem Ergebnis Ihrer Überlegungen unzufrieden sind.«
Catherine errötete und sagte: »Ich dachte an nichts Bestimmtes.«
»Wie geschickt und tiefgründig von Ihnen, aber es wäre mir lieber, wenn Sie auf der Stelle zugäben, daß Sie es mir nicht erzählen wollen.«
»Also gut, ich will es Ihnen nicht erzählen.«
»Vielen Dank, denn jetzt werden wir uns bald besser kennenlernen, da ich nun das Recht habe, Sie mit diesem Thema aufzuziehen, sooft wir uns treffen, und nichts auf der Welt stellt so schnell Vertraulichkeit her.«
Sie tanzten wieder, und als sie sich am Schluß des Abends trennten, hatte mindestens die Dame das dringende Bedürfnis, die Bekanntschaft fortzusetzen. Ob sie so viel an ihn dachte, während sie ihren warmen Wein mit Wasser trank und sich für die Nacht vorbereitete, daß sie im Bett von ihm träumte, läßt sich nicht mit Gewißheit sagen, aber ich hoffe, es war nur ein vager Traum wie im leichten Schlaf oder Morgenschlummer, denn wenn es wahr ist, wie ein berühmter Dichter sagt, daß keine junge Dame das Recht hat, sich zu verlieben, bevor der Herr ihr seine Liebe gestanden hat, dann gehört es sich erst recht nicht, daß die junge Dame von dem Herrn träumt, bevor man sicher weiß, daß der Herr vorher von ihr geträumt hat. Ob Mr. Tilney nach den Regeln des Anstands träumte oder verliebt war, war nicht Mr. Allens vordringlichste Sorge, aber er hatte zufriedenstellende Erkundigungen eingezogen, daß gegen ihn als Bekannten seines Schützlings nichts einzuwenden war, denn er hatte sich zu Anfang des Abends alle Mühe gegeben zu erfahren, wer ihr Partner war, und herausbekommen, daß Mr. Tilney Pfarrer war und aus einer sehr angesehenen Familie in Gloucestershire stammte.

Kapitel 4

Catherine eilte am nächsten Morgen eifriger als sonst in der sicheren Erwartung zur Brunnenhalle, Mr. Tilney dort im Laufe des Vormittags zu begegnen, und war bereit, ihn mit einem Lächeln zu empfangen – aber ein Lächeln wurde gar nicht verlangt: Mr. Tilney erschien nicht. Alle Welt außer ihm ließ sich zu irgendeiner Zeit während der beliebtesten Stunden sehen; ganze Scharen von Menschen strömten ständig ein und aus, treppauf und treppab; Leute, an denen niemandem lag und die niemand sehen wollte, und nur er war nicht da. »Was für ein zauberhafter Ort Bath doch ist«, sagte Mrs. Allen, als sie sich in der Nähe der großen Uhr niedersetzten, nachdem sie in der Halle bis zur Ermüdung auf und ab spaziert waren, »und wie angenehm es wäre, wenn wir Bekannte hier hätten.«

Diesem Wunsch hatte Mrs. Allen schon so oft vergeblich Ausdruck gegeben, daß sie keinen besonderen Grund zu der Annahme hatte, er würde gerade heute erfreulichere Ergebnisse zeitigen, aber, wie der Dichter rät, »bei unseren Wünschen niemals zu verzagen«, denn »unverdroßner Eifer wird ans Ziel uns tragen«, und der unverdroßne Eifer, mit dem sie jeden Tag dasselbe gewünscht hatte, mußte am Ende seine gerechte Belohnung erhalten, denn kaum hatte sie zehn Minuten dort gesessen, als eine Dame ihres Alters, die neben ihr saß und sie einige Minuten lang aufmerksam gemustert hatte, sie mit großer Zuvorkommenheit mit folgenden Worten ansprach: »Ich glaube, Madam, ich irre mich nicht; es ist zwar lange her, seit ich das Vergnügen hatte, Sie zum letztenmal zu sehen, aber ist Ihr Name nicht Allen?« Auf die bereitwillig gegebene Antwort, erklärte die Fremde, ihr Name sei Thorpe, und Mrs. Allen erkannte auf der Stelle die Züge einer früheren Klassenkameradin und guten Freundin, die sie seit ihrer beider Heirat nur ein einziges Mal gesehen hatte, und das vor vielen Jahren. Ihre Freude über dies Zusammentreffen war sehr groß, und das mit Recht, da sie während der letzten fünfzehn Jahre keinerlei Bedürfnis gehabt hatten, den Kontakt miteinander aufrecht zu erhalten. Gegenseitige Komplimente über ihr gutes Aussehen wurden ausgetauscht, und als sie die Beobachtung gemacht hatten, wie schnell die Zeit seit ihrer letzten Begegnung verflogen war, wie wenig sie sich ein Zusammentreffen in Bath hätten träumen lassen und was für ein Vergnügen es war, eine alte Freundin wiederzusehen, gingen sie dazu über, Fragen zu stellen und Auskunft zu geben über ihre Familien, Schwestern und Cousinen, wobei beide gleichzeitig redeten, denn ihnen lag mehr daran, Auskünfte zu geben als zu erhalten, und beide hörten nur wenig von dem, was die andere sagte. Mrs. Thorpe allerdings hatte bei der Unterhaltung einen großen Vorteil gegenüber Mrs. Allen: sie hatte Kinder, und als sie sich weitläufig über die Talente ihrer Söhne und die Schönheit ihrer Töchter ausgelassen hatte, als sie über ihre verschiedenen Lebensumstände und -aussichten berichtet hatte – daß John in Oxford studiere, Edward Merchant-Taylors besuche[8] und William bei der Marine sei und einer wie der andere an seinem Platze mehr geschätzt und respektiert werde als je ein Mensch zuvor – da hatte Mrs. Allen ihrerseits nichts dergleichen mitzuteilen, dem ungeneigten und ungläubigen Ohr ihrer Freundin keine ähnlichen Triumphe aufzuschwatzen, und ihr blieb nichts anderes übrig, als dazusitzen und so zu tun, als ob sie diesen Ausbrüchen mütterlicher Liebe zuhöre, sich allerdings gleichzeitig mit der Entdekkung zu trösten, die ihr scharfes Auge bald gemacht hatte, daß der Spitzenbesatz an Mrs. Thorpes Mantel nicht halb so schön war wie ihr eigener.

»Da kommen ja meine lieben Mädchen«, rief Mrs. Thorpe und zeigte auf drei elegante junge Damen, die nun Arm in Arm auf sie zusteuerten. »Meine liebe Mrs. Allen, ich brenne darauf, sie Ihnen vorzustellen; sie werden entzückt sein, Sie kennenzulernen. Die größte ist Isabella, meine Älteste. Ist sie nicht eine ansehnliche junge Dame? Auch die anderen finden viel Anklang, aber ich glaube, Isabella ist die schönste.«

Die Misses Thorpe wurden vorgestellt, und ebenfalls Miss Morland, die vorübergehend ganz vergessen worden war. Der Name ließ sie anscheinend allesamt aufhorchen, und nach einem sehr höflichen kurzen Gespräch mit ihr bemerkte die älteste junge Dame laut zu den anderen: »Wie ausgesprochen ähnlich Miss Morland ihrem Bruder ist!«

»Sein wahres Ebenbild, tatsächlich«, rief die Mutter, und »Man sieht auf den ersten Blick, daß sie seine Schwester ist!« wurde von allen zwei- oder dreimal wiederholt. Einen Augenblick lang war Catherine überrascht, aber Mrs. Thorne und ihre Töchter hatten angefangen, die Geschichte ihrer Bekanntschaft mit Mr. James Morland zu erzählen, als ihr einfiel, daß ihr ältester Bruder sich vor kurzem mit einem jungen Mann aus seinem College namens Thorpe angefreundet und die letzte Woche der Weihnachtsferien bei dessen Familie in der Nähe Londons verbracht hatte.

Nun war alles erklärt, und die Misses Thorpe drückten auf jede nur denkbare Weise ihren Wunsch nach näherer Bekanntschaft mit ihr aus, da sie ja durch ihren Bruder ohnehin schon fast als Freundinnen gelten könnten usw., was Catherine mit Vergnügen hörte und mit allen ihr zu Gebote stehenden reizenden Ausdrücken des Dankes beantwortete, und als ersten Beweis ihrer Zuneigung bat die älteste Miss Thorpe sie gleich, sich bei ihr einzuhaken und mit ihr auf und ab zu gehen. Catherine war über diese Vergrößerung ihres Bekanntenkreises in Bath entzückt und vergaß fast Mr. Tilney, während sie sich mit Miss Thorpe unterhielt. Freundschaft ist zweifellos der schönste Balsam für den Schmerz enttäuschter Liebe.

Ihre Unterhaltung berührte all die Themen, deren freimütige Erörterung so wesentlich dazu beiträgt, zwischen zwei jungen Damen Intimität herzustellen, wie Mode, Bälle, Flirts und Klatsch. Miss Thorpe allerdings, die vier Jahre älter als Miss Morland und mindestens vier Jahre erfahrener war, hatte bei der Diskussion solcher Themen einen ganz entschiedenen Vorteil: Sie konnte die Bälle von Bath mit denen von Tunbridge, die Mode von Bath mit der von London vergleichen, konnte den Geschmack ihrer neuen Freundin im Hinblick auf viele Einzelheiten modischer Eleganz berichtigen, konnte Flirts zwischen beliebigen Damen und Herren erraten, wenn sie sich nur anlächelten, und entdeckte auch im dichtesten Gedränge jeden, über den sich zu klatschen lohnte. Solche Talente wurden von Catherine, der sie völlig neu waren, gebührend bewundert, und die Hochachtung, die sie ihr einflößten, hätte jede Vertraulichkeit ihrerseits im Keim erstickt, wenn nicht Miss Thorpes Ungezwungenheit und ihre wiederholten Freudenbekundungen über die Bekanntschaft ihr jedes Gefühl von Scheu genommen und nur herzliche Zuneigung übriggelassen hätte. Bei ihrer wachsenden Sympathie füreinander gaben sie sich nicht mit einem halben Dutzend Rundgängen in der Brunnenhalle zufrieden, sondern hielten es, als sie das Gebäude alle miteinander verließen, für unumgänglich, daß Miss Thorpe Miss Morland bis unmittelbar vor die Haustür von Mrs. Allens Wohnung begleitete und sie sich dort mit sehr herzlichem und ausdauerndem Händeschütteln erst dann voneinander verabschiedeten, als sie sich zu ihrer wechselseitigen Erleichterung mitgeteilt hatten, daß sie sich abends im Theater wiedersehen und am nächsten Morgen in derselben Kapelle ihr Gebet sprechen würden. Catherine lief sofort die Treppe hinauf, beobachtete vom Wohnzimmerfenster aus, wie Miss Thorpe die Straße hinunterging, bewunderte ihren anmutigen Gang, ihre elegante Figur und Aufmachung und war von Herzen dankbar – und das zu Recht –, daß der Zufall sie mit einer solchen Freundin zusammengeführt hatte.

Mrs. Thorpe war eine Witwe und durchaus nicht wohlhabend; sie war eine gutmütige, verständnisvolle Frau und eine sehr nachsichtige Mutter. Ihre älteste Tochter war eine ausgesprochene Schönheit, und da die jüngeren so taten, als ob sie ebenso hübsch wie ihre Schwester wären, ihre Art, sich zu geben, nachahmten und sich im selben Stil kleideten, hatten auch sie sehr gute Chancen.
Dieser kurze Bericht von den Familienverhältnissen soll dem Leser die Notwendigkeit einer langen und detaillierten Darstellung von Mrs. Thorpe selbst, ihren früheren Abenteuern und Leiden ersparen, die sonst unweigerlich die nächsten drei oder vier Kapitel einnehmen würden, in denen die Charakterlosigkeit von Adligen und Advokaten ausgesponnen und Gespräche, die vor zwanzig Jahren stattgefunden haben, Wort für Wort wiedergegeben würden.

Kapitel 5

Catherines Aufmerksamkeit wurde am selben Abend im Theater nicht so vollständig davon in Anspruch genommen, Miss Thorpes Nicken und Lächeln zu erwidern, obwohl das durchaus einen erheblichen Teil ihrer Zeit ausfüllte, daß sie darüber vergaß, mit forschendem Blick in jeder Loge, die sie mit ihren Augen erreichen konnte, nach Mr. Tilney Ausschau zu halten; aber sie suchte umsonst. Mr. Tilney lag am Theater ebensowenig wie an der Brunnenhalle. Sie hoffte, am nächsten Tag mehr Glück zu haben, und als ihr Wunsch nach gutem Wetter mit einem strahlenden Vormittag belohnt wurde, zweifelte sie kaum mehr daran, denn an einem schönen Sonntag in Bath leeren sich alle Häuser, und alle Welt erscheint dann im Freien, um Freunden und Bekannten zu erzählen, was für ein wunderschöner Tag es ist.

Sobald der Gottesdienst vorüber war, gesellten sich die Thorpes und die Allens ungeduldig zueinander, und als sie lange genug in der Brunnenhalle zugebracht hatten, um sich überzeugt zu haben, daß das Gedrängel unerträglich war und es auch nicht ein vornehmes Gesicht zu sehen gab, was jeden Sonntag während der ganzen Saison alle entdecken, eilten sie zum Crescent, um in besserer Gesellschaft frische Luft zu atmen. Hier genossen Catherine und Isabella wieder Arm in Arm die Wonnen der Freundschaft in rückhaltloser Unterhaltung; sie redeten viel und mit viel Vergnügen, aber wieder wurde Catherine in ihrer Hoffnung auf eine Begegnung mit ihrem Tanzpartner enttäuscht. Er war nirgends zu finden; alles Suchen nach ihm war bei den Vormittagsunterhaltungen ebenso erfolglos wie in den Abendgesellschaften; weder bei den Bällen in großer Abendtoilette noch bei denen in zwangloser Kleidung war er zu sehen, weder unter den Fußgängern noch unter den Reitern oder vormittäglichen Kutschenfahrern. Sein Name stand nicht im Gästebuch der Brunnenhalle, und mehr konnte sie in ihrer Neugier nicht tun. Er mußte Bath verlassen haben. Und doch hatte er nichts davon gesagt, daß sein Aufenthalt so kurz sein würde. Dieses geheimnisvolle Flair, das einem Helden immer so wohl ansteht, umgab seine Person und sein Verhalten in Catherines Phantasie mit neuem Zauber und bestärkte ihren Wunsch, mehr von ihm zu erfahren. Die Thorpes wußten nichts, denn sie waren erst zwei Tage, bevor sie Mrs. Allen getroffen hatten, nach Bath gekommen. Es war allerdings ein Thema, dem sie sich mit ihrer hübschen Freundin hingeben konnte, von der sie jede nur denkbare Ermutigung erhielt, sich weiter mit ihm zu beschäftigen, und daher tat das seinem Eindruck in ihrer Phantasie keinen Abbruch. Isabella war fest überzeugt, daß er ein reizender junger Mann war, und ebenso fest, daß er von ihrer lieben Catherine entzückt sein mußte und bald zurückkommen würde. Daß er Geistlicher war, machte ihn in ihren Augen noch begehrenswerter, ›denn sie müsse gestehen, daß sie etwas für diesen Beruf übrig habe‹, und es entfuhr ihr so etwas wie ein Seufzer, während sie das sagte. Vielleicht war es ein Fehler, daß Catherine nicht nach der Ursache dieses zarten Gefühls fragte, aber sie war in den Finessen der Liebe oder den Pflichten der Freundschaft noch nicht erfahren genug, um zu wissen, wann ein zartfühlender Scherz angebracht oder eine Vertrauenserklärung erforderlich war.

Mrs. Allen fühlte sich nun ganz glücklich, ganz zufrieden in Bath. Sie hatte Bekannte gefunden, hatte noch dazu das Glück, in ihnen der Familie einer schätzenswerten alten Freundin zu begegnen, und, um das Maß ihres Glücks voll zu machen, hatte sie auch noch festgestellt, daß ihre Freundin bei weitem nicht so kostspielig gekleidet war wie sie. Statt »Wenn wir doch bloß irgendwelche Bekannten in Bath hätten!« war nun ihre tägliche Redensart »Wie froh ich bin, daß wir Mrs. Thorpe getroffen haben!«, und sie war mindestens ebensosehr darum bemüht, den Umgang zwischen beiden Familien zu fördern wie ihr junger Schützling und Isabella. Nie mit einem Tag zufrieden, wenn sie nicht den größeren Teil davon an Mrs. Thorpes Seite verbracht hatte, vertieft in das, was sie Unterhaltung nannten, worin es aber kaum je einen Meinungsaustausch und nicht oft etwas gab, was einem Thema auch nur entfernt ähnelte, denn Mrs. Thorpe sprach fast nur von ihren Kindern und Mrs. Allen von ihren Kleidern.

Der schnelle Fortschritt der Freundschaft zwischen Catherine und Isabella entsprach ihrem begeisterten Anfang, und sie durcheilten alle Stufen zunehmender Zärtlichkeit mit solcher Geschwindigkeit, daß sie bald weder einander noch ihren Freunden einen neuen Beweis davon zu geben brauchten. Sie nannten sich mit Vornamen, gingen nur noch Arm in Arm, steckten sich gegenseitig die Schleppe hoch und wollten beim Tanzen unbedingt in derselben Reihe stehen; und wenn ein verregneter Vormittag sie anderer Vergnügungen beraubte, bestanden sie darauf, sich trotz Nässe und Schmutz zu treffen, und schlossen sich ein, um gemeinsam Romane zu lesen. Jawohl, Romane, denn ich möchte nicht die gängige, so engstirnige und unkluge Gewohnheit *der* Romanschriftstellerinnen unterstützen, die durch verächtliche Kritik genau die Werke herabsetzen, zu deren Zahl sie selbst doch beitragen, und sich dadurch mit ihren ärgsten Feinden verbinden, daß sie ihren Heldinnen kaum gestatten, sie zu lesen. Wenn diese aber einmal aus Versehen einen Roman in die Hand nehmen, blättern sie seine Seiten unweigerlich mit Widerwillen durch. Doch ach, wenn die Romanheldinnen sich nicht gegenseitig beistehen, von wem sollen sie dann Förderung und Verständnis erwarten? Ich billige das nicht. Wir wollen es den Kritikern überlassen, diese Phantasiegebilde nach Belieben in den Schmutz zu ziehen und bei jedem neuen Roman ihre abgedroschene Litanei über den Schund abzusingen, unter dem die Druckerpressen heutzutage ächzen.

Wir dürfen uns nicht gegenseitig im Stich lassen; schon hat man uns Wunden geschlagen. Obwohl unsere Geistesprodukte größeres und aufrichtigeres Vergnügen bereitet haben als jedes andere literarische Genre der Welt, ist über keine andere Gattung so hergezogen worden. Aus Stolz, Dummheit oder modischem Anpassungsbedürfnis sind unsere Feinde so zahlreich wie unsere Leser. Und während die Fähigkeiten des neunhundertsten Kompilators eines »Abrisses der englischen Geschichte« oder eines Mannes, der in einem Band einige Dutzend Zeilen von Milton, Pope und Prior mit einem Artikel aus dem *Spectator* und einem Kapitel aus Sterne[9] sammelt und veröffentlicht, von tausend Federn gepriesen werden, ist es Mode geworden, die Begabung des Romanschriftstellers, der zu seiner Empfehlung nichts weiter als Genie, Geist und Geschmack hat, herabzusetzen, seine Mühe zu unterschätzen und seine Werke zu verachten. ›Ich lese keine Romane. – Ich sehe nur selten hinein. – Glauben Sie nur nicht, daß ich oft Romane lese. – Für einen Roman ist es wirklich gar nicht so schlecht!‹ So geht die Heuchelei. ›Und was lesen Sie da, Miss ...‹ – ›Oh, es ist nur ein Roman!‹ erwidert die junge Dame, während sie ihr Buch mit gespielter Gleichgültigkeit oder vorübergehender Verlegenheit auf den Tisch legt. ›Es ist nur *Cecilia* oder *Camilla* oder *Belinda*‹[10] oder, kurz und gut, irgendein Werk, in dem ja nur die eindrucksvollsten Geisteskräfte sich entfalten, in dem der Welt ja nur die umfassendste Kenntnis der menschlichen Natur, die gelungenste Darstellung ihrer Spielarten, die lebhafteste Fülle von Esprit und Humor in der gewähltesten Sprache dargeboten werden. Allerdings – hätte dieselbe junge Dame sich mit einem Band des *Spectator* beschäftigt statt mit einem solchen Werk, wie stolz hätte sie das Buch vorgezeigt und seinen Titel genannt, obwohl die Wahrscheinlichkeit nicht sehr groß ist, daß irgend etwas in diesem umfangreichen Band, der in Gehalt und Gestalt eine junge Dame zwar nicht unbedingt abstößt, sie aber auch nicht sonderlich interessiert, denn auf seinen Seiten kommen so oft unwahrscheinliche Lebensumstände, unnatürliche Charaktere und Gespräche vor, die keinen lebendigen Menschen mehr berühren; und auch seine Sprache ist häufig so unkultiviert, daß sie auf die Zeit, die sie ertragen konnte, kein gutes Licht wirft.

Kapitel 6

Die folgende Unterhaltung, die eines Vormittags in der Brunnenhalle zwischen den beiden Freundinnen stattfand, als sie sich etwa acht oder neun Tage kannten, soll als Beispiel für die herzliche Zuneigung, den zartfühlenden, diskreten und originellen Gedankenaustausch und den anspruchsvollen literarischen Geschmack gelten, die einen Beweis dafür bilden, wie verständig ihre Beziehung war.

Sie waren verabredet, und da Isabella fast fünf Minuten vor ihrer Freundin eingetroffen war, eröffnete sie das Gespräch natürlich mit: »Liebste Freundin, was hat dich denn so aufgehalten? Ich warte hier schon mindestens eine Ewigkeit auf dich!«

»Wirklich! Das tut mir sehr leid, aber ich dachte, ich wäre pünktlich. Es ist doch gerade erst eins. Hoffentlich hast du nicht zu lange warten müssen?«

»Oh, mindestens eine Ewigkeit. Eine halbe Stunde bestimmt. Aber jetzt komm, wir setzen uns am anderen Ende der Halle hin und amüsieren uns. Ich muß dir tausend Sachen erzählen. Zunächst einmal, ich fürchtete, es würde heute morgen regnen, als ich gerade losgehen wollte; es sah so nach einem Schauer aus, und das hätte mich zur Verzweiflung gebracht! Stell dir vor, ich habe gerade eben einen wunderhübschen Hut in einem Fenster in der Milsom Street gesehen – fast genau wie deiner, nur mit einem lachsfarbenen Band, statt mit einem grünen; ich hätte ihn liebend gerne gekauft. Aber liebste Catherine, was hast du denn den ganzen Vormittag getrieben? Hast du *Udolpho*[11] weitergelesen?«

»Ja, seit ich wach bin, und ich bin bis zum schwarzen Vorhang gekommen.«[12]

»Wirklich? Wie zauberhaft! Oh, um nichts in der Welt würde ich dir verraten, was hinter dem schwarzen Vorhang ist! Bist du nicht ganz wild darauf?«

»Oh! Ja, natürlich, was kann es bloß sein? Aber verrate nichts, ich will es auf keinen Fall wissen. Ich wette, es ist ein Skelett – es ist bestimmt Laurentinas Skelett. Oh! Ich bin ganz hingerissen von dem Buch! Ich möchte am liebsten gar nicht wieder aufhören. Glaub mir, wenn wir nicht verabredet gewesen wären, hätte ich mich um nichts in der Welt davon getrennt.«

»Meine liebste Freundin! Wie dankbar bin ich dir dafür; und wenn du *Udolpho* durchhast, lesen wir gemeinsam den *Italiener*[13], und ich habe schon eine Liste mit zehn oder zwölf ähnlichen Titeln für dich zusammengestellt.«

»Wirklich! Wie mich das freut! Wie heißen sie denn alle?«

»Ich lese dir die Titel gleich vor; hier sind sie, in meinem Notizbuch: *Burg Wolfenbach*, *Clermont*, *Geheimnisvolle Warnungen*, *Der Magier aus dem Schwarzwald*, *Mitternachtsglocke*, *Die Waise vom Rhein* und *Gruselige Geheimnisse*.[14] Die halten ein Weilchen vor.«

»Ja, ganz bestimmt, aber sind sie auch alle gruselig, weißt du bestimmt, daß sie so richtig gruselig sind?«

»Ja, ganz bestimmt, denn eine gute Freundin von mir, eine Miss Andrews, ein reizendes Mädchen, eins der reizendsten Geschöpfe der Welt, hat sie einen nach dem anderen gelesen. Wenn du Miss Andrews kennen würdest, du wärest entzückt von ihr. Sie knüpft sich gerade den süßesten Umhang, den du dir vorstellen kannst. Ich finde sie schön wie einen Engel und ärgere mich so, daß die Männer nicht auf sie fliegen! Ich mache ihnen deshalb immer eine unheimliche Szene.«

»Eine Szene! Du machst ihnen eine Szene, weil sie sie nicht genug bewundern?«

»Ja, natürlich. Es gibt nichts, was ich für meine wahren Freundinnen nicht täte. Ich kann nicht begreifen, wie man Menschen nur halbherzig liebt, das liegt mir einfach nicht. Wenn ich Freundschaft schließe, dann ganz oder gar nicht. Hauptmann Hunt habe ich letzten Winter auf einem unserer Bälle auch gesagt, selbst wenn er mir den ganzen Abend nachstellt, ich würde nicht mit ihm tanzen, außer er gibt zu, daß Miss Andrews schön wie ein Engel ist. Die Männer glauben nämlich immer, wir sind zu echter Freundschaft nicht fähig, und ich bin entschlossen, sie darüber aufzuklären. Also, wenn ich jemanden verächtlich von dir reden hörte, ich würde sofort explodieren. Aber das ist nicht sehr wahrscheinlich, denn du bist genau der Typ, um den sich die Männer reißen.«

»Ach, du liebe Güte«, rief Catherine und wurde rot, »wie kommst du denn darauf?«

»Ich kenne dich genau. Du steckst so voller Leben, und das ist genau das, was Miss Andrews fehlt, denn ich muß gestehen, sie macht einen unheimlich stumpfsinnigen Eindruck. Oh! Ich muß dir noch erzählen, gerade als wir uns gestern getrennt hatten, sah ich, wie ein junger Mann dich ganz ernsthaft ansah – er ist bestimmt in dich verliebt.« Catherine errötete und protestierte wieder. Isabella lachte: »Es ist wahr, Ehrenwort, aber ich durchschaue dich, dir sind die Männer alle ganz egal, außer der eine, und der bleibt ungenannt. Nein, ich kann dir keine Vorwürfe machen« (sie sprach ernsthafter), »deine Gefühle sind leicht zu erraten. Ich weiß genau, wie wenig einem an den Aufmerksamkeiten anderer liegt, wenn das Herz wirklich gesprochen hat. Alles, was nicht mit dem Geliebten zu tun hat, kommt einem so stumpfsinnig, so uninteressant vor. Ich weiß genau, wie dir ums Herz ist.«

»Aber du sollst mich nicht dazu bringen, so viel an Mr. Tilney zu denken, denn vielleicht sehe ich ihn nie wieder.«

»Ihn nicht wiedersehen! Meine liebste Freundin, sei still. Mit solchen Gedanken machst du dich nur unglücklich.«

»Nein, durchaus nicht. Ich will nicht so tun, als ob er mir nicht sehr gut gefallen hat. Aber solange ich *Udolpho* habe, kommt es mir vor, als ob mich niemand unglücklich machen könnte. Oh! Der furchtbare schwarze Vorhang! Meine liebe Isabella, dahinter ist doch bestimmt Laurentinas Skelett.«

»Es ist mir unbegreiflich, daß du *Udolpho* nie gelesen hast, aber ich nehme an, Mrs. Morland hat etwas gegen Romane?«

»Nein, das stimmt nicht. Sie liest selbst *Sir Charles*

Grandison[15] immer wieder; aber neue Bücher kommen uns nie in die Hände.«

»*Sir Charles Grandison!* Das ist ein unheimlich gruseliges Buch, oder? Ich erinnere mich, Miss Andrews konnte nicht einmal den ersten Band durchkriegen.«

»Es ist ganz anders als *Udolpho*, aber ich finde es trotzdem ganz unterhaltsam.«

»Wirklich! Das wundert mich; ich dachte, es wäre unlesbar. Aber, liebste Catherine, bist du dir schon im klaren, was du heute abend aufsetzt? Ich bestehe darauf, haargenau dasselbe anzuziehen wie du. Manchmal fällt wenigstens das ja den Männern auf.«

»Aber darauf kommt es doch nicht an«, sagte Catherine in aller Unschuld.

»Kommt es nicht an! Du lieber Himmel! Ich habe es mir zur Regel gemacht, mich gar nicht um das zu kümmern, was sie sagen. Sie sind oft so unheimlich impertinent, wenn man nicht selbstbewußt auftritt und sie auf Abstand hält.«

»Wirklich? Das ist mir noch nicht aufgefallen. Mir gegenüber benehmen sie sich immer sehr anständig.«

»Was! Sie sind so eingebildet! So grenzenlos von sich selbst überzeugt und nehmen sich so schrecklich wichtig! Nebenbei bemerkt, obwohl ich schon hundertmal daran gedacht habe, habe ich immer vergessen, dich zu fragen, welcher Typ von Mann dir besser gefällt, dunkel oder blond?«

»Ich weiß nicht recht. Ich habe darüber noch nicht richtig nachgedacht. Irgendwo dazwischen, glaube ich. Brünett – nicht blond und auch nicht richtig dunkel.«

»Na bitte, Catherine, genau so sieht er aus. Ich erinnere mich genau an deine Beschreibung von Mr. Tilney: ›braune Haut mit dunklen Augen und ziemlich dunklem Haar‹. Na ja, mein Geschmack ist das nicht. Ich bin mehr für blaue Augen, und was die Hautfarbe angeht – ob du es glaubst oder nicht, ich ziehe helle Haut vor. Du darfst mich nicht verraten, wenn du in deiner Bekannt-

schaft mal jemandem begegnest, der dieser Beschreibung entspricht.«
»Dich verraten? Wie meinst du das?«
»Ach laß, bring mich nicht in Verlegenheit. Ich habe sicher schon zuviel gesagt. Wir wollen lieber das Thema wechseln.«
Catherine war es recht, obwohl sie einigermaßen überrascht war, und sie war nach einem kurzen Schweigen im Begriff, zu dem Thema zurückzukehren, das sie im Moment am allermeisten interessierte, Laurentinas Skelett, als ihre Freundin sie mit der Bemerkung davon abhielt: »Um Gottes willen! Wir wollen uns woanders hinsetzen. Siehst du die beiden unausstehlichen jungen Männer, die mich schon eine halbe Stunde lang anstarren? Sie machen mich ganz verlegen. Wir wollen sehen, wer neu angekommen ist. Dahin kommen sie uns bestimmt nicht nach.«
Also gingen sie zum Gästebuch, und während Isabella die Namen durchging, hatte Catherine die Aufgabe, die Bewegungen der alarmierenden jungen Männer zu verfolgen.
»Sie kommen uns doch wohl nicht nach, oder? Hoffentlich sind sie nicht so impertinent, uns zu folgen. Sag mir bitte auf jeden Fall, wenn sie kommen. Ich werde sie keines Blickes würdigen.«
Einen Augenblick später versicherte ihr Catherine mit ungekünsteltem Vergnügen, daß sie unbesorgt sein könne, da die Herren gerade die Brunnenhalle verlassen hätten.
»Und wohin sind sie gegangen?« fragte Isabella und drehte sich hastig um. »Der eine sah sehr gut aus.«
»Sie sind in Richtung Churchyard gegangen.«
»Na schön, ich bin unheimlich froh, sie los zu sein! Und jetzt – wie wär's, wenn wir zu Edgar's Buildings gingen und uns den neuen Hut ansähen? Du wolltest ihn doch sehen, oder?«
Catherine war sofort einverstanden. »Nur«, sagte sie,

»überholen wir dann womöglich die beiden jungen Männer.«

»Oh! Das macht nichts. Wenn wir uns beeilen, überholen wir sie vielleicht gleich, und ich kann es kaum erwarten, dir den Hut zu zeigen.«

»Aber wenn wir ein paar Minuten warten, besteht doch keine Gefahr, daß wir ihnen überhaupt begegnen.«

»So ein Kompliment werde ich ihnen nicht machen, das kannst du mir glauben. Ich denke gar nicht daran, die Männer mit so viel Rücksicht zu behandeln. Damit verwöhnt man sie nur.«

Solchen Argumenten hatte Catherine nichts entgegenzusetzen; und so folgten sie, um die Unabhängigkeit von Miss Thorpe und ihre Entschlossenheit zu beweisen, das starke Geschlecht zu demütigen, auf der Stelle und so schnell sie konnten, den Spuren der jungen Männer.

Kapitel 7

In einer halben Minute hatten sie die Anlagen der Brunnenhalle bis zum Torbogen gegenüber der Union Passage hinter sich; aber hier mußten sie anhalten. Wer Bath kennt, wird sich daran erinnern, wie schwierig es ist, die Cheap Street an dieser Stelle zu überqueren. Denn sie ist eine so niederträchtige, so unglücklich mit den großen Landstraßen nach London und Oxford und mit dem größten Hotel am Platze verbundene Verkehrsader, daß kein Tag vergeht, an dem nicht ganze Gruppen von Damen, unabhängig von der Dringlichkeit ihres Vorhabens – ob sie nun hinter Back- oder Modewaren oder sogar wie in diesem Falle hinter jungen Männern her sind – durch Kutschen, Reiter oder Fuhrwerke auf der einen oder anderen Straßenseite festgehalten werden. Dieser Mißstand war von Isabella seit ihrem Aufenthalt in Bath mindestens dreimal täglich empfunden und beklagt worden, und gerade jetzt traf sie das Schicksal, es noch einmal empfinden und beklagen zu müssen, denn in genau dem Augenblick, als sie gegenüber der Union Passage ankamen und die beiden Herren im Blick hatten, die sich auf dieser interessanten Hauptstraße durch die Menschenmenge schlängelten, wurden sie am Überqueren der Straße durch eine sich nähernde Gig[16] gehindert, die auf dem schlechten Pflaster von einem Kutscher mit Kennermiene und mit solchem Ungestüm gelenkt wurde, daß er spielend sein eigenes Leben samt dem seines Gefährten und seines Pferdes hätte in Gefahr bringen können.

»Oh, diese unausstehlichen Gigs«, sagte Isabella und sah auf, »wie ich sie verabscheue.« Aber diese durchaus gerechtfertigte Abscheu war von kurzer Dauer, denn bei näherem Hinsehen rief sie aus: »Zauberhaft! Mr. Morland und mein Bruder.«

»Du lieber Himmel! Tatsächlich James!« hörte man im nächsten Augenblick Catherine äußern, und als die jungen Männer sie erkannten, wurden die Zügel sofort mit solcher Heftigkeit angezogen, daß das Pferd sich fast auf die Hinterbeine setzte, und sobald der Diener herbeigeeilt war, sprangen auch die Herren heraus, und die Kutsche wurde ihm anvertraut.

Catherine, für die dieses Treffen ganz unerwartet kam, empfing ihren Bruder mit aufrichtiger Freude, und da er von sehr liebenswürdigem Naturell war und zärtlich an ihr hing, gab er auch seinerseits seinem Vergnügen ebenso lebhaften Ausdruck, jedenfalls solange Miss Thorpe ihm dazu Zeit ließ, die mit herausfordernden Blicken sein Interesse auf sich zu ziehen suchte, und ihr erwies er nun unverzüglich mit einer solchen Mischung aus Freude und Verlegenheit seine Aufmerksamkeit, daß Catherine, wäre sie etwas erfahrener im Deuten sich anbahnender Gefühlsbeziehungen zwischen Menschen und etwas weniger mit sich selbst beschäftigt gewesen, erkannt hätte, daß ihr Bruder ihre Freundin für mindestens so hübsch hielt wie sie selbst.

John Thorpe, der inzwischen Anordnungen wegen der Pferde getroffen hatte, gesellte sich bald zu ihnen, und von ihm erhielt sie den ihr zustehenden Anteil an Aufmerksamkeit, denn während er seiner Schwester nur leicht und flüchtig die Hand gab, machte er vor Catherine einen regelrechten Kratzfuß und einen knappen Diener. Er war ein untersetzter, mittelgroßer junger Mann, der mit seinem Durchschnittsgesicht und seiner ungelenken Gestalt anscheinend fürchtete, unwiderstehlich zu wirken, wenn er sich nicht wie ein Diener kleidete, und zu sehr wie ein Gentleman zu erscheinen, wenn er nicht salopp war, wo es sich gehört hätte, höflich, und unverschämt, wo er sich hätte erlauben können, salopp zu sein. Er nahm seine Taschenuhr heraus: »Was schätzen Sie, wie lange wir von Tetbury gebraucht haben, Miss Morland?«
»Ich weiß gar nicht, wie weit es ist.« Ihr Bruder erklärte ihr, es seien dreiundzwanzig Meilen.
»Dreiundzwanzig!« rief Thorpe. »Fünfundzwanzig und nicht einen Zentimeter weniger.« Morland widersprach, berief sich auf Reiseführer, Gastwirte, Meilensteine, aber sein Freund ließ sie alle nicht gelten; er wußte eine bessere Methode, die Entfernung zu messen. »An der Zeit, die wir gebraucht haben«, sagte er, »kann ich erkennen, daß es fünfundzwanzig sind. Es ist jetzt gerade halb zwei; wir haben den Gasthof in Tetbury verlassen, als die Rathausuhr elf schlug; es soll mal jemand zu behaupten wagen, daß mein Pferd im Geschirr weniger als zehn Meilen pro Stunde läuft. Es sind also genau fünfundzwanzig Meilen.«
»Du hast eine Stunde weggelassen«, sagte Morland, »es war erst zehn, als wir in Tetbury abfuhren.«
»Zehn! Es war elf, wetten? Ich habe jeden Schlag gezählt. Ihr Bruder da, Miss Morland, will mich zum Idioten erklären, aber sehen Sie mein Pferd an. Haben Sie so etwas schon mal gesehen? Das reinste Rennpferd.« (Der Diener war gerade auf den Sitz geklettert und fuhr ab.)

»Echtes Vollblut! Dreieinhalb Stunden und nur dreiundzwanzig Meilen! Sehen Sie sich das Tier an, halten Sie das für möglich?«
»Es sieht jedenfalls ganz erhitzt aus.«
»Erhitzt! Es hatte keinen Schweißtropfen auf den Flanken, als wir hier an der Walcot Church ankamen: aber sehen Sie die Vorderhand, sehen Sie die Lenden, schauen Sie nur, wie es sich bewegt. Das Pferd *kann* gar nicht weniger als zehn Meilen in der Stunde laufen. Sie können ihm die Beine fesseln, es kommt trotzdem vorwärts. Wie finden Sie meine Gig, Miss Morland? Gar nicht so übel, oder? Gute Federung, Londoner Fabrikat. Ich habe sie erst knapp einen Monat. Sie wurde für einen vom Christchurch College[17] gebaut – ein Freund von mir, ganz netter Bursche. Er hat sie nur ein paar Wochen gefahren, dann wollte er sie, glaube ich, wieder loswerden. Ich sah mich damals gerade nach irgend etwas Leichtem in der Art um, obgleich ich mich eigentlich für einen Zweispänner entschieden hatte, aber ich traf ihn zufällig im letzten Semester auf der Magdalen Bridge, als er nach Oxford reinfuhr. ›Ah, Thorpe‹, sagt er, ›brauchst du vielleicht gerade einen fahrbaren Untersatz? Erstklassiger Wagen, aber ich kann ihn nicht mehr ausstehen.‹ ›Ach, verdammt‹, sage ich, ›da bist du an den Richtigen gekommen. Was willst du dafür haben?‹ Und raten Sie mal, was er dafür haben wollte, Miss Morland?«
»Ich habe nicht die leiseste Ahnung.«
»Gefedert wie ein Zweispänner, oder? Sitz, Chassis, Schwertkasten, Schutzblech, Lampen, Silberbeschläge, komplett mit allem, die Metallteile so gut wie neu, wenn nicht besser. Er wollte fünfzig Guineen haben. Ich willigte sofort ein, zahlte bar auf die Hand, und die Kutsche gehörte mir.«
»Ich muß gestehen«, sagte Catherine, »ich verstehe so wenig von diesen Dingen, daß ich nicht beurteilen kann, ob das billig oder teuer ist.«
»Weder noch, ich hätte sie vermutlich sogar für weniger

gekriegt, aber ich kann das Feilschen nicht ausstehen, und der arme Freeman brauchte dringend Geld.«

»Das war aber nett von Ihnen«, sagte Catherine angenehm berührt.

»Ach, verdammt, wenn man die Mittel hat, einem Freund einen Gefallen zu tun, bin ich der letzte, der knausert.«

Nun erkundigte man sich nach den Plänen der jungen Damen, und als die Herren erfuhren, wohin sie unterwegs waren, war es beschlossene Sache, daß sie sie zu Edgar's Buildings begleiten würden, um Mrs. Thorpe ihre Aufwartung zu machen. James und Isabella gingen voran, und diese war mit ihrem Schicksal so zufrieden, so darauf bedacht, ihren Begleiter, der sich doppelt empfahl, weil er zugleich der Freund ihres Bruders und der Bruder ihrer Freundin war, einen angenehmen Spaziergang zu bieten – so unschuldig und gar nicht kokett sah es in ihrem Herzen aus, daß sie nicht einmal daran dachte, die Aufmerksamkeit der unverschämten jungen Männer auf sich zu ziehen, obwohl sie diese in der Milton Street überholten, und sie sich nur dreimal nach ihnen umsah.

John Thorpe ging natürlich neben Catherine und brachte nach einigen Minuten Schweigen das Gespräch wieder auf seine Gig: »Sie werden allerdings einige Leute sagen hören, Miss Morland, daß ich ein gutes Geschäft gemacht habe, denn ich hätte sie schon am nächsten Tag für zehn Guineen mehr wieder verkaufen können. Jackson vom Oriel College wollte mir auf der Stelle sechzig geben; Morland war dabei.«

»Ja«, sagte Morland, der zugehört hatte, »aber du vergißt, daß das Pferd mit inbegriffen war.«

»Mein Pferd! Ach, verdammt! Mein Pferd würde ich nicht für hundert verkaufen. Fahren Sie gerne im offenen Wagen, Miss Morland?«

»Ja, sehr gern, ich habe bisher kaum Gelegenheit dazu gehabt, aber ich tu es sehr gern.«

»Das freut mich, ich fahre Sie jeden Tag in meinem spazieren.«
»Vielen Dank«, sagte Catherine in einiger Verlegenheit, weil sie sich nicht darüber klar war, ob es sich gehörte, ein solches Angebot anzunehmen.
»Morgen fahre ich Sie nach Landsdown Hill hinauf.«
»Vielen Dank, aber braucht Ihr Pferd nicht etwas Ruhe?«
»Ruhe! Es ist doch heute nur dreiundzwanzig Meilen gelaufen. Alles Unsinn! Nichts ist schlimmer für Pferde als zu viel Ruhe; nichts gibt ihnen so schnell den Rest. Nein, nein! Ich lasse es täglich mindestens vier Stunden laufen, solange ich hier bin.«
»Wirklich«, sagte Catherine sehr ernst, »das sind am Tag ja vierzig Meilen.«
»Vierzig, ach was, fünfzig, wenn es nach mir geht. Also, morgen fahre ich Sie nach Landsdown hinauf; vergessen Sie unsere Verabredung nicht.«
»Was für ein zauberhafter Plan«, rief Isabella und drehte sich um, »meine liebste Catherine, wie ich dich beneide; aber wie ich dich kenne, Bruder, hast du für eine dritte bestimmt keinen Platz.«
»Eine dritte, das fehlte noch! Nein, nein, ich bin doch nicht nach Bath gekommen, um meine Schwestern herumzukutschieren. Daß ich nicht lache, ausgerechnet! Morland soll sich um dich kümmern.«
Dies führte zu einem Austausch von Höflichkeiten zwischen den anderen beiden, aber Catherine hörte weder die Einzelheiten noch das Resultat. Die Unterhaltung ihres Begleiters sank nun von ihrem lebhaften geistigen Höhenflug auf das Niveau kurzer, entschiedener Sätze herab, mit denen er jedes ihnen entgegenkommende weibliche Gesicht entweder lobte oder verurteilte, und als Catherine mit all der Höflichkeit und Ergebenheit eines jugendlichen weiblichen Gemüts, das das Wagnis fürchtet, seine eigene Meinung der eines selbstsicheren jungen Mannes entgegenzusetzen, besonders wo es sich

um die Schönheit des eigenen Geschlechts handelt, solange sie irgend konnte, zugehört und zugestimmt hatte, wagte sie es schließlich, das Thema mit einer Frage zu wechseln, die sie schon lange außerordentlich beschäftigte; sie lautete: »Haben Sie *Udolpho* gelesen, Mr. Thorpe?«

»*Udolpho!* Ach, du großer Gott, das fehlte noch. Ich lese nie Romane, ich habe Besseres zu tun.«

Die gedemütigte und beschämte Catherine war im Begriff, sich für ihre Frage zu entschuldigen, aber er hinderte sie daran mit seiner Bemerkung: »Romane sind der reinste Unsinn und so. Seit *Tom Jones*[18] ist kein einigermaßen erträglicher Roman erschienen, außer *Der Mönch*[19]; den habe ich neulich gelesen, aber alle anderen – das langweiligste Zeug der Welt!«

»Ich glaube, *Udolpho* würde Ihnen bestimmt gefallen, wenn Sie es läsen; es ist richtig spannend.«

»Mir doch nicht, ausgerechnet! Nein, wenn ich überhaupt Romane lese, dann nur die von Mrs. Radcliffe, die sind einigermaßen amüsant; die sind lesenswert, ganz gute Unterhaltung und nicht so übertrieben.«

»*Udolpho* ist von Mrs. Radcliffe«, sagte Catherine und zögerte aus Furcht, ihn zu kränken.

»Wirklich, was Sie nicht sagen! Ja, jetzt erinnere ich mich, Sie haben recht. Ich dachte an das andere alberne Buch dieser Frau, mit der so viel Rummel gemacht wird, sie ist mit diesem französischen Emigranten verheiratet.«[20]

»Sie meinen sicher *Camilla*.«[21]

»Ja, das ist das Buch, so was Übertriebenes! Ein alter Mann, der auf der Wippe schaukelt! Ich habe in den ersten Band reingesehen und fand ihn unerträglich; ich konnte mir schon denken, was es für blödes Zeug sein mußte, bevor ich das Buch sah. Sobald ich hörte, sie hat einen Emigranten geheiratet, war mir klar, ich würde es nie durchkriegen.«

»Ich habe es nicht gelesen.«

»Da haben Sie auch nichts versäumt, verlassen Sie sich drauf; es ist der grauenhafteste Unsinn, den Sie sich vorstellen können; es handelt von nichts anderem als einem alten Mann, der auf einer Wippe schaukelt und Latein lernt, Ehrenwort, von nichts anderem.«
Mit dieser Kritik, deren Berechtigung Catherine unglücklicherweise nicht beurteilen konnte, gelangten sie an die Tür von Mrs. Thorpes Quartier, und die Empfindungen des scharfsinnigen und unvoreingenommenen Lesers von *Camilla* machten nun denen des pflichtschuldigen und zärtlichen Sohnes Platz, als sie im Flur Mrs. Thorpe begrüßten, die sie schon von oben entdeckt hatte. »Ah, Mutter, wie geht's?« sagte er und schüttelte ihr kräftig die Hand. »Wo hast du denn den komischen Hut her, du siehst damit ja aus wie eine alte Hexe! Hier ist Morland, und wir haben vor, ein paar Tage zu bleiben, du mußt dich also nach ein paar anständigen Betten irgendwo hier in der Nähe umsehen.« Und diese Mitteilungen erfüllten anscheinend die zärtlichsten Wünsche ihres Mutterherzens, denn sie empfing ihn mit den innigsten und überschwenglichsten Bezeugungen der Liebe. Dann verschwendete er auf seine beiden jüngeren Schwestern ein ähnliches Maß brüderlicher Zärtlichkeit, denn er erkundigte sich nach ihrem Befinden und sagte ihnen, daß sie beide sehr häßlich aussähen.
Dieses Benehmen gefiel Catherine gar nicht, aber er war James' Freund und Isabellas Bruder, und sie ließ sich auch dadurch in ihrem Urteil beeinflussen, daß Isabella, als sie aufbrachen, um den neuen Hut anzusehen, ihr versicherte, John halte sie für das charmanteste Geschöpf der Welt, und John selbst, bevor sie sich trennten, sich um sie als Tanzpartnerin für den Abend bewarb. Wäre sie älter oder eitler gewesen, hätten solche Komplimente keinen Eindruck auf sie gemacht, aber wo Jugend und Schüchternheit zusammenkommen, bedarf es ungewöhnlicher Standfestigkeit, um der Verlockung zu widerstehen, das charmanteste Mädchen der Welt

genannt und so früh zum Tanzen aufgefordert zu werden. Die Folge davon war, daß sie, als die beiden Morlands nach einem einstündigen Zusammensein mit den Thorpes sich gemeinsam zu Mrs. Allen auf den Weg machten und James, kaum daß die Tür hinter ihnen geschlossen war, fragte: »Nun, Catherine, gefällt dir mein Freund Thorpe?«, anstatt zu erwidern, wie sie wahrscheinlich geantwortet hätte, wenn Freundschaft und Schmeichelei mit dem Fall nichts zu tun gehabt hätten, »Ich kann ihn nicht ausstehen!«, ohne zu zögern sagte: »Er gefällt mir sehr gut; er ist anscheinend sehr nett.«

»Er ist ein durch und durch patenter Bursche; redet manchmal ein bißchen viel, aber vermutlich ist das bei deinem Geschlecht eher eine Empfehlung. Und wie findest du den Rest der Familie?«

»Ganz, ganz großartig, besonders Isabella.«

»Daß du das sagst, freut mich sehr; sie ist ein junges Mädchen, wie ich es für dich als Umgang wünsche. Sie hat viel gesunden Menschenverstand und ist ganz und gar unaffektiert und liebenswert. Ich wollte schon immer, daß du sie kennenlernst, und sie hat dich anscheinend sehr gern. Sie lobt dich in den höchsten Tönen, und auf das Lob eines Mädchens wie Miss Thorpe«, er nahm liebevoll ihre Hand, »kannst sogar du, Catherine, stolz sein.«

»Das bin ich auch«, erwiderte sie, »ich liebe sie außerordentlich und freue mich so, daß sie dir auch gefällt. Du hast sie kaum erwähnt, als du mir nach deinem ersten Besuch bei ihnen schriebst.«

»Weil ich dachte, wir würden uns bald treffen. Hoffentlich seid ihr während deines Aufenthalts in Bath recht viel zusammen. Sie ist ein sehr liebenswertes Mädchen und so überlegen und einsichtig! Wie gern die ganze Familie sie hat, sie ist anscheinend der Liebling aller, und an einem Ort wie Bath muß sie doch große Bewunderung erregen, oder?«

»Ja, sehr – nehme ich an. Mr. Allen findet, sie ist das schönste Mädchen in Bath.«
»Kein Wunder, und von Schönheit versteht keiner so viel wie Mr. Allen. Ich brauche dich gar nicht erst zu fragen, ob du hier glücklich bist, meine liebe Catherine, bei einer solchen Gefährtin und Freundin wie Isabella Thorpe könnte es gar nicht anders sein, und die Allens sind doch bestimmt auch sehr freundlich zu dir.«
»Ja, sehr, ich war noch nie so glücklich; und nun, wo du gekommen bist, wird es noch herrlicher. Wie nett von dir, den weiten Weg nur um meinetwillen zu machen.«
James nahm diesen Tribut der Dankbarkeit gelassen entgegen, und um sein Gewissen darüber zu beruhigen, *daß* er ihn entgegengenommen hatte, sagte er mit vollkommener Aufrichtigkeit: »Catherine, ich mag dich wirklich gern.«
Nun wurden Fragen und Mitteilungen über ihre Brüder und Schwestern, das Befinden der einen und das Wachsen der anderen und weitere Familienangelegenheiten zwischen beiden ausgetauscht, und die Unterhaltung darüber, bei der James nur ein einziges Mal ein Lob über Miss Thorpe einflocht, dauerte, bis sie die Pulteney Street erreichten, wo sie von Mr. und Mrs. Allen mit großer Herzlichkeit empfangen wurden, wobei *er* sie zum Dinner einlud und *sie* die beiden bat, von einem neuen Muff und Pelzkragen den Preis zu schätzen und den Gelegenheitskauf zu bewundern. Eine frühere Verabredung in Edgar's Buildings hinderte James daran, *seine* Einladung anzunehmen, und zwang ihn, sich zu verabschieden, sobald er *ihre* Forderungen erfüllt hatte. Als man eine Zeit vereinbart hatte, zu der sich die beiden Gruppen im Oktagonzimmer treffen wollten, konnte sich Catherine, unbeschwert von den irdischen Sorgen um Kleid und Dinner, unfähig, Mrs. Allens Befürchtungen wegen der Verspätung der erwarteten Schneiderin zu besänftigen, und ohne mehr als eine Minute in der Stunde an den wunderschönen Gedanken zu verschwenden, daß sie für

den Abend schon vergeben war, selbstvergessen dem Vergnügen hingeben, sich mit ihrer gespannten, erregten und schaudernden Einbildungskraft in die Seiten von *Udolpho* zu versenken.

Kapitel 8

Trotz *Udolpho* und der Schneiderin allerdings erreichte die Gesellschaft aus der Pulteney Street die Oberen Gesellschaftsräume rechtzeitig. Die Thorpes und James Morland waren nur zwei Minuten vor ihnen angekommen, und nach der üblichen Zeremonie, bei der Isabella ihre Freundin mit dem schönsten Lächeln und dem zärtlichsten Überschwang begrüßte, ihr Kleid bewunderte und sie um ihr lockiges Haar beneidete, folgten sie ihren Begleitern Arm in Arm in den Ballsaal, wobei sie miteinander flüsterten, wenn ihnen etwas einfiel, und ein Händedruck oder ein zärtliches Lächeln den Gedankenaustausch ersetzen mußten.

Der Tanz begann schon wenige Minuten, nachdem sie sich gesetzt hatten, und James, der ebenso lange wie seine Schwester vergeben war, drängte darauf, sich mit Isabella aufzustellen, aber John war ins Kartenzimmer gegangen, um mit einem Freund zu sprechen, und Catherines Freundin erklärte, nichts könne sie veranlassen, am Tanz teilzunehmen, ohne daß ihre liebe Catherine auch daran teilnehmen könne. »Daß Sie es wissen«, sagte sie, »um nichts in der Welt würde ich mich ohne Ihre liebe Schwester zum Tanz aufstellen, denn wenn ich das täte, wären wir bestimmt den ganzen Abend über getrennt.« Catherine nahm diesen Freundschaftsdienst dankbar an, und sie blieben noch drei Minuten sitzen, bis Isabella, die sich mit James an ihrer anderen Seite unterhalten hatte, sich seiner Schwester wieder zuwandte und sagte: »Meine liebste Freundin, ich fürchte, ich muß dich doch verlassen, dein Bruder ist so unheimlich versessen darauf; ich weiß, es macht dir nichts aus, wenn ich dich allein lasse, und John ist bestimmt jeden Augenblick zurück, und dann kannst du mich ja leicht wiederfinden.« Obwohl Catherine ein bißchen enttäuscht war, war sie zu gutmütig, um zu widersprechen, und da die beiden nun aufstanden, hatte Isabella nur noch Zeit, ihr die Hand zu drücken und zu sagen: »Bis gleich, meine liebste Freundin«, dann waren sie auf und davon. Da die jüngeren Misses Thorpe auch tanzten, war Catherine nun der Gnade von Mrs. Thorpe und Mrs. Allen ausgeliefert, zwischen denen sie sitzenblieb. Sie konnte nicht umhin, sich über Mr. Thorpes Ausbleiben zu ärgern, denn nicht nur war sie aufs Tanzen erpicht, sondern sie war sich auch darüber im klaren, da niemand die wahren Gründe ihres Sitzenbleibens kannte, mit all den anderen unaufgeforderten jungen Damen die Schande zu teilen, keinen Partner zu haben. In den Augen der Welt entwürdigt zu werden, den Anschein von Schande zu ertragen, während ihr Herz aus lauter Reinheit, ihre Handlungen aus lauter Unschuld bestehen und schlechtes Benehmen anderer die wahre Quelle ihrer Entehrung ist, gehört zu den Umständen, die das Leben einer Heldin auszeichnen und die Tapferkeit, mit der sie sie erträgt, adelt ihren Charakter ganz besonders.

Aus diesem Zustand der Erniedrigung wurde sie nach zehn Minuten von angenehmeren Empfindungen erlöst; sie sah nämlich – nicht Mr. Thorpe, sondern Mr. Tilney drei Meter von ihrem eigenen Platz entfernt. Er bewegte sich anscheinend auf sie zu, aber er sah sie nicht, und daher erloschen ihr Lächeln und Erröten, die durch sein plötzliches Erscheinen ausgelöst worden waren, ohne ihre Rolle als Romanheldin zu schmälern. Er sah so gut und so lebhaft aus wie immer und sprach angeregt mit einer modisch gekleideten und freundlich aussehenden jungen Dame, die sich auf seinen Arm stützte und in der

Catherine sofort seine Schwester vermutete, womit sie gedankenlos die schöne Gelegenheit wegwarf zu befürchten, daß er nun auf ewig für sie verloren sei, weil er schon verheiratet war. Aber da sie nur von arglosen und naheliegenden Empfindungen geleitet wurde, war es ihr nie eingefallen, daß Mr. Tilney verheiratet sein könne, er hatte sich nicht verhalten, er hatte nicht geredet wie die verheirateten Männer, die sie kannte; er hatte eine Ehefrau nie erwähnt und eine Schwester nicht verheimlicht. Und aufgrund dieser Umstände folgerte sie sofort, daß seine Schwester sich nun an seiner Seite befand, und daher saß Catherine, statt sich mit einer todesähnlichen Blässe zu überziehen und an Mrs. Allens Busen in Ohnmacht zu fallen, aufrecht und in vollem Besitz all ihrer Geisteskräfte da, wobei nur ihre Wangen etwas geröteter waren als sonst.

Unmittelbar vor Mr. Tilney und seiner Begleiterin, die sich ihr weiterhin langsam näherten, ging eine Dame, eine Bekannte von Mrs. Thorpe, und da diese Dame anhielt, um das Wort an jene zu richten, hielten die beiden, da sie zu ihr gehörten, auch an, und als Mr. Tilney Catherines Blick auffing, erwiderte er ihn sofort mit einem Lächeln des Wiedererkennens. Sie lächelte glücklich zurück, und nun trat er auf sie zu und sprach mit ihr und auch mit Mrs. Allen, von der er sehr zuvorkommend begrüßt wurde. »Ich freue mich wirklich sehr, Sie wiederzusehen, Sir. Ich dachte schon, Sie hätten Bath verlassen.« Er war ihr für die Fürsorge sehr verbunden; er sei tatsächlich an demselben Vormittag, an dem er das Vergnügen gehabt habe, sie kennenzulernen, auf eine Woche abgereist.

»Und ich bin sicher, Sir, Sie bereuen nicht, daß Sie wieder da sind, denn Bath ist genau der richtige Ort für junge Leute – und für alle anderen auch. Ich sage immer zu Mr. Allen, wenn er behauptet, es hier überzuhaben, daß er keinen Grund hat, sich zu beklagen, denn Bath ist ein äußerst angenehmer Aufenthaltsort, und daß man diese langweilige Jahreszeit viel besser hier als zu Hause verbringen kann. Ich sage immer zu ihm, was für ein Glück er hat, wegen seiner Gesundheit gerade hierher geschickt worden zu sein.«

»Und ich hoffe, Madam, daß Mr. Allen sich schließlich mit dem Ort versöhnt, weil er ihm gesundheitlich guttut.«

»Vielen Dank, Sir, ich zweifle nicht daran. Einer unserer Nachbarn, Dr. Skinner, war im letzten Winter seiner Gesundheit wegen hier und ist wieder ganz bei Kräften.«

»Dieser Umstand muß recht ermutigend wirken.«

»Ja, Sir, und Dr. Skinner und seine Familie waren ganze drei Monate hier. Ich sage immer zu Mr. Allen, daß er sich nicht zu beeilen braucht, den Aufenthalt zu beenden.«

An dieser Stelle wurden sie durch Mrs. Thorpes an Mrs. Allen gerichtete Bitte unterbrochen, ein bißchen Platz zu machen, damit auch Mrs. Hughes und Miss Tilney noch Platz hätten, die sich zu ihnen setzen wollten. Das geschah, während Mr. Tilney immer noch vor ihnen stand, und nach einer kurzen Überlegung bat er Catherine, mit ihm zu tanzen. Dieses reizende Angebot, so ehrenvoll es war, brachte die Dame in größte Verlegenheit, und ihr Bedauern über die Ablehnung klang so echt, daß Thorpe, der kurz darauf zurückkam, ihren Schmerz vermutlich für bedenklich gehalten hätte, wäre er eine halbe Minute früher zu ihnen gestoßen. Die Sorglosigkeit, mit der er der Dame dann mitteilte, daß er sie habe warten lassen, war keineswegs dazu angetan, sie mit ihrem Schicksal zu versöhnen, und auch die Einzelheiten über die Pferde und Hunde des Freundes, von dem er sich gerade losgerissen hatte, und der geplante Tausch von Terriern zwischen ihnen, interessierten sie, als er sich auf dem Wege zur Tanzfläche darüber ausließ, nicht so brennend, daß sie nicht sehr häufig zum anderen Ende des Saales geschaut hätte, wo sie Mr. Tilney zurückgelassen hatte. Von ihrer lieben Isabella, der sie den Herrn brennend gern gezeigt hätte, war weit und breit nichts zu sehen. Sie standen in verschiedenen Reihen. Sie war getrennt von ihrer ganzen Gruppe und entfernt von all ihren Bekannten; eine Verlegenheit löste die andere ab, und aus all dem lernte sie die nützliche Lektion, daß es nicht notwendigerweise die Würde oder das Vergnügen einer jungen Dame erhöht, wenn sie zu einem Ball mit einem festen Partner geht. Aus diesen Selbstvorwürfen wurde sie plötzlich durch eine Berührung auf der Schulter aufgescheucht, und als sie sich umdrehte, erblickte sie hinter sich Mrs. Hughes, die von einem Herrn und Miss Tilney begleitet wurde. »Ich bitte für diese Unterbrechung um Entschuldigung, Miss Morland«, sagte sie, »aber ich kann zu Miss Thorpe nicht vordringen, und Mrs. Thorpe hat mir versichert, daß es Ihnen bestimmt nichts ausmachen würde, sich um diese junge Dame zu kümmern.« Mrs. Hughes hätte keinen Menschen im Saal fragen können, der glücklicher gewesen wäre, ihre Bitte zu erfüllen als Catherine. Die jungen Damen wurden miteinander bekannt gemacht, wobei sich Miss Tilney auf angemessene Weise für solche Freundlichkeit bedankte und Miss Morland mit dem Zartgefühl des von Natur hilfsbereiten Menschen die Mühe herunterspielte; und Mrs. Hughes kehrte, da sie ihren Schützling so glücklich untergebracht hatte, an ihren Platz zurück.

Miss Tilney hatte eine gute Figur, ein hübsches Gesicht und sehr offene Züge; und obwohl ihre Erscheinung nicht den gewollt anspruchsvollen Charakter und das entschieden Modische von Miss Thorpe hatte, besaß sie mehr echte Eleganz. Ihre Umgangsformen zeigten Natürlichkeit und gute Erziehung; sie war weder schüchtern noch betont entgegenkommend, und es gelang ihr offenbar, jung, anziehend und auf einem Ball zu sein, ohne die Aufmerksamkeit jedes Mannes in ihrer Nähe auf sich ziehen zu wollen und übertrieben überschwengliches Entzücken oder unglaublichen Ärger über jedes unwichtige Vorkommnis zu zeigen. Catherine, die zugleich an ihrer Erscheinung und an ihrer Beziehung zu Mr. Tilney interessiert war, wäre gern besser mit ihr bekannt geworden und sprach bereitwillig mit ihr, wann immer ihr etwas zu sagen einfiel und sie Mut und Gelegenheit hatte, das Wort zu ergreifen. Aber das Hindernis, daß entweder eine oder mehrere dieser Voraussetzungen bei ihrem Wunsch nach größerer Intimität fehlten, ließ sie nicht über die Anfänge einer Bekanntschaft hinauskommen, die darin bestanden, sich gegenseitig mitzuteilen, wie gut es ihnen in Bath gefiel oder wie sehr sie die Gebäude der Stadt und die Umgebung bewunderten, ob sie zeichneten, Klavier spielten oder sangen und ob sie gerne ritten.

Die beiden Tänze waren kaum zu Ende, da fühlte sich Catherine sanft von ihrer treuen Isabella am Arm gefaßt, die in glänzender Laune ausrief: »Da habe ich dich endlich. Meine liebste Freundin, ich suche schon eine ganze Stunde nach dir. Wie konntest du bloß in dieser Reihe tanzen, wo du doch wußtest, ich war in der anderen? Ich war ohne dich ganz verzweifelt.«

»Meine liebe Isabella, wie sollte ich denn zu dir hinkommen? Ich wußte nicht einmal, wo du warst.«

»Das habe ich deinem Bruder auch die ganze Zeit gesagt, aber er wollte mir nicht glauben. ›Dann gehen Sie doch und sehen Sie nach ihr, Mr. Morland‹, sagte ich – aber alles umsonst, er wich mir keinen Zentimeter von der Seite. Stimmt's, Mr. Morland? Aber ihr Männer seid ja alle so unerhört faul! Du ahnst ja nicht, wie ich ihn ausgeschimpft habe, meine liebe Catherine. Du weißt ja, mit solchen Leuten mache ich keine großen Umstände.«

»Siehst du die junge Dame mit den weißen Perlen um den Kopf?« flüsterte Catherine und zog Isabella von ihrem Bruder weg. »Das ist Mr. Tilneys Schwester.«

»Ach, du lieber Himmel! Was du nicht sagst! Ich muß sie

sofort sehen. Was für ein zauberhaftes Mädchen! So eine Schönheit habe ich noch nie gesehen! Aber wo ist denn ihr unwiderstehlicher Bruder? Ist er auch hier? Wenn ja, zeig ihn mir sofort. Ich brenne darauf, ihn zu sehen. Mr. Morland, hören Sie gefälligst weg. Wir sprechen nicht von Ihnen.«

»Aber was soll denn das Geflüster? Was ist denn los?«

»Aha, ich wußte es gleich. Ihr Männer seid so unbezähmbar neugierig! Von wegen, die Neugier der Frauen! Die fällt gar nicht ins Gewicht. Aber beruhigen Sie sich, denn Sie werden von der ganzen Sache sowieso nichts erfahren.«

»Und damit soll ich mich zufrieden geben?«

»Also, so was wie Sie habe ich ja noch nie erlebt. Was geht es Sie denn an, wovon wir reden? Vielleicht reden wir sogar von Ihnen, dann kann ich Ihnen nur empfehlen, nicht zuzuhören, sonst könnte es sein, daß Sie etwas zu Ohren bekommen, was Ihnen ganz und gar nicht gefällt.«

In diesem Geschwätz, das einige Zeit dauerte, ging anscheinend das eigentliche Thema völlig unter; und obwohl es Catherine durchaus recht war, eine Zeitlang davon wegzukommen, wurde sie doch den leisen Verdacht nicht los, daß es mit Isabellas Ungeduld, Mr. Tilney zu sehen, nicht so weit her sein konnte. Als das Orchester einen neuen Tanz begann, wollte James seine hübsche Partnerin davonführen, aber sie weigerte sich. »Was denken Sie, Mr. Morland«, rief sie, »um nichts in der Welt würde ich so etwas tun. Was fällt Ihnen bloß ein. Stell dir vor, meine liebe Catherine, was dein Bruder von mir will. Er will, daß ich noch einmal mit ihm tanze, obwohl ich ihn darauf aufmerksam mache, daß sich das auf gar keinen Fall schickt und gegen alle Anstandsregeln verstößt. Wir würden zum Gespött des ganzen Saales werden, wenn wir nicht die Partner wechselten.«

»Aber ich bitte Sie«, sagte James, »bei solchen öffentlichen Veranstaltungen macht das nichts aus.«

»Unsinn, wie können Sie so etwas sagen! Aber wenn ihr Männer etwas erreichen wollt, ist euch alles ganz egal. Meine liebste Catherine, steh mir bei, mach deinem Bruder klar, wie unmöglich es ist. Sag ihm, wie schokkiert du wärest, wenn ich so etwas täte; das wärst du doch, oder?«
»Nein, gar nicht, aber wenn du es für falsch hältst, dann wechselt ihr wohl besser die Partner.«
»Da«, rief Isabella, »da sehen Sie, was Ihre Schwester sagt, aber Sie wollen ja nicht auf sie hören. Na schön, aber eins will ich gleich klarstellen: es ist nicht meine Schuld, wenn sämtliche Damen über uns herziehen. Komm um Himmels willen mit, meine liebste Catherine, und stell dich neben mir auf.« Und sie gingen auf die Tanzfläche zurück, um ihren früheren Platz wieder einzunehmen. John Thorpe war inzwischen weggegangen, und da Catherine gern noch einmal Mr. Tilney eine Gelegenheit gegeben hätte, sein freundliches Angebot zu wiederholen, das sie schon beim erstenmal als Ehre empfunden hatte, bahnte sie sich in der Hoffnung, ihn dort zu finden, so schnell sie konnte den Weg zu Mrs. Allen und Mrs. Thorpe zurück – eine Hoffnung, deren Unerfüllbarkeit sie erst erkannte, als sie sich als vergeblich herausstellte. »Nun, mein Kind«, sagte Mrs. Thorpe, die es nicht abwarten konnte, das Lob ihres Sohnes zu hören, »ich hoffe, Sie hatten einen angenehmen Partner.«
»Sehr angenehm, Madam.«
»Das freut mich aber. John ist ein glänzender Unterhalter, nicht wahr?«
»Haben Sie Mr. Tilney gesehen, mein Kind?« sagte Mrs. Allen.
»Nein, wo ist er?«
»Er war gerade hier und sagte, er sei es so leid, herumzustehen, daß er entschlossen sei zu tanzen; deshalb dachte ich, er wollte vielleicht Sie auffordern, wenn er Sie träfe.«

»Wo kann er sein?« fragte Catherine und sah sich um; aber sie brauchte nicht lange zu schauen, dann sah sie ihn eine junge Dame zum Tanz führen.

»Ah! Er hat schon eine Partnerin. Wenn er nur Sie aufgefordert hätte«, sagte Mrs. Allen, und nach einer kurzen Pause fügte sie hinzu: »Er ist ein sehr angenehmer junger Mann.«

»Das ist er, Mrs. Allen«, sagte Mrs. Thorpe selbstgefällig lächelnd, »obwohl ich seine Mutter bin, muß ich selber sagen, daß es einen so sympathischen jungen Mann nicht noch einmal gibt.«

Der Sinn dieser abwegigen Antwort wäre sicher vielen entgangen, aber Mrs. Allen ließ sich nicht im geringsten irritieren, denn nach kurzer Überlegung sagte sie flüsternd zu Catherine: »Sie hat bestimmt gedacht, ich spreche von ihrem Sohn.«

Catherine war enttäuscht und verärgert. Sie hatte anscheinend das Ziel ihrer Wünsche nur um Haaresbreite verpaßt; und diese Gewißheit war nicht dazu angetan, ihre Antwort freundlich ausfallen zu lassen, als John Thorpe bald darauf auf sie zukam und sagte: »So, Miss Morland, es ist wohl Zeit, daß wir wieder eine Sohle aufs Parkett legen.«

»Oh, nein, ich bin Ihnen sehr verbunden, aber unsere beiden Tänze sind vorbei, und außerdem bin ich müde und möchte nicht mehr tanzen.«

»Wirklich nicht? Dann wollen wir herumgehen und uns über die Leute lustig machen. Kommen Sie mit, ich zeige Ihnen die vier komischsten Typen im Saal, meine beiden jüngeren Schwestern und ihre Partner. Ich lache schon seit einer halben Stunde über sie.«

Wieder entschuldigte sich Catherine, und schließlich machte er sich auf, um sich allein über seine Schwestern lustig zu machen. Den Rest des Abends empfand sie als sehr langweilig. Mr. Tilney konnte sich beim Tee nicht zu ihnen setzen, weil er bei der Gesellschaft seiner Partnerin blieb; Miss Tilney saß nicht in ihrer Nähe, obwohl sie zu ihrer Gruppe gehörte, und James und Isabella waren so damit beschäftigt, sich miteinander zu unterhalten, daß diese kaum Zeit hatte, ihrer Freundin ein Lächeln, einen Händedruck und ein »liebste Catherine« zukommen zu lassen.

Kapitel 9

Catherines Leiden aufgrund der Vorkommnisse des Abends nahmen folgenden Verlauf: Zuerst äußerte es sich als Gefühl allgemeinen Überdrusses an allen Menschen in ihrer Umgebung, solange sie sich im Ballsaal aufhielt, was unvermittelt in ziemliche Erschöpfung und das dringende Bedürfnis überging, nach Hause zu gehen. Daraus entwickelte sich unmittelbar nach ihrer Ankunft in der Pulteney Street ein außerordentlicher Appetit, und als der befriedigt war, verwandelte es sich in den ernsthaften Wunsch, ins Bett zu gehen. Das war der Höhepunkt ihrer Verzweiflung, denn dort fiel sie sofort in einen neun Stunden dauernden tiefen Schlaf, von dem sie sich in denkbar bester Laune, zu neuen Hoffnungen und neuen Plänen bereit, erhob. Ihr erster Herzenswunsch war es, besser mit Miss Tilney bekannt zu werden, und fast ihr erster Entschluß, sie zu diesem Zweck mittags in der Brunnenhalle zu suchen. In der Brunnenhalle mußte jemand, der erst so kurze Zeit in Bath war, zu finden sein, und schließlich hatte sich dieses Gebäude bisher als so vorteilhaft für das Ausfindigmachen anspruchsvoller weiblicher Gesellschaft und das Schließen engster weiblicher Freundschaft, als so ausgezeichnet geeignet für Gespräche unter vier Augen und grenzenlose Vertraulichkeit erwiesen, daß sie allen Anlaß zu haben glaubte, innerhalb seiner Wände eine weitere Freundin zu finden.
Da für ihr Vormittagsprogramm auf diese Weise gesorgt

war, setzte sie sich nach dem Frühstück still mit ihrem Buch hin, entschlossen, an demselben Platz und mit derselben Beschäftigung sitzen zu bleiben, bis es ein Uhr schlug; die Redensarten und Stoßseufzer von Mrs. Allen störten sie dabei schon lange nicht mehr, denn sie hatte sich daran gewöhnt, daß ihre geistige Leere und Denkunfähigkeit sich darin äußerten, daß sie nie viel redete, aber auch nie ganz schweigen konnte, und deshalb bei ihrer Arbeit laut und unabhängig davon, ob jemand zu einer Antwort aufgelegt war, anmerken mußte, wenn ihre Nadel verschwunden war oder ihr der Faden riß, wenn sie auf der Straße eine Kutsche hörte oder einen Fleck auf ihrem Kleid entdeckte. Etwa um halb eins stürzte sie ans Fenster, weil es ungewöhnlich laut geklopft hatte, und sie hatte kaum Zeit, Catherine zu berichten, daß zwei offene Wagen vor der Tür standen, in dem ersten nur ein Diener, in dem zweiten ihr Bruder mit Miss Thorpe, als John Thorpe schon die Treppe heraufgelaufen kam und rief: »Also, Miss Morland, da bin ich. Haben Sie lange gewartet? Wir konnten nicht früher kommen. Der Stellmacher, der alte Halunke, brauchte eine Ewigkeit, um ein passendes Vehikel aufzutreiben, und jetzt wette ich tausend zu eins, daß es zusammenbricht, bevor wir aus der Straße raus sind. Wie geht's, Mrs. Allen? Toller Ball gestern abend, oder? Los, Miss Morland, beeilen Sie sich, die anderen haben es eilig, wegzukommen. Sie können es gar nicht abwarten, im Graben zu landen.«

»Was soll das heißen?« sagte Catherine. »Wohin fahren Sie denn alle?«

»Wohin? Wieso, haben Sie etwa unsere Verabredung vergessen? Wir wollten doch zusammen ausfahren. Wo haben Sie bloß Ihre Gedanken? Wir fahren nach Claverton Down.«

»Davon war die Rede, jetzt erinnere ich mich«, sagte Catherine und sah Mrs. Allen fragend an, »aber ich hatte Sie eigentlich nicht erwartet.«

»Nicht erwartet! Sie machen Witze! Und was für einen

Wirbel Sie gemacht hätten, wenn ich nicht gekommen wäre!«

Catherines schweigender Appell an Mrs. Allen nützte ihr gar nichts, denn da diese nicht gewohnt war, Botschaften durch Blicke auszutauschen, kam sie nicht darauf, daß jemand anders es beabsichtigen könne, und da Catherines Sehnsucht, Miss Tilney wiederzusehen, eine kleine Verzögerung zugunsten der Ausfahrt vertragen konnte und sie nichts Unschickliches darin sah, mit Mr. Thorpe auszufahren, wenn gleichzeitig Isabella mit ihrem Bruder ausfuhr, sah sie sich gezwungen, deutlicher zu werden: »Also, Madam, was meinen Sie dazu? Können Sie mich ein oder zwei Stunden entbehren? Soll ich mitfahren?«

»Ganz wie Sie wollen, mein Kind«, erwiderte Mrs. Allen mit freundlicher Gleichgültigkeit. Catherine folgte ihrem Rat und lief in ihr Zimmer, um sich fertigzumachen. Ein paar Minuten später war sie wieder da, so daß die beiden anderen, nachdem Thorpe Mrs. Allen zur Bewunderung seiner Gig aufgefordert hatte, kaum Zeit hatten, ein paar lobende Worte über Catherine auszutauschen, und dann liefen sie mit Mrs. Allens besten Wünschen versehen die Treppe hinunter. »Meine liebste Freundin«, rief Isabella, zu der Catherine die Pflichten der Freundschaft riefen, bevor sie in den Wagen kletterte, »du hast mindestens drei Stunden gebraucht, um fertig zu werden. Ich dachte schon, du wärest krank. Was für ein zauberhafter Ball das gestern abend war. Ich muß dir tausend Sachen erzählen, aber beeil dich und steig ein, ich kann es kaum erwarten, wegzukommen.«

Catherine folgte ihrem Befehl und wandte sich ab – aber nicht schnell genug, um nicht noch Isabella laut zu James sagen zu hören: »Was für ein reizendes Mädchen sie ist! Ich bin ganz vernarrt in sie!«

»Erschrecken Sie nicht, Miss Morland«, sagte Thorpe, als er ihr in den Wagen half, »wenn mein Pferd beim Anziehen ein bißchen tänzelt. Es wird vermutlich ein paar Sätze vorwärts machen und dann bocken. Aber spätestens dann weiß es, wer hier der Herr ist. Es ist übermütig und furchtbar verspielt, aber eigentlich nicht bösartig.«

Catherine fand diese Beschreibung nicht gerade einladend, aber es war zu spät, umzukehren, und sie war zu jung, um ihre Angst zuzugeben; sie ergab sich daher in ihr Schicksal, setzte sich im Vertrauen auf seine lautstark betonte Kenntnis des Tieres friedlich hin und ließ auch Thorpe neben sich Platz nehmen. Als nun alles so weit war, wurde der Diener, der vorn beim Pferd gestanden hatte, mit wichtigtuerischer Stimme aufgefordert loszulassen, und dann setzten sie sich auf die ruhigste Art und Weise ohne einen Satz oder sonstige Kapriolen in Bewegung. Catherine war hocherfreut, so glimpflich davongekommen zu sein, und drückte ihm ihre Freude laut mit dankbarer Überraschung aus, worauf ihr Begleiter sich wunderte, was daran so Besonderes sei, und ihr versicherte, das alles sei ausschließlich seiner außerordentlich überlegenen Art, beim Anfahren die Zügel zu führen, und seinem einzigartigen Können und Geschick im Gebrauch der Peitsche zu verdanken. Obwohl Catherine nicht umhin konnte, sich darüber zu wundern, warum er es bei solch glänzender Beherrschung des Pferdes für nötig hielt, sie wegen dessen Tücken in Angst zu versetzen, beglückwünschte sie sich von Herzen, sich in der Obhut eines so erfahrenen Kutschers zu befinden, und da sie merkte, daß das Tier auch weiterhin ruhig dahintrabte und nicht die geringste Neigung zu irgendwelchen Eskapaden verriet, und (wenn man bedachte, daß sich sein Tempo ohnehin auf zehn Meilen pro Stunde beschränkte) nicht einmal beunruhigend schnell, gab sie sich im Bewußtsein ihrer Sicherheit ganz dem Vergnügen hin, an einem milden Februartag in der frischen Luft auf so gesunde Weise unterwegs zu sein. Auf ihre erste kurze Unterhaltung folgte ein Schweigen von einigen Minuten, das durch Thorpes plötzliche

Bemerkung unterbrochen wurde: »Der alte Allen ist doch bestimmt reich wie ein Jude, oder?«
Catherine verstand ihn nicht, und er wiederholte seine Frage und fügte als Erklärung hinzu: »Der alte Allen, bei dem Sie wohnen.«
»Ach so! Sie meinen Mr. Allen. Ja, ich glaube, er ist sehr reich.«
»Und keine Kinder?«
»Nein, keine.«
»Tolle Sache für seine unmittelbaren Erben. Er ist Ihr Pate, oder?«
»Mein Pate! Nein.«
»Aber Sie sind doch so viel bei ihnen.«
»Ja, sehr viel.«
»Aha, das meinte ich. Scheint ein ganz netter alter Knabe zu sein und war früher sicher auch kein Kostverächter. Er hat ja schließlich nicht umsonst die Gicht. Trinkt er immer noch täglich sein Fläschchen?«
»Täglich sein Fläschchen! Nein, wie kommen Sie denn auf so was. Er ist ein sehr maßvoller Mann, und Sie glauben doch wohl nicht, daß er gestern betrunken war?«
»Gott bewahre! Ihr Frauen glaubt immer gleich, Männer sind betrunken. Wieso, glauben Sie etwa, *eine* Flasche schmeißt einen Mann gleich um? So viel ist sicher: Wenn jeder täglich sein Fläschchen trinken würde, gäbe es nur halb soviel Unordnung auf der Welt wie jetzt. Das wäre eine tolle Sache für uns alle.«
»Das glaube ich nicht.«
»Lieber Gott, Tausende würden dadurch gerettet. Der Weinkonsum in diesem Königreich ist nur ein Bruchteil dessen, was er sein sollte. Man muß schließlich gegen unser nebliges Klima etwas tun.«
»Aber ich habe gehört, daß in Oxford eine ganze Menge Wein getrunken wird.«
»Oxford! In Oxford trinkt überhaupt keiner mehr, glauben Sie mir. Kein einziger! Man hat schon Mühe, jemanden zu finden, der mehr als seine vier Schoppen trinkt.

Also, es wurde zum Beispiel beim letzten Abend auf meiner Bude für höchst bemerkenswert gehalten, daß wir durchschnittlich fünf Schoppen pro Kopf geleert haben. Das galt als etwas ganz Unerhörtes. Ich habe natürlich auch tolles Zeug im Keller – daran hat's gelegen. So was kriegen Sie in Oxford auch nicht alle Tage. Aber das gibt Ihnen jedenfalls einen Eindruck, wie es dort ums Trinken heute bestellt ist.«
»Ja, das gibt mir einen Eindruck«, sagte Catherine mit Nachdruck, »und zwar daß Sie alle erheblich mehr Wein trinken, als ich dachte. Aber ich bin überzeugt, James trinkt nicht so viel.«
Diese Behauptung rief eine laute und wortreiche Antwort hervor, von der nichts als die zahlreichen sie begleitenden und sich fast zu Flüchen steigernden Ausrufe deutlich zu verstehen waren, aber zu guter Letzt hatten sich Catherines Verdacht, daß in Oxford eine erhebliche Menge Wein getrunken wurde, und ihre glückliche Überzeugung von der relativen Zurückhaltung ihres Bruders eher bestärkt.
Dann wandten sich Thorpes Gedanken den Vorzügen seines Gefährts zu und sie wurde aufgefordert, das Temperament und die Leichtigkeit zu bewundern, mit der das Pferd sich vorwärtsbewegte, und das gleichmäßige Schwingen, das sowohl die Gangart des Tieres als auch die hervorragende Federung den Bewegungen des Wagens gaben. Sie stimmte so gut wie möglich in seine Bewunderung ein. Ihm darin zuvorzukommen oder ihn zu übertreffen, war ausgeschlossen. Das stand wegen seiner Kenntnis und ihrem mangelnden Selbstvertrauen nicht in ihrer Macht. Neues Lob fiel ihr nicht ein, aber sie pflichtete ihm in allem bei, was er behauptete, und sie einigten sich schließlich ohne jede Schwierigkeit darauf, daß alles in allem sein Gefährt das am besten ausgestattete, sein Wagen der eleganteste, sein Pferd das ausdauerndste und er der beste Fahrer war. »Sie glauben doch nicht wirklich, Mr. Thorpe«, sagte Catherine und wagte

damit, dieses Problem ein für allemal als erledigt anzusehen und das Thema geringfügig zu variieren, »daß James' Gig zusammenbrechen wird?«
»Zusammenbrechen! Großer Gott! Haben Sie schon je in Ihrem Leben so eine Klapperkiste gesehen? Es gibt an ihr kein einziges solides Stück Eisen. Die Räder sind seit mindestens zehn Jahren abgefahren, und das Gestell! So wahr ich lebe, eine Berührung von Ihnen, und es fällt auseinander. So eine tückische alte Mühle hab ich noch nie erlebt. Gott sei Dank, unser Gefährt ist besser. Ich würde nicht für fünfzigtausend Pfund zwei Meilen darin fahren.«
»Du liebe Güte!« rief Catherine völlig verängstigt. »Dann lassen Sie uns bitte umkehren; sie haben bestimmt einen Unfall, wenn wir weiterfahren. Wir müssen unbedingt umkehren, Mr. Thorpe. Halten Sie an und sprechen Sie mit meinem Bruder, und sagen Sie ihm, wie gefährlich der Wagen ist.«
»Gefährlich! Mein Gott, was ist denn schon dabei? Dann fallen sie eben raus, wenn die Karre zusammenbricht, und die Straße ist so schlammig, es wird sich ausgezeichnet fallen. Ach verflucht! Der Wagen ist ziemlich sicher, wenn man weiß, wie man ihn fahren muß. So ein Ding hält bei richtiger Behandlung länger als zwanzig Jahre, wenn es längst nicht mehr das neueste ist. Großer Gott! Ich wette fünf Pfund, daß ich ihn nach York und zurück fahre, ohne einen Nagel zu verlieren.«
Catherine hörte mit Verblüffung zu; sie wußte nicht, wie sie zwei so verschiedene Darstellungen derselben Sache miteinander vereinbaren sollte, denn sie war nicht dazu erzogen worden, die Bedürfnisse eines Schwätzers zu begreifen oder gar zu wissen, zu welchen haltlosen Behauptungen und unverschämten Lügen ein Übermaß an Eitelkeit führen kann. Ihre eigene Familie bestand aus schlichten, geradlinigen Leuten, die sich selten bemühten, irgendwie geistreich zu sein, da ihr Vater sich, wenn überhaupt, mit einem Wortspiel und ihre Mutter mit

einem Sprichwort zufriedengaben. Es gehörte deshalb nicht zu ihren Gewohnheiten, aus Geltungsbedürfnis Lügen zu erzählen, oder in *einem* Augenblick etwas zu behaupten und sich im nächsten selbst zu widersprechen. Sie dachte über die ganze Angelegenheit einige Zeit mit ziemlicher Ratlosigkeit nach und war mehr als einmal im Begriff, Mr. Thorpe um Aufklärung über seine wahre Ansicht zu bitten, aber sie zügelte sich jedesmal, weil sie den Eindruck hatte, daß es nicht seine Stärke war, Dinge aufzuklären, die er vorher verwirrt hatte, und als noch die Überlegung hinzukam, daß er seine Schwester und seinen Freund nicht wirklich einer Gefahr aussetzen würde, vor der er sie so leicht bewahren konnte, entschied sie zu guter Letzt, daß er genau wußte, daß der Wagen völlig sicher war, und sie sich nicht weiter zu beunruhigen brauchte. Er hatte anscheinend die Sache schon völlig vergessen, und die ganze übrige Unterhaltung, oder vielmehr der Wortschwall, begann und endete mit ihm und seinen eigenen Angelegenheiten. Er erzählte von Pferden, die er für einen Spottpreis gekauft und für ein halbes Vermögen wieder verkauft hatte, von Jagdpartien, bei denen er (ohne einen einzigen guten Schuß) mehr Vögel geschossen hatte als alle seine Freunde zusammen, und er beschrieb ihr eine tolle Fuchsjagd mit Hunden, bei der seine Voraussicht und sein Geschick im Lenken der Hunde die Fehler der erfahrensten Jäger wiedergutgemacht hatte und seine Tollkühnheit beim Reiten, obwohl dadurch sein Leben keinen Augenblick gefährdet war, die anderen ständig in Schwierigkeiten gebracht hatte, was vielen, wie er ruhig schloß, das Genick gebrochen hatte.

So wenig Catherine gewöhnt war, selbständig zu urteilen, und so ungenau ihre Vorstellungen davon waren, wie Männer sich benehmen sollten, konnte sie doch einen gelinden Zweifel nicht ganz unterdrücken, während sie die Ergüsse seiner grenzenlosen Eitelkeit über sich ergehen ließ, ob sie ihn eigentlich alles in allem liebenswürdig fand. Es war eine kühne Vermutung, denn immerhin war er Isabellas Bruder, und James hatte ihr versichert, daß er durch sein Benehmen bei allen Frauen Erfolg hatte, aber trotzdem verführte sie die ungewöhnliche Langeweile seiner Gesellschaft, die sie schon eine Stunde nach ihrer Abfahrt überfiel und sich ständig vergrößerte, bis sie wieder in der Pulteney Street hielten, dazu, diesen angesehenen Autoritäten wenigstens bis zu einem gewissen Grade zu mißtrauen und an seiner Fähigkeit, überall Anklang zu finden, zu zweifeln.

Als sie vor Mrs. Allens Tür ankamen, ließ sich Isabellas Überraschung, daß es zu spät war, ihre Freundin ins Haus zu begleiten, kaum in Worte fassen: »Schon drei Uhr vorbei!« Es war unvorstellbar, unglaublich, unmöglich! Und sie wollte sich weder auf ihre eigene Uhr, noch die ihres Bruders, noch die des Dieners verlassen; sie schenkte weder Vernunftgründen noch Tatsachen Glauben, bis Morland seine Uhr herauszog und die Wahrheit bestätigte; *dann* noch einen Augenblick zu zweifeln, wäre gleichermaßen unvorstellbar, unglaublich und unmöglich gewesen, und sie konnte nur immer wieder behaupten, daß noch nie in ihrem Leben zweieinhalb Stunden so schnell vergangen waren, was zu bestätigen Catherine aufgefordert wurde. Catherine konnte sogar Isabella zu Gefallen nicht die Unwahrheit sagen, aber dieser wurde die Erschütterung, daß ihre Freundin anderer Meinung war, dadurch erspart, daß sie die Antwort gar nicht abwartete. Sie war voll und ganz mit sich beschäftigt und untröstlich, als sie merkte, daß sie direkt nach Hause mußte. Es sei eine Ewigkeit her, daß sie auch nur ein Wort miteinander gewechselt hätten, und obwohl sie ihrer lieben Catherine viele tausend Neuigkeiten zu sagen habe, fürchte sie fast, daß sie sich nie wiedersehen würden. Sie verabschiedete sich daher von ihrer Freundin; ihre tiefempfundene Trostlosigkeit äußerte sich in einem Lächeln, ihre totale Verzweiflung in einem strahlenden Blick, und fort war sie.

Catherine traf Mrs. Allen, die gerade von all dem geschäftigen Müßiggang des Vormittags zurückgekommen war, und wurde gleich mit einem »Na, mein Kind, da sind Sie ja« begrüßt, einer Wahrheit, an der sie nichts zu bezweifeln hatte und an der es auch nichts zu bezweifeln gab. »Ich hoffe, Sie haben einen schönen Ausflug gehabt?«

»Ja, Madam. Ich danke Ihnen, wir hätten keinen schöneren Tag haben können.«

»Das sagte auch Mrs. Thorpe. Sie war so froh über Ihre Fahrt.«

»Dann haben Sie also Mrs. Thorpe getroffen?«

»Ja, ich bin gleich nach Ihrer Abfahrt in die Brunnenhalle gegangen, und da habe ich sie getroffen, und wir haben uns ausführlich miteinander unterhalten. Sie sagt, man konnte heute morgen kaum Kalbfleisch auf dem Markt bekommen, es ist ganz ungewöhnlich knapp.«

»Haben Sie irgendwelche anderen Bekannten getroffen?«

»Ja, wir einigten uns, einmal den Crescent auf und ab zu gehen, und da haben wir Mrs. Hughes und in ihrer Begleitung Mr. und Miss Tilney getroffen.«

»Wirklich? Und haben Sie mit ihnen gesprochen?«

»Ja, wir sind ungefähr eine halbe Stunde zusammen am Crescent spazierengegangen. Sie sind anscheinend sehr nette Leute. Miss Tilney trug einen sehr hübschen gepunkteten Musselin, und ich habe nach allem, was ich sehe, den Eindruck, daß sie immer sehr elegant gekleidet ist. Mrs. Hughes hat alles mögliche über die Familie erzählt.«

»Und was hat sie erzählt?«

»Oh, alles mögliche, sie hat kaum von irgend etwas anderem gesprochen.«

»Hat sie erzählt, aus welchem Teil von Gloucestershire sie kommen?«

»Ja, das hat sie, aber ich erinnere mich nicht mehr daran. Aber sie sind sehr freundliche Leute und sehr reich. Mrs. Tilney ist eine geborene Drummond, und sie und Mrs. Hughes waren Schulfreundinnen, und Miss Drummond hatte ein riesiges Vermögen, und als sie heiratete, vermachte ihr Vater ihr zwanzigtausend Pfund und fünftausend, um sich zur Hochzeit neu einzukleiden. Mrs. Hughes hat die ganze Garderobe gesehen, als sie geliefert wurde.«

»Und sind Mr. und Mrs. Tilney in Bath?«

»Ja, ich glaube, ja, aber ich weiß es nicht genau. In der Erinnerung kommt es mir allerdings vor, als ob sie beide tot wären, wenigstens die Mutter. Ja, ich bin sicher, Mrs. Tilney ist tot, denn Mrs. Hughes hat mir erzählt, es gab da eine wunderschöne Perlenkette, die Mr. Drummond seiner Tochter am Hochzeitstag geschenkt und die nun Miss Tilney erhalten hat, denn sie wurde für sie aufbewahrt, als ihre Mutter starb.«

»Und ist Mr. Tilney, mein Tanzpartner, der einzige Sohn?«

»Das weiß ich nicht genau, mein Kind. Ich habe den Eindruck, ja, aber jedenfalls ist er ein ganz reizender junger Mann, sagt Mrs. Hughes, und wird es weit bringen.«

Catherine fragte nicht weiter; sie hatte genug gehört, um zu merken, daß Mrs. Allen nichts Genaues zu berichten hatte und es ein wahres Unglück für sie war, daß sie eine solche Begegnung mit Bruder und Schwester verpaßt hatte. Hätte sie diesen Umstand vorausgesehen, dann hätte nichts sie dazu überreden können, mit den anderen wegzufahren; aber wie die Dinge lagen, konnte sie nur ihr Pech beklagen und darüber nachdenken, was sie verpaßt hatte, bis sie keinen Zweifel mehr hegte, daß die Fahrt durchaus nicht angenehm und John Thorpe selbst unausstehlich war.

Kapitel 10

Die Allens, die Thorpes und die Morlands trafen sich abends alle im Theater, und da Catherine und Isabella zusammensaßen, hatte diese die Gelegenheit, wenigstens einen kleinen Teil der »vielen tausend Neuigkeiten« loszuwerden, die sich in ihr während der unermeßlich langen Zeit ihrer Trennung aufgespeichert hatten: »Du liebe Güte, meine liebste Catherine, hab ich dich endlich!« wandte Isabella sich an diese, als sie die Loge betraten und sich setzten. »So, Mr. Morland«, denn er war an ihrer anderen Seite, »ich werde den ganzen Abend kein einziges Wort mehr mit Ihnen sprechen, Sie brauchen also gar nicht damit zu rechnen. Meine süße kleine Catherine, wie geht es dir nach dieser Ewigkeit? Die Frage ist eigentlich überflüssig, denn du siehst zauberhaft aus. Und erst deine Frisur – sie ist noch traumhafter als sonst. Du kleine Schelmin, du willst wohl alle Blicke auf dich ziehen. Glaub mir, mein Bruder ist schon über beide Ohren in dich verliebt, von Mr. Tilney ganz zu schweigen, aber das steht ja schon lange fest. Sogar du in deiner Bescheidenheit kannst seine Zuneigung nicht mehr leugnen; seine Rückkehr nach Bath spricht Bände. Oh, was gäbe ich nicht dafür, ihn zu sehen! Ich kann es vor Ungeduld kaum erwarten. Meine Mutter sagt, er ist der zauberhafteste junge Mann der Welt. Sie hat ihn doch heute vormittag getroffen; du mußt ihn mir vorstellen. Ist er hier im Theater? Sieh dich um Himmels willen um! Glaub mir, ich halte es kaum noch aus, bis ich ihn kennenlerne.«

»Nein«, sagte Catherine, »er ist nicht hier. Ich kann ihn nirgends sehen.«

»Wie grauenhaft! Soll ich ihn denn nie kennenlernen? Wie gefällt dir mein Kleid? Es sieht nicht übel aus, wie? Die Ärmel sind ganz und gar mein eigener Entwurf. Weißt du, Bath ist mir entsetzlich verleidet. Ein paar

Wochen ist es hier ja phantastisch, aber dein Bruder und ich waren uns heute morgen einig, daß wir nicht für ein Vermögen hier leben möchten. Wir merkten bald, daß wir beide eine Schwäche für das Land haben, wirklich, wir waren uns beide darüber so einig, es war einfach grotesk! Nicht eine Kleinigkeit, worin wir verschiedener Meinung waren; ich bin froh, daß du nicht dabei warst. Du bist ein so schlaues kleines Biest, du hättest bestimmt irgendwelche albernen Bemerkungen darüber gemacht.«
»Nein, das hätte ich ganz bestimmt nicht.«
»O doch, das hättest du bestimmt, ich kenne dich besser als du. Du hättest uns erzählt, daß wir füreinander geschaffen sind oder so einen ähnlichen Unsinn, was mir ausgesprochen peinlich gewesen wäre. Meine Wangen hätten geglüht wie deine Rosen; ich bin froh, daß du nicht dabei warst.«
»Du tust mir wirklich unrecht, ich hätte auf gar keinen Fall eine so unangebrachte Bemerkung gemacht, und außerdem – auf so etwas wäre ich bestimmt gar nicht gekommen.«
Isabella lächelte ungläubig und unterhielt sich den Rest des Abends mit James.
Den ganzen nächsten Vormittag bemühte sich Catherine unvermindert, Miss Tilney zu treffen, und bis es Zeit für die Brunnenhalle war, wurde sie die Sorge nicht ganz los, daß sie sie zum zweitenmal verpassen könnte. Aber nichts dergleichen geschah, keine Besucher erschienen, um sie aufzuhalten, und sie machten sich zu dritt rechtzeitig auf den Weg zur Brunnenhalle, wo alles, einschließlich der Gespräche, seinen gewohnten Lauf nahm. Mr. Allen gesellte sich, als er sein Glas »Brunnen« getrunken hatte, zu einigen Herren, um die politischen Tagesereignisse zu besprechen und die Berichte in den Zeitungen auszutauschen, und die Damen wandelten zusammen in der Halle auf und ab und nahmen jedes neue Gesicht und beinahe auch jeden neuen Hut zur

Kenntnis. Der weibliche Teil der Familie Thorpe erschien, begleitet von James Morland, knapp eine Viertelstunde später in der Menge, und Catherine nahm gleich ihren gewohnten Platz an der Seite ihrer Freundin ein. James, der sich nun ständig um Isabella bemühte, nahm die andere Seite ein, und sie trennten sich von den anderen und wandelten auf diese Weise eine Zeitlang auf und ab, bis Catherine anfing zu zweifeln, ob es eine glückliche Konstellation war, immer nur auf ihre Freundin und ihren Bruder angewiesen zu sein, wenn sie von beiden so wenig hatte. Sie waren zwar immer in irgendeine empfindsame Unterhaltung oder eine lebhafte Diskussion versunken, aber sie tauschten ihre Empfindungen in solchem Flüsterton aus und begleiteten ihre lebhaften Ausbrüche mit so viel Gelächter, daß Catherine, obwohl sie gar nicht so selten von ihm oder ihr um Zustimmung gebeten wurde, dazu beim besten Willen nicht imstande war, weil sie gar nicht wußte, wovon eigentlich die Rede war. Zu guter Letzt aber gelang es ihr, sich von ihrer Freundin loszumachen, weil sie sich ganz fest vorgenommen hatte, unbedingt mit Miss Tilney zu sprechen, die sie zu ihrer Freude gerade mit Mrs. Hughes die Halle betreten sah und der sie sich umgehend und mit größerer Entschlossenheit, ihre Bekanntschaft zu machen, näherte, als sie ohne die gestrige Enttäuschung aufgebracht hätte. Miss Tilney begrüßte sie freundlich und sehr höflich, erwiderte ihr Entgegenkommen ebenso lebhaft, und sie gingen solange miteinander auf und ab, bis beide Gruppen die Halle verließen, und obwohl höchstwahrscheinlich keine von beiden eine Beobachtung machte oder eine Formulierung benutzte, die unter diesem Dach nicht in jeder Saison schon hundertmal vorher gemacht und benutzt worden war, durfte doch in ihrem Fall die Tatsache, daß sie alles ungekünstelt und ohne Hintergedanken vorbrachten, als ein Verdienst angesehen werden.

»Wie gut Ihr Bruder tanzt!« bemerkte Catherine gegen

Schluß ihrer Unterhaltung arglos, was ihre Begleiterin gleichzeitig überraschte und belustigte.
»Henry?« entgegnete sie lächelnd. »Ja, er tanzt sehr gut.«
»Er muß es als sehr merkwürdig empfunden haben, daß ich neulich abend zu ihm sagte, ich wäre schon vergeben, und er mich dann sitzenbleiben sah. Aber ich war wirklich seit vormittags an Mr. Thorpe vergeben.« Miss Tilney konnte sich nur verneigen. »Sie ahnen ja nicht«, sagte Catherine nach einem kurzen Schweigen, »wie überrascht ich war, ihn wiederzusehen. Ich war so davon überzeugt, daß er endgültig abgereist sei.«
»Als Henry das Vergnügen hatte, Sie kennenzulernen, war er nur ein paar Tage in Bath. Er war nur gekommen, um ein Quartier für uns zu suchen.«
»Darauf bin ich gar nicht gekommen, und da ich ihn nirgendwo mehr sah, dachte ich natürlich, er sei abgereist. War die Dame, mit der er am Montag getanzt hat, nicht eine Miss Smith?«
»Ja, eine Bekannte von Mrs. Hughes.«
»Sie hat bestimmt mit dem größten Vergnügen getanzt. Finden Sie sie hübsch?«
»Nicht besonders.«
»Er kommt wohl nie zur Brunnenhalle?«
»Doch, manchmal, aber heute vormittag ist er mit meinem Vater ausgeritten.«
Mrs. Hughes gesellte sich nun zu ihnen und fragte Miss Tilney, ob sie zum Gehen bereit sei. »Hoffentlich habe ich das Vergnügen, Sie bald wiederzusehen«, sagte Catherine. »Sind Sie morgen auf dem Kotillonball?«[22]
»Vielleicht werden wir ... ja, wir kommen bestimmt.«
»Das freut mich, denn wir sind auch alle da.« Diese Höflichkeit wurde erwidert, und sie trennten sich – Miss Tilney mit einem kleinen Einblick in die Gefühle ihrer neuen Bekannten und Catherine ohne den geringsten Argwohn, sie verraten zu haben.
Sie ging überglücklich nach Hause. Der Vormittag hatte

alle ihre Hoffnungen erfüllt, und der Abend des folgenden Tages war nun das Ziel ihrer Erwartungen, ihr Lebensinhalt. Was für ein Kleid und was für einen Kopfschmuck sie bei dieser Gelegenheit tragen sollte, nahm nun ihre ganze Aufmerksamkeit in Anspruch. Zu entschuldigen ist das nicht. Sich durch Kleidung hervorzutun, ist immer ein Zeichen von Oberflächlichkeit, und durch Übereifer in dieser Hinsicht erreicht man oft das Gegenteil. Catherine wußte all das sehr gut; ihre Großtante hatte ihr gerade vorige Weihnachten einen Vortrag über das Thema gehalten, und doch lag sie Mittwoch nacht zehn Minuten wach und schwankte zwischen ihrem gepunkteten und ihrem bestickten Musselinkleid, und nur die Kürze der Zeit hinderte sie daran, bis zum Abend noch ein neues zu kaufen. Dies wäre ein großer, wenn auch nicht seltener Fehler gewesen, vor dem nur ein Angehöriger des anderen Geschlechts, ein Bruder eher als eine Großtante, sie hätte bewahren können, denn nur ein Mann kann das Desinteresse von Männern an neuen Kleidern ganz ermessen. Es wäre vernichtend für viele Damen, wenn man ihnen begreiflich machen könnte, wie wenig die Liebe der Männer von dem beeinflußt wird, was an der Ausstattung der Frauen kostspielig oder neu ist; wie wenig sie von dem Muster ihres Kleides abhängt, und wie wenig die Männer eine Schwäche für Punkte und Streifen, Wolle und Seide begreifen können. Eine Frau schmückt sich nur zu ihrem eigenen Vergnügen. Kein Mann bewundert sie deshalb mehr, keine Frau kann sie deshalb besser leiden. Schlichtheit und Eleganz genügen *ihm*, und ein bißchen Schäbigkeit und Abgeschmacktheit sieht *sie* mit Freude. Aber solche ernsten Überlegungen trübten Catherines Seelenruhe nicht.

Sie betrat den Saal am Donnerstag abend mit ganz anderen Empfindungen als am Montag. Damals hatte sie sich in dem Bewußtsein gesonnt, von Thorpe aufgefordert zu sein, heute war sie vor allem darauf bedacht, seinem Blick zu entgehen, damit er sie nicht wieder aufforderte, denn obwohl sie nicht erwarten konnte, nicht zu erwarten wagte, daß Mr. Tilney sie zum drittenmal zum Tanz bitten würde, drehten sich ihre Wünsche, Hoffnungen und Pläne um nichts anderes. Alle jungen Damen werden für meine Heldin in diesem kritischen Augenblick Verständnis haben, denn alle jungen Damen haben irgendwann einmal dieselbe Aufregung durchgemacht. Alle waren in Gefahr oder glaubten jedenfalls, sie seien in Gefahr, von jemandem verfolgt zu werden, dem sie unbedingt aus dem Weg gehen wollten, und allen lag schon einmal daran, die Aufmerksamkeit von jemandem auf sich zu ziehen, den sie beeindrucken wollten. Sobald sich die Thorpes zu ihnen gesellten, begann Catherines Leiden. Sie tat, als sei sie furchtbar beschäftigt, wenn John Thorpe auf sie zukam, versteckte sich sooft wie möglich vor seinem Blick, und wenn er mit ihr sprach, tat sie, als höre sie ihn nicht. Die Kotillons waren vorüber, die Kontratänze begannen und die Tilneys waren weit und breit nicht zu sehen. »Du darfst keinen Schreck bekommen, meine liebe Catherine«, flüsterte Isabella, »aber ich tanze schon wieder mit deinem Bruder. Es ist wirklich ein richtiger Skandal. Ich habe ihm gesagt, er soll sich schämen, aber du und John müßt mitkommen, damit es nicht so unangenehm auffällt. Beeil dich, liebste Catherine, und komm mit. John ist nur eben weggegangen, er kommt jede Minute zurück.«

Catherine hatte weder Zeit noch Lust zu antworten. Die beiden gingen fort, John Thorpe war noch nicht in Sicht und sie gab sich verloren. Damit es aber nicht etwa so aussah, als ob sie ihn beobachtete oder ihn erwartete, hielt sie ihre Augen konzentriert auf ihren Fächer gerichtet und war gerade damit beschäftigt, sich Vorwürfe zu machen, daß sie unvernünftigerweise erwartet hatte, in einer solchen Menschenmenge rechtzeitig die Tilneys zu entdecken, als sie sich plötzlich von Mr. Tilney persönlich angesprochen und noch einmal zum Tanz aufgefordert fand. Mit welch funkelnden Augen und welcher Bereitwilligkeit sie seiner Bitte nachkam und mit welch freudigem Herzklopfen sie ihm auf die Tanzfläche folgte, kann man sich vorstellen. John Thorpe zu entgehen, und zwar, wie sie annahm, so knapp zu entgehen und von Mr. Tilney aufgefordert zu werden, unmittelbar nach seiner Begrüßung zum Tanz aufgefordert zu werden, als ob er nach ihr gesucht hätte – es kam ihr vor, als ob das Leben keine größere Seligkeit zu bieten hätte.

Kaum hatten sie sich in Ruhe zum Tanzen aufgestellt, als Catherines Aufmerksamkeit von John Thorpe in Anspruch genommen wurde, der direkt hinter ihr stand: »He, Miss Morland«, sagte er, »was soll das heißen? Ich dachte, Sie und ich würden miteinander tanzen.«

»Wie kommen Sie denn darauf, Sie haben mich doch gar nicht aufgefordert.«

»Na, Sie machen Witze, Donnerwetter! Ich habe Sie sofort aufgefordert, als wir in den Saal kamen, und wollte Sie gerade holen, aber als ich mich umdrehte, waren Sie verschwunden. Das ist mir eine schöne Gemeinheit! Ich bin nur hergekommen, um mit Ihnen zu tanzen, und dachte natürlich, wir wären schon seit Montag fest miteinander verabredet. Ja, ich erinnere mich, ich habe es Ihnen gesagt, als wir im Foyer auf Ihren Umhang warteten. Da habe ich nun allen meinen Bekannten erzählt, daß ich mit dem hübschesten Mädchen im Saal tanze, und wenn sie Sie mit jemand anderem tanzen sehen, machen sie sich wahnsinnig über mich lustig.«

»Oh, nein, nach Ihrer Beschreibung werden sie gar nicht auf mich kommen.«

»Zum Henker, wenn sie das nicht tun, schmeiße ich die Holzköpfe raus. Wer ist denn der Bursche da?« Catherine stellte seine Neugier zufrieden. »Tilney«, wiederholte er. »Hm, kenne ich nicht. Sieht passabel aus, keine schlechte Figur. Braucht er ein Pferd? Mein Freund Sam Fletcher hier will eins verkaufen, das jedem Anspruch genügt. Ein toller Renner und so klug, nur vierzig Guineen. Ich war schon drauf und dran, es selbst zu kaufen, denn es ist einer meiner Grundsätze, ein gutes Pferd zu kaufen, wenn es mir über den Weg läuft, aber ich hatte keine Verwendung dafür, es ist als Reitpferd nicht geeignet. Ich würde jeden Preis für ein gutes Jagdpferd zahlen. Drei habe ich schon, absolute Spitzenklasse. Man könnte mir achthundert Guineen dafür geben. Fletcher und ich haben vor, gemeinsam ein Haus in Leicestershire zu mieten, zur nächsten Saison. Es ist so verdammt unbequem, im Gasthaus zu wohnen.«

Das war der letzte Satz, mit dem er Catherine auf die Nerven gehen konnte, denn er wurde gerade von einer langen Reihe vorbeitanzender Damen weggedrängt. Nun kam ihr Partner auf sie zu und sagte: »Mit meiner Geduld wäre es zu Ende gewesen, wenn der Herr eine halbe Minuten länger geblieben wäre. Was fällt ihm ein, die Aufmerksamkeit meiner Dame zu beanspruchen! Wir sind einen Vertrag eingegangen, daß wir den ganzen Abend nett zueinander sein wollen, und zwar ausschließlich zueinander. Niemand kann die Aufmerksamkeit des einen beanspruchen, ohne die Rechte des anderen zu beeinträchtigen. Für mich ist Kontratanz ein Symbol der Ehe: Fröhlichkeit und Verträglichkeit gehören zu den Grundpfeilern beider, und die Männer, die nicht selbst tanzen oder heiraten wollen, sollen die Partnerinnen oder Frauen ihrer Nachbarn gefälligst in Ruhe lassen.«

»Aber das sind doch zwei so verschiedene Dinge ...«

»... daß man sie Ihrer Meinung nach nicht miteinander vergleichen kann.«

»Natürlich nicht. Leute, die einander heiraten, können sich nicht mehr trennen, sondern müssen zusammenziehen. Leute, die miteinander tanzen, stehen einander nur in einem großen Saal eine halbe Stunde gegenüber.«

»Und das ist Ihre Definition von Heiraten und Tanzen. Wenn man es so betrachtet, ist ihre Ähnlichkeit natürlich nicht groß, aber meiner Meinung nach lassen sie sich gut vergleichen. Sie müssen zugeben, daß in beiden der Mann den Vorteil der freien Wahl hat, die Frau nur das Recht der Ablehnung, daß es sich in beiden um eine zum wechselseitigen Vorteil von Mann und Frau geschlossene Beziehung handelt und daß sie in beiden ausschließlich einander gehören, bis der Moment der Trennung gekommen ist; daß es ihre Pflicht ist, alles zu tun, um dem anderen keinen Anlaß zu geben, sich einen anderen Partner zu wünschen, und es im Interesse beider liegt, die eigenen Gedanken nicht zu den Vorzügen ihrer Nachbarn schweifen zu lassen oder sich einzubilden, daß es ihnen bei jemand anderem besser ginge. Geben Sie all das zu?«

»Ja, natürlich, wie Sie es darstellen, klingt es zwar sehr überzeugend, aber beides ist trotzdem verschieden. Mir kommen sie weder ähnlich vor, noch erfordern sie meiner Meinung nach die gleichen Pflichten.«

»In einer Hinsicht gibt es natürlich einen Unterschied. In der Ehe soll der Mann den Lebensunterhalt für die Frau schaffen, und die Frau soll zu Hause seinen Wünschen entgegenkommen. Er muß das Geld verdienen, und sie muß lächeln. Aber beim Tanzen sind ihre Pflichten genau umgekehrt: Freundlichkeit und Entgegenkommen werden von ihm erwartet, während sie Fächer und Lavendelwasser mitbringt. *Das* war sicher der Unterschied in den Pflichten, der Ihnen so auffällig erschien, daß beides sich nicht miteinander vereinbaren ließ.«

»Nein, keineswegs, daran hatte ich gar nicht gedacht.«

»Dann weiß ich nicht mehr weiter. Eins muß ich allerdings noch bemerken. Ihren Hang, die Ähnlichkeit der Pflichten einfach abzulehnen, finde ich recht beunruhigend, und muß ich daraus nicht schließen, daß Ihr Pflichtbewußtsein beim Tanzen geringer ist, als Ihr Partner wünschen darf? Habe ich nicht allen Grund zu befürchten, daß nichts Sie davon abhalten würde, sich so lange zu unterhalten, wie es Ihnen gefällt, wenn der Herr von eben wiederkäme oder irgendein anderer Herr Sie anspräche?«

»Mr. Thorpe ist ein so enger Freund meines Bruders, wenn er mit mir spricht, muß ich auch mit ihm sprechen; aber es gibt außer ihm kaum drei junge Männer im Saal, mit denen ich überhaupt bekannt bin.«

»Und darin besteht meine einzige Sicherheit? Oje, oje!«

»Aber eine bessere können Sie doch gar nicht haben, denn wenn ich niemanden kenne, kann ich auch mit niemandem sprechen. Und außerdem will ich auch mit niemandem sprechen.«

»Jetzt haben Sie mir eine bessere Sicherheit gegeben, und ich kann mit Zuversicht weitertanzen. Gefällt Ihnen Bath immer noch so gut wie damals, als ich die Ehre hatte, Sie schon einmal danach zu fragen?«

»Ja, unbedingt, eher noch besser.«

»Noch besser! Sehen Sie sich vor, sonst vergessen Sie noch, sich zum angemessenen Zeitpunkt in Bath zu langweilen. Nach sechs Wochen gehört es sich, sich zu langweilen.«

»Ich glaube nicht einmal, daß ich mich langweilen würde, wenn ich sechs Monate hier wäre.«

»Verglichen mit London, hat Bath so wenig Abwechslung zu bieten, und jeder findet das jedes Jahr wieder. ›Sechs Wochen ist Bath ja ganz erträglich, aber darüber hinaus ist es der langweiligste Ort auf der Welt.‹ Das wird Ihnen jedes Jahr wieder von allen möglichen Leuten erzählt, die ihre sechs Wochen zu zehn oder zwölf ausdehnen und zu guter Letzt abreisen, weil sie es sich nicht leisten können, länger zu bleiben.«

»Na ja, andere Leute müssen sich ihr eigenes Urteil bilden, und vielleicht halten die, die nach London fahren, nicht viel von Bath. Aber jemand wie ich, die in einem kleinen, abgelegenen Dorf auf dem Lande wohnt, findet das eigene Zuhause immer viel weniger abwechslungsreich als einen Ort wie Bath, denn hier gibt es den

ganzen Tag so viel Verschiedenes zu erleben, so viel Verschiedenes zu sehen und zu tun, wovon ich dort keine Ahnung habe.«
»Sie leben nicht gern auf dem Land?«
»Doch, ich habe immer dort gewohnt und bin immer glücklich gewesen. Aber das Leben auf dem Lande ist eintöniger als in Bath. Ein Tag auf dem Land ist genau wie der andere.«
»Aber auf dem Land verbringt man seine Zeit so viel vernünftiger.«
»Wirklich?«
»Etwa nicht?«
»Ich kann da keinen großen Unterschied sehen.«
»Hier jagen Sie den ganzen Tag lang irgendwelchen Vergnügen nach.«
»Und zu Hause auch – nur finde ich dort nicht so viele. Ich gehe hier spazieren, und ich gehe dort spazieren, aber hier sehe ich auf jeder Straße so viel verschiedene Gesichter, und dort kann ich nur Mrs. Allen besuchen.«
Mr. Tilney amüsierte sich köstlich. »Nur Mrs. Allen besuchen!« wiederholte er. »Was für ein Bild geistiger Armut! Allerdings, wenn Sie das nächstemal in diesen Abgrund stürzen, haben Sie sich wenigstens etwas mehr zu sagen. Sie können über Bath und alles, was Sie hier getan haben, sprechen.«
»O ja, mir wird nie mehr der Gesprächsstoff mit Mrs. Allen oder jemand anderem ausgehen. Ich glaube fast, ich werde von nichts anderem als Bath sprechen, wenn ich wieder zu Hause bin. So gut gefällt es mir. Wenn nur Papa und Mama und alle anderen hier wären, dann wäre ich, glaube ich, restlos glücklich! James' Ankunft (mein ältester Bruder) ist wunderbar – und vor allem, weil sich dabei herausstellt, daß er mit der Familie, mit der wir uns so gut angefreundet haben, auch schon so gut befreundet ist. Oh, wie kann man sich in Bath langweilen?«
Hier endete ihre Unterhaltung; der Tanz forderte nun so viel Aufmerksamkeit, daß jede Ablenkung sich verbat.

Kurz nachdem sie zum Ende der Reihe durchgetanzt waren, fiel Catherine auf, daß sie ernsthaft von einem Herrn betrachtet wurde, der unter den Zuschauern direkt hinter ihrem Partner stand. Es war ein sehr gut aussehender Mann von selbstsicherer Erscheinung, nicht mehr in der Blüte seiner Jahre, aber noch auf der Höhe des Lebens, und während er sie anblickte, sah sie, wie er auf vertrauliche Weise mit Mr. Tilney flüsterte. Da seine Aufmerksamkeit sie irritierte und sie aus Furcht errötete, daß etwas in ihrer Erscheinung nicht stimme, wandte sie ihren Blick ab. Aber währenddessen trat der Herr zurück, und ihr Partner sagte im Näherkommen: »Ich sehe Ihnen an, daß Sie zu raten versuchen, was ich gerade gefragt worden bin. Der Herr dort wollte Ihren Namen wissen, und Sie haben daher alles Recht, auch seinen zu wissen. Es ist General Tilney, mein Vater.«
Catherines Antwort bestand nur aus einem »Oh!«, aber in diesem »oh« war alles Notwendige enthalten: Aufmerksamkeit auf seine Worte und Vertrauen in ihre Wahrheit. Mit lebhaftem Interesse und großer Bewunderung verfolgten ihre Augen nun den General, wie er sich durch die Menge bewegte, und sie dachte heimlich bei sich: »Was für eine gutaussehende Familie sie doch sind!«
Die Unterhaltung mit Miss Tilney kurz vor Ende des Abends war für sie eine neue Quelle der Freude. Seit ihrer Ankunft in Bath hatte sie keinen Spaziergang in die Umgebung gemacht. Miss Tilney, die alle vielbesuchten Plätze der Umgebung gut kannte, sprach auf eine Weise davon, daß Catherine ganz neugierig darauf wurde, und auf ihre Befürchtung, keine Begleitung zu haben, schlugen Bruder und Schwester vor, an einem der nächsten Vormittage einen gemeinsamen Spaziergang zu unternehmen. »Etwas Schöneres«, rief sie, »könnte ich mir gar nicht wünschen, und wir wollen es nicht lange aufschieben – wir wollen morgen gehen.« Damit waren sie gerne einverstanden, nur machte Miss Tilney es davon abhängig, daß es nicht regnen dürfe, aber da war Catherine

ganz sicher. Um zwölf Uhr wollten sie sie in der Pulteney Street abholen, und »Nicht vergessen, zwölf Uhr!« waren die Abschiedsworte an ihre neue Freundin. Von ihrer anderen, ihrer älteren, ihrer vertrauteren Freundin Isabella, deren Fröhlichkeit und Wert sie vierzehn Tage lang genossen hatte, sah sie während des ganzen Abends kaum etwas. Doch obwohl sie ihr liebend gern von ihrem Glück berichtet hätte, stimmte sie Mr. Allens Wunsch, früh nach Hause zu gehen, gerne zu, und ihr Herz hüpfte auf dem Heimweg auf und ab wie die Sänfte, in der sie saß.

Kapitel 11

Der nächste Morgen sah grau in grau aus; die Sonne machte nur ein paar zaghafte Versuche zu erscheinen, und Catherine deutete all das als sehr günstiges Omen. Ein sonniger Morgen so früh im Jahr, fand sie, konnte nur Regen verheißen, aber ein bewölkter versprach eine allmähliche Aufheiterung im Laufe des Tages. Sie wandte sich an Mr. Allen zur Bestätigung, aber da Mr. Allen nicht seinen eigenen Himmel und sein eigenes Barometer um sich hatte, lehnte er es ab, ihr Sonnenschein fest zuzusagen. Sie wandte sich an Mrs. Allen, und Mrs. Allens Ansicht klang vielversprechender. ›Sie zweifle nicht im geringsten daran, daß es ein sehr schöner Tag würde, wenn nur die Wolken weggingen und die Sonne dabliebe.‹

Aber ungefähr um elf Uhr erblickte Catherines wachsames Auge auf der Fensterscheibe ein paar kleine Regentropfen, und in verzweifeltem Ton brach es aus ihr heraus: »Oje, jetzt regnet es doch noch.«

»Das habe ich mir gleich gedacht«, sagte Mrs. Allen.

»Kein Spaziergang heute«, seufzte Catherine, »aber viel

leicht wird es ja nicht so schlimm, oder es hält sich bis zwölf.«
»Vielleicht, mein Kind, aber dann ist es bestimmt sehr schmutzig draußen.«
»Oh, das schadet nichts, Schmutz macht mir nichts aus.«
»Nein«, sagte ihre mütterliche Freundin ungerührt, »ich weiß, Schmutz macht Ihnen nichts aus.«
Nach kurzer Pause sagte Catherine: »Es wird immer schlimmer«, während sie am Fenster stand und hinaussah.
»Ja, wirklich. Wenn es so weiter regnet, sind die Straßen bestimmt sehr naß.«
»Da sind schon vier offene Regenschirme. Wie ich den Anblick von Regenschirmen hasse!«
»Sie sind umständlich mitzuschleppen. Ich nehme im Zweifelsfall lieber eine Sänfte.«
»Und es war ein so vielversprechender Morgen! Ich war so überzeugt, es würde trocken bleiben.«
»Es sah auch ganz danach aus. In der Brunnenhalle werden auch nicht viele Leute sein, wenn es den ganzen Vormittag regnet. Hoffentlich zieht Mr. Allen seinen Mantel an, wenn er ausgeht, aber ich fürchte, nein, denn nichts zieht er so ungern an wie einen Mantel. Ich verstehe gar nicht, was er dagegen hat, es muß doch bequem sein.«
Es regnete immer weiter – gleichmäßig, wenn auch nicht stark. Alle fünf Minuten ging Catherine zur Uhr und drohte jedesmal beim Wiederkommen, wenn es noch fünf Minuten regne, werde sie die Sache verlorengeben. Die Uhr schlug zwölf, und es regnete immer noch. »Aus dem Spaziergang wird wohl nichts, mein Kind.«
»Ich lasse die Hoffnung noch nicht ganz fahren. Ich gebe erst um Viertel nach zwölf auf. Um diese Zeit klart es meistens auf, und es wird, glaube ich, wirklich schon etwas heller. Da, zwanzig Minuten nach zwölf, jetzt gebe ich auf. Oh, wenn wir hier wenigstens Wetter hätten wie in *Udolpho* oder wie in der Toskana oder in

Südfrankreich! Die Nacht, in welcher der arme St. Aubin starb![23] Solch herrliches Wetter!«

Um halb eins, als Catherines brennendes Interesse am Wetter erlahmt war und sie, von seiner Verbesserung nichts mehr zu erwarten hatte, begann der Himmel sich von selbst aufzuhellen. Der erste Sonnenstrahl kam ganz überraschend für sie, sie sah auf: Die Wolken teilten sich, und sie kehrte sofort ans Fenster zurück, um die glücklichen Zeichen zu beobachten und dem Wetter gut zuzureden. Nach weiteren zehn Minuten stand fest, daß ein sonniger Nachmittag folgen würde, und zwar zur Rechtfertigung von Mrs. Allen, die ja gleich gewußt hatte, daß es aufklaren würde. Aber ob Catherine noch mit ihren Freunden rechnen konnte, ob Miss Tilney sich nach so viel Regen hinaustrauen würde, war immer noch die Frage.

Es war Mrs. Allen draußen zu schmutzig, um ihren Mann zur Brunnenhalle zu begleiten; er machte sich daher allein auf den Weg, und Catherine hatte ihn kaum die Straße hinunter verschwinden sehen, als ihre Aufmerksamkeit von denselben zwei Kutschen mit denselben drei Personen in Anspruch genommen wurde, die sie vor ein paar Tagen so überrascht hatten.

»Isabella, mein Bruder und Mr. Thorpe, tatsächlich! Vielleicht wollen sie mich ... Aber ich kann nicht mitgehen, ich kann auf keinen Fall mitgehen, denn vielleicht kommt Miss Tilney ja noch.« Mrs. Allen fand das auch. John Thorpe war unverzüglich bei ihnen und unverzüglicher noch seine Stimme, denn schon auf der Treppe hörte man ihn, Miss Morland solle sich beeilen. »Schnell, schnell!« rief er beim Aufreißen der Tür. »Setzen Sie sofort Ihren Hut auf, wir dürfen keine Zeit verlieren, wir fahren nach Bristol. – Wie geht's Mrs. Allen?«

»Nach Bristol! Ist das nicht viel zu weit? Aber ich kann heute sowieso nicht mitkommen, denn ich bin schon verabredet, ich erwarte jeden Augenblick einige Freunde.« Das wurde natürlich als Grund ganz und gar nicht anerkannt. Mrs. Allen wurde aufgefordert, ihn zu unterstützen, und auch die beiden anderen kamen herein, um sie zu überreden. »Meine liebste Catherine, ist das nicht zauberhaft? Es wird eine traumhafte Fahrt. Du hast sie deinem Bruder und mir zu verdanken. Wir sind beim Frühstück daraufgekommen, ich glaube, haargenau zur gleichen Zeit, und wir wären schon vor zwei Stunden aufgebrochen, wenn dieser abscheuliche Regen nicht gewesen wäre. Aber das macht nichts, wir haben mondhelle Nächte, und es wird zauberhaft werden. Oh! Ich bin ganz berauscht von dem Gedanken an ein bißchen frische Landluft und Ruhe.«

»Viel besser als in die Unteren Gesellschaftsräume zu gehen. Wir fahren direkt nach Clifton und essen dort, und gleich nach dem Essen fahren wir, wenn noch Zeit ist, nach Kingsweston.«

»So viel schaffen wir sicher nicht«, sagte Morland.

»Du Spielverderber!« rief Thorpe. »Wir schaffen noch zehnmal mehr. Kingsweston! Jawohl, und Blaize Castle auch und alles, was uns sonst noch einfällt, und nun will deine Schwester plötzlich nicht mit!«

»Blaize Castle!« rief Catherine, »was ist denn das?«

»Die schönste Burg in England. Dahin lohnt sich jeder Umweg.«

»Was, ist es eine richtige Burg, eine alte Burg?«

»Die älteste in ganz England.«

»So eine wie in Romanen?«

»Haargenau so, kein bißchen anders.«

»Nun mal im Ernst, hat sie auch Türme und Galerien?«

»Dutzendweise.«

»Dann möchte ich sie sehen ... Aber ich kann nicht, kann auf keinen Fall mitkommen.«

»Nicht mitkommen! Meine liebste Freundin, was soll das heißen?«

»Ich kann nicht mitkommen, weil ...« (Sie senkte den Blick aus Angst vor Isabellas Lächeln.) »... ich Miss

Tilney und ihren Bruder erwarte, die einen Spaziergang in die Umgebung mit mir machen wollen. Sie haben versprochen, um zwölf zu kommen, nur da regnete es, aber jetzt, wo es so schön ist, werden sie sicher bald hier sein.«

»Die bestimmt nicht«, rief Thorpe, »denn als wir in die Broadstreet einbogen, sah ich sie. Fährt er nicht einen Phaeton mit zwei hellen Braunen?«

»Das weiß ich nicht.«

»Aber ich weiß es, ich habe ihn gesehen. Sie meinen doch den Mann, mit dem Sie gestern abend getanzt haben, oder?«

»Ja.«

»Aber ja, ich habe ihn gesehen, als wir gerade Landsdown Road herunterkamen, ein schickes Mädchen neben sich.«

»Wirklich?«

»Ehrenwort! Hab ihn sofort erkannt, und die Gäule, die er fuhr, waren auch nicht schlecht.«

»Das ist ja merkwürdig! Aber vermutlich dachten sie, es wäre zu schmutzig draußen für einen Spaziergang.«

»Und das zu Recht, denn so viel Schmutz habe ich in meinem ganzen Leben noch nicht gesehen. Spazierengehen! Ebensogut könnten Sie fliegen wollen wie spazierengehen. So schmutzig war es den ganzen Winter nicht, überall knöcheltiefer Schmutz.«

Isabella bestätigte seine Aussage: »Liebste Catherine, du kannst dir gar nicht vorstellen, wie schmutzig es ist. Also, du mußt mitkommen, du hast keinen Grund hierzubleiben.«

»Ich würde die Burg gerne sehen, aber kann man auch alles besichtigen? Kann man auch alle Treppen hinauf- und in alle Zimmer hineingehen?«

»Na klar, in jede kleinste Ecke.«

»Aber was, wenn sie nur eine Stunde ausgefahren sind, bis es trockener ist, und dann vorbeikommen?«

»Keine Sorge, die Gefahr besteht nicht, denn ich hörte

Tilney einem Reiter zurufen, der gerade vorbeikam, sie wollten ganz bis nach Wick Rocks.«

»Dann komme ich mit. Was meinen Sie, Mrs. Allen?«

»Wie Sie wollen, mein Kind.«

»Mrs. Allen, Sie müssen ihr zureden«, riefen alle drei gleichzeitig. »Na schön, mein Kind«, sagte sie, »dann müssen Sie wohl mit.« Und in zwei Minuten waren sie auf dem Weg.

Catherine empfand ein leichtes Unbehagen, als sie in die Kutsche stieg. Sie wurde hin und her gerissen zwischen dem Verzicht auf ein großes Vergnügen und der Hoffnung, bald ein neues, fast ebenso großes, wenn auch ganz anderes zu erleben. Sie fand, es war nicht nett von den Tilneys, ihre Verabredung so bereitwillig aufzugeben, ohne ihr eine Entschuldigung zu schicken. Es war jetzt fast eine Stunde seit ihrer ursprünglichen Verabredung vergangen, und trotz allem, was sie über die unglaublichen Berge von Schmutz im Laufe dieser einen Stunde gehört hatte, konnte sie aufgrund ihrer eigenen Beobachtungen nicht umhin zu denken, daß sie ohne große Schwierigkeiten hätten gehen können. Von ihnen geringschätzig behandelt zu werden, war sehr schmerzlich. Andererseits war der Reiz, ein Gebäude wie *Udolpho* zu besichtigen – denn so stellte sie sich Blaize Castle in ihrer Phantasie vor – ein so starkes Gegengewicht, daß es sie für fast alles entschädigte. Sie fuhren zügig und ohne viel zu reden die Pulteney Street hinunter und über Laure Place. Thorpe redete auf sein Pferd ein, und sie war in Gedanken immer abwechselnd bei gebrochenen Versprechen und zerbrochenen Spitzbögen, Phaetons und geheimnisvollen Vorhängen, Tilneys und Falltüren. Als sie in Argyll Buildings einbogen, wurde sie allerdings durch die Worte ihres Begleiters aus ihren Gedanken gerissen: »Wer ist das Mädchen, das Sie im Vorbeigehen so aufmerksam gemustert hat?«

»Wer? Wo?«

»Auf der rechten Straßenseite. Sie muß schon fast außer

Sicht sein.« Catherine blickte sich um und sah Miss Tilney am Arm ihres Bruders langsam die Straße hinuntergehen. Sie sah, wie ihr beide nachblickten. »Halt, halt, Mr. Thorpe!« rief sie ungeduldig. »Es ist Miss Tilney, bestimmt. Wie konnten Sie mir nur erzählen, daß sie weggefahren sind? Halt, halt, ich möchte augenblicklich aussteigen und zu ihnen zurückgehen.« Aber all ihr Reden fruchtete nichts, Thorpe trieb nur sein Pferd an. Die Tilneys, die bald aufgehört hatten, ihr nachzublikken, verschwanden diesen Augenblick hinter der Ecke Laura Place aus ihrer Sicht, und im nächsten Augenblick schwenkten sie selbst schon auf Market Place ein. Aber trotzdem bat sie ihn noch eine ganze Straße lang inständig, anzuhalten. »Ich bitte Sie, halten Sie an, Mr. Thorpe. Ich muß zurück zu Miss Tilney.« Aber Mr. Thorpe lachte nur, ließ seine Peitsche knallen, ermunterte sein Pferd, machte komische Geräusche und fuhr weiter, und Catherine hatte, wütend und verärgert, wie sie war, keine Möglichkeit auszusteigen, mußte von ihrem Wunsch ablassen und nachgeben. Sie sparte allerdings nicht mit Vorwürfen an ihn. »Wie konnten Sie mich so hintergehen, Mr. Thorpe! Wie konnten Sie behaupten, Sie hätten sie Landsdown Street hinunterfahren sehen! Was fällt Ihnen eigentlich ein! Die Tilneys werden mein Verhalten so unverständlich, so rücksichtslos finden. Und dann noch an ihnen vorbeizufahren, ohne ein Wort zu sagen! Sie ahnen ja nicht, wie ärgerlich ich bin. Mir ist Clifton ganz verleidet und alles andere auch. Ich würde tausendmal lieber jetzt sofort aussteigen und zu ihnen zurückgehen. Wie können Sie nur sagen, daß Sie sie in einem Phaeton fahren sahen!« Thorpe verteidigte sich vehement, behauptete, er habe noch nie zwei Männer gesehen, die sich so ähnelten, und wollte nur höchst widerwillig zugeben, daß es nicht Tilney selbst gewesen sei.

Auch nach Beendigung des Wortwechsels versprach der Ausflug nicht mehr viel Vergnügen. Catherine fühlte sich einfach nicht mehr so wohl wie beim ersten Ausflug. Sie hörte nur zögernd zu, und ihre Antworten waren kurz. Blaize Castle war ihre einzige Hoffnung, darauf freute sie sich von Zeit zu Zeit noch immer, obwohl sie für die Enttäuschung des verpaßten Spaziergangs und vor allem für die schlechte Meinung der Tilneys gerne das Vergnügen aufgegeben hätte, das die Burgwälle ihr versprachen – das Vergnügen, durch eine Flucht von hohen Räumen zu gehen, in denen trotz ihrer langjährigen Unbewohntheit die Überbleibsel von großartigem altem Mobiliar standen – das Vergnügen, auf ihrem Weg durch enge, gewundene Gewölbe durch ein niedriges Gitter aufgehalten zu werden oder sogar ihre Lampe, ihre einzige Lampe durch einen plötzlichen Windstoß verlöschen zu sehen und in tiefer Finsternis dazustehen. Unterdessen ging ihre Fahrt ohne Zwischenfall weiter, und sie hatten die Stadt Keynsham schon in Sichtweite vor sich, als sie auf Zuruf von Morland, der hinter ihnen fuhr, anhielten, um zu sehen, was passiert war. Die anderen kamen auf Hörweite heran, und Morland sagte: »Wir wollen lieber umkehren, Thorpe. Es ist zu spät, um heute noch weiterzufahren. Deine Schwester findet das auch. Von der Pulteney Street bis hierher haben wir genau eine Stunde gebraucht, und das sind kaum mehr als sieben Meilen, und ich glaube, wir haben noch mindestens acht vor uns. Das schaffen wir nie. Wir sind viel zu spät aufgebrochen. Wir verschieben es besser auf einen anderen Tag und kehren um.«

»Mir ist alles ganz egal«, erwiderte Thorpe ziemlich kurz angebunden, und da er sein Pferd sofort wendete, waren sie schon auf dem Weg zurück nach Bath.

»Wenn Ihr Bruder nicht so einen verdammten Gaul vor dem Wagen hätte«, sagte er bald darauf, »hätten wir es spielend geschafft. Mein Pferd wäre in einer Stunde in Clifton gewesen, ich hätte es nur laufen zu lassen brauchen, und dabei habe ich mir fast den Arm gebrochen, es so weit zu zügeln, daß der kurzatmige Klepper mitkommt. Morland ist ein Trottel, daß er sich nicht selbst Pferd und Wagen hält.«

»Nein, das ist er nicht«, sagte Catherine erregt, »denn ich weiß, er könnte es sich gar nicht leisten.«

»Und warum kann er es sich nicht leisten?«

»Weil er nicht genug Geld hat.«

»Und wessen Schuld ist das?«

»Niemandes, soweit ich weiß.« Dann sagte Thorpe etwas auf die laute, unzusammenhängende Art, die er oft an sich hatte, wie gräßlich diese verdammte Knauserei sei, und wer sich wohl etwas leisten solle, wenn es nicht einmal die Leute täten, die in Geld schwämmen, was Catherine sich nicht zu verstehen bemühte. Enttäuscht von der Fahrt, die als Trost für eine frühere Enttäuschung gedacht war, war sie immer weniger geneigt, nett zu sein oder ihren Begleiter nett zu finden, und so kehrten sie zur Pulteney Street zurück, ohne noch mehr als zwanzig Worte zu sprechen.

Als sie das Haus betrat, erzählte ihr der Diener, ein Herr und eine Dame hätten ein paar Minuten nach ihrem Aufbruch nach ihr gefragt, und als die Dame gehört habe, sie sei mit Mr. Thorpe weggefahren, habe sie gefragt, ob Catherine eine Nachricht für sie hinterlassen habe, und auf seine verneinende Antwort habe sie nach einer Visitenkarte gesucht, aber keine bei sich gehabt und sei wieder weggegangen. In Gedanken über diese herzzerreißende Botschaft stieg Catherine langsam die Treppe hinauf. Oben empfing sie Mr. Allen; als er den Grund ihrer schnellen Rückkehr erfuhr, sagte er: »Ich bin froh, daß Ihr Bruder so vernünftig war, ich bin froh, daß Sie zurückgekommen sind, es war ein unsinniges, ausgefallenes Unternehmen.«

Den Abend verbrachten sie alle bei den Thorpes. Catherine war mit sich unzufrieden und schlecht gelaunt, aber Isabella fand anscheinend eine Partie Karten eine sehr gute Entschädigung für die frische Landluft und die Ruhe in einem Gasthof in Clifton, eine Einstellung, die sie mit Morland teilte. Auch drückte sie mehr als einmal ihre Zufriedenheit darüber aus, daß sie nicht in den Unteren Gesellschaftsräumen waren. »Mir tun die armen Leute leid, die hingehen. Ich bin froh, daß ich nicht dabei bin. Ob es auf dem Ball wohl voll ist oder nicht? Sie haben noch nicht angefangen zu tanzen. Gott sei Dank, daß ich nicht da bin. Es ist zauberhaft, ab und zu einen Abend für sich zu haben. Es ist bestimmt kein aufregender Ball. Die Mitchells sind auch nicht da. Mir tun alle leid, die hingehen. Aber sicher wären Sie liebend gern dabei, Mr. Morland, oder? Das wären Sie doch bestimmt! Lassen Sie sich nicht abhalten. Wir werden auch ohne Sie fertig. Aber ihr Männer haltet euch ja immer für unentbehrlich.«

Catherine hätte Isabella gern vorgeworfen, es an Mitgefühl mit ihr und ihrem Kummer fehlen zu lassen, so wenig machte sie sich anscheinend daraus und so herzlos klang der Trost, den sie zu bieten hatte. »Sei doch nicht so stumpfsinnig, meine liebe Catherine«, flüsterte sie, »du brichst mir noch das Herz. Es ist ein ungeheurer Skandal, aber die Tilneys haben ganz allein die Schuld. Warum waren sie nicht pünktlicher? Es war natürlich schmutzig draußen, aber was machte das schon? John und mir jedenfalls hätte es nichts ausgemacht. Ich schrecke vor nichts zurück, wenn es um eine Freundin geht. Das ist mein Naturell, und John ist ganz genau so. Er ist so unheimlich gefühlsstark. Du lieber Himmel! Was hast du für eine gute Hand! Lauter Könige! So viel Glück habe ich im ganzen Leben nicht gehabt! Aber mir ist es tausendmal lieber, du hast sie als ich.«

Und nun lasse ich meine Heldin schlaflos auf dem Kanapee zurück, auf dornenbesätem und tränenbenetztem Kissen – ein Schicksal, das keiner wahren Heldin erspart bleibt, und glücklich darf sie sich schätzen, wenn sie im Laufe der nächsten drei Monate ein Auge zutut.

Kapitel 12

»Mrs. Allen«, sagte Catherine am nächsten Morgen, »ob es wohl angebracht ist, daß ich heute bei Miss Tilney vorspreche? Ich habe keine ruhige Minute, bevor ich nicht alles erklärt habe.«

»Gehen Sie ruhig, mein Kind, aber ziehen Sie ein weißes Kleid an, Miss Tilney trägt immer weiß.«

Catherine erfüllte ihren Wunsch mit Vergnügen und konnte es, als sie sich entsprechend gekleidet hatte, gar nicht erwarten, zur Brunnenhalle zu kommen, um General Tilneys Adresse zu erfahren, denn obwohl sie die Familie in der Milsom Street vermutete, wußte sie nicht genau, in welchem Haus, und Mrs. Allens ständiges Hinundherschwanken machte sie noch unsicherer. Zur Milsom Street mußte sie tatsächlich, und als sie sich die Nummer eingeprägt hatte, eilte sie mit entschlossenem Schritt und klopfendem Herzen los, um ihren Besuch zu machen, ihr Verhalten zu erklären und Vergebung zu erlangen. Mit zügigem Schritt ging sie beschwingt durch den Churchyard und blickte entschlossen zur Seite, um nicht womöglich ihre geliebte Freundin und deren Familie sehen zu müssen, denn sie hatte Grund zu der Annahme, daß sie in einem nahebei liegenden Geschäft waren. Sie erreichte das Haus ohne Schwierigkeiten, sah auf die Nummer, klopfte an die Tür und fragte nach Miss Tilney. Der Diener vermutete Miss Tilney zu Hause, war aber nicht ganz sicher. Ob er sie anmelden solle? Sie gab ihm ihre Karte. Ein paar Minuten später erschien der Diener wieder und sagte mit einem Blick, der seinen Worten nicht unbedingt entsprach, er habe sich geirrt, denn Miss Tilney sei ausgegangen. Vor Verlegenheit errötend verließ Catherine das Haus. Sie war überzeugt, daß Miss Tilney doch zu Hause, aber zu gekränkt war, um sie zu empfangen, und als sie die Straße zurückging, konnte sie in der Erwartung, sie am Wohnzimmerfenster zu erblicken, nicht umhin, einen Blick hinaufzuwerfen, aber es war niemand zu sehen. Am Ende der Straße allerdings blickte sie sich noch einmal um, und da sah sie – nicht am Fenster, sondern aus der Haustür tretend – Miss Tilney. Ihr folgte ein Herr, den Catherine für ihren Vater hielt, und sie gingen in Richtung Edgar's Buildings. Tief beschämt ging sie weiter. Über so viel erbitterte Unhöflichkeit wäre sie selbst fast bitter geworden, aber sie hütete sich vor Verstimmung, besann sich vielmehr auf ihre mangelnde Erfahrung. Sie wußte ja nicht, wie verwerflich ihr Vergehen nach den Regeln gesellschaftlicher Höflichkeit war, welches Maß an Unverzeihlichkeit es rechtfertigte oder welche strengen Strafmaßnahmen sie gerechtermaßen heraufbeschworen hatte.

In ihrer Niedergeschlagenheit und Beschämung spielte sie sogar mit dem Gedanken, abends nicht mit den anderen ins Theater zu gehen, aber es muß zugegeben werden, daß er nicht lange anhielt, denn ihr fiel bald ein, daß sie erstens keine Entschuldigung für ihr Zuhausebleiben hatte und zweitens das Stück ausgesprochen gern sehen wollte. Und so gingen sie alle ins Theater. Die Tilneys erschienen nicht, um sie in Furcht oder Freude zu versetzen; sie befürchtete schon, daß Theaterleidenschaft nicht zu den zahllosen Vorzügen der Familie gehörte, aber vielleicht war es darauf zurückzuführen, daß sie an die anspruchsvolleren Aufführungen der Londoner Bühne gewohnt waren, die alles andere, wie sie von Isabella wußte, »ausgesprochen grauenhaft« erscheinen ließen. Ihre eigenen Erwartungen an einen schönen Abend wurden nicht enttäuscht; die Komödie nahm ihre Aufmerksamkeit so sehr in Anspruch, daß jemand, der sie während der ersten vier Akte beobachtet hätte, gar nicht auf den Gedanken gekommen wäre, wie kläglich ihr zumute war. Zu Beginn des fünften Aktes aber wurden Angst und Unbehagen durch das plötzliche Erscheinen von Mr. Henry Tilney und seinem Vater, die

sich zu Freunden in der gegenüberliegenden Loge gesellten, wieder in ihr wachgerufen. Nun konnte die Bühne keine reine Freude mehr gewähren, ungeteilte Aufmerksamkeit nicht mehr beanspruchen. Durchschnittlich jeder zweite Blick richtete sich auf die Loge gegenüber, und zwei ganze Szenen hindurch beobachtete sie auf diese Weise Henry Tilney, ohne seinen Blick ein einziges Mal aufzufangen. Der Verdacht, daß er dem Theater gegenüber gleichgültig war, ließ sich nicht aufrechterhalten, während der ganzen zwei Szenen wurde seine Aufmerksamkeit nicht ein einziges Mal von der Bühne abgelenkt. Schließlich aber sah er sie doch an und verbeugte sich – aber was war das für eine Verbeugung! Sie wurde von keinem Lächeln, keinem anhaltenden Interesse begleitet, seine Augen wandten sich sofort wieder der Bühne zu. Catherine wurde von verzweifelter Unruhe erfaßt. Sie wäre am liebsten zu der Loge, in der er saß, hinübergelaufen, um ihn zu zwingen, ihre Erklärung anzuhören. Empfindungen, wie sie normalen Menschen, nicht Romanheldinnen zukommen, bewegten sie; anstatt zu glauben, daß ihre eigene Würde durch seine vorschnelle Verurteilung verletzt war, anstatt im Bewußtsein ihrer Unschuld, ihn voller Hoheit ihre Verstimmung dafür spüren zu lassen, daß er auch nur den geringsten Zweifel daran hegen konnte, und es ganz und gar ihm zu überlassen, eine Erklärung zu suchen, und ihn dadurch über das Vergangene aufzuklären, daß sie ihm aus dem Weg ging und mit jedem anderen flirtete, nahm sie die Schande ungehörigen Benehmens oder jedenfalls den Anschein davon auf sich und brannte auf eine Gelegenheit, seine Ursache zu erklären.
Das Stück war zu Ende, der Vorhang fiel, Henry Tilney war nicht mehr zu sehen, wo er vorher gesessen hatte, aber sein Vater war noch da, und vielleicht war der Sohn ja auf dem Weg zu ihrer Loge. Sie hatte recht, wenig später tauchte er auf und sprach, indem er seinen Weg durch die sich leerenden Reihen bahnte, in seiner

gewohnt höflichen und gelassenen Art mit Mrs. Allen und ihrem Schützling. Die Antwort der letzteren fiel nicht ganz so gelassen aus: »Oh, Mr. Tilney, ich brenne darauf, mit Ihnen zu sprechen und mich zu entschuldigen. Ich muß Ihnen richtig unhöflich vorgekommen sein, aber es war wirklich nicht meine Schuld, nicht wahr, Mrs. Allen? Haben die anderen nicht gesagt, daß Mr. Tilney und seine Schwester zusammen in einem Phaeton ausgefahren sind? Und was konnte ich da machen? Aber ich wäre tausendmal lieber mit Ihnen gegangen, nicht wahr, Mrs. Allen?«
»Mein Kind, Sie machen mein Kleid kraus«, war Mrs. Allens Antwort.
Allerdings verfehlte auch ohne solche Bestätigung Catherines Versicherung nicht ihren Eindruck; er reagierte darauf mit einem herzlicheren, einem natürlicheren Lächeln und antwortete in einem Ton, der nur noch wenig gespielte Zurückhaltung enthielt: »Wir waren Ihnen trotzdem sehr dankbar dafür, daß Sie uns im Vorüberfahren in der Argyle Street einen angenehmen Spaziergang gewünscht haben. Sie haben sich dazu freundlicherweise extra noch einmal umgesehen.«
»Aber ich habe Ihnen gar keinen angenehmen Spaziergang gewünscht, ich habe nicht im Traum daran gedacht, sondern Mr. Thorpe in aller Eindringlichkeit gebeten, anzuhalten. Ich habe ihn dazu aufgefordert, sobald ich Sie sah, nicht wahr, Mrs. Allen? – Ach, Sie waren ja gar nicht dabei, aber ich habe es bestimmt getan, und wenn Mr. Thorpe nur angehalten hätte, wäre ich abgesprungen und hinter Ihnen hergelaufen.«
Welcher Henry könnte einer solchen Erklärung widerstehen? Henry Tilney jedenfalls nicht. Mit einem noch versöhnlicheren Lächeln versicherte er, welche Besorgnis, welches Bedauern und welches Vertrauen in Catherines Anstand seine Schwester gehabt habe. – »Oh! Sagen Sie nicht, daß Miss Tilney nicht ärgerlich war«, rief Catherine, »denn ich weiß, sie war es. Als ich sie nämlich

heute vormittag aufgesucht habe, wollte sie mich nicht empfangen. Eine Minute, nachdem ich gegangen war, sah ich sie aber das Haus verlassen. Es tat mir weh, aber ich war nicht beleidigt. Vielleicht wußten Sie gar nicht, daß ich da war.«

»Ich war zu der Zeit nicht zu Hause, aber Eleanor hat mir davon erzählt, und sie möchte nun unbedingt mit Ihnen sprechen, um den Grund für diese Unhöflichkeit zu erklären, aber vielleicht kann ich es ebensogut tun. Es hatte keine andere Ursache, als daß mein Vater ... Sie waren gerade im Begriff auszugehen, und da er in Eile war und nicht aufgehalten werden wollte, bestand er darauf, daß sie sich verleugnen ließ. Das war alles, bitte, glauben Sie mir. Sie war ganz verzweifelt und hatte vor, sich so schnell wie möglich zu entschuldigen.«

Catherine fiel bei dieser Erklärung ein Stein vom Herzen, aber ein Rest von Besorgnis blieb, und ihr entsprang die folgende, von ihr arglos gestellte, dem Herrn aber trotzdem recht peinliche Frage: »Aber Mr. Tilney, warum waren Sie nicht so großzügig wie Ihre Schwester? Wenn sie an meinen guten Absichten nicht zweifelte und das Ganze für ein Mißverständnis hielt, warum waren Sie so schnell gekränkt?«

»Ich! Ich gekränkt!«

»Doch, ich habe gleich, als Sie die Loge betraten, an Ihrem Gesicht erkannt, daß Sie ärgerlich waren.«

»Ich ärgerlich! Dazu hatte ich gar kein Recht.«

»Vielleicht, aber darauf wäre niemand gekommen, der Ihr Gesicht gesehen hätte.« Er antwortete mit der Bitte, ihm Platz zu machen, und unterhielt sich mit ihr über die Aufführung.

Er blieb eine ganze Weile bei ihnen und war so liebenswürdig, daß Catherine ganz versöhnt war, als er ging. Bevor sie sich trennten, wurde jedenfalls verabredet, daß sie den geplanten Spaziergang so schnell wie möglich nachholen wollten, und abgesehen von ihrer Enttäu-

schung, daß er die Loge verließ, blieb sie überglücklich zurück.
Während sie miteinander sprachen, hatte sie mit einiger Überraschung beobachtet, daß John Thorpe, der im Theater nie auch nur zehn Minuten an derselben Stelle blieb, sich in einer Unterhaltung mit General Tilney befand, und ihre Überraschung wurde noch größer, als sie zu bemerken glaubte, daß sie den Gegenstand ihrer Aufmerksamkeit und Unterhaltung bildete. Was konnten sie über sie zu sagen haben? Sie fürchtete fast, daß der General sie nicht sympathisch fand. Das ging ihrer Meinung nach daraus hervor, daß er sie daran gehindert hatte, seine Tochter zu sprechen, anstatt seinen Spaziergang um ein paar Minuten zu verschieben. »Woher kennt Mr. Thorpe Ihren Vater?« fragte sie besorgt, indem sie ihren Begleiter auf die beiden hinwies. Er wußte es nicht, aber wie alle Offiziere hatte sein Vater einen sehr großen Bekanntenkreis.
Als die Vorstellung zu Ende war, kam Thorpe, um sie alle hinauszubegleiten. Catherine war gleich das Ziel seiner Galanterie, und während sie im Foyer auf eine Sänfte warteten, kam er der Frage, die ihr schon auf der Zunge lag, zuvor, indem er sie wichtigtuerisch fragte, ob sie ihn mit General Tilney habe sprechen sehen? »Er ist ein prächtiger alter Knabe, das muß ich sagen! Gut in Form, aktiv, sieht nicht älter aus als sein Sohn. Ich schätze ihn sehr, bestimmt, ein richtiger Gentleman, der alte Knabe.«
»Aber woher kennen Sie ihn?«
»Woher! Es gibt nicht viele Leute in Bath, die ich nicht kenne. Wir haben uns dauernd im Café Bedford getroffen, und ich erkannte ihn sofort wieder, als er ins Billardzimmer kam. Einer unserer besten Spieler, nebenbei bemerkt, und wir haben eine kleine Partie miteinander gespielt, obwohl ich fast Angst vor ihm hatte. Es stand fünf zu vier gegen mich, und wenn mir nicht einer der gekonntesten Stöße gelungen wäre, die diese Welt ver-

mutlich je gesehen hat ... ich traf den Ball voll ... aber ohne Billardtisch kann ich es Ihnen nicht vormachen; wie auch immer, ich habe ihn geschlagen. Ganz prächtiger alter Knabe, reich wie ein Jude. Ich würde gerne mal bei ihm essen, ich wette, seine Diners sind fabelhaft. Aber was glauben Sie, wovon wir gesprochen haben? Von Ihnen. Doch, Ehrenwort! Und der General findet, Sie sind das großartigste Mädchen in Bath.«

»Ach, Unsinn! Wie können Sie so etwas sagen?«

»Und was glauben Sie, was ich geantwortet habe?« (Er senkte die Stimme.) »Sie haben's getroffen, General, sage ich, ich bin ganz Ihrer Meinung.«

Es tat Catherine, die von seiner Bewunderung weit weniger beeindruckt war als von General Tilneys, nicht leid, daß sie gerade in diesem Augenblick von Mrs. Allen gerufen wurde. Thorpe allerdings wollte ihr unbedingt in die Sänfte helfen, und bis sie darin saß, hörte er trotz ihrer Bitten, sie in Ruhe zu lassen, nicht mit seinen zartfühlenden Schmeicheleien auf.

Daß General Tilney sie bewunderte, anstatt Vorbehalte gegen sie zu haben, war einfach herrlich, und es war eine große Erleichterung, daß es nun in der Familie keinen mehr gab, vor dessen Begegnung sie Angst haben mußte. Der Abend war viel, viel erfolgreicher gewesen, als sie hatte erwarten dürfen.

Kapitel 13

Montag, Dienstag, Mittwoch, Donnerstag, Freitag und Sonnabend sind nun an dem Leser vorübergezogen; die Ereignisse jedes Tages, seine Hoffnungen und Befürchtungen, Demütigungen und Freuden sind einzeln berichtet worden, und nun brauchen nur noch die niederschmetternden Begebenheiten des Sonntags beschrieben zu werden, um die Woche abzuschließen. Der Plan, nach Clifton zu fahren, war aufgeschoben, aber nicht aufgehoben, und an diesem Nachmittag wurde er beim Spaziergang am Crescent wieder diskutiert. In einem Gespräch unter vier Augen waren Isabella und James übereingekommen – sie hatte ihr Herz besonders an den Ausflug gehängt, und seins schlug nicht weniger bei dem Gedanken, ihr einen Gefallen tun zu können –, daß die Fahrt, vorausgesetzt, das Wetter war gut, am nächsten Vormittag stattfinden sollte, und sie wollten sehr früh aufbrechen, um rechtzeitig wieder zu Hause zu sein. Als die Angelegenheit auf diese Weise geregelt und Thorpes Zustimmung eingeholt war, blieb nur noch Catherines Teilnahme sicherzustellen. Sie hatte die anderen ein paar Minuten allein gelassen, um mit Miss Tilney zu sprechen. In der Zwischenzeit hatte man sich über den Plan geeinigt, und sobald sie zurückkam, wurde ihre Zustimmung verlangt, aber statt des fröhlichen Einverständnisses, das Isabella erwartet hatte, blickte Catherine betreten, äußerte ihr Bedauern und lehnte ab. Die Verabredung, um deretwillen sie schon das vorige Mal hätte zu Hause bleiben sollen, mache es ihr diesmal unmöglich, sie zu begleiten. Sie habe sich diesen Augenblick mit Miss Tilney verabredet, den versprochenen Spaziergang morgen nachzuholen. Es war beschlossene Sache, und um nichts in der Welt würde sie einen Rückzieher machen. Aber sie müsse und solle absagen, riefen die beiden Thorpes sofort wie aus einem Munde. Sie müßten morgen unbedingt nach Clifton fahren, sie würden den Ausflug nicht ohne sie machen, es sei doch gar kein Problem, einen bloßen Spaziergang einen weiteren Tag aufzuschieben, und Ausreden würden sie nicht gelten lassen. Catherine tat es sehr leid, aber sie war nicht bereit nachzugeben. »Laß mich in Ruhe, Isabella, ich bin mit Miss Tilney verabredet. Ich kann nicht mitkommen.« Das nützte gar nichts. Dieselben Argumente wurden ihr wieder vorgehalten. »Es wäre so einfach, Miss Tilney zu erzählen, daß du gerade an eine frühere Verabredung erinnert worden bist und sie darum bitten müßtest, den Spaziergang auf Dienstag zu verschieben.«

»Nein, so einfach ist das nicht. Ich kann es nicht tun. Es gibt keine frühere Verabredung.« Aber Isabella drang nur noch heftiger in sie, redete auf die einschmeichelndste Art auf sie ein und gab ihr die zärtlichsten Namen. Ihre liebste, beste Catherine würde doch einer Freundin, die sie so herzlich liebte, nicht eine so unbedeutende Bitte abschlagen. Ihre geliebte Catherine hatte doch ein so mitfühlendes Herz, so viel Verständnis und war von allen, die sie liebte, so leicht zu überreden. Aber alles umsonst; Catherine fühlte sich im Recht, und obwohl eine so zärtliche, so schmeichelhafte Bitte sie schmerzte, durfte sie sich nicht davon beeinflussen lassen. Dann versuchte es Isabella mit einer anderen Methode. Sie warf Catherine vor, Miss Tilney, obwohl sie diese erst so kurze Zeit kannte, lieber zu mögen als ihre besten und ältesten Freunde, kurz und gut, ihr gegenüber kalt und gleichgültig zu sein. »Da muß ich einfach eifersüchtig werden, Catherine, wenn ich sehe, wie du mir Fremde vorziehst, mir, die ich dich so grenzenlos liebe! Wenn ich einmal meine Liebe verschenkt habe, kann nichts mich dazu bewegen, sie zurückzunehmen. Aber ich glaube ohnehin, so intensive Gefühle wie ich hat keiner, sie sind zu intensiv für meinen inneren Frieden, und ich gebe zu, mich in deiner Freundschaft durch Fremde ersetzt zu sehen, trifft mich im Innersten. Diese Tilneys reißen offenbar alles an sich.«

Catherine erschien dieser Vorwurf ebenso unverständlich wie herzlos. War es echte Freundschaft, wenn man sich anderen gegenüber so mit seinen Gefühlen brüstete? Isabella kam ihr kleinlich und selbstsüchtig vor, sie dachte an nichts als an ihr eigenes Vergnügen. Diese schmerzlichen Gedanken gingen ihr durch den Kopf, obwohl sie schwieg. Währenddessen wischte sich Isabella mit dem Taschentuch die Augen, und da dieser

Anblick Morland ans Herz ging, konnte er nicht umhin zu sagen: »Nein, wirklich, Catherine, du darfst nicht länger eigensinnig sein. Das Opfer ist nicht groß, und um einer solchen Freundin einen Gefallen zu tun ... Ich finde es wirklich nicht nett, wenn du immer noch ablehnst.«

Zum erstenmal nahm damit ihr Bruder offen gegen sie Partei, und in dem Bemühen, nicht sein Mißfallen zu erregen, schlug sie einen Kompromiß vor. Wenn sie ihren Ausflug nur auf Dienstag verschöben, was gar kein Problem sei, da er nur von ihnen selbst abhänge, dann würde sie mitkommen, und alle könnten zufrieden sein. »Nein, nein, nein!« hieß es aber sofort. Das könne nicht sein, denn Thorpe wisse noch gar nicht, ob er nicht am Dienstag nach London fahre. Es tat Catherine leid, aber mehr konnte sie nicht tun, und es folgte ein kurzes Schweigen, das von Isabella gebrochen wurde, die kühl und abweisend sagte: »Also schön, dann findet der Ausflug eben nicht statt. Wenn Catherine nicht mitkommt, fahre ich auch nicht. Ich kann nicht als einzige Frau mitfahren. Etwas so Ungehöriges würde ich um nichts in der Welt tun.«

»Catherine, du mußt mitkommen«, sagte James.

»Aber warum kann Mr. Thorpe nicht mit einer seiner Schwestern fahren? Ich bin sicher, sie würden beide gern mitkommen.«

»Besten Dank«, rief Thorpe, »aber ich bin nicht nach Bath gekommen, um meine Schwestern herumzukutschieren und mich lächerlich zu machen. Nein, wenn Sie nicht mitkommen, dann tue ich es auch nicht, verdammt noch mal. Ich fahre überhaupt nur um Ihretwillen.«

»An diesem Kompliment liegt mir gar nichts.« Aber ihre Worte waren an Thorpe verschwendet, der sich brüsk abgewandt hatte.

Die anderen drei setzten ihren Spaziergang fort, was für die arme Catherine immer unangenehmer wurde. Mal wurde kein Wort gesagt, mal wurde sie mit Bitten oder

Vorwürfen überfallen, und wenn sie auch immer noch Arm in Arm mit Isabella ging, befanden sich ihre Herzen doch im Krieg miteinander. Jetzt war sie halb versöhnt, jetzt gereizt, immer betrübt, aber immer unnachgiebig.

»Ich fand dich früher nicht so eigensinnig, Catherine«, sagte James, »so schwer warst du nie zu überreden. Du warst von allen meinen Schwestern immer die freundlichste und ausgeglichenste.«

»Das bin ich hoffentlich immer noch«, antwortete sie liebevoll, »aber ich kann wirklich nicht mitkommen. Wenn ich unrecht habe, so tue ich wenigstens, was ich für recht halte.«

»Ich habe den Eindruck«, sagte Isabella mit gesenkter Stimme, »große Überwindung hat es nicht gekostet.«

Catherine war empört; sie zog ihren Arm weg, und Isabella ließ es gewähren. So vergingen zehn lange Minuten, bis sich Thorpe wieder zu ihnen gesellte, der mit fröhlicher Miene zurückkam und sagte: »Also, ich habe die Sache geklärt, und jetzt können wir morgen alle mit ruhigem Gewissen fahren. Ich bin bei Miss Tilney gewesen und habe Sie entschuldigt.«

»Das haben Sie nicht!«, rief Catherine.

»Doch, Ehrenwort. War diesen Augenblick bei ihr, hab ihr erzählt, Sie hätten mich geschickt, um zu sagen, daß Sie sich gerade an eine frühere Verabredung, mit uns nach Clifton zu fahren, erinnert hätten und deshalb nicht vor Dienstag das Vergnügen haben könnten, mit ihr spazierenzugehen. Sie sagte, na schön, Dienstag paßt uns ebensogut. Damit sind alle unsere Probleme beseitigt. Ein blendender Einfall, den ich da hatte, he?«

Isabellas Gesicht war nun wieder ganz Lächeln und gute Laune, und auch James sah wieder glücklich aus.

»Ein himmlischer Einfall, wirklich! Also, meine liebe Catherine, nun sind wir alle Sorgen los; du bist in allen Ehren freigesprochen, und der Ausflug wird zauberhaft werden.«

»Das geht nicht«, sagte Catherine, »ich bin damit nicht einverstanden. Ich muß sofort hinter Miss Tilney herlaufen und die Sache richtigstellen.«
Isabella allerdings ergriff ihre eine Hand, Thorpe die andere, und alle drei überhäuften sie mit Vorwürfen. Sogar James war richtig wütend. Wenn alles geklärt war, wenn Miss Tilney selbst gesagt hatte, daß Dienstag ihr ebensogut passe, dann war es einfach lächerlich, einfach absurd, immer noch Einwände zu erheben.
»Das ist mir ganz gleich. Mr. Thorpe hat kein Recht, eine solche Nachricht zu erfinden. Wenn ich es für richtig gehalten hätte, die Verabredung aufzuschieben, hätte ich selbst mit Miss Tilney sprechen können. So ist es nur unhöflicher, und woher soll ich wissen, daß Mr. Thorpe ... Vielleicht irrt er sich wieder. Er hat mich am Freitag durch seinen Irrtum schon einmal zu einer groben Unhöflichkeit verleitet. Lassen Sie mich los, Mr. Thorpe; Isabella, laß mich gehen!«
Thorpe erzählte ihr, daß es gar keinen Zweck hatte, hinter den Tilneys herzulaufen. Sie waren schon an der Ecke Brock Street, als er sie überholt hatte, und waren jetzt sicher zu Hause.
»Dann gehe ich hinter ihnen her«, sagte Catherine. »Wo sie auch sein mögen, ich gehe hinterher. Es hat keinen Zweck zu reden. Wenn ich mich schon nicht dazu überreden ließ zu tun, was ich für falsch hielt, dann nützt Betrug erst recht nichts.« Und mit diesen Worten riß sie sich los und eilte fort. Thorpe wäre hinterher gesprungen, aber Morland hielt ihn fest. »Laß sie laufen, laß sie laufen, wenn sie darauf besteht.«
»Sie ist widerspenstig wie ...«
Thorpe beendete den Vergleich nie, denn er wäre wohl nicht recht angebracht gewesen.
In großer Erregung und aus Angst, verfolgt zu werden, aber entschlossen, sich durchzusetzen, eilte Catherine davon, so schnell die Menschenmenge es zuließ. Es war schmerzlich für sie, die anderen zu enttäuschen und zu

verärgern, besonders ihren Bruder zu verärgern, aber sie bereute ihre Hartnäckigkeit nicht. Von ihren eigenen Wünschen ganz abgesehen – ihre Verabredung mit Miss Tilney ein zweites Mal zu brechen, ein nur fünf Minuten vorher freiwillig gegebenes Versprechen zurückzunehmen, und dann noch unter falschem Vorwand, konnte nur unrecht sein. Sie hatte sich ihnen nicht nur aus egoistischen Motiven widersetzt, sie hatte sich nicht nur von ihrem eigenen Vergnügen leiten lassen, das hätte nämlich in gewisser Weise auch für den Ausflug, für die Besichtigung von Blaize Castle gegolten; nein, sie hatte nur getan, was sie anderen und in deren Augen sich selbst schuldig war. Ihre Überzeugung, recht gehandelt zu haben, genügte allerdings nicht, ihre Fassung wiederherzustellen. Solange sie nicht mit Miss Tilney gesprochen hatte, war sie nicht ruhig, und indem sie ihre Schritte beschleunigte, als sie den Crescent hinter sich hatte, lief sie fast den ganzen Rest der Strecke, bis sie das Ende der Milsom Street erreicht hatte. Sie war so schnell gelaufen, daß die Tilneys trotz ihres Vorsprungs gerade erst ihr Haus betraten, als sie in Sichtweite kam, und da der Diener noch an der offenen Tür stand, beschränkte sie die Zeremonie darauf zu sagen, sie müsse unbedingt in diesem Augenblick Miss Tilney sprechen, und eilte an ihm vorbei die Treppe hinauf. Als sie die erstbeste Tür öffnete, die zufällig die richtige war, fand sie sich unmittelbar mit General Tilney, seinem Sohn und seiner Tochter im Wohnzimmer. Sie brachte sofort ihre Erklärung vor, deren einziger Fehler darin bestand, daß sie wegen ihrer nervlichen Anspannung und ihrer Atemlosigkeit gar keine Erklärung war: »Ich komme in großer Eile ... Es war alles ein Irrtum ... Ich habe gar nicht versprochen, mitzufahren ... Ich habe den anderen von Anfang an gesagt, daß ich nicht mitkommen kann ... Ich bin in aller Eile hergelaufen, um das Ganze zu erklären ... Es war mir ganz gleich, was Sie von mir denken ... Ich wollte nicht warten, bis der Diener mich anmeldet.«

Die Angelegenheit selbst allerdings, obwohl durch diese Rede nicht völlig erhellt, hörte bald auf, ein Rätsel zu sein. Catherine erfuhr, daß John Thorpe tatsächlich die Nachricht übermittelt hatte, und Miss Tilney machte kein Hehl daraus, wie überrascht sie davon gewesen war. Aber ob ihr Bruder sich noch mehr gekränkt fühlte als Miss Tilney, konnte Catherine nicht herausbekommen, obwohl sie sich mit ihrer Rechtfertigung instinktiv ebensosehr an ihn wie an sie wandte. Was man auch vor ihrer Ankunft gedacht haben mochte, nach ihren überstürzten Erklärungen wurde jeder Blick und jeder Satz wieder so freundlich, wie sie erhoffte.
Als die Angelegenheit auf diese Weise glücklich beigelegt war, wurde sie von Miss Tilney ihrem Vater vorgestellt und von ihm mit so zuvorkommender, so betonter Höflichkeit begrüßt, daß ihr Thorpes Bericht über ihn wieder einfiel und sie sich über die Erfahrung freute, daß man sich ab und zu auf ihn verlassen konnte. Der General trieb seine bemühte Aufmerksamkeit so weit, daß er, weil ihm die Hast, mit der Catherine das Haus betreten hatte, entgangen war, ärgerlich auf den Diener wurde, durch dessen Nachlässigkeit ihr zugemutet worden war, die Zimmertür selbst zu öffnen. Was fiel William denn ein? Er würde der Sache nachgehen. Und wenn Catherine nicht lebhaft seine Unschuld beteuert hätte, hätte womöglich William für immer die Gnade seines Herrn, wenn nicht sogar seine Stellung durch ihren Übereifer verloren.
Als sie eine Viertelstunde bei ihnen gesessen hatte, erhob sie sich, um sich zu verabschieden, und wurde höchst angenehm durch General Tilneys Frage überrascht, ob sie seiner Tochter die Ehre geben wolle, bei ihnen zu essen und den Rest des Tages mit ihnen zu verbringen. Miss Tilney stimmte in die Bitte ein. Catherine war ihnen sehr verbunden, aber sie sei dazu nicht in der Lage. Mr. und Mrs. Allen erwarteten sie jeden Augenblick zurück. Der General erklärte, dann wolle er nicht weiter in sie

dringen; Mr. und Mrs. Allens Ansprüche gingen vor, aber er vertraue darauf, daß sie Catherine gelegentlich bei rechtzeitiger Einladung ein paar Stunden ihrer Freundin zuliebe entbehren könnten. O nein, Catherine war ganz sicher, daß sie nicht das geringste dagegen einzuwenden hätten, sie würde mit großem Vergnügen kommen. Der General selbst begleitete sie an die Haustür, machte auf der Treppe die charmantesten Bemerkungen, bewunderte ihren anmutigen Gang, der so gut zu ihrem lebhaften Tanzen passe, und machte ihr beim Abschied eine der gekonntesten Verbeugungen, die sie je gesehen hatte.

Catherine war von allem, was sie erlebt hatte, entzückt und schritt – anmutig, wie sie folgerte, obwohl sie selber nie darauf gekommen wäre, zur Pulteney Street zurück. Sie kam zu Hause an, ohne den beleidigten Freunden noch zu begegnen, und nun, wo sie auf der ganzen Linie gesiegt, wo sie sich durchgesetzt hatte und der Spaziergang sicher war, kamen ihr, als die freudige Erregung nachließ, Zweifel, ob sie ganz richtig gehandelt hatte. Ein Opfer war immer edelmütig, und wenn sie ihren eindringlichen Bitten nachgegeben hätte, dann wäre ihr der Gedanke an eine beleidigte Freundin, einen verärgerten Bruder und einen für beide glückverheißenden, aber vielleicht durch ihr Verhalten vereitelten Ausflug erspart geblieben. Zu ihrer Beruhigung und um die Meinung eines Unvoreingenommenen über die Richtigkeit ihres Verhaltens einzuholen, nahm sie die Gelegenheit wahr, den halb und halb schon beschlossenen Plan ihres Bruders und der Thorpes für den folgenden Tag Mr. Allen vorzutragen. Mr. Allen ging gleich darauf ein. »Und Sie«, sagte er, »wollen Sie nun auch mitfahren?«

»Nein, ich hatte mich zu einem Spaziergang mit Miss Tilney verabredet, bevor die anderen mir davon erzählten, und deshalb konnte ich ja nicht mitfahren, nicht wahr?«

»Nein, natürlich nicht, und ich bin froh darüber. Diese Ausflüge sind nicht das richtige für Sie. Junge Leute, die im offenen Wagen über Land kutschieren! Ab und zu lasse ich es mir gefallen, aber zusammen in Gasthäusern und in der Öffentlichkeit zu erscheinen! Das gehört sich nicht, und ich wundere mich, daß Mrs. Thorpe es erlaubt. Ich bin froh, daß Sie nicht mitfahren wollen. Ich bin sicher, Mrs. Morland wäre nicht davon begeistert. Mrs. Allen, bist du nicht auch meiner Meinung?«

»Ja, sehr sogar. Offene Wagen sind eine gräßliche Sache. In fünf Minuten ist ein sauberes Kleid schmutzig. Beim Ein- und Aussteigen wird man naß gespritzt, und Haar und Haube werden vom Wind in alle Richtungen geweht. Ich verabscheue offene Wagen auch.«

»Das weiß ich, aber darum geht es nicht. Findest du nicht, daß es einen merkwürdigen Eindruck macht, wenn junge Damen ständig von jungen Männern herumgefahren werden, mit denen sie nicht einmal verwandt sind?«

»Ja, mein Lieber, einen außerordentlich merkwürdigen Eindruck. Ich kann es gar nicht mit ansehen.«

»Liebe Madam«, rief Catherine, »warum haben Sie mir das nicht früher gesagt? Wenn ich gewußt hätte, daß es sich nicht gehört, wäre ich gar nicht erst mit Mr. Thorpe mitgefahren, aber ich dachte immer, Sie würden es mir sagen, wenn ich Ihrer Meinung nach etwas falsch mache.«

»Das tue ich auch, mein Kind, verlassen Sie sich darauf, denn wie ich Mrs. Morland zum Abschied sagte, ich passe auf Sie auf, so gut ich kann. Aber man darf auch nicht zu ängstlich sein. Junge Leute sind nun einmal junge Leute, wie Ihre liebe Mutter selbst immer sagt. Als wir ankamen, wollte ich auch nicht, daß Sie sich den bestickten Musselin kaufen, aber Sie wollten es trotzdem. Junge Leute wollen nicht alles vorgeschrieben bekommen.«

»Aber hier handelt es sich doch um etwas wirklich Wichtiges, und ich glaube nicht, daß es Ihnen schwergefallen wäre, mich zu überzeugen.«

»Bisher ist es nicht so weit gegangen, daß daraus irgendwelcher Schade entstanden wäre«, sagte Mr. Allen, »und ich würde Ihnen nur raten, mein Kind, nicht mehr mit Mr. Thorpe auszufahren.«

»Das wollte ich auch gerade sagen«, fügte seine Frau hinzu.

Catherine war um ihrer selbst willen erleichtert, aber besorgt um Isabellas willen, und nach kurzem Nachdenken fragte sie Mr. Allen, ob sie Miss Thorpe nicht einen Gefallen täte, wenn sie ihr in einem Brief die Ungehörigkeit darstelle, deren sie sich offenbar genausowenig bewußt sei wie sie selbst, denn sie halte es für möglich, daß Isabella trotz allem, was vorgefallen war, wahrscheinlich am nächsten Tag nach Clifton fahren würde. Mr. Allen allerdings riet ihr davon ab. »Kümmern Sie sich lieber nicht darum, mein Kind, sie ist alt genug zu wissen, was sie tut, und wenn nicht, hat sie eine Mutter, um ihr Ratschläge zu geben. Mrs. Thorpe ist zweifellos zu nachgiebig, aber Sie sollten sich lieber nicht einmischen. Sie und Ihr Bruder werden ohnehin fahren und nehmen es Ihnen obendrein übel.«

Catherine gab ihm recht, und obwohl es ihr leid tat, daß Isabella womöglich etwas falsch machte, fühlte sie sich außerordentlich durch Mr. Allens Billigung ihres eigenen Verhaltens erleichtert, und sie war von Herzen froh darüber, daß er sie davor bewahrt hatte, selbst einen solchen Fehler zu machen. Daß sie bei dem Ausflug nach Clifton ihre Freiheit gewahrt hatte, stellte sich nun als eine wahre Befreiung heraus, denn was hätten die Tilneys von ihr gedacht, wenn sie ihr Versprechen gebrochen hätte, um etwas zu tun, was schon an sich falsch war? Wenn sie sich einer Ungehörigkeit nur schuldig gemacht hätte, um einer zweiten schuldig zu werden?

Kapitel 14

Der nächste Morgen war schön, und Catherine befürchtete schon, daß die drei einen neuen Überfall planen könnten. Mit Mr. Allens Unterstützung sah sie der Möglichkeit mit Fassung entgegen, aber sie hätte sich gern eine Auseinandersetzung erspart, bei der ein Sieg Kummer bereitete, und freute sich deshalb von Herzen, daß sie von ihnen nichts hörte oder sah. Die Tilneys holten sie zur verabredeten Zeit ab, und da keine neuen Schwierigkeiten auftauchten, keine plötzlichen versäumten Pflichten, keine unerwarteten Aufträge, keine unwillkommene Störung, um ihre Pläne zu durchkreuzen, konnte meine Heldin ganz wider Erwarten ihre Verabredung einhalten, obwohl sie mit dem Helden selbst stattfand. Sie einigten sich darauf, um Beechen Cliff zu wandern, jenen stattlichen Hügel, der durch sein schönes Grün und seine bewaldeten Hänge von Bath aus in jeder Richtung ein so überwältigendes Landschaftsbild bietet.

»Immer wenn ich ihn ansehe«, sagte Catherine, als sie am Fluß entlanggingen, »muß ich an Südfrankreich denken.«

»Waren Sie denn im Ausland?« fragte Henry überrascht.

»O nein, ich kenne es nur aus Büchern. Es erinnert mich immer an die Landschaft, durch die Emily und ihr Vater reisen in *Die Geheimnisse von Udolpho*. Aber Sie lesen sicher keine Romane.«

»Wieso nicht?«

»Weil sie nicht intelligent genug für Sie sind. Männer lesen anspruchsvollere Bücher.«

»Ein Leser, ganz gleich, ob männlich oder weiblich, der an guten Romanen kein Vergnügen hat, muß unerträglich dumm sein. Ich habe alle Werke von Mrs. Radcliffe gelesen und die meisten mit großem Vergnügen. *Die Geheimnisse von Udolpho* konnte ich gar nicht wieder aus der Hand legen, als ich es einmal angefangen hatte. Ich erinnere mich, ich habe es in zwei Tagen durchgelesen, und dabei standen mir die ganze Zeit die Haare zu Berge.«

»Ja«, fügte Miss Tilney hinzu, »und ich erinnere mich, daß du es mir vorlesen wolltest, und als ich nur fünf Minuten abgerufen wurde, um einen kurzen Brief zu beantworten, hast du den Band in die einsamste Ecke des Gartens mitgenommen, anstatt auf mich zu warten, und ich mußte mich gedulden, bis du es durchhattest.«

»Danke, Eleanor, eine eindrucksvolle Bestätigung. Sie sehen, Miss Morland, wie ungerecht Ihr Verdacht ist. Da habe ich in meiner Ungeduld weitergelesen, mich sogar geweigert, auch nur fünf Minuten auf meine Schwester zu warten, habe das Versprechen gebrochen, es ihr vorzulesen, und habe sie an der interessantesten Stelle auf die Folter gespannt, indem ich mich mit dem Band auf und davon machte, der, wie Sie bitte beachten wollen, sogar ihr gehörte, ihr ganz allein. Ich bin noch heute stolz darauf und hoffe, mir damit bei Ihnen einen guten Ruf erworben zu haben.«

»Das freut mich aber wirklich, und jetzt werde ich mich selbst nie mehr schämen, daß mir *Udolpho* auch gefällt. Aber ich dachte wirklich immer, junge Männer fühlten sich über Romane ungeheuer erhaben.«

»Das ist ungeheuer. Und eine Ungeheuerlichkeit wäre, wenn sie es täten, denn sie lesen beinahe genausoviel Romane wie Frauen. Ich selbst habe hunderte und aberhunderte gelesen. Glauben Sie bitte nicht, daß Sie es in der Kenntnis all der Julias und Louisas mit mir aufnehmen können. Wenn wir uns auf Einzelheiten einlassen und mit dem nie endenden Fragespiel anfangen ›Haben Sie dies gelesen?‹ und ›Haben Sie das gelesen?‹, lasse ich Sie bald so weit hinter mir zurück – wie soll ich sagen? – ich suche einen angemessenen Vergleich – so weit zurück wie Ihre Freundin Emily den armen Valancourt, als sie mit ihrer Tante nach Italien fuhr.[24] Bedenken

Sie nur, wie viele Jahre Vorsprung ich vor Ihnen habe. Ich fing an, in Oxford zu studieren, als Sie ein artiges kleines Mädchen waren, das zu Hause in seiner Fibel las.«

»Nicht sehr artig, fürchte ich. Aber im Ernst, finden Sie nicht, daß *Udolpho* das schönste Buch der Welt ist?«

»Das schönste – womit Sie vermutlich meinen, das hübscheste.[25] Das hängt ausschließlich vom Einband ab.«

»Henry«, sagte Miss Tilney, »du bist sehr unverschämt. Miss Morland, er behandelt Sie genau wie seine Schwester. Er hat immer irgend etwas an mir auszusetzen wegen irgendeiner sprachlichen Nachlässigkeit, und jetzt nimmt er sich bei Ihnen dieselben Freiheiten heraus. Das Wort ›schön‹, wie Sie es benutzt haben, hat ihm nicht gefallen, und Sie täten gut daran, es sobald wie möglich auszutauschen, sonst liegt er uns den Rest des Weges mit Johnson und Blair[26] in den Ohren.«

»Ich wollte bestimmt nichts Falsches sagen«, rief Catherine, »aber es ist ein sehr schönes Buch, und warum sollte ich es dann nicht so nennen?«

»Ganz recht«, sagte Henry, »und dies ist ein sehr schöner Tag, und wir machen einen sehr schönen Spaziergang, und ihr seid zwei sehr schöne junge Damen. Oh! Es ist wirklich ein sehr schönes Wort. Es paßt für alles. Ursprünglich bezeichnete es wahrscheinlich nur das, was hübsch, geziemend, zart, kultiviert ist. Auf Schönheit legte man Wert in seiner Kleidung, inneren Einstellung, seinen Vorlieben. Aber heutzutage wird alles Lobenswerte an jeder Sache in dieses eine Wort gepreßt.«

»Während es eigentlich doch nur auf dich angewendet werden sollte«, rief seine Schwester, »und das ohne jeden Anlaß zum Lob. Du bist schön kleinlich, nur nicht klug. Kommen Sie, Miss Morland, wir wollen es ihm überlassen, in höchst geziemender Wortwahl über unsere Fehler nachzudenken, während wir *Udolpho* in Ausdrücken loben, die uns gefallen. Es ist ein sehr interessantes Buch. Lesen Sie gern solche Romane?«

»Ehrlich gesagt, ich lese kaum etwas anderes.«
»Wirklich!«
»Das heißt, ich lese auch Gedichte und Theaterstücke und solche Sachen, und Reisebeschreibungen gefallen mir auch ganz gut. Aber Geschichte, richtig ernsthafte Geschichte, dafür kann ich mich nicht interessieren, und Sie?«
»Ja, mir gefällt Geschichte.«
»Ich wollte, mir auch. Ich lese manchmal ein bißchen aus Pflichtgefühl, aber ich finde darin nichts, was mich nicht ärgert oder ermüdet. Auseinandersetzungen zwischen Päpsten und Königen, Kriege und Seuchen auf jeder Seite. Die Männer taugen alle nichts, und Frauen kommen meist gar nicht vor. Es ist richtig öde, und doch wundere ich mich manchmal, daß es so langweilig ist, denn ein großer Teil davon ist doch bestimmt reine Erfindung. Die Reden, die den Helden in den Mund gelegt werden, ihre Gedanken und Pläne, das meiste ist doch bestimmt Erfindung, und wenn ich auf Erfindungen aus bin, dann lese ich andere Bücher.«
»Sie wollen damit also sagen«, sagte Miss Tilney, »daß Historiker mit den Aufschwüngen ihrer Phantasie kein Glück haben. Sie entfalten Phantasie, ohne Interesse zu wecken. Mir gefällt Geschichte, und mir macht es nichts aus, das Falsche mit dem Wahren zu akzeptieren. Ihr Tatsachengerüst beziehen sie aus Informationsquellen wie früheren Geschichtswerken und Dokumenten, auf die man sich, denke ich mir, so gut verlassen kann wie auf alles, was man nicht mit eigenen Augen miterlebt, und was die Ausschmückungen angeht, von denen Sie sprechen, so sind es eben Ausschmückungen, und als solche mag ich sie gern. Wenn eine Rede gut gebaut ist, lese ich sie gern, ganz gleich, wer sie geschrieben hat; wahrscheinlich viel lieber, wenn sie von Mr. Hume oder Mr. Robertson[27] stammt, als wenn es die genialen Worte von Caractacus, Agricola oder Alfred dem Großen wären.«

»Ihnen gefällt Geschichte! Genau wie Mr. Allen und meinem Vater, und ich habe zwei Brüder, die sich auch dafür interessieren. So viele Leute in meinem kleinen Freundeskreis, es ist erstaunlich. Unter diesen Umständen habe ich keinen Grund mehr, die Geschichtsschreiber zu bemitleiden. Wenn Leute ihre Bücher gern lesen, dann ist es ja gut, aber mit so viel Mühe die riesigen Bände zu füllen, die dann, wie ich immer dachte, freiwillig niemand aufschlägt; sich so abgearbeitet zu haben, nur zur Qual von kleinen Jungen und Mädchen, das habe ich immer für ein hartes Schicksal gehalten, und obwohl ich weiß, daß all das sehr richtig und nötig ist, habe ich mich oft über den Mut des Autors gewundert, der sich zu keinem anderen Zweck an den Schreibtisch setzt.«
»Daß kleine Jungen und Mädchen gequält werden müssen«, sagte Henry, »wird niemand leugnen, der die Menschheit in einem zivilisierten Stadium kennt, aber im Interesse unserer angesehensten Historiker muß ich anmerken, daß sie allen Grund hätten, über die Annahme empört zu sein, sie hätten kein höheres Ziel; und daß sie durch ihre Methoden und ihren Stil ausgezeichnet dazu fähig sind, an Einsicht und Alter weit fortgeschrittene Leser zu quälen. Ich benutze entsprechend Ihrer eigenen Gewohnheit, die mir aufgefallen ist, das Verb ›quälen‹ statt ›unterrichten‹ in der Annahme, daß sie neuerdings als Synonyme gelten.«
»Sie halten mich für einfältig, weil ich den Unterricht eine Qual nenne, aber wenn Sie so oft zugesehen hätten, wie arme kleine Kinder erst lesen und dann schreiben lernen müssen, wenn Sie je gesehen hätten, wie begriffsstutzig sie alle miteinander einen ganzen Vormittag lang sein können, und wie erschöpft meine arme Mutter schließlich ist, was ich fast jeden Tag meines Lebens zu Hause miterlebt habe, dann würden Sie zugeben, daß ›quälen‹ und ›unterrichten‹ manchmal als Synonyme gelten dürfen.«
»Höchstwahrscheinlich, aber Historiker sind nicht für

die Schwierigkeiten beim Lesenlernen verantwortlich, und vielleicht können ja sogar Sie, die Sie nicht gerade eine Vorliebe für sehr intensives, sehr angestrengtes Lernen zu haben scheinen, zu der Einsicht gebracht werden, daß es die Mühe sehr wohl wert ist, zwei oder drei Jahre seines Lebens gequält zu werden, wenn man dann hinterher den Rest des Lebens lesen kann. Bedenken Sie: Wenn man nicht lesen lernte, hätte Mrs. Radcliffe ganz umsonst geschrieben oder vielleicht sogar gar nicht.«
Catherine stimmte zu, und sie beendeten das Thema mit einer sehr tief empfundenen Lobeshymne auf die Verdienste dieser Dame. Die Tilneys waren bald mit einem neuen Thema beschäftigt, zu dem sie nichts zu sagen hatte. Sie betrachteten die Landschaft mit den Augen von Menschen, die malen, und überlegten mit der Begeisterung von Kennern, was sich davon besonders zum Malen eignete.[28] Hier fühlte sich Catherine ganz hilflos. Sie verstand nichts vom Malen, nichts von Kunst, und die Aufmerksamkeit, mit der sie dem Gespräch der beiden folgte, nützte ihr auch nicht recht, denn sie unterhielten sich in Formulierungen, mit denen sie kaum eine Vorstellung verband. Das wenige allerdings, was sie verstand, schien den vagen Eindrücken, die sie von dem Thema bisher gehabt hatte, zu widersprechen. Anscheinend malte man eine Landschaft nicht mehr vom Gipfel eines hohen Hügels aus, und ein klarer blauer Himmel war kein Beweis mehr für einen schönen Tag. Sie schämte sich von Herzen über ihre Unwissenheit. Eine völlig unangebrachte Scham! Wo Leute zu gefallen suchen, sollten sie immer unwissend sein. Wer eine solide Bildung mitbringt, ist unfähig, der Eitelkeit der anderen zu schmeicheln, was ein zartfühlender Mensch immer zu vermeiden sucht. Besonders eine Frau sollte, wenn sie schon das Unglück hat, irgend etwas zu wissen, es immer so gut wie möglich verbergen.
Welche Vorteile natürliche Dummheit bei einem schönen jungen Mädchen hat, ist durch die begabte Feder einer

Schriftstellerkollegin schon dargestellt worden;[29] ihrer Behandlung des Themas will ich, um den Männern Gerechtigkeit widerfahren zu lassen, nur hinzufügen: Auch wenn für den größeren und anspruchsloseren Teil des starken Geschlechts Schwachsinn den weiblichen Charme wesentlich erhöht, gibt es unter ihnen doch einige, die zu vernünftig und zu aufgeklärt sind, um sich von einer Frau überhaupt etwas anderes als geistige Schlichtheit zu wünschen. Aber Catherine ahnte nichts von ihrer eigenen Anziehungskraft, ahnte nicht, daß ein hübsches junges Mädchen mit einem empfindsamen Herzen und einem schlichten Gemüt gar nicht umhinkann, auf einen geistreichen jungen Mann Eindruck zu machen, es sei denn, das Schicksal ist ihr nicht gewogen. In der gegenwärtigen Situation bekannte und beklagte sie ihren Mangel an Bildung, erklärte, sie würde alles in der Welt dafür geben, malen zu können, und daher folgte eine Vorlesung über das Pittoreske auf dem Fuße, wobei seine Ausführungen so klar waren, daß sie auf der Stelle Schönheit in allem sah, was er bewunderte, und sie hörte ihm so aufmerksam zu, daß er völlig überzeugt war, sie besitze ein bemerkenswertes Maß an natürlichem Kunstverstand. Er sprach von Vordergrund, Mittelgrund und Hintergrund, von Einrahmung und Perspektive, von Licht und Schatten, und Catherine war eine so gelehrige Schülerin, daß sie nach dem Aufstieg auf Beechen Cliff von sich aus die Stadt Bath mit einem Federstrich auslöschen wollte, weil sie das Landschaftsbild verschandele. Entzückt von ihren Fortschritten, aber aus Furcht, zu viel Weisheit auf einmal könnte ermüdend auf sie wirken, ließ Henry das Thema fallen und schuf, indem er vor ihrem inneren Auge auf dem Gipfel eine Felsgruppe und eine verwitterte Eiche plazierte, einen geschickten Übergang zu Eichen im allgemeinen, dann zu Wäldern, ihren Einfriedungen, Brachland, Kronländereien und der Regierung und war schließlich bei der Politik angekommen, und von der Politik war es nur ein Schritt zum

Schweigen. Die Pause, die dieser kurzen Abhandlung über die Lage der Nation folgte, wurde von Catherine beendet, die in ziemlich feierlichem Ton folgende Worte sprach: »Ich habe gehört, daß irgend etwas Erschütterndes demnächst in London ans Tageslicht kommen soll.«
Miss Tilney, an die sie sich vor allem gewandt hatte, war bestürzt und erwiderte hastig: »Wirklich! Und was?«
»Das weiß ich nicht und auch nicht, wer dahintersteckt. Ich habe nur gehört, daß es fürchterlicher wird als alles, was wir bisher erlebt haben.«
»Du lieber Himmel! Woher haben Sie denn so etwas?«
»Eine gute Freundin von mir hat die Nachricht gestern in einem Brief aus London bekommen. Es soll ungewöhnlich schrecklich sein. Ich rechne mit Mord und allem möglichen.«
»Sie sagen das mit bemerkenswerter Gelassenheit. Aber hoffentlich war der Bericht Ihrer Freundin übertrieben, und wenn ein solcher Anschlag im voraus bekannt ist, dann kann die Regierung zweifellos geeignete Maßnahmen ergreifen, um ihn zu vereiteln.«
»Die Regierung«, sagte Henry und unterdrückte ein Lächeln, »beabsichtigt und wagt auch nicht, in solche Dinge einzugreifen. Morde muß es geben, und es läßt die Regierung kalt, wie viele.«
Die Damen starrten ihn an. Er lachte und fügte hinzu: »Aber, aber, soll ich zu eurem besseren wechselseitigen Verständnis beitragen oder euch recht und schlecht des Rätsels Lösung selber finden lassen? Nein, ich werde edelmütig sein. Ich werde mich ebensosehr durch den Großmut meiner Seele wie durch die Klarheit meines Kopfes als Mann erweisen. Ich habe keine Nachsicht mit denjenigen meines Geschlechts, die es manchmal als unter ihrer Würde empfinden, sich auf das Niveau von eurem zu begeben. Vielleicht sind die Geistesgaben der Frau wirklich weder groß noch tief, weder herausragend noch durchdringend. Vielleicht fehlt es ihnen wirklich an

Beobachtungsgabe, Unterscheidungsvermögen, Urteilskraft, Feuer, Genie und Esprit.«

»Miss Morland, hören Sie nicht auf das, was er sagt, sondern seien Sie so gut, mir mehr über diesen schrecklichen Aufruhr zu sagen.«

»Aufruhr! Welchen Aufruhr?«

»Meine liebe Eleanor, der Aufruhr findet nur in deinem eigenen Kopf statt. Die Verwirrung dort ist skandalös. Miss Morland hat von nichts Schrecklicherem gesprochen als von einer Veröffentlichung, die demnächst herauskommen soll, und zwar in drei Duodezbänden[30] von je zweihundertsechzig Seiten und einem Titelbild im ersten Band mit zwei Grabsteinen und einer Laterne. Verstehst du? Und Sie, Miss Morland – meine einfältige Schwester hat all Ihre sonnenklaren Ausführungen mißverstanden. Sie sprachen von den bevorstehenden Schrecken in London, und anstatt auf der Stelle zu begreifen, wie jeder vernünftige Mensch es getan hätte, daß sich diese Worte nur auf die Leihbüchereien beziehen können, sah sie vor ihrem inneren Auge gleich einen Haufen von dreitausend Männern auf St. George's Field versammelt, sah einen Angriff auf die Bank von England, eine Bedrohung für den Tower, Ströme von Blut auf den Londoner Straßen, eine Abteilung der Zwölften Leichten Dragoner (der Hoffnung der Nation), herbeibeordert von Northhampton, um die Aufständischen niederzuwerfen, und den tapferen Hauptmann Frederick Tilney beim Reiten der Attacke an der Spitze seiner Truppen durch einen Ziegelstein aus einem Oberfenster vom Pferd geworfen. Vergeben Sie ihr ihre Einfalt. Die Ängste der Schwester haben die Schwächen der Frau noch verstärkt, aber sonst ist sie eigentlich kein Einfaltspinsel.«

Catherine sah ihn betroffen an. »Und nun, Henry«, sagte Miss Tilney, »wo du zu unserem wechselseitigen Verständnis beigetragen hast, könntest du vielleicht auch noch dazu beitragen, daß Miss Morland *dich* besser versteht, es sei denn, du willst ihr den Eindruck vermitteln, daß du deiner Schwester gegenüber unausstehlich grob und in deinem Urteil über die Frauen im allgemeinen ein richtiges Scheusal bist. Miss Morland ist mit deinem sonderbaren Benehmen nicht vertraut.«

»Ich würde sie mit dem größten Vergnügen besser damit bekannt machen.«

»Keine Frage, aber das erklärt dein jetziges Benehmen nicht.«

»Was soll ich tun?«

»Das weißt du ganz genau. Zeig dich von deiner besten Seite. Sag ihr, daß du sehr viel von der Intelligenz der Frauen hältst.«

»Miss Morland, ich halte sehr viel von der Intelligenz aller Frauen weit und breit, vor allem derer, wer sie auch sein mögen, in deren Gesellschaft ich mich zufällig befinde.«

»Das genügt nicht. Sei ernster.«

»Miss Morland, es gibt niemanden, der von der Intelligenz der Frauen mehr hält als ich. Meiner Meinung nach hat die Natur sie so reichhaltig mit Gaben bedacht, daß sie es nie für nötig halten, mehr als die Hälfte davon zu benutzen.«

»Etwas Ernsteres bekommen wir heute nicht aus ihm heraus, Miss Morland. Er ist nicht in der richtigen Stimmung. Aber ich versichere Sie, es ist ein großes Mißverständnis, wenn er den Eindruck erweckt, als ob er je etwas Ungerechtes über die Frauen oder etwas Unfreundliches über mich sage.«

Es kostete nicht viel Mühe, Catherine zu überzeugen, daß Henry Tilney nie unrecht haben konnte. Vielleicht löste sein Benehmen manchmal Überraschung aus, aber seine Absicht mußte immer wohlmeinend sein, und was sie nicht verstand, war sie mindestens ebenso bereit zu bewundern wie das, was sie verstand. Der ganze Spaziergang war ein reines Vergnügen, und obwohl er zu früh zu Ende war, galt das auch noch für den Abschluß: Ihre

Freunde begleiteten sie ins Haus, und bevor sie sich verabschiedeten, bat Miss Tilney, die sich dabei mit respektvollen Worten ebensosehr an Mrs. Allen wie an Catherine wandte, sie für übermorgen zum Dinner. Mrs. Allen machte keine Schwierigkeiten, und Catherines einzige Schwierigkeit bestand darin, das Übermaß ihrer Freude zu verbergen. Der Vormittag war so erfreulich vergangen, daß er jeden Gedanken an ihre Freunde und ihre herzliche Beziehung zu ihnen verdrängt hatte, denn Isabella oder James waren ihr nicht ein einziges Mal in den Kopf gekommen. Als die Tilneys gegangen waren, gewannen ihre Freundschaftsgefühle wieder die Oberhand, aber eine Zeitlang nützten ihr ihre Freundschaftsgefühle wenig. Mrs. Allen konnte ihr keine Nachrichten geben, die ihre Beklemmung lösten, sie hatte nichts von den andern gehört. Da Catherine allerdings gegen Ende des Vormittags ein Stück unentbehrliches Seidenband brauchte, das unverzüglich gekauft werden mußte, ging sie in die Stadt und überholte auf der Bond Street Isabellas nächstjüngere Schwester, die in Begleitung von zwei bezaubernden Mädchen, welche den ganzen Vormittag lang ihre besten Freundinnen gewesen waren, auf Edgar's Buildings zuschlenderte. Von ihr erfuhr sie bald, daß der Ausflug nach Clifton stattgefunden hatte. »Sie sind um acht Uhr heute morgen aufgebrochen«, sagte Miss Anne, »und ich beneide sie um die Fahrt überhaupt nicht. Du und ich können froh sein, uns so gut aus der Affäre gezogen zu haben. Es muß furchtbar langweilig gewesen sein, denn um diese Jahreszeit ist in Clifton keine Menschenseele. Belle ist mit deinem Bruder gefahren, und John hat Maria mitgenommen.«

Bei dieser Nachricht gab Catherine ihrer ehrlichen Freude über dieses Arrangement Ausdruck.

»O ja«, fuhr Anne fort, »Maria ist mitgefahren. Sie hat sich förmlich danach umgebracht. Sie stellte sich etwas Großartiges darunter vor. Ich kann nicht behaupten, daß ich viel für ihren Geschmack übrig habe, und ich meiner-

seits war von Anfang an entschlossen, nicht mitzufahren, auch wenn sie mich noch so sehr beknieen würden.«
Catherine hatte leichte Zweifel und konnte nicht umhin zu sagen: »Wenn du nur auch mitgekonnt hättest. Schade, daß ihr nicht alle mitkonntet.«
»Vielen Dank, aber mir liegt gar nichts daran. Ich wäre unter gar keinen Umständen mitgefahren, und das habe ich auch gerade zu Emily und Sophia gesagt, als du uns überholt hast.«
Catherine war noch immer nicht überzeugt; aber froh darüber, daß die Freundschaft einer Emily und einer Sophia Anne darüber hinwegtrösten konnte, verabschiedete sie sich ohne schlechtes Gewissen und ging froh, daß der Ausflug nicht durch ihre Weigerung mitzufahren verhindert worden war, und in dem ehrlichen Wunsch, daß er viel zu schön gewesen war, als daß Isabella und James ihr ihre Ablehnung noch länger nachtragen könnten, nach Hause zurück.

Kapitel 15

Am nächsten Vormittag eilte Catherine, nachdem sie von Isabella einen Brief erhalten hatte, aus dem in jeder Zeile Versöhnung und Zärtlichkeit sprach und der wegen einer Angelegenheit von äußerster Wichtigkeit ihre Anwesenheit erbat, im Zustand schönster Zuversicht und Neugier schon früh zu Edgar's Buildings. Die beiden jüngeren Misses Thorpe waren allein im Wohnzimmer, und als Anne hinausging, um ihre Schwester zu rufen, nahm Catherine die Gelegenheit wahr, sich nach Einzelheiten des gestrigen Ausflugs zu erkundigen. Nichts konnte Maria lieber sein, als darüber berichten zu dürfen, und Catherine erfuhr unverzüglich, daß es in jeder Hinsicht eine ganz zauberhafte Partie gewesen war, daß man sich gar nicht vorstellen könne, wie reizend, und daß es einfach unvorstellbar zauberhaft gewesen war. Das erfuhr sie in den ersten fünf Minuten; die folgenden gaben ihr einen tieferen Einblick: Sie waren direkt zum York Hotel gefahren, hatten eine Suppe gegessen und sich auf ein frühes Dinner geeinigt; dann waren sie zur Brunnenhalle gegangen, hatten das Wasser probiert und ein paar Shilling für Täschchen und dekorative Steine ausgegeben; von da aus hatten sie sich zum Eisessen in ein Café begeben und waren dann zum Hotel zurückgeeilt, wo sie hastig ihr Dinner hinuntergeschlungen hatten, um nicht in die Dunkelheit zu geraten, und dann hatten sie eine zauberhafte Fahrt zurück, nur schien der Mond nicht, und es regnete ein bißchen, und Mr. Morlands Pferd war so müde, daß er es kaum von der Stelle bringen konnte.

Catherine hörte mit großer Erleichterung zu. Anscheinend war von Blaize Castle nie die Rede gewesen, und bei allem übrigen gab es nichts, aber auch gar nichts zu bedauern. Marias Bericht schloß mit einem zärtlichen Ausbruch von Mitleid für ihre Schwester Anne, von der sie behauptete, sie sei tödlich beleidigt, weil sie von dem Ausflug ausgeschlossen worden war.

»Das wird sie mir bestimmt nie verzeihen, aber was konnte ich schließlich dafür? John wollte, daß ich mitkomme, denn er schwor, Anne würde er nie mitnehmen, weil sie so dicke Beine hat. Ich glaube, sie wird sich den ganzen Monat nicht davon erholen, aber ich bin fest entschlossen, nicht beleidigt zu sein. Solche Kleinigkeiten lassen mich kalt.«

Nun betrat Isabella das Zimmer mit so beschwingtem Schritt und einem Blick von so betont zur Schau getragenem Glück, daß es ihrer Freundin gleich auffiel. Maria wurde ohne große Umstände hinausgeschickt, und Isabella umarmte Catherine und begann: »Ja, meine liebe Catherine, es ist wirklich wahr, dein Ahnungsvermögen

hat dich nicht getrogen. Oh! Dein Scharfblick! Er durchschaut alles.«
Catherines ganze Antwort bestand in einem Blick voller verständnislosem Staunen.
»Ja, meine geliebte, reizende Freundin«, fuhr die andere fort, »fasse dich. Ich bin ungeheuer aufgeregt, wie du merkst. Wir wollen uns hinsetzen und uns in Ruhe unterhalten. Also! Und du hast es gleich gewußt, als du meinen Brief bekamst? Du schlaues Kind! Oh, meine liebe Catherine, nur du kennst mein Herz und kannst daher beurteilen, wie mir in meinem Glück zumute ist. Dein Bruder ist der reizendste Mann der Welt. Wenn ich nur seiner würdig wäre! Aber was werden nur deine verehrten Eltern sagen? Oh, Himmel! Wenn ich an sie denke, werde ich so aufgeregt.«
In Catherine begann es langsam zu dämmern. Eine Ahnung der Wahrheit schoß ihr durch den Kopf. Dieser überraschend neue Gedanke ließ sie erröten, und sie rief: »Du lieber Himmel! Meine liebe Isabella, was willst du damit sagen? Bist du ... bist du womöglich verliebt in James?«
Diese kühne Vermutung allerdings, so erfuhr sie bald, enthielt nur die halbe Wahrheit. Der heftigen Verliebtheit, die sie angeblich in jedem Blick und jeder Handlung von Isabella wahrgenommen haben sollte, so hörte sie nun, war auf dem gestrigen Ausflug das zauberhafte Bekenntnis der Gegenliebe gefolgt. Mit Herz und Hand hatte sie sich an James gebunden. Noch nie hatte Catherine eine so erregende, erstaunliche und freudige Nachricht gehört. Ihr Bruder und ihre Freundin verlobt! Der Reiz der Neuigkeit ließ ihr das Ereignis unaussprechlich bedeutend erscheinen, und sie betrachtete es als eine Begebenheit, so großartig, daß sie im alltäglichen Leben nicht noch einmal vorkommen konnte. Wie überwältigend ihre Empfindungen waren, konnte sie nicht ausdrücken; wie sehr sie mitempfand, entsprach allerdings Isabellas Erwartungen. Vor Freude berauscht, daß sie

nun Schwägerinnen waren, fielen sich die charmanten jungen Damen wiederholt in die Arme und ließen ihren Freudentränen freien Lauf.

So sehr Catherine sich auf die zukünftige familiäre Bindung freute, es muß doch betont werden, daß Isabellas zärtlichste Erwartungen ihre noch übertrafen. »Du wirst meinem Herzen so unendlich viel näher stehen, liebe Catherine, als Anne oder Maria. Ich habe den Eindruck, ich werde mich den lieben Morlands so viel verbundener fühlen als meiner eigenen Familie.«

Dies war ein Grad von Freundschaft, der Catherines Verständnis überstieg.

»Du hast so viel Ähnlichkeit mit deinem lieben Bruder«, fuhr Isabella fort, »daß ich vom ersten Augenblick an ganz vernarrt in dich war. Aber so geht es mir immer; der erste Augenblick entscheidet alles. Am ersten Tag, als Morland letzte Weihnachten zu uns kam, im ersten Augenblick, als ich ihn ansah, war mein Herz unwiderruflich verloren. Ich erinnere mich noch: Ich trug mein gelbes Kleid und hatte meine Haare in Zöpfen hochgesteckt, und als ich das Wohnzimmer betrat und John ihn vorstellte, kam es mir vor, als hätte ich noch nie einen so schönen Menschen gesehen.«

Hier erkannte Catherine insgeheim, was die Macht der Liebe vermochte, denn obwohl sie ihren Bruder wirklich außerordentlich gern mochte und seine Gaben durchaus zu schätzen wußte, wäre sie nie im Leben auf den Gedanken gekommen, daß er schön sei.

»Ich erinnere mich auch, daß Miss Andrews abends bei uns Tee trank und ihr rostbraunes Seidenkleid trug, und sie sah so traumhaft aus, daß ich dachte, dein Bruder würde sich bestimmt in sie verlieben. Ich habe die ganze Nacht kein Auge zugetan, weil ich immer daran denken mußte. Oh, Catherine, die vielen schlaflosen Nächte, die ich um deines Bruders willen gehabt habe! Ich möchte nicht, daß du nur halb soviel durchmachst. Ich weiß, ich bin förmlich abgemagert, aber ich will dich nicht mit der

Beschreibung meiner Ängste plagen. Du hast das alles miterlebt. Ich hatte ständig Angst, ich würde mich verraten. Meine Vorliebe für die Kirche so offen einzugestehen! Aber ich wußte immer, daß mein Geheimnis bei Dir sicher ist.«

Catherine fand, nichts hätte sicherer sein können, aber da sie sich für ihre unvermutete Ahnungslosigkeit schämte, wagte sie weder weiter darüber zu argumentieren noch abzustreiten, daß sie so voll durchtriebenem Scharfsinn und zärtlicher Sympathie gewesen war, wie Isabella anzunehmen beliebte. Ihr Bruder, so erfuhr sie, war im Begriff, in aller Eile nach Fullerton aufzubrechen, um seine Verlobung anzukündigen und die Zustimmung seiner Eltern einzuholen, und das bereitete Isabella einige Unruhe. Da Catherine selbst davon überzeugt war, daß ihr Vater und ihre Mutter den Wünschen ihres Sohnes niemals im Wege stehen würden, versuchte sie auch Isabella davon zu überzeugen. »Keine anderen Eltern sind so verständnisvoll und am Glück ihrer Kinder interessiert«, sagte sie. »Ich zweifle nicht, daß sie unverzüglich zustimmen werden.«

»Genau das sagt Morland auch«, erwiderte Isabella, »und doch wage ich es nicht zu hoffen. Meine Mitgift ist so klein. Sie können gar nicht zustimmen. Dein Bruder – der doch heiraten könnte, wen er will!«

Wieder erkannte Catherine die Macht der Liebe.

»Nein, Isabella, du denkst zu gering von dir. Der Vermögensunterschied kann so groß nicht sein.«

»Oh, meine süße Catherine, ich weiß, für dein edelmütiges Herz ist er nicht groß, aber so viel Uneigennützigkeit gibt es nicht oft. Wenn es nach mir ginge, müßten die Verhältnisse umgekehrt sein. Hätte ich eine Million zur Verfügung, wäre ich Herrin der ganzen Welt – ich würde immer nur deinen Bruder wählen.«

Diese zartfühlende Empfindung, die auf Catherine wegen ihrer Menschlichkeit und Neuartigkeit große Wirkung ausübte, erinnerte sie aufs angenehmste an all die

Romanheldinnen, die sie kannte, und sie fand, ihre Freundin habe noch nie so gewinnend ausgesehen wie beim Äußern dieses großartigen Gedankens. »Sie sind ganz sicher einverstanden«, erklärte sie wiederholt, »sie sind ganz sicher von dir begeistert.«
»Was mich angeht«, sagte Isabella, »meine Wünsche sind so bescheiden, daß das kleinste Einkommen auf der Welt genug für mich wäre. Wo Menschen sich wirklich lieben, ist selbst Armut Reichtum. Überfluß verabscheue ich. Nicht um alles in der Welt würde ich in London wohnen wollen. Eine Hütte in irgendeinem entlegenen Dorf wäre das Paradies. In der Nähe Richmonds gibt es einige reizende kleine Landhäuser.«
»Richmond!« rief Catherine. »Ihr müßt in der Nähe von Fullerton wohnen. Ihr müßt nahe bei uns sein.«
»Ich wäre bestimmt todunglücklich, wenn ich nicht bei euch wäre. Wenn ich nur nahe bei dir sein kann, dann bin ich schon zufrieden. Aber das sind Luftschlösser. Ich will mir nicht gestatten, an diese Dinge zu denken, bevor wir die Antwort deines Vaters haben. Morland sagt, wenn er sie heute abend nach Salisbury schickt, könnten wir sie morgen haben. Morgen? Ich weiß, ich werde gar nicht den Mut haben, den Brief zu öffnen. Ich weiß, es wird mich umbringen.«
Auf diese Feststellung verfiel Isabella in ein Träumen, und als sie weitersprach, wandte sie sich den Ausgaben für ihr Hochzeitskleid zu. Ihre Unterredung wurde durch den ungeduldigen jungen Liebhaber selbst beendet, der gekommen war, um seinen Abschiedsseufzer zu hauchen, bevor er nach Wiltshire aufbrach. Catherine wollte ihm gerne gratulieren, aber sie wußte nicht, was sie sagen sollte; doch ihr strahlender Blick sprach Bände. Alle acht Wortarten wurden darin so überzeugend verwendet, daß James sich die Bedeutung mit Leichtigkeit zusammenreimen konnte. Da er ungeduldig war, alle seine Hoffnungen zu Hause zu verwirklichen, währte sein Abschied nicht lange, und er wäre noch kürzer gewe-

sen, wenn die Dame seines Herzens ihn nicht durch ständige Ermahnungen zum Aufbruch zurückgehalten hätte. »Wirklich, Morland, ich muß dich jetzt wegschikken. Denk doch nur, wie weit du reiten mußt. Ich kann gar nicht mitansehen, wie du bummelst. Um Himmels willen, halt dich nicht länger auf. Geh jetzt, geh, ich bestehe darauf.«

Den ganzen Tag waren die beiden Freundinnen jetzt mehr als je in herzlicher Zuneigung verbunden, unzertrennlich, und ihr schwesterliches Glück planend vergingen die Stunden wie im Flug. Mrs. Thorpe und ihr Sohn, die alles wußten und anscheinend nur auf Mr. Morlands Zustimmung warteten, um Isabellas Verlobung als das denkbar glücklichste Ereignis für ihre Familie anzusehen, durften nun an ihren Beratungen teilnehmen und ihren Anteil an vielsagenden Blicken und geheimnisvollen Andeutungen hinzufügen, um die Neugier der uneingeweihten jüngeren Schwestern noch zu steigern. Catherine in ihrer Unkompliziertheit erschien die merkwürdige Geheimniskrämerei weder freundlich gemeint noch konsequent durchgeführt, und sie hätte sich kaum enthalten können, auf die Unfreundlichkeit hinzuweisen, wenn sie nicht mit der Inkonsequenz auf so gutem Fuße gestanden hätten. Aber Anne und Maria beruhigten sich bald mit ihrem scharfsinnigen »Ich weiß schon!«, und so verbrachte man den Abend in einem geistreichen Geplänkel, einem Wettstreit familiärer Findigkeit, bei dem man auf der einen Seite ein hochgespieltes Geheimnis verbarg, das man auf der anderen ins Blaue hinein zu erraten versuchte, wobei beide Parteien sich gegenseitig an Esprit überboten.

Catherine verbrachte den nächsten Tag wieder mit ihrer Freundin und versuchte, ihr Mut zu machen und die vielen öden Stunden bis zum Empfang des Briefes zu vertreiben; eine notwendige Anstrengung, denn als die Zeit heranrückte, wo man die Nachricht mit einiger Berechtigung erwarten durfte, wurde Isabella immer niedergeschlagener, und kurz bevor der Brief ankam, hatte sie sich in einen Zustand echter Verzweiflung hineingesteigert. Aber als er tatsächlich eintraf – wo wäre ein Grund zur Verzweiflung gewesen? »Ich habe keinerlei Schwierigkeiten gehabt, die Zustimmung meiner lieben Eltern und das Versprechen zu erhalten, daß sie alles tun werden, um mein Glück zu vervollständigen«, lauteten die ersten drei Zeilen, und im Nu war sie ganz freudige Zuversicht. Isabellas Gesicht strahlte augenblicklich vor Glück, alle Sorge und Angst war verschwunden, ihre Stimmung war fast zu ausgelassen, und sie nannte sich ohne alle Skrupel den glücklichsten Menschen unter der Sonne.

Mrs. Thorpe umarmte ihre Tochter, ihren Sohn, ihren Gast unter Freudentränen und hätte am liebsten aus Genugtuung halb Bath umarmt. Sie wußte sich vor Zärtlichkeit gar nicht zu lassen. »Lieber John« und »liebe Catherine« hieß es in jedem Satz, und die liebe Anne und die liebe Maria mußten auf der Stelle an ihrem Glück teilnehmen, und zweimal das Wort »lieb« vor dem Namen Isabellas war nicht mehr als recht und billig für ihr geliebtes Kind. John selbst war kein Spielverderber. Er erwies Mr. Morland nicht nur die große Ehre, ihn einen Pfundskerl zu nennen, sondern begleitete die Lobeshymne auf ihn auch mit einer wahren Flut von Flüchen.

Der Brief, der all diese Begeisterung ausgelöst hatte, war kurz und enthielt wenig mehr als die Versicherung seines Erfolgs, und wegen der Einzelheiten wurden sie auf James' nächsten Brief vertröstet. Aber auf die Einzelheiten konnte Isabella gut warten. Mr. Morlands Zustimmung war alles, was nötig war. Er hatte sich dazu verpflichtet, ihnen die Wege zu ebnen; und wie sie ihr Einkommen verdienen würden, ob sie Grundbesitz übereignet bekamen oder angelegtes Kapital erhielten, war ihr in ihrer Uninteressiertheit gleichgültig. Sie wußte genug, um die Gewähr für die angemessene und schnelle

Einrichtung eines Haushalts zu haben, und malte sich in ihrer blühenden Phantasie gleich die damit verbundenen Annehmlichkeiten aus. Sie sah sich ein paar Wochen später als Gegenstand des Staunens und der Bewunderung aller neuen Bekannten in Fullerton, des Neids aller alten geschätzten Freunde in Putney, eine Kutsche zu ihrer Verfügung, ein neuer Name auf ihren Visitenkarten und eine glanzvolle Sammlung von Diamanten an ihrem Finger.

Als der Brief mit der guten Nachricht ausführlich diskutiert war, rüstete sich John Thorpe, der nur seine Ankunft erwartet hatte, zum Aufbruch für seine Reise nach London. »Also, Miss Morland«, sagte er, als er sie allein im Wohnzimmer fand, »ich bin gekommen, um mich zu verabschieden.« Catherine wünschte ihm eine gute Reise. Anscheinend ohne sie zu hören, ging er ans Fenster, tat beschäftigt, summte eine Melodie und schien völlig selbstvergessen.

»Kommen Sie nicht zu spät nach Devizes?« fragte Catherine. Er gab keine Antwort, aber nach einem Schweigen von einer Minute sagte er überstürzt: »Eine tolle Sache, dieser Heiratsplan, Ehrenwort! Kein schlechter Einfall von Morland und Belle! Was meinen Sie, Miss Morland? Also, ich finde es gar nicht so dumm, oder?«

»Ich finde es ausgezeichnet.«

»Wirklich? Ein ehrliches Wort, so wahr ich lebe, aber ich bin froh, daß Sie nichts gegen die Ehe haben. Haben Sie schon einmal das alte Lied gehört ›Eine Hochzeit zieht die nächste nach sich‹? Also, Sie kommen doch hoffentlich zu Belles Hochzeit?«

»Wenn möglich, ja; ich habe es Ihrer Schwester versprochen.«

»Na ja, und dann«, er druckste verlegen herum und zwang sich zu einem albernen Lächeln, »na ja, und dann könnten wir also ausprobieren, ob das alte Lied stimmt.«

»Wirklich? Aber ich singe nie. Trotzdem, ich wünsche

Ihnen eine gute Reise. Ich bin heute abend bei Miss Tilney eingeladen und muß jetzt nach Hause.«
»Nicht doch, warum haben Sie es so verdammt eilig. Wer weiß, wann wir uns wiedersehen. Nicht, daß ich nicht in vierzehn Tagen wahrscheinlich wieder hier bin, und die vierzehn Tage werden mir verflixt lange vorkommen.«
»Warum bleiben Sie dann so lange weg?« erwiderte Catherine, als sie merkte, daß er auf eine Antwort wartete.
»Das ist nett von Ihnen, nett und liebenswürdig. Das werde ich Ihnen so schnell nicht vergessen. Aber Sie sind liebenswürdiger und überhaupt – liebenswürdiger als alle anderen Menschen auf der Welt, finde ich. Enorm viel Liebenswürdigkeit, und nicht nur Liebenswürdigkeit, sondern noch viel mehr, Sie haben einfach alles, und dann haben Sie so viel ... Ehrenwort, ich kenne niemanden wie Sie.«
»So! Du liebe Güte, es gibt so viele Menschen wie ich, nur bestimmt viel besser. Also dann auf Wiedersehen.«
»Aber Miss Morland, also, ich komme dann demnächst in Fullerton vorbei und stelle mich vor, wenn es Ihnen recht ist.«
»Tun Sie das. Mein Vater und meine Mutter werden sich über Ihren Besuch freuen.«
»Und ich hoffe ... ich hoffe, Miss Morland, auch Sie werden sich über meinen Besuch freuen.«
»Ach, du liebe Güte, ja. Es gibt nicht viele Leute, über deren Besuch ich mich nicht freue. Gesellschaft ist für mich immer unterhaltsam.«
»Da bin ich ganz Ihrer Meinung. Wenn ich nur ein bißchen unterhaltsame Gesellschaft habe, wenn ich in Gesellschaft von Leuten bin, die ich liebe, wenn ich nur da bin, wo es mir gefällt, und mit Leuten, die mir gefallen, dann kümmert mich der Rest einen Dreck. Und ich bin richtig froh, daß Sie das auch sagen. Aber ich

habe so eine Ahnung, Miss Morland, als ob Sie und ich über die meisten Dinge ziemlich ähnlich denken.«

»Vielleicht, aber darüber habe ich noch nie nachgedacht. Und die meisten Dinge – um die Wahrheit zu sagen, bei vielen weiß ich selber nicht, was ich von ihnen halte.«

»Zum Henker, ich auch nicht. Es ist nicht meine Art, mir über die Dinge den Kopf zu zerbrechen, die mich nichts angehen. Ich bin sowieso kein komplizierter Mensch. Gebt mir nur das Mädchen, das ich mag, sage ich, und ein bequemes Dach über den Kopf, was geht mich dann alles übrige an? Auf Vermögen kommt es nicht an. Ich werde ein gutes Einkommen haben, und wenn sie keinen Pfennig hat, dann um so besser.«

»Ganz recht, da stimme ich mit Ihnen überein. Wenn einer von beiden ein schönes Vermögen hat, braucht der andere keins. Wer es hat, spielt keine Rolle, wenn es nur langt. Ich hasse es, wenn die Leute an einem Vermögen nicht genug haben. Und etwas Schamloseres als um Geld zu heiraten, gibt es gar nicht. Auf Wiedersehen. Wir freuen uns, Sie in Fullerton zu sehen, wann immer es Ihnen paßt.« Und damit verließ sie ihn. Auch seinem ganzen Charme gelang es nicht, sie länger zurückzuhalten. Wo es eine solche Neuigkeit zu berichten und sich für einen solchen Besuch vorzubereiten galt, stand es nicht in seiner Macht, sie aufzuhalten, und sie eilte davon und ließ ihn in dem glücklichen Bewußtsein zurück, daß sein Antrag erfolgreich war und sie ihn ausgesprochen ermutigt hatte.

Da die Nachricht von der Verlobung ihres Bruders sie seelisch so aufgewühlt hatte, erwartete sie, daß die Mitteilung dieses unglaublichen Ereignisses auch auf Mr. und Mrs. Allen ihre Wirkung nicht verfehlen würde. Aber wie groß war ihre Enttäuschung! Sie hatten beide die wichtige Angelegenheit, die sie mit so vielen vorbereitenden Worten ankündigte, schon vorhergesehen, seit ihr Bruder angekommen war, und alles, was sie bei dieser Gelegenheit empfanden, faßten sie in die besten Wünsche für das

Glück des jungen Paares, wobei er dem jungen Mann zu Isabellas Schönheit und sie der Dame zu ihrem außerordentlichen Glück gratulierte. Catherine fand dies überraschend herzlos. Die Enthüllung des großen Geheimnisses allerdings, daß James am Tag vorher nach Fullerton geritten war, ließ Mrs. Allen nicht ganz ungerührt. Sie konnte dabei nicht gleichgültig zuhören, sondern bedauerte wiederholt die Notwendigkeit der Geheimhaltung, wünschte, sie hätte von seiner Absicht vorher gewußt, wünschte, sie hätte ihn vor seiner Abreise gesehen, da sie ihn dann auf jeden Fall gebeten hätte, seinen Vater und seine Mutter zu grüßen und den Skinners ihre besten Empfehlungen auszurichten.

Kapitel 16

Catherine hatte sich von der Einladung in die Milsom Street so viel versprochen, daß eine Enttäuschung unausbleiblich war, und daher empfand sie ohne lange Selbstbefragung bei ihrer Rückkehr, sie sei, obwohl sie von General Tilney äußerst zuvorkommend empfangen und von seiner Tochter herzlich willkommen geheißen worden, obwohl Henry zu Hause und niemand anders eingeladen war, zu ihrer Verabredung mit Glückserwartungen gegangen, die sich nicht erfüllt hatten. Statt Miss Tilney nach dem gemeinsam verbrachten Tag näher gekommen zu sein, fühlte sie sich eher weniger mit ihr vertraut als bisher; statt Henry Tilney im zwanglosen Familienkreis in noch günstigerem Licht erscheinen zu sehen, war er nie so schweigsam und schlecht gelaunt gewesen, und trotz der außerordentlichen Höflichkeit ihres Vaters ihr gegenüber, trotz seiner Danksagungen, Einladungen und Komplimente war sie beim Abschied erleichtert gewesen. Ihr war all das ein Rätsel. Es konnte nicht General Tilneys Schuld sein. Daß er ausgesprochen angenehm und liebenswert und ein durch und durch charmanter Mann war, war über jeden Zweifel erhaben, denn er war groß und gut aussehend und obendrein Henrys Vater. Ihn konnte man nicht verantwortlich machen für die schlechte Laune seiner Kinder und Catherines mangelndes Wohlbehagen in seiner Gegenwart. Das eine war hoffentlich nur ein Zufall gewesen, und das andere konnte sie nur ihrer eigenen Langweiligkeit zuschreiben. Als Isabella die Einzelheiten des Besuchs hörte, gab sie eine ganz andere Erklärung: Es war alles nur Stolz, Stolz, unerträglicher Hochmut und Stolz! Sie habe schon lange den Verdacht, daß die Familie sehr eingebildet war, und jetzt gab es keinen Zweifel mehr. So ein unverschämtes Benehmen wie Miss Tilneys habe sie in ihrem ganzen Leben noch nicht erlebt. Nicht einmal ihre Gastgeberpflichten mit dem Minimum an Anstand wahrzunehmen! Ihren Gast mit solcher Geringschätzung zu behandeln! Kaum mit ihr zu sprechen!

»Aber so schlimm war es wirklich nicht, Isabella, von Geringschätzung kann keine Rede sein; sie war sehr höflich.«

»Ach, verteidige sie nicht auch noch! Und dann erst der Bruder, er, der dich angeblich so gern mochte. Großer Gott! Na ja, manche Leute kann man einfach nicht begreifen. Und er hat dich also den ganzen Abend kaum eines Blickes gewürdigt?«

»Das will ich nicht sagen. Er war anscheinend nicht gut aufgelegt.«

»Wie abscheulich! Wenn ich eins nicht leiden kann, ist es Wankelmut. Ich rate dir ein für allemal, keinen Gedanken an ihn zu verschwenden, meine liebe Catherine, er ist deiner unwürdig.«

»Unwürdig! Ich glaube, *er* verschwendet keinen Gedanken an *mich*.«

»Das sag ich ja: Er verschwendet keinen Gedanken an dich. So etwas Launisches! Oh, was für ein Unterschied zu deinem Bruder und zu meinem! Ich glaube wirklich, John hat ein richtig treues Herz.«

»Aber ich muß sagen, General Tilney hätte mich gar nicht mit größerer Höflichkeit und Aufmerksamkeit behandeln können. Mich zu unterhalten und sich um mein Wohlbehagen zu kümmern, war anscheinend seine einzige Sorge.«

»Oh, über ihn weiß ich auch nichts Nachteiliges. Er kommt mir nicht hochmütig vor. Ich glaube, er ist durch und durch ein Gentleman. John hält sehr viel von ihm und Johns Urteil ...«

»Na, ich werde ja sehen, wie sie sich heute abend mir gegenüber verhalten, wir treffen sie beim Tanzen.«

»Und muß ich auch mit?«

»Willst du nicht? Ich dachte, es wäre alles verabredet.«

»Na ja, wenn du darauf bestehst, kann ich dir nichts abschlagen. Aber erwarte bitte nicht, daß ich sehr unterhaltsam bin, denn du weißt ja, mein Herz ist ganz woanders. Und tanzen – du brauchst es gar nicht erst zu erwähnen, das ist ganz ausgeschlossen. Charles Hodges wird mir vermutlich den ganzen Abend auf die Nerven gehen, aber ich werde ganz kurz angebunden sein. Zehn zu eins, daß er den Grund errät, und genau das will ich vermeiden, ich werde also darauf bestehen, daß er seine Spekulationen für sich behält.«

Isabellas Meinung von den Tilneys beeinflußte ihre Freundin nicht. Sie war sicher, daß weder Bruder noch Schwester unverschämt gewesen waren, und sie kamen ihr auch von Natur nicht hochmütig vor. Im Laufe des Abends wurde Catherines Vertrauen belohnt. Sie wurde von ihr mit der gleichen Freundlichkeit wie immer und von ihm mit so viel Aufmerksamkeit wie bisher behandelt. Miss Tilney bemühte sich offensichtlich darum, neben ihr zu sitzen, und Henry forderte sie zum Tanzen auf.

Da sie am Tag vorher in der Milsom Street gehört hatte, daß der ältere Bruder, Hauptmann Tilney, beinahe jede

Minute erwartet wurde, hatte sie keine Mühe, den Namen eines sehr eleganten, gutaussehenden jungen Mannes zu erraten, den sie nie vorher gesehen hatte und der jetzt offensichtlich zu ihrer Gesellschaft gehörte. Sie sah ihn mit großer Bewunderung an und hielt es sogar für möglich, daß manche Leute ihn für hübscher hielten als seinen Bruder, obwohl in ihren Augen sein Auftreten anmaßender und seine Züge weniger gewinnend waren. Sein Geschmack und sein Benehmen waren Henrys zweifellos ganz entschieden unterlegen, denn er protestierte in ihrer Nähe nicht nur dagegen, selbst zu tanzen, sondern lachte auch ganz unverblümt darüber, daß Henry es ernsthaft erwog. Aus diesem Umstand darf geschlossen werden, daß, was immer unsere Heldin von ihm halten mochte, seine Bewunderung für sie ihr wohl nicht sehr gefährlich werden konnte und kaum dazu angetan war, Unstimmigkeiten zwischen den Brüdern oder gar Nachstellungen der Dame hervorzurufen. Er kann nicht der Anstifter von drei Bösewichtern in grauen Reitermänteln sein, von denen sie bald darauf in eine vierspännige Reisekutsche gezerrt wird, die mit unglaublicher Geschwindigkeit davonjagt. Unterdessen genoß Catherine ohne irgendwelche Ahnungen von solchem Unheil, ja, überhaupt von Unheil, außer, daß sie nur eine kurze Reihe von Paaren zum Durchtanzen hatte, in Henrys Gesellschaft das übliche Glücksgefühl, hörte mit leuchtenden Augen allem zu, was er sagte, und wurde, weil sie *ihn* unwiderstehlich fand, selbst unwiderstehlich.

Nach Beendigung des ersten Tanzes kam Hauptmann Tilney wieder zu ihnen zurück und zog sehr zu Catherines Ärger seinen Bruder beiseite. Sie entfernten sich, wobei sie miteinander flüsterten, und obwohl sie nicht etwa in ihrer unerhörten Feinfühligkeit gleich Unruhe verspürte und es als Tatsache ansah, daß Hauptmann Tilney irgendeine bösartige Verleumdung über sie gehört hatte, die er in der Hoffnung, sie auf immer zu trennen,

seinem Bruder auf der Stelle mitteilen mußte, konnte sie doch nicht umhin, während der Abwesenheit ihres Partners ein starkes Unbehagen zu empfinden. Sie wurde volle fünf Minuten auf die Folter gespannt, und es kam ihr schon wie eine sehr lange Viertelstunde vor, als beide zurückkamen und sie eine Erklärung durch Henrys Frage erhielt, ob sie glaube, daß ihre Freundin Miss Thorpe wohl abgeneigt sei zu tanzen, da sein Bruder ihr mit dem größten Vergnügen vorgestellt werden würde. Ohne zu zögern, antwortete Catherine, sie sei ganz sicher, daß Miss Thorpe auf keinen Fall tanzen wolle. Die grausame Antwort wurde an den jungen Mann weitergegeben, und er entfernte sich unverzüglich.
»Es wird Ihrem Bruder sicher nichts ausmachen«, sagte sie, »denn ich habe ihn vorhin sagen hören, daß er es verabscheut zu tanzen, aber es ist nett von ihm, daß er es vorhatte. Ich nehme an, er sah, daß Isabella sitzengeblieben war und vielleicht einen Partner brauchte, aber er irrt sich sehr, denn sie würde um nichts in der Welt tanzen.«
Henry lächelte und sagte: »Wie wenig Mühe es Sie kostet, die Motive zu den Handlungen anderer zu durchschauen.«
»Warum? Was meinen Sie?«
»Sie fragen nicht: Wodurch wird jemand vermutlich beeinflußt? Welche Rolle spielen Alter, Lebensumstände und seine mutmaßlichen Gewohnheiten bei den Empfindungen eines Menschen, sondern: Wie werde ich beeinflußt, was würde bei mir eine Rolle spielen, wenn ich soundso handelte.«
»Ich verstehe Sie nicht.«
»Dann bin ich entschieden im Vorteil, denn ich verstehe Sie vollkommen.«
»Mich? Ja, ich kann mich nicht gut genug ausdrücken, um unverständlich zu sein.«
»Bravo, eine ausgezeichnete Satire auf die moderne Sprache.«

»Aber sagen Sie mir bitte, was Sie meinen.«
»Soll ich wirklich? Wollen Sie das tatsächlich? Aber Sie sind sich wohl über die Konsequenzen nicht im klaren. Es wird Sie in schwere Verlegenheit bringen und auf jeden Fall zu einer Meinungsverschiedenheit zwischen uns führen.«
»Nein, nein, keins von beidem, ich habe keine Angst.«
»Also gut, ich wollte nur sagen, daß Sie den Wunsch meines Bruders, mit Miss Thorpe zu tanzen, nur auf Nettigkeit zurückführen, hat mich davon überzeugt, daß Sie die ganze Welt an Nettigkeit übertreffen.«
Catherine errötete und protestierte und bestätigte damit die Überzeugungen ihres Partners.
Allerdings gab es in seinen Worten etwas, was sie für ihre Verlegenheit entschädigte, und dieses Etwas beschäftigte sie in Gedanken so sehr, daß sie eine Zeitlang in sich versank und das Reden und Zuhören und fast auch ihre Umgebung vergaß, bis Isabellas Stimme sie aufschreckte. Sie sah auf und erblickte sie mit Hauptmann Tilney am oberen Ende der Reihe.
Isabella zuckte die Schultern und lächelte, die einzige Erklärung dieses außerordentlichen Sinneswandels, den sie vorläufig geben konnte, aber es überstieg trotzdem Catherines Verständnis, und sie drückte ihr Erstaunen unverhohlen gegenüber ihrem Partner aus.
»Ich kann einfach nicht verstehen, wie es möglich ist. Isabella war so fest entschlossen, nicht zu tanzen.«
»Und hat Isabella nie ihre Meinung geändert?«
»Ach so! Aber weil ... und Ihr Bruder! Nachdem, was ich ihm durch Sie habe sagen lassen, wie konnte er es nur wagen, sie aufzufordern.«
»*Mich* überrascht das keineswegs. Sie haben mich gebeten, über Ihre Freundin überrascht zu sein, und deshalb bin ich es, aber was meinen Bruder betrifft, so muß ich zugeben, daß ich ihm sein Verhalten bei dieser Angelegenheit ohne weiteres zugetraut habe. Die Schönheit

Ihrer Freundin war eine offene Herausforderung, und ihre Standhaftigkeit können nur Sie beurteilen.«
»Sie lachen, aber ich versichere Ihnen, Isabella ist im allgemeinen sehr standhaft.«
»Das will nicht viel heißen. Wer immer standhaft ist, ist oft unnachgiebig. Zu wissen, wann man nachgeben muß, darin verrät sich Urteilskraft, und ohne damit meinen Bruder zu loben – ich finde, dies war nicht die schlechteste Gelegenheit nachzugeben.«
Die Freundinnen konnten sich erst zu einem vertraulichen Gespräch treffen, als der Tanz vorüber war, aber als sie dann Arm in Arm im Saal umherwanderten, gab Isabella folgende Erklärung: »Deine Überraschung wundert mich gar nicht, und ich bin wirklich zu Tode erschöpft. Er ist ein furchtbarer Schwätzer. Ganz amüsant, wenn ich nicht in Gedanken anderweitig beschäftigt gewesen wäre, aber was hätte ich nicht gegeben, sitzenbleiben zu dürfen.«
»Warum hast du es dann nicht getan?«
»Aber, liebes Kind, es hätte ein solches Aufsehen erregt, und du weißt, wie ich das verabscheue. Ich habe abgelehnt, solange ich konnte, aber er gab nicht nach. Du hast ja keine Ahnung, wie er mir zugesetzt hat. Ich habe ihn angefleht, mich zu entschuldigen und jemand anderen aufzufordern, aber nein, nicht er! Nachdem er nun einmal ein Auge auf mich geworfen hatte, konnte er den Gedanken nicht ertragen, jemand anderen nehmen zu müssen, und er wollte nicht nur mit mir tanzen, er wollte einfach bei *mir* sein. Oh, was für ein Unsinn! Ich habe ihm gesagt, er muß sich schon etwas anderes ausdenken, um mich herumzubekommen, denn wenn ich etwas hasse, dann sind es schöne Sprüche und Komplimente, und dann ... und dann merkte ich, daß ich sowieso keine Ruhe hätte, wenn ich nicht mit ihm tanzen würde. Außerdem – ich dachte, Mrs. Hughes, die ihn mir vorgestellt hat, wäre vielleicht beleidigt, wenn ich es nicht täte, und auch deinem lieben Bruder wäre sicher ganz

schrecklich zumute gewesen, wenn ich den ganzen Abend nur herumgesessen hätte. Ich bin so froh, daß es vorüber ist! Ich bin völlig erschlagen nach dem Unsinn, den er geredet hat, und dann – da er so ein attraktiver junger Mann ist, sah ich, daß alle Augen auf uns gerichtet waren.«

»Er sieht wirklich blendend aus.«

»Blendend! Ja, es scheint fast so. Wahrscheinlich finden die meisten Leute, daß er blendend aussieht, aber mein Typ ist er nicht. Ich hasse kräftigen Teint und dunkle Augen bei einem Mann. Er ist trotzdem ganz passabel, allerdings ungeheuer eingebildet. Aber ich habe ihn ein paarmal abblitzen lassen – auf meine Art, weißt du.«

Als die Damen sich nach diesem Abend wiedersahen, gab es etwas viel Aufregenderes zu diskutieren. James Morlands zweiter Brief war angekommen, und darin wurden die freundlichen Absichten seines Vaters ausführlicher erklärt. Eine Pfarrstelle, über die Mr. Morland verfügen konnte und die er selbst innehatte, mit jährlichen Einnahmen von etwa vierhundert Pfund sollte seinem Sohn überlassen werden, sobald er alt genug war, sie zu übernehmen – keine geringe Verminderung des Familieneinkommens, keine knauserige Zuwendung für eins von zehn Kindern. Grund und Boden von mindestens gleich großem Wert wurde darüber hinaus als sein Erbteil festgelegt.

James gab in dem Brief seiner Dankbarkeit mit sympathischen Worten Ausdruck, und da er die nicht angenehme Aussicht, mit der Heirat zwei bis drei Jahre warten zu müssen, nur für recht und billig hielt, nahm er sie ohne Widerstand hin. Catherine, deren Erwartungen ebenso vage gewesen waren wie ihre Vorstellungen von dem väterlichen Einkommen und die sich in ihrem Urteil ganz und gar von ihrem Bruder leiten ließ, war genauso zufrieden wie er und gratulierte Isabella herzlich, daß alles eine so erfreuliche Lösung gefunden hatte.

»Es ist wirklich reizend von ihm«, sagte Isabella mit

ernstem Gesicht. »Mr. Morland hat sich außerordentlich großzügig gezeigt«, sagte die sanfte Mrs. Thorpe und sah ihre Tochter forschend an. »Wenn ich nur dasselbe tun könnte. Mehr kann man wirklich nicht erwarten, nicht wahr? Wenn sich im Laufe der Zeit herausstellt, daß er mehr erübrigen kann, dann wird er es schon tun, denn er ist bestimmt ein großartiger, verständnisvoller Mann. Vierhundert ist natürlich für den Anfang nicht viel, aber, meine liebe Isabella, deine Wünsche sind so bescheiden, du ahnst ja nicht, wie wenig du brauchst.«

»Ich wünschte nicht um meinetwegen, daß es mehr wäre, aber ich kann den Gedanken nicht ertragen, daß mein lieber Morland um meinetwillen leiden muß, daß er sich mit einem Einkommen zufrieden geben muß, das kaum zum Nötigsten langt. Mir macht es gar nichts aus, ich denke nie an mich.«

»Ich weiß, mein Kind, das tust du nie, und du wirst immer durch die Zuneigung belohnt werden, die andere dir gerade deshalb entgegenbringen. So beliebt wie du ist noch nie ein junges Mädchen bei allen gewesen, die dich kennen, und ich glaube bestimmt, wenn Mr. Morland dich sieht, mein liebes Kind . . . aber wir wollen unsere liebe Catherine nicht durch solche Worte unglücklich machen. Mr. Morland hat sich bestimmt sehr großzügig gezeigt. Ich habe immer gehört, daß er ein ausgezeichneter Mann ist, und dann, mein Kind, wir können nur annehmen, daß er, wenn du ein angemessenes Einkommen hättest, auch noch etwas dazugelegt hätte, denn er ist ein so großzügiger Mann.«

»Niemand schätzt natürlich Mr. Morland mehr als ich, aber jeder hat seine Schwächen, und schließlich kann ja jeder mit seinem Geld machen, was er will.«

Catherine war von diesen Unterstellungen verletzt. »Ich bin sicher«, sagte sie, »daß mein Vater so viel versprochen hat, wie er irgend entbehren konnte.«

Isabella besann sich. »Was das betrifft, meine liebe Catherine, da gibt es keinen Zweifel, und du kennst mich gut genug, um zu wissen, daß ich mit einem noch geringeren Einkommen zufrieden wäre. Es geht mir nicht um mehr Geld, wenn ich im Augenblick etwas außer Fassung bin. Ich hasse Geld, und wenn unsere Heirat *jetzt* mit fünfzig Pfund stattfinden könnte, wären alle meine Wünsche erfüllt. Ha! Meine Catherine, du hast mich durchschaut. Ja, da liegt es. Die langen, endlos langen zweieinhalb Jahre, die vergehen müssen, ehe dein Bruder die Pfarrstelle bekommen kann.«

»Jaja, meine liebste Isabella«, sagte Mrs. Thorpe, »und wir sehen dir ins Herz. Du kannst dich nicht verstellen. Wir verstehen deine augenblickliche Verstimmung voll und ganz, und alle lieben dich nur noch mehr für diese edlen, ehrlichen Empfindungen.«

Catherines Unbehagen begann zu schwinden. Sie bemühte sich zu glauben, daß die Verzögerung der Hochzeit die einzige Quelle von Isabellas Bedauern war, und als sie sie bei ihrer nächsten Begegnung so zugänglich und liebenswert wie immer erlebte, versuchte sie zu vergessen, daß sie vorübergehend einen ganz anderen Eindruck von ihr gehabt hatte. James folgte seinem Brief bald nach und wurde mit wohltuender Herzlichkeit empfangen.

Kapitel 17

Für die Allens hatte nun die sechste Woche ihres Aufenthalts in Bath angefangen, und ob es die letzte sein sollte, war eine Zeitlang ein Thema, dem Catherine mit Herzklopfen zuhörte. Ihre Bekanntschaft mit den Tilneys so bald enden zu sehen, war ein Unheil, das durch nichts auszugleichen war. Ihr ganzes Glück stand auf dem Spiel, solange die Angelegenheit unentschieden war, und alles löste sich in Wohlgefallen auf, als beschlossen

wurde, die Wohnung noch für weitere vierzehn Tage zu mieten. Was ihr die zusätzlichen zwei Wochen außer dem gelegentlichen Vergnügen von Henry Tilneys Gesellschaft bringen würden, spielte nur eine geringe Rolle bei Catherines Überlegungen. Seit James' Verlobung sie gelehrt hatte, was man erreichen kann, war sie ein- oder zweimal so weit gegangen, ein heimliches »vielleicht« zu erwägen, aber im allgemeinen beschränkten sich für den Augenblick ihre Aussichten auf das Vergnügen, mit ihm zusammenzusein. Dieser Augenblick umfaßte die nächsten drei Wochen, und da für diese Zeit ihr Glück gesichert war, lag der Rest ihres Lebens in solcher Ferne, daß sie ihm nur wenig Interesse abgewinnen konnte. Im Laufe des Vormittags, an dem die Angelegenheit geklärt wurde, besuchte sie Miss Tilney und erzählte ihr begeistert davon. Aber es sollte ein Tag harter Prüfungen werden. Kaum hatte sie ihr Entzücken über Mr. Allens verlängerten Aufenthalt ausgedrückt, da erzählte ihr Miss Tilney, daß ihr Vater gerade beschlossen habe, Bath Ende nächster Woche zu verlassen. Was für ein Schlag! Die Ungewißheit am Morgen war Sorglosigkeit und Seelenfrieden verglichen mit der gegenwärtigen Enttäuschung. Ein Schatten fiel über Catherines Züge, und mit großer Bestürzung in der Stimme wiederholte sie Miss Tilneys abschließende Worte: »Ende nächster Woche!«
»Ja, mein Vater läßt sich nur selten dazu überreden, der Brunnenkur, wie ich finde, eine Chance zu geben. Er ist vom Ausbleiben einiger Freunde enttäuscht, die er hier zu treffen hoffte, und da es ihm nun ziemlich gut geht, hat er es eilig, nach Hause zu kommen.«
»Das tut mir sehr leid«, sagte Catherine niedergeschlagen, »wenn ich das vorher gewußt hätte ...«
»Vielleicht«, sagte Miss Tilney leicht verlegen, »wären Sie so freundlich ... Ich würde mich sehr freuen, wenn ...«
Der Eintritt ihres Vaters unterbrach die höflichen Worte, von denen Catherine zu hoffen begann, daß sie ihren

Wunsch nach einem Briefwechsel enthalten würden. Nachdem er sie mit seiner gewohnten Verbindlichkeit begrüßt hatte, wandte er sich an seine Tochter und sagte: »Nun, Eleanor, darf ich dir zu dem Erfolg deines Anliegens an deine hübsche Freundin gratulieren?«

»Ich wollte die Bitte gerade vorbringen, Vater, als du eintratst.«

»Nun, laß dich nicht unterbrechen, ich weiß, wie sehr dir daran liegt. Meine Tochter, Miss Morland«, fuhr er fort, ohne seiner Tochter Zeit zum Sprechen zu lassen, »hat einen sehr kühnen Wunsch auf dem Herzen. Wir verlassen, wie sie Ihnen vielleicht erzählt hat, Bath Sonnabend in acht Tagen. Ein Brief meines Verwalters teilt mir mit, daß meine Anwesenheit zu Hause nötig ist, und da ich die Hoffnung aufgegeben habe, den Marquis von Longtown und General Courteney hier zu treffen, zwei meiner sehr alten Freunde, gibt es nichts mehr, was mich in Bath noch länger festhalten könnte. Und wenn wir mit unserer eigennützigen Bitte bei Ihnen Erfolg haben, reisen wir ohne jedes Bedauern ab. Kurz und gut, wären Sie bereit, diese Stätte öffentlicher Triumphe zu verlassen und Ihre Freundin mit Ihrer Gesellschaft in Gloucestershire zu beehren? Ich schäme mich fast, diese Bitte vorzubringen, obwohl alle anderen Menschen in Bath die darin enthaltene Anmaßung sicher stärker empfinden würden als Sie. Wer so bescheiden ist wie Sie . . . aber um nichts in der Welt möchte ich Sie durch dieses direkte Lob in Verlegenheit bringen. Wenn Sie dazu überredet werden könnten, uns mit Ihrem Besuch zu beehren, würden Sie uns unaussprechlich glücklich machen. Wir können Ihnen zwar nicht die Zerstreuungen dieses unterhaltsamen Ortes bieten, wir können Sie weder durch Abwechslung noch Aufwand locken, denn unser Lebensstil ist, wie Sie sehen, einfach und anspruchslos, und doch werden wir nichts unversucht lassen, damit Kloster Northanger Ihnen nicht ganz unerträglich vorkommt.«

Kloster Northanger! Das waren atemberaubende Worte, die Catherine in einen regelrechten Rausch versetzten. Sie konnte sich in ihrer von Dank erfüllten und zu Dank bereiten Stimmung kaum so weit zügeln, um sich mit der gesellschaftlich angebrachten Gelassenheit auszudrükken. Eine so schmeichelhafte Einladung zu erhalten! So nachdrücklich um ihre Gesellschaft ersucht zu werden! Alle Ehre und aller Trost, alles gegenwärtige Vergnügen und alle zukünftige Hoffnung war darin enthalten, und sie beeilte sich, ihre Zustimmung mit dem einzigen Vorbehalt von Papas und Mamas Einverständnis zu geben. »Ich schreibe gleich nach Hause«, sagte sie, »und wenn sie nichts dagegen haben, was ich aber nicht annehme ...«

General Tilney war nicht weniger zuversichtlich, da er schon bei ihren ausgezeichneten Freunden in der Pulteney Street vorgesprochen und ihre Zustimmung zu seinen Wünschen erhalten hatte. »Da sie einverstanden sind, sich von Ihnen zu trennen«, sagte er, »dürfen wir erwarten, daß auch die übrige Welt es mit Gleichmut trägt.«

Miss Tilney fügte ihre höflichen Bitten denen ihres Vaters ernst, aber zartfühlend hinzu, und innerhalb weniger Minuten konnte die Angelegenheit, soweit es die noch ausstehende Zustimmung von Fullerton erlaubte, als beschlossene Sache gelten.

Durch die Ereignisse des Vormittags hatte Catherine die ganze Skala von Ungewißheit, Zuversicht und Enttäuschung durchlaufen, aber sie alle lösten sich nun unwiderruflich in vollkommene Seligkeit auf, und in ekstatischer Begeisterung, mit Henry im Herzen und Kloster Northanger auf den Lippen, eilte sie nach Hause, um ihren Brief zu schreiben. Da Mr. und Mrs. Morland sich auf das richtige Urteil der Freunde verlassen konnten, denen sie ihre Tochter anvertraut hatten, zweifelten sie nicht an der Schicklichkeit einer Bekanntschaft, die unter ihren Augen entstanden war, und schickten daher postwendend ihre bereitwillige Zustimmung zu Catherines Besuch in Gloucestershire. Diese von Catherine allerdings erwartete Erfüllung ihres Wunsches bestätigte sie in der Überzeugung, daß sie mehr als jedes andere menschliche Wesen durch Freunde und Glück, Umstände und Zufälle begünstigt war. Alles wendete sich anscheinend zu ihren Gunsten. Durch die Freundlichkeit ihrer ersten Freunde, der Allens, war sie in eine Gesellschaft eingeführt worden, wo sie alle möglichen Vergnügungen kennengelernt hatte. Alle ihre Hoffnungen, alle ihre Wünsche hatten sich aufs schönste erfüllt. Wer ihre Sympathie gefunden hatte, der hatte sie auch erwidert. Isabellas Zuneigung blieb ihr für immer als die einer Schwägerin erhalten. Die Tilneys, an deren guter Meinung ihr vor allem lag, übertrafen sogar ihre eigenen Wünsche durch die schmeichelhafte Einladung, durch die ihre Freundschaft fortgesetzt werden sollte. Sie sollte ihr erwählter Gast sein, sie sollte Wochen mit dem Menschen unter einem Dach verbringen, dessen Gesellschaft sie am meisten schätzte, und obendrein sollte dieses Dach auch noch das eines alten Klosters sein! Ihre Leidenschaft für alte Bauten stand nur ihrer Leidenschaft für Henry Tilney nach, und wenn ihre Träumereien nicht von seinem Bild erfüllt waren, dann aufs angenehmste von Burgen und Klöstern. Die Wälle und Verliese der einen oder die Kreuzgänge der anderen zu besichtigen und zu erkunden war schon viele Wochen lang ihr Lieblingswunsch, obwohl schon ein kurzer Besuch anscheinend in immer unerreichbarere Ferne gerückt war. Und doch sollte er nun Wirklichkeit werden. Northanger hätte ebensogut Haus oder Hof, Palast oder Park, Stadt oder Stall sein können, aber es stellte sich gegen alle Wahrscheinlichkeit ausgerechnet als Kloster heraus, und sie sollte darin wohnen. Seine langen, feuchten Gänge, seine engen Zellen und seine verfallene Kapelle sollten etwas für sie Alltägliches werden, und sie konnte die Hoffnung auf irgendwelche alten Familiensagen, irgendwelche furchtbaren Andenken an eine von Menschen und vom Schicksal verfolgte unglückselige Nonne nicht aufgeben.

Es war kaum zu glauben, daß ihre Freunde von dem Besitz eines solchen Zuhauses so wenig begeistert waren, daß sie das Bewußtsein davon so gleichgültig ließ. Nur durch die Macht früher Gewohnheit ließ es sich erklären. Eine durch Geburt erworbene Auszeichnung erschien ihnen nicht als etwas Besonderes. Ein privilegiertes Zuhause bedeutete ihnen nicht mehr als ihre sozialen Privilegien.

Viele Fragen hatte sie Miss Tilney zu stellen, aber ihre Phantasie war so beschäftigt, daß sie nach der Beantwortung ihrer Fragen kaum genauer wußte, daß Northanger zur Zeit der Reformation ein reiches Kloster gewesen und bei seiner Auflösung den Vorfahren der Tilneys zugefallen war; daß ein großer Teil des alten Baues noch bewohnt, obwohl das übrige verfallen war; oder daß es tief im Tal stand und nach Norden und Osten durch ansteigende Eichenwälder geschützt wurde.

Kapitel 18

So von ihrem Glück erfüllt, merkte Catherine kaum, daß zwei oder drei Tage vergangen waren, ohne daß sie Isabella insgesamt mehr als ein paar Minuten gesehen hatte. Sie wurde sich dessen erst langsam bewußt und sehnte sich nach ihrer Unterhaltung, als sie eines Vormittags an Mrs. Allens Seite durch die Brunnenhalle wanderte, ohne irgend etwas zu sagen oder zu hören, und kaum hatte sie fünf Minuten lang Sehnsucht nach Freundschaft empfunden, da tauchte das Ziel ihrer Wünsche auf und führte sie in dem Bedürfnis nach einer geheimen Beratung zu einem Sitzplatz. »Dies ist mein

Lieblingsplatz«, sagte Isabella, als sie sich auf die Bank zwischen den Türen niederließen, von der man einen recht guten Blick auf alle durch die beiden Türen Eintretenden hatte, »er ist so abgeschieden.«
Da Catherine beobachtete, wie Isabellas Augen ständig in gespannter Erwartung auf die eine oder andere Tür gerichtet waren, und da sie sich erinnerte, wie oft ihre Freundin ihr fälschlich vorgeworfen hatte, durchtrieben zu sein, hielt sie dies für eine gute Gelegenheit, Isabellas Vorstellung zu entsprechen, und sagte deshalb vergnügt: »Sei nicht so unruhig, Isabella, James wird sicher bald kommen.«
»Pah! Mein liebes Kind«, erwiderte sie, »du hältst mich doch wohl nicht für so naiv, daß ich ihn immer am Gängelband führen will. Es wäre ja abscheulich, immer zusammen zu sein; ganz Bath würde sich ja über uns lustig machen. Und du fährst also nach Northanger! Das freut mich ungeheuer. Es soll eins der schönsten alten Gebäude Englands sein. Ich verlasse mich darauf, daß du mir alles ganz ausführlich beschreibst.«
»Ich werde mir alle Mühe geben. Auf wen wartest du? Wollten deine Schwestern kommen?«
»Ich warte auf niemanden. Irgendwo muß man ja hinsehen, und du weißt ja, daß ich die komische Angewohnheit habe, ins Leere zu starren, wenn ich in Gedanken hundert Meilen entfernt bin. Ich kann manchmal ungeheuer geistesabwesend sein; ich glaube, so geistesabwesend wie ich kann kein Mensch auf der Welt sein. Tilney sagt, besonders empfindsame Menschen haben das so an sich.«
»Aber, Isabella, ich dachte, du wolltest mir etwas Bestimmtes erzählen.«
»Ach so! Ja richtig, das wollte ich. Aber da hast du den Beweis für das, was ich gerade gesagt habe. Mein armer Kopf! Ich hätte es völlig vergessen. Also, die Sache ist die, daß ich gerade einen Brief von John bekommen habe. Du ahnst sicher, was darin steht.«

»Nein, ich habe keine Ahnung.«
»Mein Schatz, verstell dich nicht so schrecklich. Über wen soll er wohl schreiben als über dich. Du weißt doch, daß er bis über beide Ohren in dich verliebt ist.«
»In mich, liebe Isabella?«
»Aber, meine liebste Catherine, tu doch nicht so! Bescheidenheit und so ist ja ganz schön auf seine Art, aber manchmal ist ein bißchen schlichte Ehrlichkeit ebenso angebracht. Ich bin ja schließlich auch nicht so überspannt. Du willst doch nur nach Komplimenten angeln. Wie er dich umworben hat, das merkte ja ein Blinder. Und noch eine halbe Stunde vor seiner Abreise hast du ihn eindeutig ermutigt. Das steht in seinem Brief, da steht, daß er dir mehr oder minder einen Antrag gemacht und du auf seine Bewerbung sehr entgegenkommend reagiert hast, und ich soll mich für ihn bei dir verwenden und ihn ins rechte Licht setzen. Du kannst es dir also sparen, so zu tun, als wüßtest du von nichts.«
Mit dem Eifer der Wahrhaftigkeit bekundete Catherine ihre Überraschung über diesen Vorwurf, indem sie beteuerte, nicht die mindeste Ahnung von Mr. Thorpes Verliebtheit und daher auch nicht die Absicht gehabt zu haben, ihn zu ermutigen. »Was die Aufmerksamkeiten von seiner Seite angeht, so gebe ich mein Ehrenwort, daß ich mir ihrer nicht einen Augenblick bewußt gewesen bin, außer daß er mich am Tag seiner Ankunft zum Tanzen aufforderte. Und daß er mir angeblich einen Antrag oder so etwas Ähnliches gemacht hat – dabei muß es sich um einen unerklärlichen Irrtum handeln. So etwas hätte ich doch bestimmt nicht mißverstanden, und da ich immer ehrlich zu sein versuche, so beteuere ich feierlich, daß kein Wort davon zwischen uns gefallen ist. Die letzte halbe Stunde vor seiner Abreise! Es muß alles ganz und gar ein Irrtum sein, denn ich habe ihn den ganzen Vormittag überhaupt nicht gesehen.«
»Doch, das hast du, denn du hast den ganzen Vormittag in Edgar's Buildings verbracht. Es war der Tag, an dem

die Zustimmung deines Vaters eintraf, und ich bin ziemlich sicher, daß ihr beide einige Zeit, bevor du das Haus verließt, allein im Wohnzimmer wart.«
»So? Na ja, wenn du es sagst, wird es wohl stimmen, aber ich kann mich beim besten Willen nicht daran erinnern. Ich erinnere mich jetzt, daß ich bei euch war und ihn zusammen mit den anderen gesehen habe, aber daß wir auch nur fünf Minuten allein waren ... Wie auch immer, es lohnt sich nicht, darüber zu streiten, denn wie immer er es aufgefaßt hat, aus der Tatsache, daß ich keinerlei Erinnerung daran habe, kannst du ersehen, daß ich etwas Derartiges von ihm weder für möglich hielt noch erwartete oder wünschte. Ich bin geradezu bestürzt, daß er etwas für mich übrig hat, aber von meiner Seite war es ganz unbeabsichtigt; ich hatte nicht die leiseste Ahnung davon. Klär ihn bitte sobald wie möglich auf und sag ihm, ich bäte um Entschuldigung – das heißt, ich weiß nicht, was ich sagen soll, aber mache ihm so schonend wie möglich klar, was ich meine. Ich möchte von jemandem, der dein Bruder ist, bestimmt nicht gerne respektlos sprechen, Isabella, aber du weißt genau, wenn ich einen Mann allen anderen vorzöge, dann nicht ihn.« Isabella schwieg. »Meine liebe Freundin, sei bitte nicht böse mit mir. Ich kann mir nicht vorstellen, daß dein Bruder sich so viel aus mir macht. Und dann sind wir ja ohnehin Schwägerinnen.«
»Schließlich«, sie errötete, »gibt es mehr Möglichkeiten, Schwägerinnen zu werden. Aber wohin verirre ich mich da?[31] Na ja, meine liebe Catherine, es scheint also, als ob du den armen John zurückweist, stimmt das?«
»Ich kann seine Zuneigung nicht erwidern und hatte daher nie die Absicht, sie zu ermutigen.«
»Da das der Fall ist, will ich dich auch nicht weiter damit belästigen. John hat mich gebeten, mit dir darüber zu sprechen, und das habe ich getan. Aber ich muß gestehen, sobald ich seinen Brief las, fand ich die ganze Angelegenheit sehr dumm und unüberlegt und keinem

von euch zuträglich, denn wovon wolltet ihr wohl leben, gesetzt den Fall, es würde etwas daraus. Ihr seid zwar beide nicht ganz mittellos, aber von einer Handvoll kann man heutzutage keine Familie ernähren, und trotz allem, was romantische Gemüter auch sagen mögen, kommt man ohne Geld nicht weit. Ich frage mich nur, wie John darauf kommen konnte; er hat meinen letzten Brief wohl nicht bekommen.«

»Du sprichst mich also von jedem Vorwurf frei? Du bist überzeugt, daß ich nie die Absicht hatte, deinen Bruder zu hintergehen, bis zu diesem Augenblick keine Ahnung hatte, daß er mich so gern mag?«

»Oh! Was das betrifft«, antwortete Isabella lachend, »ich tue nicht so, als ob ich wüßte, was deine Pläne und Absichten vor einiger Zeit gewesen sein mögen. All das weißt du selbst am besten. Ein kleiner Flirt oder so kommt einmal vor, und oft läßt man sich dazu verleiten, mehr Ermutigung zu geben, als man dann verantworten möchte. Aber du kannst überzeugt sein, daß ich der letzte Mensch auf der Welt bin, der dich verurteilt. Alle diese Dinge muß man der Jugend und dem Temperament zugestehen. Was man heute meint, braucht man morgen nicht zu meinen. Umstände wandeln sich, Meinungen wechseln.«

»Aber meine Meinung von deinem Bruder hat sich nie gewandelt, sie war immer dieselbe. Du beschreibst etwas, was es gar nicht gab.«

»Meine liebste Catherine«, fuhr die andere fort, ohne überhaupt zuzuhören, »ich möchte dich nicht um alles in der Welt zu einer Verlobung überreden, bevor du weißt, was du willst. Ich glaube nicht, daß ich irgendwie ein Recht dazu habe zu wünschen, daß du dein ganzes Glück opferst, nur um meinem Bruder einen Gefallen zu tun, weil er mein Bruder ist, der doch schließlich und endlich ohne dich ebenso glücklich werden kann, denn die Leute wissen selten, was sie eigentlich wollen, junge Männer vor allem, sie sind so ungeheuer wankelmütig und unbeständig. Was ich sagen will, ist, warum sollte mir das Glück eines Bruders teurer sein als das einer Freundin? Du weißt, ich stelle ziemlich hohe Ansprüche an die Freundschaft. Aber vor allen Dingen, meine liebe Catherine, überstürze nichts. Verlaß dich auf mich, wenn du es zu sehr überstürzt, wirst du es später im Leben bestimmt bereuen. Tilney sagt, über nichts irren sich Leute so häufig wie über ihre eigenen Gefühle, und ich glaube, da hat er sehr recht. Ah! Da kommt er ja. Aber was liegt daran, er sieht uns sowieso nicht.«

Catherine blickte auf und sah Hauptmann Tilney, und da Isabella beim Sprechen ihren Blick unverwandt auf ihn gerichtet hielt, wurde er bald auf sie aufmerksam. Er trat sofort auf sie zu und nahm den Platz neben Isabella ein, den sie ihm mit einer Geste anbot. Seine ersten Worte machten Catherine stutzig. Obwohl sie leise gesprochen wurden, konnte sie verstehen: »Was! Immer unter Aufsicht, entweder von ihm oder von seiner Vertreterin!«

»Pah! Unsinn!« lautete Isabellas Antwort im selben halb flüsternden Ton. »Warum wollen Sie mir so etwas einreden? Wenn ich es glauben könnte ... Ich bin ja schließlich ziemlich unabhängig.«

»Wenn nur Ihr Herz auch unabhängig wäre. Das würde mir genügen.«

»Mein Herz, wie! Was gehen Sie denn Herzen an? Ihr Männer habt doch allesamt kein Herz.«

»Wenn wir kein Herz haben, so haben wir doch Augen; die martern uns schon genug.«

»Wirklich? Das tut mir aber leid; es tut mir leid, daß Sie an mir etwas auszusetzen haben. Ich werde zur anderen Seite sehen. Hoffentlich gefällt Ihnen das besser.« (Sie kehrte ihm den Rücken zu.) »Hoffentlich werden Ihre Augen jetzt nicht gemartert.«

»Wie noch nie, denn die Linie einer rosigen Wange ist noch zu sehen – zugleich zu viel und zu wenig.«

Catherine vernahm all dies, und völlig fassungslos konnte sie nicht länger zuhören. Erstaunt, wie Isabella es aushalten konnte, und eifersüchtig für ihren Bruder stand sie auf, sagte, sie müsse sich um Mrs. Allen kümmern und schlug vor, aufzubrechen. Aber Isabella zeigte dazu gar keine Bereitschaft: Sie war so ungeheuer müde, und es war so widerlich, in der Brunnenhalle auf und ab zu spazieren; und wenn sie den Platz verließe, würde sie ihre Schwestern verpassen, sie erwarte ihre Schwestern jede Minute, und daher müsse ihre liebste Catherine ihr nicht böse sein und sich still wieder hinsetzen. Aber auch Catherine konnte hartnäckig sein, und da Mrs. Allen gerade auf sie zukam, um vorzuschlagen, nach Hause zu gehen, stand sie auf, ging aus der Brunnenhalle und ließ Isabella mit Hauptmann Tilney sitzen. Aber sie ließ sie mit innerem Unbehagen zurück. Es kam ihr vor, als ob Hauptmann Tilney im Begriff war, sich in Isabella zu verlieben, und Isabella ihn unbewußt ermutigte; es mußte unbewußt sein, denn Isabellas Liebe zu James war so gewiß und verbürgt wie ihre Verlobung. Die Wahrheit ihrer Worte und Absichten zu bezweifeln, war unmöglich, und doch hatte sie sich während der ganzen Unterhaltung so merkwürdig benommen. Wenn Isabella nur wie sonst und nicht so viel über Geld gesprochen hätte und auch nicht so erfreut über den Anblick von Hauptmann Tilney gewesen wäre. Wie eigenartig, daß sie gar nicht merkte, wie er sich um sie bemühte! Catherine hätte ihr so gerne einen Wink gegeben, um sie zu warnen und Tilney und ihrem Bruder all den Kummer zu ersparen, den ihr Entgegenkommen sonst bereiten mußte.

Das Kompliment von John Thorpes Zuneigung konnte diese Gedankenlosigkeit seiner Schwester nicht wettmachen. Sie war fast ebensoweit entfernt zu glauben wie zu wünschen, daß es ernst gemeint war, denn sie hatte nicht vergessen, daß er sich irren konnte, und seine Behauptung, den Antrag gemacht zu haben und von ihr ermutigt worden zu sein, überzeugte sie, daß seine Irrtümer manchmal maßlos sein konnten. Geschmeichelt konnte sie sich daher nicht fühlen, aber ihre Verblüffung kannte keine Grenzen. Daß er es für lohnend hielt, sich einzubilden, verliebt in sie zu sein, war ein Anlaß zu immer neuer Verwunderung. Isabella sprach von seinen Aufmerksamkeiten; *sie* hatte nie etwas davon gemerkt; aber Isabella hatte vieles gesagt, was hoffentlich unüberlegt gesprochen war und nie wiederholt werden würde, und darauf ließ sie es ihrer gegenwärtigen Seelenruhe und Unbeschwertheit zuliebe beruhen.

Kapitel 19

Ein paar Tage vergingen, und obwohl Catherine sich nicht gestattete, ihre Freundin zu verdächtigen, konnte sie nicht umhin, sie aufmerksam zu beobachten. Das Resultat ihrer Beobachtungen war nicht erfreulich. Isabella schien ganz und gar verändert. Wenn sie sie allerdings im engsten Freundeskreis in Edgar's Buildings oder Pulteney Street sah, fiel ihr verändertes Benehmen so wenig auf, daß man es nicht gemerkt hätte, wenn es dabei geblieben wäre. Ein Anflug von melancholischer Teilnahmslosigkeit oder jener oft betonten Geistesabwesenheit, die Catherine vorher nie aufgefallen war, überkam sie gelegentlich. Hätten sich jedoch keine schlimmeren Symptome gezeigt, dann hätte es vielleicht ihren Reiz erhöht und größere Anteilnahme erweckt. Aber wenn Catherine sie in der Öffentlichkeit sah, wo sie Hauptmann Tilneys Aufmerksamkeiten so bereitwillig entgegennahm, wie sie gezollt wurden, und er fast ebensoviel Teilnahme und lächelnde Zuwendung erfuhr wie James, dann war die Veränderung zu offensichtlich, als daß man sie übersehen konnte. Was dieses unbeständige Verhalten heißen sollte, worauf ihre Freundin hinauswollte, war für Catherine unbegreiflich. Isabella merkte anscheinend nicht, welchen Kummer sie damit zufügte; aber es war ein Maß an gedankenlosem Leichtsinn, das Catherine nicht billigen konnte. James litt darunter; sie fand ihn bedrückt und besorgt, und so wenig sich die Frau, die ihm ihr Herz geschenkt hatte, um sein gegenwärtiges Wohlbefinden zu kümmern schien, Catherine ließ es keine Ruhe. Auch um Hauptmann Tilney machte sie sich große Sorgen. Obwohl ihr sein Aussehen nicht gefiel, gab ihm sein Name doch Anspruch auf ihr Wohlwollen, und sie dachte mit echtem Mitgefühl an die bevorstehende Enttäuschung; denn trotz allem, was sie in der Brunnenhalle mitangehört zu haben glaubte, ließ sich sein Betragen so wenig mit der Kenntnis von Isabellas Verlobung vereinbaren, daß sie bei genauerem Nachdenken sich nicht vorstellen konnte, daß er davon wußte. Auf ihren Bruder als Rivalen mochte er ja eifersüchtig sein, aber wenn es ihr vorgekommen war, als ob mehr dahinterstecke, dann mußte sie etwas mißverstanden haben. Sie hätte Isabella gerne durch einen freundlichen Wink an ihre Situation erinnert, aber für einen solchen Wink fehlte entweder immer Gelegenheit oder Bereitwilligkeit. Wenn sie Gelegenheit zu einer Anspielung hatte, verstand Isabella sie nie. In dieser verzweifelten Lage wurde die bevorstehende Abreise der Tilneys ihr ganzer Trost. Ihre Reise nach Gloucestershire sollte in ein paar Tagen stattfinden, und Hauptmann Tilneys Entfernung würde wenigstens die Seelenruhe aller außer seiner eigenen wiederherstellen. Aber Hauptmann Tilney hatte im Moment gar nicht die Absicht, sich zu entfernen, er wollte gar nicht mit nach Northanger kommen, er wollte in Bath bleiben. Als Catherine dies erfuhr, stand ihr Entschluß fest. Sie wandte sich in der Angelegenheit an Henry Tilney, bedauerte die offensichtliche Vorliebe seines Bruders für Miss Thorpe und bat ihn, ihm ihre seit längerem bestehende Verlobung mitzuteilen.

»Mein Bruder weiß davon«, war Henrys Antwort.

»Wirklich! Aber warum bleibt er dann hier?«

Er gab keine Antwort und begann, von etwas anderem zu sprechen, aber sie fuhr hartnäckig fort: »Warum überreden Sie ihn nicht, abzureisen? Je länger er bleibt, um so unangenehmer wird es schließlich für ihn sein. Bitte, raten Sie ihm um seinet- und aller anderen willen, Bath sofort zu verlasssen. Die Trennung wird ihm auf die Dauer darüber hinweghelfen, aber hier hat er gar nichts zu hoffen, und bleiben bedeutet nur, sich unglücklich zu machen.« Henry lächelte und sagte: »Ich bin sicher, daran liegt meinem Bruder gar nichts.«
»Dann werden Sie ihn also überreden, abzureisen?«
»Überredung nützt nichts, aber entschuldigen Sie bitte, wenn ich nicht einmal versuchen kann, ihn zu überreden. Ich selbst habe ihm erzählt, daß Miss Thorpe verlobt ist. Er weiß, was er tut, und ist sein eigener Herr.«
»Nein, er weiß nicht, was er tut«, rief Catherine, »er weiß nicht, was er meinem Bruder für Kummer bereitet. Nicht daß mein Bruder mir das je gesagt hat, aber ich fürchte, er fühlt sich sehr unbehaglich.«
»Und sind Sie sicher, daß das an meinem Bruder liegt?«
«Ja, ganz sicher.«
»Sind es die Aufmerksamkeiten meines Bruders gegenüber Miss Thorpe oder ist es Miss Thorpes Entgegenkommen, das ihm Kummer bereitet?«
»Ist das nicht dasselbe?«
»Ich glaube, Mr. Morland würde den Unterschied anerkennen. Kein Mann ist beleidigt, wenn ein anderer Mann die Frau bewundert, die er liebt; nur die Frau kann es zur Qual machen.«
Catherine errötete für ihre Freundin und sagte: »Isabella tut unrecht. Aber ich weiß, sie will ihn nicht quälen, denn sie liebt ihn sehr. Sie liebt ihn seit ihrer ersten Begegnung, und solange die Zustimmung meines Vaters noch ausstand, hat sie sich vor Sorge fast in ein Fieber hineingesteigert. Dann muß sie doch an ihm hängen.«
»Ich verstehe: Sie liebt James und flirtet mit Frederick.«
»O nein, sie flirtet nicht. Eine Frau, die in einen Mann

verliebt ist, kann gar nicht mit einem anderen Mann flirten.«
»Wahrscheinlich würde sie überzeugender lieben oder flirten, wenn sie beides unabhängig voneinander täte. Die Herren müssen beide ein wenig nachgeben.«
Nach einer kurzen Pause nahm Catherine den Faden wieder auf: »Dann glauben Sie also nicht, daß Isabella so sehr an meinem Bruder hängt?«
»Darüber steht mir kein Urteil zu.«
»Aber worauf will Ihr Bruder hinaus? Wenn er weiß, daß sie verlobt ist, worauf will er dann mit seinem Benehmen hinaus?«
»Sie stellen sehr präzise Fragen.«
»Wirklich? Ich frage nur, was ich erfahren möchte.«
»Aber fragen Sie auch nur, was Sie Aussicht haben, von mir zu erfahren?«
»Ich glaube, ja, denn Sie müssen doch das Herz Ihres Bruders kennen.«
»Über das Herz meines Bruders, wie Sie es nennen, kann ich bei dieser Gelegenheit, wie ich Ihnen versichere, nur Vermutungen anstellen.«
»Also?«
»Also! Nein, wenn es schon Vermutungen sein müssen, dann wollen wir alle unsere eigenen anstellen. Auf Vermutungen aus zweiter Hand angewiesen zu sein, ist kläglich. Die Tatsachen kennen Sie selbst. Mein Bruder ist ein lebhafter, vielleicht gelegentlich gedankenloser junger Mann. Er ist seit etwa einer Woche mit Ihrer Freundin bekannt und weiß von ihrer Verlobung fast so lange, wie er sie kennt.«
»Gut«, sagte Catherine nach kurzer Überlegung, »vielleicht können Sie daraus auf die Absichten Ihres Bruders schließen, ich kann es jedenfalls nicht. Aber ist Ihr Vater nicht darüber beunruhigt? Will er nicht, daß Hauptmann Tilney abreist? Natürlich, wenn Ihr Vater mit ihm spräche, würde er abreisen.«
»Meine liebe Miss Morland«, sagte Henry, »ob Sie in

diesem durchaus liebenswerten Eifer für das Wohlergehen Ihres Bruders nicht in einem leichten Irrtum befangen sind? Gehen Sie nicht ein bißchen zu weit? Würde er es Ihnen um seinet- oder auch um Miss Thorpes willen danken, wenn Sie so tun, als ob ihre Zuneigung oder wenigstens ihr gutes Benehmen nur dadurch gewährleistet wird, daß sie nichts von Hauptmann Tilney sieht? Ist er ihrer nur in der Einsamkeit sicher? Oder ist ihr Herz ihm nur treu, wenn es nicht von jemand anderem in Versuchung geführt wird? Das kann er doch nicht glauben. Und Sie dürfen überzeugt sein, daß er auch nicht möchte, daß Sie das glauben. Ich will nicht sagen, machen Sie sich keine Sorgen, denn ich weiß, Sie tun es in diesem Augenblick, aber machen Sie sich so wenig Sorgen wie möglich. Sie zweifeln nicht an der wechselseitigen Zuneigung zwischen Ihrem Bruder und Ihrer Freundin; verlassen Sie sich deshalb darauf, daß es wirkliche Eifersucht niemals zwischen ihnen geben, verlassen Sie sich darauf, daß ein Mißverständnis zwischen ihnen nicht von langer Dauer sein kann. Beide kennen das Herz des anderen besser, als Sie es je kennen können. Die beiden wissen genau, was angebracht ist und wie weit sie gehen können, und Sie können sicher sein, daß keiner das für den anderen erträgliche Maß an Kränkung überschreiten wird.«

Da er merkte, daß sie immer noch zweifelnd und bedrückt aussah, fügte er hinzu: »Obwohl Frederick Bath nicht mit uns verläßt, bleibt er wahrscheinlich nur noch kurze Zeit hier, vielleicht nur ein paar Tage. Sein Urlaub ist bald abgelaufen, und er muß zu seinem Regiment zurückkehren. Und was bleibt dann schon von ihrer Bekanntschaft übrig? In der Offiziersmesse wird man vierzehn Tage lang auf das Wohl von Isabella Thorpe trinken, und sie wird sich mit Ihrem Bruder noch vier Wochen lang über den armen verliebten Tilney lustig machen.«

Catherine wehrte sich nicht länger gegen den Zuspruch.

Sie hatte sich seiner Wirkung während der ganzen Rede zu widersetzen versucht, aber nun gab sie nach. Henry Tilney mußte es am besten wissen. Sie machte sich selber Vorwürfe über das Ausmaß ihrer Befürchtungen und beschloß, die Sache nicht mehr so ernst zu nehmen.
Ihr Entschluß wurde durch Isabellas Benehmen bei ihrem Abschiedsgespräch erleichtert. Die Thorpes verbrachten den letzten Abend von Catherines Aufenthalt in Bath in Pulteney Street, und nichts geschah zwischen dem jungen Paar, was sie beunruhigte oder weshalb sie sie mit Befürchtungen verließ. James war in ausgezeichneter Laune und Isabella wohltuend sanft. Sich ihrer Freundin gegenüber zärtlich zu zeigen lag ihr anscheinend am meisten am Herzen, aber in solch einem Augenblick war das verzeihlich; und einmal widersprach sie ihrem Verlobten unverblümt, und einmal zog sie ihre Hand zurück, aber Catherine erinnerte sich an Henrys Belehrungen und deutete alles als geschickt dosierte Zuneigung. Die Umarmungen, Tränen und Versprechungen der beiden hübschen jungen Damen beim Abschied kann man sich vorstellen.

Kapitel 20

Mr. und Mrs. Allen tat es leid, von ihrer jungen Freundin Abschied nehmen zu müssen, die ihnen durch ihre Ausgeglichenheit und Heiterkeit eine schätzenswerte Gesellschaft gewesen war und deren Vergnügen zu fördern für sie selbst eine Quelle des Vergnügens geworden war. Catherines große Freude, Miss Tilney zu begleiten, ließ kein Bedauern bei ihnen aufkommen, und da sie selbst nur noch eine Woche länger in Bath bleiben wollten, würden sie sie trotz ihrer vorzeitigen Abreise nicht lange entbehren. Mr. Allen begleitete sie zur Milsom

Street, wo sie frühstücken sollte, und wurde Zeuge, wie sie von ihren Freunden mit großer Herzlichkeit willkommen geheißen wurde; aber ihre Aufregung, nun ein Familienmitglied zu sein, war so groß, und ihre Furcht, nicht genau das Richtige zu tun und die Sympathie ihrer Gastgeber nicht bewahren zu können, so stark, daß sie während der ersten fünf Minuten in ihrer Verlegenheit fast gewünscht hätte, wieder mit ihm in die Pulteney Street zurückzukehren.

Miss Tilneys Benehmen und Henrys Lächeln zerstreuten bald einen Teil ihres Unbehagens, aber sie war weit davon entfernt, sich wohl zu fühlen, und auch die ständigen Aufmerksamkeiten des Generals selbst konnten ihre Beklemmung nicht ganz lösen. Ja, so schändlich es ihr schien, sie fragte sich, ob sie sich nicht wohler gefühlt hätte, wenn man weniger um sie bemüht gewesen wäre. Seine Sorge um ihre Bequemlichkeit, seine unentwegte Aufforderung, zuzulangen, und seine immer wieder ausgesprochene Furcht, es könne ihr vielleicht nicht schmekken, obwohl sie eine solche Auswahl auf einem Frühstückstisch noch nie in ihrem Leben gesehen hatte, machten es ihr unmöglich, auch nur einen Augenblick lang zu vergessen, daß sie Gast war. Sie fand, daß sie diese Ehrerbietung nicht verdiente, und wußte nicht, wie sie darauf reagieren sollte. Das ungeduldige Warten des Generals auf das Erscheinen seines ältesten Sohns und das Mißfallen an seiner Faulheit, das er äußerte, als dieser schließlich herunterkam, trug nicht gerade zu Catherines Behaglichkeit bei. Die Härte des väterlichen Vorwurfs, die zu dem Vergehen in keinem Verhältnis stand, bedrückte sie, und ihre Unruhe nahm noch erheblich zu, als sie merkte, daß sie die Hauptursache für den Verweis war und die Verspätung hauptsächlich deshalb Anstoß erregte, weil darin mangelnde Ehrerbietung ihr gegenüber zum Ausdruck kam. Das brachte sie in eine sehr unangenehme Lage, und sie empfand tiefes Mitleid mit Hauptmann Tilney, ohne auf sein Wohlwollen zu hoffen.

Er hörte seinem Vater schweigend zu und versuchte gar nicht, sich zu verteidigen, was ihre Furcht bestätigte, daß vielleicht seine innere Unruhe wegen Isabella, die ihn schlaflos gemacht hatte, die wahre Ursache seines späten Aufstehens war. Es war das erstemal, daß sie länger in seiner Gesellschaft war, und sie hatte gehofft, sich nun ein Urteil über ihn bilden zu können, aber solange sein Vater im Zimmer blieb, hörte sie kaum ein Wort von ihm, und selbst hinterher war seine Stimmung so beeinträchtigt, daß sie nichts als die folgenden Eleanor zugeflüsterten Worte von ihm vernahm: »Wie froh ich bin, wenn ihr alle weg seid!«

Das Durcheinander der Abreise war nicht angenehm. Es schlug zehn, während die Truhen hinuntergetragen wurden, und zu diesem Zeitpunkt hatte der General Milsom Street verlassen wollen. Statt ihm seinen Reisemantel direkt zum Überziehen zu bringen, hatte man ihn im Wagen ausgebreitet, in welchem er seinen Sohn begleiten sollte. Der Mittelsitz der Kutsche war nicht herausgezogen, obwohl drei Leute darin fahren sollten, die Zofe seiner Tochter hatte sie so mit Paketen vollgestopft, daß Miss Morland keinen Platz gehabt hätte, und diese Befürchtung setzte ihm so zu, als er ihr hineinhalf, daß sie einige Mühe hatte, ihr neues Schreibpult davor zu retten, auf die Straße geworfen zu werden. Schließlich aber wurde die Tür hinter den drei weiblichen Reisenden geschlossen, und sie bewegten sich in dem soliden Trab vorwärts, in welchem die gepflegten, gut gefütterten vier Pferde eines Gentleman im allgemeinen eine Reise von dreißig Meilen hinter sich bringen. Das war die Entfernung von Bath nach Northanger, die in zwei etwa gleiche Strecken aufgeteilt werden sollte. Catherines Stimmung stieg, als sie abfuhren, denn Miss Tilney gegenüber fühlte sie sich nicht gehemmt, und da ihr Interesse durch die ihr ganz neue Strecke, durch ein vor ihr liegendes Kloster und einen hinter ihr fahrenden Wagen wach gehalten wurde, blickte sie ohne Bedauern ein letztes Mal auf Bath zurück und passierte alle Meilensteine schneller als erwartet. Dann folgte die Langeweile einer zweistündigen Essenspause in Petty-France, wo es nichts anderes zu tun gab, als ohne Appetit zu essen und ohne etwas zu sehen herumzustehen, und ihre Bewunderung für die vornehme Art zu reisen, für die elegante vierspännige Kutsche mit den sich regelmäßig im Sattel auf und ab bewegenden Postillons und den zahllosen gut zu Pferde sitzenden Vorreitern nahm durch die Unbequemlichkeiten der Fahrt ein wenig ab. Wäre die Stimmung der Reisegesellschaft entspannter gewesen, dann hätte ihr die Verzögerung nichts ausgemacht, aber General Tilney, obwohl ein so charmanter Mann, schien die gute Laune seiner Kinder ständig zu dämpfen, und außer ihm sagte kaum jemand etwas. Diese Beobachtung, und daß er mit der Bedienung des Gasthofs durchweg unzufrieden war, und auch seine unbeherrschte Art mit dem Kellner erhöhten Catherines Scheu vor ihm mit jeder Minute und dehnten die zwei Stunden zu vier. Schließlich allerdings wurde der Befehl zur Abfahrt gegeben, und groß war Catherines Überraschung, als der General vorschlug, daß sie den Rest der Reise im offenen Wagen seines Sohnes fortsetzen sollte. Das Wetter sei schön und ihm liege daran, daß sie soviel wie möglich von der Landschaft zu sehen bekäme.

Die Erinnerung an das, was Mr. Allen über junge Männer und ihre offenen Wagen gesagt hatte, ließ sie bei diesem Vorschlag erröten, und sie dachte zuerst daran, ihn abzulehnen, aber dann ließ sie sich von ihrem Vertrauen in General Tilneys besseres Urteil bestimmen. Er würde ihr nichts Ungehöriges vorschlagen, und binnen weniger Minuten fand sie sich neben Henry Tilney im offenen Wagen und war glücklich wie noch nie. Schon nach kurzer Zeit war sie überzeugt, daß so ein Zweispänner einfach unübertrefflich war. Der große Vierspänner rollte zwar majestätisch dahin, aber er war ein schwerfälliges und umständliches Gefährt, und sie erinnerte sich nur zu gut an den zweistündigen Aufenthalt in Petty-France. Die halbe Zeit hätte für den Phaeton genügt, und die munteren Pferde waren so aufgelegt, sich zügig vorwärtszubewegen, daß sie die Kutsche des Generals spielend in einer halben Minute hätten überholen können, wenn er nicht darauf bestanden hätte, vorwegzufahren. Aber die Vorzüge des Zweispänners waren nicht allein den Pferden zu verdanken, Henry fuhr so geschickt, so leise, ohne jede Aufregung, ohne sich vor ihr aufzuspielen oder zu fluchen, so ganz anders als der einzige Gentleman-Kutscher, mit dem sie die Möglichkeit hatte, ihn zu vergleichen. Und dann saß sein Hut so gut, und die unzähligen Pelerinen seines Reisemantels sahen auf kleidsame Weise so gewichtig aus. Von ihm gefahren zu werden, war, außer mit ihm zu tanzen, zweifellos das größte Glück auf Erden. Und zu allen anderen Freuden kam nun auch noch, daß sie ihr eigenes Lob hörte, jedenfalls im Namen seiner Schwester den Dank für ihre Freundlichkeit empfing, ihr Gast zu sein, was als Akt echter Freundschaft betrachtet und als Anlaß zu aufrichtiger Dankbarkeit angesehen wurde. Seine Schwester, sagte er, sei etwas unglücklich daran, sie habe keine weibliche und manchmal bei der häufigen Abwesenheit ihres Vaters gar keine Gesellschaft.

»Aber wie ist das möglich«, fragte Catherine, »sind Sie nicht bei ihr?«

»Northanger ist nur mein zweites Zuhause; ich habe mich in meinem eigenen Haus in Woodston eingerichtet, fast zwanzig Meilen von dem meines Vaters entfernt, und einen Teil meiner Zeit muß ich notgedrungen dort verbringen.«

»Wie leid Ihnen das tun muß!«

»Es tut mir immer leid, Eleanor allein zu lassen.«

»Ja, aber abgesehen von Ihrer Zuneigung zu ihr müssen Sie doch so an dem Kloster hängen. Wenn man an ein solches Zuhause wie ein Kloster gewöhnt ist, muß ein gewöhnliches Pfarrhaus doch sehr enttäuschend sein.«

Er lächelte und sagte: »Ihre Erwartungen von dem Kloster sind ja sehr hochgespannt.«

»Ja, natürlich. Ist es denn nicht so ein wunderbares altes Gebäude, genau wie was man so liest?«

»Und sind Sie auf all die Schrecken vorbereitet, die ein Gebäude, ›genau wie was man so liest‹, bereithält? Haben Sie ein tapferes Herz? Nerven genug für geheime Tapetentüren?«

»O ja, ich glaube nicht, daß ich leicht zu erschrecken bin, denn es sind ja so viele Leute im Haus, und außerdem stand es nie unbewohnt und jahrelang verlassen, und dann kommt die Familie zurück, ohne ihre Rückkehr anzukündigen, wie es im allgemeinen in Romanen geschieht.«

»Nein, natürlich nicht. Wir brauchen uns nicht in die große, von der verlöschenden Glut eines Holzfeuers schwach erleuchtete Halle vorzutasten; auch sind wir nicht darauf angewiesen, unser Bett auf dem Fußboden eines Zimmers ohne Fenster, Türen oder Möbel aufzuschlagen. Aber Sie müssen wissen, daß eine junge Dame, wenn sie (auf welche Weise auch immer) ein solches Gebäude zum erstenmal betritt, immer weitab von den übrigen Familienmitgliedern einquartiert wird. Während diese sich behaglich in ihren Flügel des Hauses zurückziehen, wird sie von Dorothy, der alten Haushälterin, zeremoniell eine andere Treppe hinauf und durch viele finstere Gänge in ein Zimmer geleitet, das nicht benutzt worden ist, seit darin vor ungefähr zwanzig Jahren irgendeine Kusine oder sonstige Verwandte starb. Sind Sie einer solchen Zeremonie gewachsen? Werden Sie nicht von bösen Ahnungen überfallen, wenn Sie sich in diesem düsteren Zimmer wiederfinden, das zu hoch und geräumig für Sie ist, und der schwache Schein der einzigen Lampe durchdringt kaum die Tiefe des Raums. An den Wänden hängen Gobelins, auf denen lebensgroße Figuren dargestellt sind, und das Bett aus dunkelgrünem Stoff oder purpurrotem Samt sieht aus wie bei

einem Begräbnis. Ob Sie dann nicht doch der Mut verläßt?«
»Oh! Aber das alles wird mir doch nicht zustoßen.«
»Wie ängstlich werden Sie das Mobiliar Ihres Zimmers untersuchen! Und was werden Sie entdecken? Nicht etwa Tische, Toilettengarnituren, Schränke oder Kommoden, sondern in einer Ecke vielleicht die Überbleibsel einer zerbrochenen Laute und in der anderen eine wuchtige Truhe, die sich auch mit der größten Anstrengung nicht öffnen läßt, und über dem Kamin das Porträt eines gutaussehenden Kriegers, dessen Züge Sie mit so unwiderstehlicher Gewalt festhalten, daß es Ihnen nicht gelingt, die Augen abzuwenden. Unterdessen starrt Dorothy, die von Ihrer Erscheinung ähnlich gepackt ist, Sie in großer innerer Erregung an und läßt ein paar unverständliche Anspielungen fallen. Um Sie aufzurichten, gibt sie Ihnen zu verstehen, daß es in dem Teil des Klosters, in dem Sie wohnen, zweifellos spukt, und macht Sie darauf aufmerksam, daß kein einziger dienstbarer Geist sich in Rufnähe aufhält. Nach diesem freundlichen Abschiedstrost knickst sie und läßt Sie allein. Sie lauschen dem Klang ihrer sich entfernenden Schritte, solange das schwache Echo zu Ihnen dringt, und wenn Sie einer Ohnmacht nahe Ihre Tür abzuschließen versuchen, entdecken Sie in zunehmender Panik, daß sie kein Schloß hat.«
»Oh, Mr. Tilney, wie entsetzlich! Das klingt ja wie in einem Roman. Aber so etwas kann mir nicht passieren. Ihre Haushälterin heißt sicher auch gar nicht Dorothy. – Ja, und dann?«
»In der ersten Nacht geschieht wahrscheinlich nichts weiter Beunruhigendes. Nachdem Sie Ihr unüberwindliches Grauen vor dem Bett überwunden haben, legen Sie sich zur Ruhe und sinken einige Stunden lang in einen unruhigen Schlummer. Aber in der zweiten oder spätestens in der dritten Nacht gibt es wahrscheinlich einen wütenden Sturm. Krachender Donner, so laut, daß er

das Gebäude in den Grundfesten zu erschüttern scheint, hallt von den umgebenden Bergen wider, und während der sie begleitenden fürchterlichen Windstöße kommt es Ihnen vermutlich so vor (denn Ihre Lampe ist nicht verloschen), als ob sich die Wandbehänge an einer Stelle heftiger bewegten. Unfähig, in einem Augenblick, der so zur Erkundigung einlädt, Ihre Neugier zu unterdrücken, erheben Sie sich unverzüglich, werfen Ihren Morgenmantel um und machen sich daran, das Geheimnis zu erforschen. Nach sehr kurzer Suche entdecken Sie einen Spalt in den Gobelins, der so kunstvoll angebracht ist, daß er auch bei genauester Inspektion unsichtbar bleibt, und als Sie ihn öffnen, erkennen Sie sofort eine Tür, und diese Tür aufzumachen, die nur durch schwere Balken und ein Vorhängeschloß gesichert ist, gelingt Ihnen schon nach wenigen Versuchen, und mit Ihrer Lampe in der Hand schreiten Sie in ein kleines Gewölbe.«

»Nein, auf keinen Fall, ich wäre viel zu ängstlich, so etwas zu tun.«

»Was! Aber doch nicht, wenn Dorothy Sie darauf aufmerksam gemacht hat, daß es einen geheimen unterirdischen Gang zwischen Ihrem Zimmer und der kaum zwei Meilen entfernten St.-Antonius-Kapelle gibt. Könnten Sie einem so einladenden Abenteuer widerstehen? Nein, nein, Sie begeben sich in das kleine Gewölbe, und von da aus in mehrere andere, ohne irgend etwas Bemerkenswertes wahrzunehmen. In einem liegt höchstens ein Dolch, in einem anderen ein paar Blutstropfen und in einem dritten die Überbleibsel eines Folterinstruments. Aber da das ja nichts Außergewöhnliches und Ihre Lampe beinahe heruntergebrannt ist, kehren Sie in Ihr eigenes Zimmer zurück. Beim Durchqueren des kleinen Gewölbes allerdings bleiben Ihre Augen auf einem großen altmodischen Sekretär aus Ebenholz und Gold hängen, der Ihrer Aufmerksamkeit vorher entgangen war, obwohl Sie das Mobiliar genau untersucht haben. Von einer unwiderstehlichen Ahnung getrieben, eilen Sie darauf zu, öffnen seine Falttüren und durchsuchen jede Schublade, aber eine ganze Weile ohne irgend etwas Wichtiges zu entdecken – höchstens einen nicht unerheblichen Schatz von Diamanten. Schließlich allerdings öffnet sich durch die Berührung einer geheimen Feder ein verborgenes Fach – eine Papierrolle kommt zum Vorschein – Sie ergreifen sie – sie enthält viele Manuskriptseiten – Sie eilen mit dem kostbaren Schatz in Ihr eigenes Zimmer zurück, aber kaum haben Sie ›Oh, wer du auch sein mögest, in dessen Hände diese Aufzeichnungen der unglückseligen Mathilda fallen mögen ...‹ entziffern können, da verlöscht plötzlich Ihre Lampe, und Sie bleiben in völliger Finsternis zurück.«

»Oh! Nein, nein, nur das nicht! – Aber weiter!«

Henry war jedoch durch das Interesse, das er hervorgerufen hatte, zu belustigt, als daß er das Spiel fortsetzen konnte; es gelang ihm nicht, in ernsthaftem Ton die Geschichte weiterzuerzählen, und er mußte sie bitten, beim Durchlesen von Mathildas Leiden ihre eigene Phantasie anzustrengen. Catherine nahm sich zusammen und fing an, sich wegen ihres Eifers zu schämen und ihm ernstlich zu versichern, daß sie so gefesselt gewesen sei, ohne im geringsten zu befürchten, das Erzählte in Wirklichkeit zu erleben. Sie sei ganz sicher, Miss Tilney würde sie nie in einem Zimmer einquartieren, wie er es beschrieben habe. Sie habe keine Angst.

Als sich ihre Reise dem Ende näherte, kehrte ihre Ungeduld auf den Anblick des Klosters, die sie eine Zeitlang durch Henrys Unterhaltung über andere Themen ganz vergessen hatte, unvermindert wieder, und an jeder Straßenbiegung erwartete sie mit angehaltenem Atem den Anblick seiner massiven Mauern aus grauem Stein, die sich in einem Hain uralter Eichen erhoben, wobei die letzten Sonnenstrahlen in majestätischem Glanz auf ihren hohen gotischen Fenstern spielten. Aber das Gebäude lag so tief, daß sie durch die großen Tore beim Pförtnerhaus in den Hof einfuhren, ohne auch nur einen einzigen alten Schornstein ausgemacht zu haben.

Sie wußte nicht, ob es ihr zustand, Überraschung zu zeigen, aber irgend etwas an einer solchen Ankunft kam für sie völlig unerwartet. Zwischen modernen Pförtnerhäusern hindurchzufahren und sich so ohne Umstände nach einer schnellen Anfahrt auf glattem, ebenem Kiesweg ohne jedes Hindernis, jede Beunruhigung oder jede Ehrfurcht innerhalb der Klostermauern wiederzufinden erschien ihr merkwürdig und unpassend. Sie hatte allerdings nicht viel Zeit zu solchen Überlegungen. Ein Regenschauer, der ihr direkt ins Gesicht trieb, machte es ihr unmöglich, irgend etwas genauer zu betrachten, und lenkte ihre ganze Aufmerksamkeit auf das Wohlergehen ihres neuen Strohhuts, und sie befand sich schon unter dem Dach des Klosters, sprang mit Henrys Hilfe aus der Kutsche, war in der alten Eingangshalle ins Trockene und durch sie hindurch in den Saal gelangt, wo ihre Freundin und der General warteten, um sie zu begrüßen, ohne daß sie innerhalb des ehrfurchtgebietenden Gebäudes irgendwelche grauenerregenden Ahnungen zukünftigen Unheils oder den geringsten Verdacht wegen vergangener Schreckensszenen empfunden hätte. Der Wind hatte ihr offenbar nicht die Seufzer der Ermordeten zugetragen; zugetragen hatte er ihr nichts Schlimmeres als dichten Nieselregen, und als sie ihr Kleid einmal ordentlich ausgeschüttelt hatte, war sie bereit, ins Wohnzimmer geleitet zu werden, und imstande, darüber nachzudenken, wo sie sich befand.

Ein Kloster! Ja, es war ein köstliches Gefühl, in einem richtigen alten Kloster zu sein, aber sie bezweifelte, als sie sich im Zimmer umsah, ob irgend etwas in ihrer unmittelbaren Umgebung sie darauf hingewiesen hätte. Das Mobiliar entsprach in seiner Reichhaltigkeit und Eleganz dem modernen Geschmack. Wo sie einen altmodischen Kamin von enormer Größe und mit schwerem Schnitzwerk erwartet hatte, befand sich ein moderner

Kamin mit schräger Rückwand, Kacheln aus schlichtem, aber schönem Marmor und Verzierungen von feinstem englischen Porzellan. Die Fenster, die sie mit besonderem Interesse ansah, weil sie gehört hatte, wie der General davon sprach, daß er ihre gotische Form mit pietätvoller Sorgfalt bewahre, entsprachen noch weniger dem Bild ihrer Phantasie. Die Spitzbögen waren zwar erhalten, ihre Form war gotisch, sie waren sogar unterteilt, aber jede Scheibe war so groß, so klar, so hell! Für jemanden, der in seiner Phantasie ganz kleine Butzenscheiben und sehr schweres Mauerwerk, Glasmalerei, Schmutz und Spinnweben erwartet hatte, war der Unterschied recht ernüchternd.

Da der General beobachtete, wie sie sich musternd umsah, begann er von der Kleinheit des Raumes und der Schlichtheit des Mobiliars zu sprechen, das für den täglichen Gebrauch bestimmt war und lediglich Anspruch auf Bequemlichkeit erhob usw.; er schmeichle sich allerdings, daß es im Kloster auch einige Räume gebe, die ihrer Aufmerksamkeit nicht unwürdig seien, und war schon im Begriff, besonders die kostbare Vergoldung in einem von ihnen zu erwähnen, als er sich nach einem Blick auf seine Taschenuhr unterbrach und zu seiner Überraschung feststellte, daß es schon zwanzig vor fünf war! Das war anscheinend das Stichwort zur Trennung, denn Catherine merkte, daß Miss Tilney mit ihr auf eine Weise aus dem Zimmer eilte, die ihr klar machte, daß man in Northanger die strikteste Pünktlichkeit im tagtäglichen Ablauf erwartete.

Sie kehrten durch den großen, hohen Saal zurück und schritten eine breite Treppe aus polierter Eiche hinauf, auf der sie nach vielen Stufen und vielen Absätzen auf eine lange, breite Galerie kamen. Diese hatte an einer Seite eine Flucht von Türen und wurde auf der anderen von Fenstern erhellt, die auf einen quadratischen Innenhof hinuntersahen, wie Catherine noch gerade erkennen konnte, bevor Miss Tilney in ein Zimmer voranging, sich kaum für den Wunsch Zeit nahm, sie möge sich darin recht wohl fühlen, und sie mit der dringlichen Bitte alleinließ, möglichst wenig Zeit zum Umkleiden zu brauchen.

Kapitel 21

Ein kurzer Blick genügte, um Catherine zu beruhigen, daß ihr Zimmer nicht im mindesten dem glich, das Henry zu beschreiben versucht hatte, um sie in Angst zu versetzen. Es war keineswegs unverhältnismäßig groß und enthielt weder Gobelins noch Samt. Die Wände waren tapeziert, der Fußboden mit Teppich ausgelegt; die Fenster waren nicht weniger modern oder düsterer als die im Wohnzimmer unten; das Mobiliar, wenn auch nicht nach der letzten Mode, war hübsch und bequem, und der allgemeine Eindruck des Raumes war alles andere als bedrückend. In dieser Hinsicht völlig erleichtert, beschloß sie, keine Zeit mit der genaueren Inspektion des Zimmers zu verlieren, da ihr vor dem Gedanken graute, den General durch ihr verspätetes Erscheinen zu verärgern. Sie schlüpfte deshalb in größter Eile aus ihrem Kleid und wollte eben das Wäschepaket öffnen, das zu ihrer unmittelbaren Verfügung in der Kutsche mitgeführt worden war, als ihr Blick plötzlich auf eine große, hohe Truhe fiel, die neben dem Kamin in einer tiefen Nische stand. Der Anblick ließ sie zusammenfahren und alles andere vergessend, stand sie und starrte in atemloser Spannung auf die Truhe, und folgende Gedanken schossen ihr dabei durch den Kopf:
›Das ist ja wirklich eigenartig! So etwas hätte ich nicht erwartet! Eine enorm schwere Truhe! Was mag darin sein? Warum steht sie hier? Und so versteckt, als solle man sie nicht bemerken. Ich muß hineinsehen – koste es, was es wolle, ich muß hineinsehen – und zwar gleich, am

hellichten Tag. Wenn ich bis zum Abend warte, geht womöglich meine Kerze aus.‹ Sie näherte sich der Truhe und untersuchte sie genau: Sie war aus Zedernholz mit interessanten dunkleren Intarsien und stand auf einem dreißig Zentimeter hohen geschnitzten Sockel aus demselben Material. Die Beschläge waren aus Silber, das mit den Jahren seinen Glanz verloren hatte; an beiden Seiten befanden sich zerbrochene Griffe, ebenfalls aus Silber und vielleicht vor ihrer Zeit durch einen rätselhaften Gewaltakt beschädigt, und mitten auf dem Deckel hatte sie ein geheimnisvolles Monogramm aus demselben Metall. Catherine beugte sich gespannt darüber, konnte aber nichts Genaues erkennen. Von welcher Seite sie auch darauf blickte, der letzte Buchstabe sah beim besten Willen nicht wie ein T aus, und doch – daß es in diesem Hause ein anderer sein sollte, gab ihr Anlaß zu nicht geringem Erstaunen. Wenn die Truhe ursprünglich nicht ihnen gehört hatte, durch welch rätselhafte Umstände mochte sie in den Besitz der Tilneys geraten sein?
Ihre beklommene Neugier wuchs mit jedem Augenblick, und während sie mit zitternden Händen den Bügel des Schlosses ergriff, beschloß sie, auf alle Fälle dem Inhalt der Truhe auf den Grund zu gehen. Nur mit Anstrengung – denn sie schien auf Widerstand zu stoßen – konnte sie den Deckel ein paar Zentimeter heben. Aber in dem Moment ließ sie ein plötzliches Klopfen an der Zimmertür auffahren, so daß ihr der Deckel aus der Hand glitt und mit beängstigendem Getöse zufiel. Der unerwünschte Eindringling war Miss Tilneys Zofe, die von ihrer Herrin geschickt worden war, um Miss Morland behilflich zu sein. Und obwohl Catherine sie gleich wieder fortschickte, erinnerte der Zwischenfall sie an ihre Pflichten und zwang sie, trotz des unwiderstehlichen Bedürfnisses, das Geheimnis zu lüften, ohne weitere Verzögerung mit dem Ankleiden fortzufahren. Allerdings kam sie nur langsam voran, denn sie konnte Gedanken und Augen nicht von dem Gegenstand wen-

den, der so dazu angetan war, zugleich Neugier und Herzklopfen hervorzurufen, und obwohl sie sich nicht traute, noch mehr Zeit bei einem zweiten Versuch zu vergeuden, konnte sie sich doch nicht von der Truhe trennen. Als sie schließlich schon einen Ärmel übergestreift hatte, schien ihre Toilette so weit beendet, daß sie glaubte, ihrer ungeduldigen Neugier ungestraft nachgeben zu dürfen. Einen Augenblick würde sie doch wohl erübrigen können, und so verzweifelt sollte ihre Anstrengung sein, daß der Deckel, wenn ihn nicht übernatürliche Mächte hielten, mit einem einzigen Ruck aufklappen würde. Beherzt ging sie ans Werk, und ihre Zuversicht wurde nicht enttäuscht. Mit entschlossenem Ruck warf sie den Deckel zurück, und ihren erstaunten Augen bot sich der Anblick eines weißen baumwollenen Bettüberwurfs, der sich, sorgfältig zusammengelegt, unbestreitbar in der einen Ecke der Truhe breit gemacht hatte.

Überrascht und peinlich berührt starrte sie noch darauf, als Miss Tilney, in der Befürchtung, ihre Freundin könne sich verspäten, das Zimmer betrat, und zu Catherines wachsender Beschämung, einige Minuten lang absurde Erwartungen gehegt zu haben, trat nun noch die Scham, bei einer so vergeblichen Suche ertappt worden zu sein.

»Ist das nicht eine merkwürdige alte Truhe?« sagte Miss Tilney, als Catherine hastig den Deckel schloß und sich zum Spiegel wandte. »Niemand weiß, seit wie vielen Generationen sie hier schon steht. Wie sie in dieses Zimmer gekommen ist, weiß ich nicht, aber ich habe sie nicht umstellen lassen, weil ich dachte, vielleicht ist sie manchmal zum Aufbewahren von Hüten und Hauben nützlich. Leider läßt sie sich wegen ihres Gewichts nur sehr schwer öffnen. In der Ecke steht sie aber wenigstens nicht im Weg.«

Catherine hatte keine Zeit zu sprechen, da sie gleichzeitig errötete, die Schleife ihres Kleides band und weise Vorsätze faßte. Miss Tilney deutete diskret an, daß es schon sehr spät sei, und unmittelbar darauf liefen sie gemeinsam die Treppe hinunter, wo sich ihre Befürchtung als nicht ganz unbegründet erwies, denn General Tilney schritt, die Uhr in der Hand, im Wohnzimmer auf und ab, und während er im Moment ihres Eintretens ungestüm die Klingel zog, befahl er: »*Auf der Stelle* servieren!«

Catherine zitterte bei der Bestimmtheit seines Tons und saß in tiefster Zerknirschung, besorgt um seine Kinder und voller Verachtung für alte Truhen, blaß und atemlos da, und da der General bei ihrem Anblick seine Höflichkeit wiederfand, verbrachte er die restliche Zeit damit, seine Tochter auszuschimpfen, daß sie ihre hübsche Freundin, die noch jetzt völlig außer Atem sei, so unsinnig zur Eile angetrieben habe, wo es doch nicht den geringsten Anlaß auf der Welt zur Eile gebe. Aber Catherine konnte erst über den doppelten Vorwurf hinwegkommen, eine Strafpredigt für ihre Freundin heraufbeschworen und selbst ein großer Einfaltspinsel gewesen zu sein, als sie alle glücklich am Dinnertisch saßen und das wohlgefällige Lächeln des Generals und ihr eigener guter Appetit ihren Seelenfrieden wieder herstellten. Das Eßzimmer war ein stattlicher Raum, der sich aufgrund seiner Dimensionen viel eher zu einem Wohnzimmer geeignet hätte als der dafür benutzte Raum, und es war in einem so luxuriösen und aufwendigen Stil eingerichtet, daß es an die unerfahrenen Augen Catherines, die wenig mehr als seine Geräumigkeit und die Zahl der Diener bemerkte, fast verschwendet war. Sie drückte ihre Bewunderung für seine Größe aus, und mit huldvoller Miene gab der General zu, daß es sich durchaus nicht um einen unproportionierten Raum handle, und gestand darüber hinaus, daß er solchen Dingen zwar ebenso gleichgültig gegenüberstehe wie die meisten Leute, ein hinreichend großes Speisezimmer jedoch für eine der Notwendigkeiten des Lebens halte. Er vermute aller-

dings, daß sie von den Allens her an ganz andere Dimensionen gewöhnt sei.
»Nein, keineswegs«, versicherte Catherine in aller Ehrlichkeit. Mr. Allens Speisezimmer sei kaum halb so groß, und sie habe in ihrem ganzen Leben noch nie ein so großes Zimmer gesehen. Der General wurde aufgeräumter. Na ja, da er solche Räume nun einmal besitze, wäre es einfältig, sie nicht zu benutzen. Aber er frage sich ehrlich gesagt, ob es sich in Räumen, die nur halb so groß seien, nicht viel bequemer lebe. Er sei überzeugt, Mr. Allens Haus habe genau die Größe, in der man sich mit gutem Gewissen wohl fühlen könne.
Der Abend verlief ohne weitere Störung, und wenn General Tilney abwesend war, auch in der denkbar besten Laune. Nur in seiner Gegenwart spürte Catherine ihre Reisemüdigkeit, und selbst dann – selbst in Augenblicken, wo sie Erschöpfung und Befangenheit empfand – herrschte ein allgemeines Glücksgefühl in ihr vor, und sie dachte an ihre Freundin in Bath, ohne sie im geringsten zu vermissen.
Die Nacht war stürmisch; schon am Nachmittag hatte sich der Wind von Zeit zu Zeit erhoben. Als man sich gute Nacht sagte, stürmte und regnete es heftig. Als Catherine die Halle durchquerte, lauschte sie dem Unwetter mit ehrfurchtsvollem Schaudern, und als sie hörte, wie es um eine Ecke des alten Gebäudes fuhr und in plötzlicher Wut eine entfernte Tür zuschlug, empfand sie zum erstenmal, daß sie wirklich in einem Kloster war. Ja, das waren die typischen Geräusche! Sie beschworen vor ihrem inneren Auge eine endlose Zahl von gräßlichen Begebenheiten und gruseligen Szenen herauf, die solche Gebäude erlebt und solche Stürme angekündigt hatten, und von ganzem Herzen wußte sie die glücklicheren Umstände zu schätzen, unter denen sich ihr Eintritt in diese ehrfürchtigen Mauern abgespielt hatte. Sie hatte nichts von mitternächtlichen Mördern und betrunkenen Galanen zu befürchten. Henry hatte bestimmt nur Spaß

gemacht bei dem, was er ihr am Vormittag erzählt hatte. In einem so großzügig eingerichteten und so sorgfältig bewachten Haus gab es für sie bestimmt nichts zu ergründen oder zu erleiden, und sie konnte so getrost zu Bett gehen, als sei sie in ihrem eigenen Zimmer in Fullerton. So sprach sie sich vorsichtshalber auf der Treppe Mut zu, und als sie sah, daß Miss Tilney nur zwei Türen weiter schlief, gelang es ihr, ihr Zimmer einigermaßen beherzt zu betreten. Beim Anblick eines hell lodernden Kaminfeuers hob sich ihre Stimmung sofort. »Wieviel angenehmer ist es«, sagte sie, als sie ans Kamingitter trat, »wieviel angenehmer, ein brennendes Feuer vorzufinden, als zitternd in der Kälte warten zu müssen, bis die ganze Familie zu Bett gegangen ist, ein Schicksal, das so viele bemitleidenswerte Mädchen erdulden mußten, und dann von einer treuen alten Dienerin, die mit einem Kienspan eintritt, erschreckt zu werden. Wie froh bin ich, daß Northanger so ist und nicht anders! Wenn es wie manche anderen alten Gebäude wäre, dann weiß ich nicht, ob mich nicht in einer solchen Nacht mein Mut verlassen hätte. Aber hier gibt es bestimmt nichts zu befürchten.«
Sie sah sich im Zimmer um. Die Fenstervorhänge schienen sich zu bewegen. Das konnte nur der Wind sein, der mit Ungestüm durch die Ritzen der Fensterläden drang, und um sich davon zu überzeugen, trat sie, unbekümmert ein Lied summend, ans Fenster, blickte mutig hinter jeden Vorhang, konnte auf keinem der niedrigen Fensterbänke etwas Furchterregendes entdecken und erhielt, als sie die Hand gegen den Fensterladen legte, den überzeugenden Beweis von der Gewalt des Sturms. Ein Blick auf die alte Truhe, als sie sich wieder ins Zimmer wandte, verfehlte seine Wirkung nicht. Sie lachte verächtlich über die unbegründete Furcht einer müßigen Einbildungskraft und begann in größter Gelassenheit sich auszuziehen. Sie würde sich Zeit lassen, sie würde sich nicht beeilen, es war ihr gleich, ob sie als

allerletzte im Haus noch auf war, aber sie würde nichts mehr aufs Feuer legen, das sähe feige aus, so als sei sie auf das tröstliche Licht angewiesen, wenn sie im Bett lag. Das Feuer brannte deshalb langsam nieder, und nachdem Catherine beinahe eine Stunde mit dem Auskleiden zugebracht hatte, wollte sie sich gerade ins Bett legen, als ihr bei einem letzten Blick durchs Zimmer ein hoher, altmodischer, schwarzer Sekretär ins Auge fiel, den sie trotz seines auffälligen Platzes bisher nicht bemerkt hatte. Henrys Worte, seine Beschreibung des Sekretärs aus Ebenholz, der ihrer Aufmerksamkeit zuerst entgehen würde, fielen ihr augenblicklich ein, und obwohl es damit eigentlich nichts auf sich haben konnte, kam ihr die Sache doch seltsam vor, jedenfalls war es ein außerordentlicher Zufall! Sie nahm ihre Kerze und sah sich den Sekretär genauer an. Er war nicht eigentlich aus Ebenholz und Gold, aber es war eine Japanarbeit, schwarz und gelb, in erlesenstem japanischem Stil, und wenn sie die Kerze nahe daran hielt, hatte das Gelb beinahe die Wirkung von Gold. Der Schlüssel steckte im Schloß, und sie spürte ein unerklärliches Verlangen hineinzusehen, nicht etwa in der Erwartung, tatsächlich etwas darin zu finden, aber die Sache war doch merkwürdig nach dem, was Henry gesagt hatte. Kurz und gut, sie konnte nicht schlafen, ehe sie den Sekretär untersucht hatte. Also stellte sie die Kerze mit großer Vorsicht auf einen Stuhl, ergriff den Schlüssel mit heftig zitternder Hand und versuchte, ihn zu drehen. Aber er widerstand ihren Anstrengungen. Beunruhigt, aber nicht entmutigt versuchte sie es auf andere Weise. Ein Riegel flog auf, und sie glaubte schon, am Ziel zu sein, aber – welch unerklärliches Geheimnis – die Tür rührte sich noch immer nicht. Catherine hielt einen Moment voll atemloser Spannung inne. Der Wind heulte im Kamin, der Regen schlug in Strömen gegen die Scheiben, und alles schien das Fürchterliche ihrer Lage zu unterstreichen. Aber unverrichteter Dinge ins Bett zu gehen, wäre aussichtslos gewesen, da an Schlaf bei dem Gedanken an einen so geheimnisvoll verschlossenen Sekretär in ihrer unmittelbaren Nähe nicht zu denken war. Sie machte sich deshalb noch einmal über den Schlüssel her, und als sie ihn eine Zeitlang in jede erdenkliche Richtung gedreht hatte, setzte sie ihre ganze Hoffnung auf einen letzten verzweifelten Versuch – und die Tür gab plötzlich nach. Ihr Herz schlug höher vor Entzücken über diesen Sieg, und nachdem sie die beiden Türen hastig aufgerissen hatte, von denen die zweite mit einem längst nicht so komplizierten Verschluß gesichert war, und obwohl ihr Auge nichts Ungewöhnliches entdecken konnte, bot sich ihrem Blick eine Doppelreihe von kleinen Schubladen mit einigen größeren Schubladen darüber und darunter, und in der Mitte verbarg eine kleine Tür, ebenfalls mit Schloß und Schlüssel gesichert, höchstwahrscheinlich ein Fach von großer Bedeutung.

Catherines Herz schlug schneller, aber der Mut verließ sie nicht. Mit vor Erregung hochrotem Gesicht und vor Ungeduld angestrengtem Blick umklammerten ihre Finger den Griff einer Schublade und zogen sie auf. Sie war völlig leer. Weniger aufgeregt, aber mit größerer Hast öffnete sie eine zweite, eine dritte, eine vierte: alle waren gleichermaßen leer. Keine blieb unerforscht, und in keiner fand sie irgend etwas. Belesen wie sie in der Kunst, einen Schatz zu verbergen, war, erwog sie auch die Möglichkeit von doppelten Böden und tastete jede Schublade mit ängstlicher Sorgfalt ab – vergebens. Nun blieb nur das Fach in der Mitte noch unerforscht, und obwohl sie von Anfang an nicht die geringste Hoffnung gehegt hatte, in dem Sekretär irgendwo irgend etwas zu finden, und nicht im mindesten von ihrem bisherigen Mißerfolg enttäuscht war, wäre es doch dumm, ihn nicht gründlich zu untersuchen, wo sie schon einmal dabei war. Es dauerte allerdings eine Weile, ehe sie die Tür öffnen konnte, denn das innere Schloß erwies sich als ebenso hartnäckig wie das äußere. Aber schließlich gab es doch nach, und ihre Suche war nicht wie bisher vergebens. Ihr rastloser Blick fiel direkt auf eine Papierrolle, die man offenbar, um sie unbefugten Augen vorzuenthalten, in die äußerste Ecke des Faches geschoben hatte, und ihre Empfindungen in diesem Augenblick waren nicht zu beschreiben.

Ihr Herz flog, ihre Knie zitterten, und ihre Wangen wurden blaß. Mit unsicherer Hand ergriff sie das kostbare Manuskript, denn schon ein halber Blick genügte, um Schriftzüge darauf auszumachen. Und während sie sich diesen schlagenden Beweis für Henrys Prophezeiung mit Gefühlen des Grauens eingestand, beschloß sie, augenblicklich jede Zeile zu studieren, bevor sie sich zur Ruhe legen würde.

Das Flackern ihrer Kerze ließ sie beunruhigt herumfahren, aber die Gefahr, daß sie plötzlich verlöschen könnte, bestand nicht; sie würde noch ein paar Stunden brennen. Und um die Schwierigkeiten, die das Entziffern einer so alten Handschrift ohnehin machen würde, nicht noch zu vergrößern, schneuzte sie hastig den Docht. Aber ach! Schneuzen und Verlöschen waren eins. Nie hatte das Verlöschen einer Lampe eine so schreckliche Wirkung gehabt. Catherine stand einen Augenblick vor Schreck erstarrt. Die Kerze war aus. Nicht ein Fünkchen Glut am Docht ließ ihr die Hoffnung, sie wiederbeleben zu können. Undurchdringliche und endgültige Dunkelheit erfüllte das Zimmer. Eine gewaltige Sturmbö erhob sich mit plötzlicher Heftigkeit und steigerte das Grauen. Catherine zitterte am ganzen Leibe. In der nun folgenden Pause drang ein Laut wie sich entfernende Schritte und das Schließen einer entlegenen Tür an ihr entsetztes Ohr. Das ging über menschliche Kraft. Kalter Schweiß stand ihr auf der Stirn, das Manuskript fiel ihr aus der Hand, und sie tastete sich ihren Weg zum Bett, sprang hastig hinein und suchte ihre Todesangst zu lindern, indem sie tief unter die Decken kroch. In einer solchen Nacht ein Auge zuzutun, erschien ihr völlig ausgeschlossen. Da ihre berechtigte Neugier geweckt, ihre Gefühle in höchster Erregung waren, war an Ruhe nicht zu denken. Und draußen der gräßliche Sturm! Nie hatte sie sich durch Wind ängstigen lassen, aber jetzt schien jede Bö Unheil zu verkünden. Das Manuskript, das sie auf so wunderbare Weise entdeckt und das auf so wunderbare Weise die morgendliche Prophezeiung erfüllt hatte – wo mochte es herkommen? Was mochte es enthalten? Von wem mochte es handeln? Wie konnte es so lange verborgen geblieben sein? Und wie außerordentlich merkwürdig, daß es ihr Schicksal sein sollte, es zu entdecken! Doch ehe sie nicht im Besitz seines Inhalts war, konnte sie weder Schlaf noch Ruhe finden, und sie war entschlossen, das Manuskript gleich bei Tagesanbruch zu lesen. Aber noch lagen viele öde Stunden vor ihr. Sie schauderte, warf sich im Bett hin und her und beneidete alle friedlichen Schläfer. Der Sturm wütete noch immer, und verschiedenartige Geräusche, grauenhafter noch als der Wind, drangen von Zeit zu Zeit an ihr erschrecktes Ohr. Mal schienen sich die Bettvorhänge zu bewegen, mal vernahm sie ein Rütteln an der Tür, als versuche jemand, in ihr Zimmer zu dringen. Ein dumpfes Flüstern schien die Galerie entlangzukriechen, und mehr als einmal ließ ihr das Geräusch entfernter Klagelaute das Blut in den Adern stocken. Stunde um Stunde verging, und die erschöpfte Catherine hörte alle Uhren im Hause drei schlagen, bevor der Sturm sich legte und sie unmerklich in tiefen Schlaf fiel.

Kapitel 22

Das Geräusch, mit dem das Mädchen die Fensterläden aufklappte, weckte Catherine am nächsten Morgen um acht Uhr, und erstaunt, wie sie ihr überhaupt hatten zufallen können, öffnete sie die Augen, denen sich gleich ein erfreulicher Anblick bot. Ihr Kaminfeuer brannte schon, und der nächtliche Sturm war einem strahlenden Morgen gewichen. Gleichzeitig mit dem Bewußtsein ihrer Existenz kehrte auch die Erinnerung an das Manuskript zurück, und kaum hatte das Mädchen den Raum verlassen, da sprang sie aus dem Bett, sammelte hastig die verstreuten Blätter auf, die sich beim Hinfallen aus der Rolle gelöst hatten, und kehrte schnell wieder ins Bett zurück, um sich das Vergnügen ihrer Lektüre in aller Bequemlichkeit zu gönnen. Sie sah nun deutlich, daß sie kein so umfangreiches Manuskript erwarten durfte, wie sie ihr sonst in Büchern Schauder einjagten, denn die Rolle, die offenbar nur aus kleinen, losen Blättern bestand, war bei genauerem Hinsehen nur mäßig dick und weniger vielversprechend, als sie anfänglich vermutet hatte.

Mit lüsternem Auge überflog sie eine Seite. Der Inhalt ließ sie stutzen. War es möglich, oder täuschten sie ihre Sinne? Es handelte sich anscheinend um nichts anderes als eine Wäscheliste in ungelenker und moderner Handschrift. Wenn sie ihren Augen trauen durfte, dann hielt sie ein Wäscheverzeichnis in der Hand. Sie zog ein anderes Blatt hervor und sah mit geringen Abweichungen dieselben Wäschestücke. Ein drittes, ein viertes und ein fünftes boten nichts Neues. Hemden, Strümpfe, Krawatten und Westen starrten ihr aus jedem Blatt entgegen. Zwei weitere in derselben Handschrift verzeichneten Ausgaben von nicht minder alltäglichem Interesse für Briefe, Haarpuder, Schnürbänder und Lederreinigungsmittel. Und der größere Bogen, in den die anderen eingerollt waren, war anscheinend der ersten, schwer zu entziffernden Zeile nach – »Ein Pflaster für den Braunen« – eine Hufschmiedrechnung! Das also war die Sammlung von Dokumenten (wie sich nun vermuten ließ, durch die Nachlässigkeit des Personals dort liegengeblieben, wo sie sie gefunden hatte), die sie mit Erwartung und Unruhe erfüllt und ihr die halbe Nachtruhe geraubt hatte! Sie wäre am liebsten vor Scham in den Boden gesunken. Hätte das Abenteuer mit der Truhe sie nicht eines Bessern belehren müssen? Eine Ecke war vom Bett aus zu sehen und schien das Urteil über sie zu fällen. Nichts war ihr nun klarer als die Absurdität ihrer nächtlichen Hirngespinste. Anzunehmen, daß ein Manuskript seit vielen Generationen unentdeckt in einem solchen Zimmer, so modern, so wohnlich, gelegen haben oder daß sie die erste sein könne, die Geschick genug besaß, einen Sekretär zu öffnen, dessen Schlüssel allen zugänglich war! Wie hatte sie sich nur selbst so etwas vormachen können! Daß nur Henry Tilney um Himmels willen nie von ihrer Torheit erfuhr! Und dabei war er weitgehend schuld an der Sache, denn hätte der Sekretär der Beschreibung ihrer Abenteuer nicht so genau entsprochen, wäre ihre Neugier gar nicht geweckt worden. Aber darin bestand auch ihr Trost. In dem dringenden Bedürfnis, sich der verhaßten, über das Bett verstreuten Papiere, dieser verabscheuungswürdigen Zeugen ihrer Torheit, so schnell wie möglich zu entledigen, stand sie umgehend auf, rollte sie zu ungefähr der gleichen Rolle wie vorher zusammen und legte sie mit dem inbrünstigen Wunsch, daß kein unglücklicher Zufall sie zu ihrer eigenen Beschämung wieder ans Licht bringen möge, an die gleiche Stelle in den Sekretär zurück.

Warum die Schlösser allerdings so schwer zu öffnen gewesen waren, war ihr immer noch nicht ganz klar, denn der Schlüssel ließ sich jetzt mühelos drehen. Dahinter mußte ein Geheimnis stecken, und sie gab sich diesem verführerischen Gedanken einen Moment lang hin, bis ihr die Möglichkeit durch den Kopf schoß, daß die Tür offen gewesen war und sie selbst sie abgeschlossen hatte, und sie errötete von neuem.

Sie beeilte sich, das Zimmer, in dem ihr Verhalten zu so peinlichen Überlegungen Anlaß gab, so schnell wie möglich zu verlassen, und machte sich in aller Eile auf den Weg ins Frühstückszimmer, der ihr am Abend vorher von Miss Tilney gezeigt worden war. Henry befand sich allein darin, und als er gleich seine Hoffnung ausdrückte, daß sie durch den Sturm nicht gestört worden sei, und dabei eine vielsagende Anspielung auf den Charakter des Gebäudes machte, das sie bewohnten, brachte er sie einigermaßen in Verlegenheit. Um nichts in der Welt wollte sie ihre Schwäche verraten, aber unfähig, die Unwahrheit zu sagen, beschränkte sie sich darauf zu gestehen, daß der Wind sie eine Weile wachgehalten habe. »Aber jetzt haben wir einen herrlichen Morgen«, sagte sie in dem Bedürfnis, das Thema so schnell wie möglich zu wechseln, »und was sind Stürme und Schlaflosigkeit, wenn sie vorbei sind. Was für hübsche Hyazinthen! Ich habe Hyazinthen gerade erst lieben gelernt.«

»Und wie lernt man so etwas? Durch Zufall oder durch Überredung?«

»Ihre Schwester hat es mir beigebracht, ich weiß auch nicht, wie. Mrs. Allen hat sich jahraus, jahrein bemüht, mich dafür zu begeistern, aber es ist ihr nie gelungen, bis ich sie neulich in der Milsom Street gesehen habe. Ich mache mir eigentlich nichts aus Blumen.«

»Und nun lieben Sie Hyazinthen. Um so besser. Sie haben eine neue Quelle der Freude entdeckt, und es kann ja auch gar nicht genug Anlässe zum Freuen geben. Übrigens bekommt eine Schwäche für Blumen dem weiblichen Geschlecht immer gut, weil sie dadurch ins Freie gebracht und zu mehr Bewegung verlockt werden als sonst. Und wenn die Liebe zu Hyazinthen vielleicht auch ein bißchen häuslich ist, wer weiß, einmal auf den Geschmack gekommen, lernen Sie mit der Zeit möglicherweise sogar noch Rosen lieben.«

»Aber ich brauche gar keinen solchen Anlaß, um ins Freie zu gehen. Die Freude an Spaziergängen und an der frischen Luft genügt mir, und bei schönem Wetter bin ich die meiste Zeit draußen. Mama sagt, ich bin nie im Haus.«

»Wie dem auch sei, ich bin trotzdem froh, daß Sie Hyazinthen lieben gelernt haben. Man kann sich ans Liebenlernen gar nicht früh genug gewöhnen, und bei einer jungen Dame ist ein gelehriges Naturell ein wahrer Segen. Sind die Unterrichtsmethoden meiner Schwester akzeptabel?«

Catherine blieb die Peinlichkeit, eine Antwort geben zu müssen, durch den Eintritt des Generals erspart, dessen von Lächeln begleitete Komplimente gute Laune verrieten, dessen zartfühlende Anspielung auf das Vergnügen am gemeinsamen Frühaufstehen aber nicht gerade ihrer Verfassung dienlich war.

Das geschmackvolle Frühstücksgeschirr verfehlte seine Wirkung auf Catherine nicht, als sie sich an den Tisch gesetzt hatten, und glücklicherweise hatte der General es selbst ausgesucht. Er war entzückt, daß sie seine Wahl billigte, räumte ein, daß das Service schlicht und bescheiden sei, hielt es für richtig, die Industrie des eigenen Landes zu unterstützen, und was ihn betraf, so schmecke seinem unkritischen Gaumen der Tee aus Porzellan von Staffordshire genauso aromatisch wie aus Geschirr von Dresden oder Sèvre. Aber das Service sei ziemlich alt, schon vor zwei Jahren gekauft. Die Industrie habe seitdem große Fortschritte gemacht. Er habe ein paar wunderschöne Tassen gesehen, als er das letztemal in London gewesen sei, und wenn ihm in dieser Hinsicht nicht jegliche Eitelkeit abginge, wäre er vielleicht in Versuchung gewesen, ein neues Service zu bestellen. Er sei allerdings überzeugt, daß sich über kurz oder lang eine Gelegenheit ergeben werde, neues Geschirr auszuwählen – wenn auch nicht für ihn selbst. Catherine war vermutlich die einzige in der Runde, die ihn nicht begriff.

Kurz nach dem Frühstück brach Henry nach Woodston auf, wo ihn seine Pflichten zwei oder drei Tage festhalten würden. Sie versammelten sich alle in der Halle, um zuzusehen, wie er sein Pferd bestieg, und in der Hoffnung, noch einen Blick von seiner Gestalt zu erhaschen, trat Catherine gleich bei ihrer Rückkehr ins Frühstückszimmer an eins der Fenster. »Da muß dein Bruder seinen ganzen Mut zusammennehmen«, bemerkte der General zu Eleanor. »Woodston wird heute wohl einen traurigen Eindruck auf ihn machen.«

»Ist es hübsch?« fragte Catherine.

»Was meinst du, Eleanor, sag deine Meinung, denn wenn es um Häuser oder Männer geht, wissen Frauen am besten, was Frauen gefällt. Ich glaube, selbst das unvoreingenommenste Auge muß zugeben, daß es durchaus seine Vorzüge hat. Das Haus ist von üppigen Wiesen umgeben und hat die Front nach Südosten, wo auch der ausgezeichnete Küchengarten liegt. Ich selbst habe den Besitz meinem Sohn zuliebe vor ungefähr zehn Jahren einzäunen lassen und den Viehbestand angeschafft. Die Pfarrei ist Familienbesitz, Miss Morland, und da mir auch der größere Teil der Ländereien im Dorf gehört, können Sie sich vorstellen, daß ich alles tue, damit sie etwas abwerfen. Wäre Henry für sein Einkommen lediglich auf die Pfarrei angewiesen, wäre er übel daran. Vielleicht kommt es Ihnen eigenartig vor, daß ich bei nur zwei jüngeren Kindern einen Beruf für ihn notwendig erachte, und es gibt tatsächlich Augenblicke, wo wir ihn von allen beruflichen Pflichten frei wünschten. Aber obwohl es mir nicht gelingen dürfte, euch junge Damen eines Besseren zu belehren, wird mir Ihr Vater, Miss Morland, ganz gewiß darin beipflichten, daß es ratsam ist, jungen Männern wenigstens eine Beschäftigung zu geben. Geld ist nichts, es ist kein Lebensziel, erst Beschäftigung ist das Wahre. Sogar Frederick, mein ältester Sohn, der es wohl eines Tages an ererbtem Grund und Boden mit jedem Gentleman im Land aufnehmen kann, hat ja seinen Beruf.«

Die eindrucksvolle Wirkung dieses letzten Arguments entsprach ganz seinen Wünschen. Das Schweigen der jungen Dame bewies seine Unwiderlegbarkeit.

Am Abend vorher war von einem Rundgang durchs Haus gesprochen worden, und der General erbot sich

nun als ihr Führer. Und obwohl Catherine gehofft hatte, die Besichtigung nur in Begleitung seiner Tochter zu machen, war der Vorschlag an sich viel zu reizvoll, um nicht mit Vergnügen angenommen zu werden, denn sie war bereits seit achtzehn Stunden im Kloster und hatte erst einige wenige Zimmer gesehen. Das Handarbeitskörbchen, das sie gerade zögernd hervorgeholt hatte, wurde mit freudiger Eile geschlossen, und sie war im Nu bereit, ihn zu begleiten. Und nach der Besichtigung des Hauses wollte er sich darüber hinaus das Vergnügen gönnen, sie in Park und Garten zu begleiten. Catherine knickste zustimmend. Aber vielleicht war es ihr lieber, zuerst dorthin zu gehen. Das Wetter war gerade so freundlich, und zu dieser Jahreszeit bestand wenig Aussicht, daß es so bleiben würde. Was war ihr lieber? Ihm war beides recht. Und seine Tochter, was würde ihrer Meinung nach den Wünschen ihrer hübschen Freundin eher entsprechen? Aber er sehe schon, ja, er lese tatsächlich in Miss Morlands Augen den verständigen Wunsch, das augenblicklich verlockende Wetter auszunutzen. Aber wann irre sie sich schon? Das Kloster laufe ihnen ja nicht weg. Ihr Wunsch war ihm Befehl. Er würde seinen Hut holen und sich umgehend zu ihnen gesellen. Er verließ das Zimmer, und Catherine, deren Gesicht Enttäuschung verriet, gab ihrer Besorgnis Ausdruck, daß er sie gegen seinen Willen, in der irrtümlichen Annahme, ihr damit einen Gefallen zu tun, ins Freie begleiten wolle. Aber sie wurde von Miss Tilney unterbrochen, die in leichter Verlegenheit sagte: »Ich glaube, es ist am klügsten, nach draußen zu gehen, solange das Wetter schön ist. Und machen Sie sich um meinen Vater keine Sorgen, er geht um diese Zeit immer spazieren.«
Catherine war sich nicht sicher, wie sie diese Worte zu verstehen hatte. Warum war Miss Tilney peinlich berührt? Hatte der General seine Gründe, warum er ihr das Kloster nicht zeigen wollte? Es war sein eigener Vorschlag. Und war es nicht merkwürdig, daß er seinen

Spaziergang immer so früh machte? Weder ihr Vater noch Mr. Allen taten das. Das Ganze gab ihr zu denken. Sie konnte es gar nicht abwarten, das Gebäude zu sehen, und interessierte sich überhaupt nicht für Park und Garten. Ja, wenn Henry dabei gewesen wäre ... Aber so würde sie das Pittoreske nicht einmal erkennen, wenn sie es sah. Das waren ihre Gedanken, aber sie behielt sie für sich und setzte in schweigender Ergebenheit ihren Hut auf.

Trotzdem übertraf die Großartigkeit des Klosters, als sie es zum erstenmal vom Rasen aus vor sich sah, alle ihre Erwartungen. Das ganze Gebäude umschloß einen großen Innenhof, und zwei Seiten des Vierecks, reich an gotischen Verzierungen, forderten besonders zur Bewunderung heraus. Der Rest wurde von alten Baumgruppen und üppigen Bepflanzungen verdeckt, und die steilen, bewaldeten Hügel, die sich schützend dahinter erhoben, boten selbst im kahlen Monat März einen schönen Anblick. Catherine hatte nie etwas Vergleichbares gesehen, und ihr Entzücken war so groß, daß sie, ohne sich auf eine größere Autorität zu berufen, ungehemmt in Bewunderung und Lob ausbrach. Der General hörte mit beifälliger Dankbarkeit zu, und es schien, als sei sein eigenes Urteil über Northanger bis zu dieser Stunde unentschieden gewesen.

Als nächstes sollte der Küchengarten bewundert werden, und er ging ihnen quer durch den Park voran.

Der Garten war mehr als doppelt so groß wie der von Mr. Allen und ihrem Vater zusammen, Kirchhof und Obstgarten eingeschlossen, und Catherine vernahm die Zahl der Hektar mit Bestürzung. Die Mauern schienen zahl- und endlos. Ein ganzes Dorf von Gewächshäusern schien sich zwischen ihnen zu erheben, und die Bewohner einer ganzen Gemeinde in seinen Mauern an der Arbeit zu sein. Der General fühlte sich geschmeichelt durch Catherines bewundernde Blicke, die ihm unverhohlen verrieten, was er sie bald in Worten zu gestehen

zwang, daß sie nämlich einen solchen Garten noch nie in ihrem Leben gesehen habe, worauf er in aller Bescheidenheit, und ohne daß er Ehrgeiz oder übertriebenen Eifer in dieser Beziehung hege, zugab, daß es wohl kaum seinesgleichen im Lande hatte. Wenn er ein Hobby habe, dann dies. Er liebe Gärten. Obwohl er auf das Essen im allgemeinen nicht viel Wert lege, liebe er gutes Obst, oder wenn nicht er, so doch wenigstens seine Freunde und Kinder. Ein solcher Garten bringe allerdings auch erhebliche Unannehmlichkeiten mit sich. Auch die liebevollste Pflege garantiere noch längst nicht die besten Früchte. Die Ananasbäume hätten im letzten Jahr nur hundert Früchte getragen. Mr. Allen wisse davon sicher ein ähnliches Lied zu singen wie er.
»Nein, keineswegs, Mr. Allen interessiert sich überhaupt nicht für seinen Garten und hat ihn noch nie betreten.«
Mit einem selbstgefälligen Lächeln des Triumphs äußerte der General den Wunsch, das auch von sich sagen zu können, denn er betrete seinen Garten nie, ohne sich irgendwie darüber ärgern zu müssen, daß er seinen Ansprüchen nicht genüge.
»Wie unterhält Mr. Allen seine Treibhäuser?« fragte er, während er seine eigene Methode bei ihrem Eintritt beschrieb.
Mr. Allen habe nur ein einziges Gewächshaus, das Mrs. Allen im Winter für ihre Topfpflanzen benutze, und gelegentlich brenne darin ein Feuer.
»Glücklicher Mann!« sagte der General mit einem Blick herablassender Genugtuung.
Nachdem er ihr jeden Winkel gezeigt und sie an jeder Mauer entlanggeführt hatte, bis sie es gründlich leid war, noch irgend etwas ansehen und bewundern zu müssen, gestattete er den Mädchen endlich, durch eine Tür nach draußen zu treten, und schlug vor, falls Miss Morland nicht zu müde sei, den Spaziergang bis zum Teehäuschen auszudehnen, damit er dort einige in jüngster

Zeit vorgenommene Veränderungen begutachten könne. »Aber wohin gehst du denn, Eleanor? Warum gehst du den kalten, feuchten Weg dorthin? Miss Morland wird naß werden. Der beste Weg führt durch den Park.«
»Dieser Weg ist mir so lieb«, sagte Miss Tilney, »daß ich ihn immer für den besten und nächsten halte. Aber vielleicht ist er wirklich feucht.«
Es war ein schmaler, gewundener Pfad, der durch ein dichtes Gehölz alter Kiefern führte. Catherine faszinierte sein düsterer Anblick, und selbst das Mißfallen des Generals konnte sie nicht davon abhalten, das Gehölz zu betreten. Er bemerkte ihre Absicht, und nachdem er ihr noch einmal vergeblich die Gefahr für ihre Gesundheit vor Augen geführt hatte, war er zu höflich, ihr noch länger abzuraten. Auf seine Begleitung mußten sie allerdings verzichten. Die Sonne scheine ihm nicht warm genug, er würde sie auf einem anderen Weg treffen. Er ging davon, und Catherine war entsetzt darüber, wie sehr seine Abwesenheit sie erleichterte. Da der Schock aber kleiner war als ihre Erleichterung, machte sie sich weiter nichts daraus, und sie begann mit unbekümmerter Munterkeit von der köstlichen Melancholie zu sprechen, die solch ein Wäldchen ausstrahle.
»Ich hänge ganz besonders an diesem Fleckchen«, sagte ihre Begleiterin mit einem Seufzer. »Es war der Lieblingsplatz meiner Mutter.«
Der Name Mrs. Tilneys war von der Familie in Catherines Gegenwart bisher nie erwähnt worden, und das Interesse, das diese zärtliche Erinnerung erregte, spiegelte sich unmittelbar in ihrem veränderten Gesichtsausdruck und ihrem erwartungsvollen Schweigen, mit dem sie auf nähere Erklärungen wartete.
»Ich bin hier so oft mit ihr spazierengegangen«, fuhr Eleanor fort, »obwohl mir damals längst nicht so viel daran lag wie heute. Damals habe ich mich oft über ihre Vorliebe gewundert. Aber die Erinnerung an sie macht mir den Ort lieb und wert.«

›Und sollte er nicht auch ihrem Mann lieb und wert sein?‹ dachte Catherine bei sich. ›Und doch wollte ihn der General nicht betreten.‹ Da Miss Tilney weiterhin schwieg, fuhr sie vorsichtig fort: »Ihr Tod muß ein großer Verlust für Sie gewesen sein.«

»Ein großer, immer schmerzlicher empfundener Verlust«, erwiderte ihre Freundin mit leiser Stimme. »Ich war erst dreizehn, als sie starb, und obwohl ich den Schlag so intensiv empfand, wie man ihn in dem Alter empfinden kann, konnte ich seine Bedeutung damals nicht ermessen.« Sie schwieg einen Augenblick und fuhr dann mit großer Festigkeit fort: »Ich habe ja keine Schwester, und obwohl Henry – obwohl meine Brüder sehr liebevoll sind und Henry viel zu Hause ist, wofür ich ihm sehr dankbar bin, kann ich doch nicht umhin, mich oft sehr einsam zu fühlen.«

»Sie müssen ihn sehr vermissen.«

»Eine Mutter wäre immer da gewesen. Eine Mutter wäre eine ständige Freundin gewesen, ihre Beziehung zu mir wäre enger gewesen als alle anderen.«

»War sie eine sehr reizvolle Frau? War sie hübsch? Gab es ein Bild von ihr im Kloster? Und warum hatte sie so an dem Wäldchen gehangen? Hatte sie unter Schwermut gelitten?« Das waren die Fragen, die Catherine aufgeregt hervorbrachte. Die ersten drei wurden ohne Zögern bejaht, die beiden anderen übergangen, und Catherines Interesse an der verstorbenen Mrs. Tilney wuchs mit jeder Frage, ob beantwortet oder nicht. Von ihrer unglücklichen Ehe war sie überzeugt. Der General konnte nur ein liebloser Gatte gewesen sein. Ihm lag nichts an ihrem Lieblingspfad – konnte ihm viel an ihr gelegen haben? Und so gut er im übrigen aussah, es gab etwas in seinen Zügen, was Lieblosigkeit seiner Frau gegenüber verriet.

»Ihr Bild hängt, vermute ich«, und sie errötete über die unvergleichliche Raffinesse ihrer Frage, »im Zimmer Ihres Vaters?«

»Nein, es war fürs Wohnzimmer bestimmt, aber mein Vater war unzufrieden mit dem Bild, und eine Zeitlang wurde es gar nicht aufgehängt. Kurz nach ihrem Tode habe ich es mir ausgebeten und es in mein Schlafzimmer gehängt, wo ich es Ihnen gerne zeigen will. Es ist ihr sehr ähnlich.« Das war ein weiterer Beweis. Ein Porträt – sehr ähnlich – von einer verstorbenen Frau – und dem eigenen Mann war es nicht lieb und wert! Er mußte entsetzlich grausam zu ihr gewesen sein.

Catherine versuchte nicht, die Empfindungen, die er trotz all seiner Aufmerksamkeiten in ihr hervorgerufen hatte, länger vor sich selbst zu verbergen, und was vorher Angst und Abneigung gewesen war, war nun abgrundtiefer Abscheu. Ja, Abscheu. Seine Grausamkeit einer so reizvollen Frau gegenüber machte ihn ihr verhaßt. Sie hatte oft von solchen Charakteren gelesen, die Mr. Allen unnatürlich und überzeichnet genannt hatte. Aber hier war ein unwiderleglicher Beweis für das Gegenteil.

Sie war gerade zu diesem Schluß gekommen, als das Ende des Pfades sie wieder mit dem General zusammenführte, und trotz all ihrer moralischen Entrüstung sah sie sich nun wieder gezwungen, neben ihm zu gehen, ihm zuzuhören und sogar zu lächeln, wenn er lächelte. Da sie aber unfähig war, ihrer Umgebung noch länger etwas abzugewinnen, verlangsamte sie ihren Schritt. Der General bemerkte es, und aus Sorge um ihre Gesundheit, was ihre Meinung über ihn Lügen zu strafen schien, drängte er sie ungeduldig, mit seiner Tochter zum Haus zurückzukehren. Er würde ihnen in einer Viertelstunde folgen. Sie trennten sich noch einmal, aber einen Augenblick später rief er Eleanor wieder zurück und schärfte ihr ausdrücklich ein, ihre Freundin auf keinen Fall vor seiner Rückkehr durch das Kloster zu führen. Daß er zum zweitenmal hinauszuzögern suchte, woran ihr so viel lag, berührte sie als außerordentlich bemerkenswert.

Kapitel 23

Ehe der General hereinkam, verging eine Stunde, die sein junger Gast in wenig schmeichelhaften Betrachtungen über seinen Charakter verbrachte. »Diese ausgedehnte Abwesenheit, diese einsamen Spaziergänge ließen nicht auf ein Bewußtsein, das mit sich selbst im Reinen war, oder ein Gewissen, das sich nichts vorzuwerfen hatte, schließen.« Endlich erschien er, und was für trüben Gedanken er auch nachgehangen haben mochte, für die Mädchen hatte er immer noch ein Lächeln übrig. Miss Tilney, die ein gewisses Verständnis für die Neugier ihrer Freundin, das Haus kennenzulernen, hatte, brachte das Gespräch bald wieder auf dieses Thema, und da ihr Vater entgegen Catherines Erwartungen keinen anderen Vorwand zu weiterem Aufschub fand, als sie fünf Minuten warten zu lassen, um für die Bereitstellung von Erfrischungen bei ihrer Rückkehr zu sorgen, war er schließlich bereit, sie zu begleiten.

Sie machten sich auf den Weg, und mit würdevoller Miene, mit gesetztem Schritt, der das Auge bestach, aber die wohlbelesene Catherine nicht in ihren Zweifeln erschüttern konnte, ging er ihnen durch die Halle, durch das tägliche Wohnzimmer und ein unnützes Vorzimmer in einen durch Größe und Mobiliar eindrucksvollen Raum voran, den eigentlichen Salon, der nur für Gäste von Rang und Namen benutzt wurde. »Wie vornehm, wie großartig, wie reizend«, war alles, was Catherine zu sagen hatte, denn ihr ungeschultes Auge unterschied kaum die Farben des Satins, und alles detaillierte Lob, alles Lob, das von Kunstverstand zeugte, spendete der General selbst; die Kostspieligkeit oder Eleganz einer Zimmerausstattung bedeutete Catherine nichts. Sie konnte keinem Möbelstück etwas abgewinnen, das nicht mindestens aus dem 15. Jahrhundert stammte. Als der General seine eigene Neugier mit dem eingehenden Stu-

dium jeder wohlbekannten Verzierung befriedigt hatte, gingen sie in die Bibliothek weiter, einen auf seine Weise ebenso großartigen Raum, der eine Sammlung von Büchern darbot, auf die ein bescheidener Mensch mit Stolz geblickt hätte. Catherine lauschte, bewunderte und staunte mit echterer Anteilnahme als zuvor, entnahm diesem Arsenal von Wissen soviel sie konnte, indem sie den Blick über die Titel eines halben Regals schweifen ließ, und war bereit, weiterzugehen. Aber ihre Wünsche konnten nicht beliebig Zimmerfluchten herbeizaubern. So weitläufig das Gebäude war, sie hatte bereits den größten Teil besichtigt. Als man ihr jedoch sagte, daß die sechs oder sieben Räume, die sie gesehen hatte, zusammen mit der Küche drei Seiten des Innenhofs umschlossen, konnte sie es kaum glauben und auch den Verdacht nicht loswerden, daß es noch viele geheime Zimmer geben müsse. Sie wurde allerdings dadurch entschädigt, daß sie auf dem Rückweg in die täglich benutzten Zimmer durch einige weniger bedeutende kamen, die auf den Innenhof blickten und die verschiedenen Flügel des Gebäudes durch keineswegs reizlose Passagen miteinander verbanden, und sie wurde beim Weitergehen durch die Mitteilung versöhnt, daß sie einmal auf ehemaligem Klostergrund wandle, man ihr Überreste von früheren Zellen zeigte, und sie selbst verschiedene Türen bemerkte, die ihr weder geöffnet noch erklärt wurden; zum anderen, daß sie sich erst im Billardzimmer und dann im Zimmer des Generals befand, ohne zu begreifen, wie sie miteinander in Verbindung standen, oder zu wissen, wohin sie sich beim Hinausgehen wenden sollte, und daß sie schließlich durch ein kleines, dunkles Zimmer kamen, das auf Henry als Bewohner schließen ließ und in dem ein Durcheinander von Büchern, Gewehren und Mänteln herrschte.
Vom Eßzimmer, das man zwar schon gesehen hatte und täglich um fünf Uhr wieder sehen würde, dessen Länge abzuschreiten sich der General aber dennoch nicht neh-

men ließ, um Miss Morland zuverlässig über etwas informieren zu können, woran sie weder zweifelte noch das geringste Interesse hatte, gingen sie auf direktem Weg in die Küche, die alte Klosterküche, wo es massive, verrauchte Wände aus früheren Zeiten und Herde und Warmhalteschränke der Gegenwart in Fülle gab. Die Hand des Generals hatte auch hier vor Verbesserungen nicht haltgemacht. Jede moderne Erfindung, die die Arbeit der Köche erleichtern konnte, war hier, in ihrer geräumigen Wirkungsstätte, eingeführt worden, und wo der Genius anderer versagt hatte, hatte er selbst oft das Fehlende vollendet. Die Ausstattung der Küche allein hätte ihm jederzeit einen hohen Rang unter den Wohltätern des Klosters gesichert.

Bei den Küchenwänden endete die Altertümlichkeit des Klosters allerdings, denn die vierte Seite des Rechtecks hatte der Vater des Generals wegen ihrer Baufälligkeit abreißen und die gegenwärtige an ihrer Stelle errichten lassen. Mit der Verehrungswürdigkeit war es hier vorbei. Das neue Gebäude war nicht nur neu, sondern sah auch so aus. Da es als Wirtschaftsgebäude gedacht und an seiner Rückseite von Ställen abgeschlossen wurde, hatte man auf jede architektonische Einheitlichkeit verzichtet. Catherine hätte rasen mögen über die Sorglosigkeit, mit der man aus purer Zweckmäßigkeit das abgerissen hatte, was alles andere an Wert übertroffen haben mußte, und hätte sich die grenzenlose Enttäuschung, durch so entweihte Hallen zu wandeln, gerne erspart, wenn der General es gestattet hätte. Aber wenn er auf irgend etwas stolz war, dann auf seine Wirtschaftsräume, und da er überzeugt war, daß sich für einen Menschen wie Miss Morland ein Blick auf die Einrichtungen und Annehmlichkeiten, durch die die Mühsal ihrer Untergebenen erleichtert würde, auf jeden Fall lohnte, brauchte er sich nicht dafür zu entschuldigen, daß er die Besichtigung fortsetzte. Sie verschafften sich einen schnellen Überblick über alles, und Catherine war wider Erwarten beeindruckt von der Vielfalt und Fortschrittlichkeit der Einrichtungen. Die Arbeiten, für die in Fullerton ein paar beengte Speisekammern und Spülküchen als ausreichend betrachtet wurden, wurden hier in angemessenen Räumlichkeiten, praktisch und weitläufig, ausgeführt. Die Anzahl der Bediensteten, die kamen und gingen, beeindruckte sie nicht weniger als die Anzahl der Arbeitsräume. Wohin sie auch kamen, irgendwo knickste immer ein Mädchen in Holzpantinen oder machte sich ein Diener in unordentlicher Livree aus dem Staub. Und doch war dies ein Kloster! Wie unendlich anders war hier die Wirtschaftsführung als alles, was sie bisher über Klöster und Burgen gelesen hatte, in denen trotz ihrer Northanger überlegenen Größe alle grobe Hausarbeit von allerhöchstens zwei Paar weiblichen Händen erledigt werden mußte. Wie sie das schafften, hatte sich Mrs. Allen oft staunend gefragt, und als Catherine sah, wie viele Hände hier benötigt wurden, staunte sie selbst.

Sie kehrten in die Eingangshalle zurück, damit sie die Haupttreppe hinaufgehen und die Schönheit des Holzes und die Verzierungen des reichen Schnitzwerks bewundern konnten. Oben angekommen, wandten sie sich in die entgegengesetzte Richtung von der Galerie, an der ihr Zimmer lag, und stießen bald auf eine weitere, auf gleicher Ebene gelegene, die aber an Länge und Breite großzügiger war. Von hier aus wurde sie nacheinander in drei große Schlafzimmer geführt, die mit ihren Ankleideräumen höchst vollständig und prachtvoll eingerichtet waren. Alles, was man mit Geld und Geschmack an Bequemlichkeit und Eleganz erreichen kann, war an diese Räume verschwendet worden, und da sie erst während der letzten fünf Jahre möbliert worden waren, hatten sie alles, was allgemeinen Anklang finden, und entbehrten alles, was bei Catherine auf Interesse stoßen konnte. Als sie das letzte Zimmer besichtigten, ließ der General die Namen von ein paar hochgestellten Persönlichkeiten fallen, die ihnen gelegentlich die Ehre gegeben hatten, wandte sich mit lächelnder Miene an Catherine und gab seiner Hoffnung Ausdruck, daß unter den nächsten Bewohnern bald »unsere Freunde aus Fullerton« sein möchten. Sie wußte das unerwartete Kompliment zu schätzen und bedauerte von Herzen, daß sie außerstande war, eine gute Meinung von einem Mann zu haben, der ihr so wohlgesonnen und ihrer ganzen Familie gegenüber so voller Höflichkeit war.

Die Galerie wurde von Flügeltüren abgeschlossen, die Miss Tilney im Vorausgehen aufgestoßen und passiert hatte, und sie schien im Begriff, die erste Tür auf ihrer Linken öffnen zu wollen, die an einer weiteren langgestreckten Galerie lag, als der General sie einholte, hastig, und wie Catherine fand, ziemlich ärgerlich zurückrief und von ihr wissen wollte, wohin sie denn gehe. Was es denn noch zu sehen gebe? Hatte Miss Morland denn nicht alles Sehenswerte besichtigt? Und glaubte sie nicht auch, daß ihre Freundin sich über eine Erfrischung nach so viel Bewegung freuen würde? Miss Tilney trat sofort zurück, die schweren Türen schlossen sich vor der enttäuschten Catherine, die mit einem raschen Blick eine noch schmalere Galerie, noch mehr Türen und den Anfang einer Wendeltreppe erkannte und sich endlich in greifbarer Nähe von etwas wirklich Sehenswertem glaubte, und fand, als sie widerstrebend denselben Weg zurückschritt, daß sie gerne auf alle Kostbarkeiten im restlichen Haus verzichtet hätte, wenn sie statt dessen diesen Teil des Gebäudes auskundschaften dürfte. Das offensichtliche Bedürfnis des Generals, eine solche Erkundigung zu verhindern, machte die Sache doppelt reizvoll. Hier sollte doch bestimmt etwas geheimgehalten werden. Obwohl ihre Phantasie in letzter Zeit ein- oder zweimal mit ihr durchgegangen war, konnte sie sich hier nicht irren, und was dieses »Etwas« war, schien ein kurzer Satz von Miss Tilney anzudeuten, als sie dem General in einigem Abstand die Treppe hinunterfolgten:

»Ich wollte Ihnen das Zimmer meiner Mutter zeigen, das Zimmer, in dem sie starb«, war alles, was sie sagte. Aber wenn es auch nicht viel war, sprachen diese Worte für Catherine doch Bände. Es war kein Wunder, daß der General vor Dingen zurückschrak, die das Zimmer enthalten mußte, ein Zimmer, das er höchstwahrscheinlich nie wieder betreten hatte, seit sich jene entsetzliche Szene abgespielt hatte, die seine Frau von ihren Leiden erlöst und ihn seinen Gewissensbissen überantwortet hatte.

Als sie das nächstemal mit Eleanor allein war, gab sie ihr vorsichtig zu verstehen, wie gerne sie das Zimmer und diesen ganzen Flügel des Hauses gesehen hätte, und Eleanor versprach ihr, sie zu begleiten, wenn sich eine geeignete Gelegenheit ergeben sollte. Catherine verstand sie: Der General mußte das Haus unter ihren Augen verlassen haben, bevor sie das Zimmer betreten konnten.

»Alles ist noch so wie früher, nehme ich an«, sagte sie voller Mitgefühl.

»Ja, ganz und gar.«

»Und vor wie langer Zeit ist Ihre Mutter gestorben?«

»Sie ist seit neun Jahren tot.« Und neun Jahre waren, wie Catherine wußte, nichts, gemessen an dem Zeitraum, der gemeinhin nach dem Tode einer mißhandelten Frau verstrich, bevor ihr Zimmer wieder benutzt wurde.

»Und Sie waren bis zum letzten Atemzug bei ihr, nehme ich an?«

»Nein«, sagte Miss Tilney mit einem Seufzer, »ich war unglücklicherweise abwesend von zu Hause. Ihre Krankheit war plötzlich und kurz, und bevor ich zurückkam, war alles vorbei.«

Catherine stockte das Blut in den Adern bei den gräßlichen Ahnungen, die sich ihr bei diesen Worten wie von selbst aufdrängten. War es möglich? War es möglich, daß Henrys Vater ... ? Und doch, wie zahlreich waren die Beispiele, die sogar den schwärzesten Verdacht rechtfertigten! Und als sie ihn abends, während sie mit ihrer Freundin beim Handarbeiten saß, beobachtete, wie er

eine Stunde lang schweigend in Gedanken versunken mit gesenktem Blick und gekrauster Stirn langsam im Wohnzimmer auf und ab schritt, da schien ihr die Gefahr, ihm Unrecht zu tun, so gut wie ausgeschlossen. So wirkte, so verhielt sich ein Montoni![32] Was hätte deutlicher das düstere Grübeln eines Menschen verraten können, in dem noch nicht jede menschliche Regung erstorben war und vor dessen innerem Auge die Szenen früherer Vergehen vorüberglitten. Unglückseliger Mann! Und in ihrer inneren Erregung ließ sie ihre Augen so oft zu seiner Gestalt wandern, daß es Miss Tilney schließlich auffiel. »Mein Vater«, flüsterte sie, »wandert häufig so durchs Zimmer. Daran ist nichts Außergewöhnliches.«
›Um so schlimmer!‹ dachte Catherine. Diese unangebrachten Wanderungen paßten zu dem merkwürdig gewählten Zeitpunkt seiner Morgenspaziergänge und ließen nichts Gutes ahnen.
Nach einem solchen Abend, dessen Eintönigkeit und Endlosigkeit sie Henrys Bedeutung für ihre Gesellschaft doppelt empfinden ließ, war sie von Herzen froh, sich zurückziehen zu dürfen, obwohl der Blick, mit dem der General seine Tochter zur Klingel schickte, nicht für ihre Aufmerksamkeit bestimmt gewesen war. Als der Diener jedoch die Kerze seines Herrn anzünden wollte, wurde es ihm untersagt. Er habe noch nicht die Absicht, sich zurückzuziehen. »Ich muß noch allerlei Artikel zu Ende lesen«, sagte er zu Catherine, »bevor ich mich zur Ruhe legen kann, und mache mir vielleicht noch Gedanken über die Angelegenheiten der Nation, während Sie schon stundenlang schlafen. Könnten wir beide eine geeignetere Beschäftigung finden? Meine Augen werden sich müde lesen für das Wohl anderer und Ihre sich ausruhen für zukünftige Abenteuer.«
Aber weder die angebliche Arbeit noch das großartige Kompliment konnten Catherine von dem Gedanken abbringen, daß etwas ganz anderes hinter einem so schwerwiegenden Hinauszögern wohlverdienten Schla-

fes steckte. Daß ihn Stunden, nachdem die Familie zu Bett gegangen war, alberne Artikel wachhielten, klang nicht sehr überzeugend. Dafür mußte es einen tieferen Grund geben. Es gab etwas zu erledigen, was sich nur erledigen ließ, wenn das ganze Haus schlief, und die Schlußfolgerung, daß Mrs. Tilney, aus unerfindlichen Gründen eingesperrt, noch lebte und Nacht für Nacht ihre kärgliche Mahlzeit aus den gnadenlosen Händen ihres Mannes empfing, drängte sich ihr unweigerlich auf. Aber ein so erschreckender Gedanke war immer noch besser als ein grausam beschleunigter Tod, da sie nach dem natürlichen Gang der Dinge in absehbarer Zeit erlöst werden mußte. Die Plötzlichkeit ihrer angeblichen Krankheit, die Abwesenheit ihrer Tochter und vermutlich auch ihrer anderen Kinder zu jenem Zeitpunkt – alles legte die Wahrscheinlichkeit einer Gefangenschaft nahe. Die Ursache – Eifersucht vielleicht oder willkürliche Grausamkeit – mußte noch enträtselt werden.

Während sie sich diese Dinge beim Ausziehen durch den Kopf gehen ließ, ging ihr plötzlich auf, daß sie morgens womöglich dicht an der Stelle vorbeigegangen war, wo die unglückselige Frau gefangengehalten wurde; daß sie womöglich ein paar Schritte von der Zelle entfernt gewesen war, wo sie ihrem Tod entgegenschmachtete, denn welcher Teil des Klosters war besser geeignet für einen solchen Zweck als der, der noch die Spuren klösterlicher Abgeschiedenheit trug? In dem hohen gotischen, mit Stein gepflasterten Gewölbegang, den sie gleich mit einem gewissen Schaudern betreten hatte, erinnerte sie sich genau an die Türen, die der General gänzlich übergangen hatte. Was mochte sich hinter diesen Türen nicht alles verbergen! Zur Bestätigung der Wahrscheinlichkeit dieser Vermutung fiel ihr außerdem ein, daß die verbotene Galerie, an der die Zimmer der unglückseligen Mrs. Tilney lagen, wenn ihr Gedächtnis sie nicht völlig täuschte, direkt über dieser verdächtigen Zellenreihe liegen mußte, und die Treppe neben diesen Zimmern, die sie im Vorbeigehen flüchtig gesehen hatte und die einen geheimen Zugang zu diesen Zellen bot, die grausamen Machenschaften ihres Ehemannes begünstigt haben mochten. Und über diese Treppe war sie vermutlich im Zustand kaltblütig geplanter Bewußtlosigkeit transportiert worden!

Gelegentlich erschrak Catherine über die Kühnheit ihres eigenen Verdachts, und gelegentlich hoffte oder fürchtete sie, daß sie zu weit gegangen war. Aber der Anschein bestätigte ihn so sehr, daß er sich nicht von der Hand weisen ließ.

Da der Flügel des Klostervierecks, in dem sie die verbrecherischen Vorgänge vermutete, ihrer Meinung nach ihrem Zimmer genau gegenüberlag, ging ihr auf, daß ein Lichtstrahl von der Lampe des Generals, wenn sie genau aufpaßte, durch die unteren Fenster fallen mußte, wenn er das Gefängnis seiner Frau aufsuchte, und zweimal schlich sie, bevor sie zu Bett ging, heimlich an das entsprechende Fenster in der Galerie, um zu sehen, ob das Licht auftauchte. Aber drüben war alles dunkel, also war es wohl noch zu früh. Die verschiedenen Treppengeräusche verrieten ihr, daß die Dienerschaft noch auf war. Bis Mitternacht lohnte es sich also nicht, Wache zu halten, aber dann, wenn die Uhr zwölf schlug und alles ruhig war, würde sie sich, sofern die Dunkelheit ihr nicht zu viel Angst einjagte, hinausschleichen und noch einmal nachsehen. Die Uhr schlug zwölf, und Catherine lag seit einer halben Stunde in tiefem Schlaf.

Kapitel 24

Am nächsten Tag bot sich keine Gelegenheit zu der geplanten Untersuchung der geheimnisvollen Räume. Es war Sonntag, und die ganze Zeit zwischen dem Vormittags- und dem Nachmittagsgottesdienst verbrachte der General damit, sich draußen Bewegung zu verschaffen oder drinnen kalten Braten zu essen, und so groß Catherines Neugier auch war, ihr Mut reichte nicht, die Zimmer nach dem Dinner entweder bei schwindendem Tageslicht zwischen sechs und sieben Uhr oder bei der noch begrenzteren, wenn auch stärkeren Beleuchtung einer trügerischen Lampe zu untersuchen. Der Tag verging also, ohne daß ihre Phantasie durch mehr als den Anblick eines sehr geschmackvollen Monuments zum Andenken an Mrs. Tilney Nahrung erhalten hätte, das dem Kirchenstuhl der Familie unmittelbar gegenüber stand. Es fiel ihr sofort ins Auge und beschäftigte sie lange, und die Lektüre der überschwenglichen Inschrift, in der ein untröstlicher Ehemann, der sie auf die eine oder andere Weise auf dem Gewissen haben mußte, ihr alle erdenklichen Tugenden zuschrieb, rührte sie sogar zu Tränen.

Daß der General, der ein solches Monument errichtet hatte, seinen Anblick ertrug, war vielleicht nicht so außergewöhnlich, daß er allerdings so trotzig und gefaßt davorsitzen, eine so überlegene Haltung bewahren, so unerschrocken um sich blicken, ja, daß er auch nur die Kirche betreten konnte, schien Catherine unbegreiflich. Aber ließen sich denn nicht viele ähnliche Beispiele von verstockten Verbrechern finden? Sie konnte sich an Dutzende erinnern, die jedem erdenklichen Laster frönend, von Verbrechen zu Verbrechen geschritten waren und blindlings ohne jede Regung von Mitleid oder Reue gemordet hatten, bis ein gewaltsamer Tod oder ein Rückzug ins Kloster ihrer finsteren Laufbahn ein Ende setzte. Die Errichtung eines Monuments konnte ihre Zweifel an Mrs. Tilneys tatsächlichem Ableben nicht im mindesten erschüttern. Selbst wenn sie in die Familiengruft, wo ihre sterblichen Überreste angeblich ruhten, hinunterstiege, selbst wenn sie den Sarg, in dem sie angeblich lagen, mit eigenen Augen ansähe, was würde das in einem solchen Fall besagen? Catherine hatte zu viel gelesen, um nicht genau zu wissen, mit welcher Mühelosigkeit eine Wachsfigur untergeschoben und ein Scheinbegräbnis veranstaltet werden konnte.

Der folgende Morgen versprach größeren Erfolg. Der frühe Spaziergang des Generals, so unangebracht er in anderer Hinsicht war, begünstigte ihre Pläne, und als sie wußte, daß er außer Haus war, schlug sie Miss Tilney unverzüglich vor, ihr Versprechen einzulösen. Eleanor hatte keine Einwände, und da Catherine sie auf dem Weg an ein weiteres Versprechen erinnerte, statteten sie zuerst dem Porträt in ihrem Schlafzimmer einen Besuch ab. Es stellte eine sehr schöne Frau dar mit liebevollem, nachdenklichem Gesichtsausdruck, der so weit den Erwartungen seiner neuen Betrachterin entsprach, doch war Catherine nicht in jeder Beziehung befriedigt, denn sie hatte damit gerechnet, in ihren Zügen, ihrer Haltung, ihrem Teint die genaue Entsprechung, das genaue Ebenbild, wenn nicht Henrys, so doch Eleanors zu finden, da alle Porträts, an die sie denken konnte, immer eine eindeutige Ähnlichkeit zwischen Mutter und Kind aufwiesen. Ein einmal festgehaltenes Gesicht war über Generationen festgehalten. Aber in diesem Fall war sie gezwungen, hinzusehen und nachzudenken und nach Ähnlichkeit zu suchen. Doch trotz dieser Enttäuschung betrachtete sie das Bild mit großer Bewegung, und wenn nicht etwas noch Interessanteres in Aussicht gestanden hätte, hätte sie es nur ungern verlassen.

Ihre Erregung, als sie die große Galerie betraten, war zu stark, als daß sie sich in ein Gespräch hätte einlassen können; sie konnte ihre Gefährtin nur ansehen. Eleanors Gesicht machte einen niedergeschlagenen, aber gefaßten Eindruck, und diese Haltung bewies, wie unempfindlich sie gegenüber all den düsteren Eindrücken geworden war, die auf sie zukamen. Wieder schritten sie durch die Flügeltüren, wieder lag ihre Hand auf der bedeutungsvollen Klinke, und kaum fähig zu atmen, drehte sich Catherine gerade herum, um die Türen mit ängstlicher

Vorsicht zu schließen, als die Gestalt des Generals, die gefürchtete Gestalt des Generals ihr am anderen Ende der Galerie gegenüberstand! Im selben Augenblick hallte der Name »Eleanor« in voller Lautstärke durch das Gebäude, wodurch seine Tochter erst von seiner Anwesenheit in Kenntnis und Catherine in unaussprechlichen Schrecken versetzt wurde. Instinktiv machte sie bei seinem Anblick den Versuch, sich zu verstecken, aber es bestand wenig Hoffnung, daß sie seinem Blick entgangen war, und als ihre Freundin mit einem entschuldigenden Blick hastig an ihr vorbeieilte und mit ihrem Vater verschwand, suchte sie Schutz in ihrem eigenen Zimmer, schloß sich ein und konnte sich nicht vorstellen, daß sie jemals wieder die Kühnheit haben würde, hinunterzugehen. Sie blieb mindestens eine Stunde in grenzenloser Erregung, bedauerte zutiefst die Lage ihrer armen Freundin und erwartete jeden Augenblick eine Vorladung von dem erzürnten General, ihn in seinem Zimmer aufzusuchen. Aber die Vorladung kam nicht, und als sie schließlich einen Wagen vor dem Kloster vorfahren sah, hatte sie den Mut, hinunterzugehen und ihm im Schutze des Besuchs unter die Augen zu treten. Im Frühstückszimmer ging es lebhaft zu, und mit einer Verbindlichkeit, die seinen unversöhnlichen Zorn so gut verbarg, daß sie ihrer Meinung nach vorläufig nicht um ihr Leben zu fürchten brauchte, wurde sie den Anwesenden vom General als die Freundin seiner Tochter vorgestellt. Und als Eleanor mit einer Beherrschtheit, die ihren schwärzesten Vorstellungen von seinem Charakter alle Ehre machte, die erste Gelegenheit ergriff, um ihr zu sagen, »Mein Vater wollte nur, daß ich einen Brief beantworte«, begann sie Hoffnung zu schöpfen, daß der General sie entweder gar nicht gesehen hatte oder man sie aus diplomatischen Erwägungen in diesem Glauben ließ. Diese Gewißheit gab ihr den Mut, auch als der Besuch gegangen war, in seiner Gegenwart zu bleiben, und es kam weiter keine Störung vor.

Die Überlegungen, die sie im Laufe des Vormittags anstellte, ließen den Entschluß in ihr reifen, den nächsten Anschlag auf die verbotene Tür allein zu machen. Es war in jeder Hinsicht besser, wenn Eleanor nichts von der Sache wußte. Sie tat ihrer Freundin keinen Gefallen damit, sie der Gefahr einer zweiten Entdeckung auszusetzen, sie in ein Zimmer zu führen, dessen Anblick ihr das Herz zerreißen mußte. Selbst die äußerste Wut des Generals konnte ihr nicht so viel anhaben wie der eigenen Tochter, und außerdem versprach sie sich mehr von der Untersuchung, wenn sie sie ohne Begleitung unternahm. Unmöglich konnte sie Eleanor in den Verdacht einweihen, von dem sie aller Wahrscheinlichkeit nach zu ihrem Glück bisher nichts geahnt hatte, noch konnte sie in ihrer Gegenwart nach Beweisen für die Grausamkeit des Generals suchen, die sie, auch wenn sie bisher unentdeckt geblieben waren, in Form eines bis zum letzten Atemzug geführten Tagebuchfragments ans Licht zu bringen gedachte. Der Weg zu Mrs. Tilneys Zimmer war ihr nun vollkommen vertraut, und da sie die Sache vor der Rückkehr Henrys hinter sich bringen wollte, der am nächsten Vormittag zurückerwartet wurde, durfte sie keine Zeit verlieren. Der Tag war schön, ihr Mut war groß. Um vier Uhr stand die Sonne zwei Stunden über dem Horizont, und sie brauchte sich nur eine halbe Stunde früher als gewöhnlich zum Umziehen zurückzuziehen.

So geschah es, und Catherine fand sich, bevor die Uhren aufgehört hatten zu schlagen, allein in der Galerie. Sie hatte keine Zeit, sich zu besinnen, hastete weiter, schlüpfte, so lautlos es ging, durch die Flügeltüren und stürzte, ohne sich umzudrehen oder Atem zu holen, auf die fragliche Tür zu. Glücklicherweise ohne einen dumpfen Ton, der irgendein menschliches Wesen hätte alarmieren können, gab die Klinke nach. Auf Zehenspitzen trat sie ein, das Zimmer lag vor ihr, aber es dauerte ein paar Minuten, bis sie einen Schritt vorwärtsmachen konnte. Was sie sah, hielt sie auf einen Fleck gebannt und erschütterte sie bis ins Innerste. Vor ihr lag ein großer gutproportionierter Raum, ein stattliches, unbenutztes und von einem der Mädchen mit Sorgfalt gemachtes Bett, ein moderner heller Kamin, Mahagonischränke und hübsch gestrichene Stühle, auf denen die warmen Strahlen der Nachmittagssonne lagen, die durch zwei Schiebefenster fielen. Catherine hatte damit gerechnet, in Erregung versetzt zu werden, und erregt war sie durchaus! Zuerst wurde sie von Überraschung und Zweifel überfallen, dann regte sich ihr gesunder Menschenverstand, und sie empfand tiefste Scham. Sie konnte sich im Zimmer nicht geirrt haben, aber wie sehr hatte sie sich in allem anderen, sowohl was Miss Tilneys Worte als was ihre eigenen Vermutungen anging, geirrt! Nun stellte sich heraus, daß dieses Zimmer, dem sie ein solches Alter, eine solch schreckliche Lage angedichtet hatte, am anderen Ende des Flügels lag, den der Vater des Generals hatte bauen lassen. Das Zimmer hatte noch zwei Türen, die vermutlich in Ankleideräume führten, aber sie spürte kein Verlangen, sie zu öffnen. Würde sich der Schleier, unter dem Mrs. Tilney zuletzt gewandelt, oder das Buch, das sie zuletzt gelesen hatte, noch finden lassen, um zu verraten, wovon alles andere schweigen mußte? Nein, worin die Verbrechen des Generals auch bestanden haben mochten, er war zweifellos zu gewitzt, um sich so auf die Schliche kommen zu lassen. Sie war das Auskundschaften leid, wäre am liebsten allein mit sich und ihrer eigenen Torheit wohlbehalten in ihrem Zimmer gewesen und war im Begriff, sich so leise, wie sie eingetreten war, zurückzuziehen, als das Geräusch von Schritten – sie wußte kaum, woher – sie innehalten und zittern ließ. Hier von einem der Diener entdeckt zu werden, wäre peinlich, vom General (der immer dort auftauchte, wo man ihn am wenigsten gebrauchen konnte) nicht auszudenken gewesen! Sie lauschte – das Geräusch war verstummt, und entschlossen, keine Zeit zu verlieren, schlüpfte sie durch die Tür und zog sie hinter sich zu. In dem Moment wurde unter ihr hastig eine Tür geöffnet, und jemand schien mit schnellen Schritten die Treppe heraufzukommen, an deren Absatz sie noch vorbei mußte, wenn sie die Galerie erreichen wollte. Sie war unfähig, sich zu rühren. Von unbestimmtem Entsetzen gepackt, starrte sie wie gebannt auf die Treppe, und einen Augenblick später tauchte Henry vor ihr auf.

»Mr. Tilney!« rief sie mit übermäßigem Erstaunen. Er machte ebenfalls ein erstauntes Gesicht. »Großer Gott«, fuhr sie fort, ohne seinen Gruß zu erwidern, »wie kommen Sie hierher? Wie kommen Sie die Treppe herauf?«

»Wie ich die Treppe heraufkomme?« entgegnete er einigermaßen überrascht. »Weil es der nächste Weg vom Stall zu meinem Zimmer ist. Warum sollte ich nicht hier heraufkommen?«

Catherine besann sich, wurde über und über rot und wußte nicht, was sie sagen sollte. Er schien in ihrem Gesicht nach der Erklärung zu suchen, die sie nicht über die Lippen bringen konnte. Sie ging weiter auf die Galerie zu. »Und darf ich meinerseits nicht fragen«, sagte er und stieß die Flügeltüren auf, »wie *Sie* hierhergekommen sind? Dieser Gang ist eine mindestens ebenso ungewöhnliche Verbindung vom Frühstücksraum zu ihrem Zimmer wie die Treppe vom Stall zu meinem.«

»Ich war«, sagte Catherine und sah zu Boden, »im Zimmer Ihrer Mutter.«

»Im Zimmer meiner Mutter! Gibt es dort etwas Außergewöhnliches zu sehen?«

»Nein, gar nicht. – Ich dachte, Sie wollten erst morgen zurückkommen?«

»Ich hatte nicht damit gerechnet, eher zurückkommen zu können, als ich losfuhr, aber vor drei Stunden gab es zu meiner Freude plötzlich nichts mehr, was mich zurückhielt. – Sie sehen blaß aus. Ich fürchte, ich habe Ihnen einen Schreck eingejagt, als ich so schnell die

Treppe heraufkam. Vielleicht wußten Sie nicht, hatten Sie keine Ahnung, daß sie von den Wirtschaftsräumen hier heraufführt?«
»Nein. – Sie hatten schönes Wetter bei Ihrem Ritt?«
»Sehr schönes. – Und läßt Eleanor Sie ganz allein Ihren Weg in alle Räume des Hauses finden?«
»O nein, sie hat mir den größten Teil am Sonnabend gezeigt, und wir waren auf dem Weg zu diesen Zimmern, nur . . .« (sie senkte die Stimme), »Ihr Vater war bei uns.«
»Und das hat Sie abgehalten«, sagte Henry und betrachtete sie ernsthaft. »Haben Sie alle Zimmer auf diesem Flur gesehen?«
»Nein, ich wollte nur ... Ist es nicht schon sehr spät? Ich muß gehen und mich umziehen.«
»Es ist erst Viertel nach vier« (er zeigte ihr seine Uhr), »und Sie sind hier auch nicht in Bath. Kein Theater, keine Bälle, für die Sie sich zurechtmachen müssen. Eine halbe Stunde müßte in Northanger genügen.«
Sie konnte dem schlecht widersprechen und mußte wohl oder übel bleiben, obwohl sie ihn aus Furcht vor weiteren Fragen zum erstenmal seit ihrer Bekanntschaft gern stehengelassen hätte. Sie gingen langsam die Galerie entlang. »Haben Sie seit meiner Abreise Post aus Bath bekommen?«
»Nein, und ich bin ganz erstaunt darüber. Isabella hat so glaubwürdig versprochen, sofort zu schreiben.«
»So glaubwürdig versprochen! Ein glaubwürdiges Versprechen! Das verstehe ich nicht. Ich habe von einer glaubwürdigen Aufführung gehört, aber ein glaubwürdiges Versprechen ... So ist es mit der Glaubwürdigkeit von Versprechen. Man sollte sich darauf gar nicht verlassen, da man leicht getäuscht oder gekränkt wird. – Das Zimmer meiner Mutter ist sehr geräumig, nicht wahr? Groß und freundlich, und die Wandschränke sind so praktisch angelegt! Ich finde immer, es ist das bequemste Zimmer im ganzen Haus, und ich verstehe gar nicht, daß

Eleanor nicht hier einzieht. Sie hat Sie wohl heraufgeschickt, um es sich anzusehen?«
»Nein.«
»Dann sind Sie ganz und gar aus eigenem Antrieb hier?«
Catherine schwieg. Nach einer kurzen Pause, während der er sie aufmerksam betrachtete, fuhr er fort: »Da das Zimmer selbst nichts an sich hat, was Neugier wecken konnte, muß ein Gefühl des Respekts für die Person meiner Mutter, wie Eleanor sie beschrieben hat, Sie hergeführt haben, was ihr Andenken ehrt. Es hat, glaube ich, nie eine bessere Frau auf dieser Welt gegeben. Aber es kommt nicht oft vor, daß Tugend solches Interesse findet. Die häuslichen, anspruchslosen Verdienste einer Unbekannten geben nicht oft zu einer solch zärtlichen, ehrfürchtigen Verehrung Anlaß, wie Ihr Besuch sie verrät. Eleanor hat Ihnen sicher eine Menge von ihr erzählt?«
»Ja, eine ganze Menge. Das heißt ... nein, nicht viel, aber was sie gesagt hat, war sehr aufschlußreich. Ihr plötzlicher Tod« (sie sprach langsam und zögernd), »und Sie ... niemand von Ihnen zu Hause ... und Ihr Vater, dachte ich ... war vielleicht nicht sehr nett zu ihr.«
»Und aus diesen Umständen«, entgegnete er (er hielt ihren Blick fest), »schließen Sie vielleicht auf die Möglichkeit einer Fahrlässigkeit, eines« (sie schüttelte unwillkürlich den Kopf), »... oder vielleicht ... auf etwas noch Unverzeihlicheres.« Sie blickte ihm so voll ins Gesicht, wie sie es noch nie getan hatte. »Die Krankheit meiner Mutter«, fuhr er fort, »der Anfall, der zu ihrem Tod führte, kam plötzlich. Die Krankheit selbst, eine Gallenentzündung, unter der sie schon lange litt, war allerdings chronisch. Am dritten Tag, sobald sie dazu überredet werden konnte, wurde ein Arzt gerufen, ein sehr angesehener Mann, zu dem sie immer großes Vertrauen gehabt hatte. Auf seine beängstigende Diagnose wurden am nächsten Tag zwei weitere Ärzte hinzugezogen, die Tag und Nacht bei ihr wachten. Am fünften Tag starb sie.

Während ihr Zustand sich verschlimmerte, sahen Frederick und ich (wir waren beide zu Hause) sie mehrfach und können aus eigener Beobachtung bezeugen, daß sie so umsorgt und gepflegt wurde, wie es die Liebe ihrer Angehörigen oder ihre Stellung im Leben geboten. Die arme Eleanor war tatsächlich abwesend und brauchte zu ihrer Rückkehr so lange, daß sie ihre Mutter nur noch im Sarg gesehen hat.«

»Aber Ihr Vater«, sagte Catherine, »war *er* betroffen?«

»Eine Zeitlang, sehr. Sie irren, wenn Sie glauben, daß er nicht an ihr hing. Er liebte sie, davon bin ich überzeugt, so gut es ihm gegeben war zu ... Wir sind ja von Natur nicht alle gleich zärtlich veranlagt, und ich will nicht behaupten, daß sie im Laufe ihres Lebens nicht unter ihm zu leiden hatte. Aber wenn seine Art sie auch verletzt hat, seine Hochachtung blieb davon unberührt. Seine Verehrung für sie war echt, und wenn auch nicht auf Dauer, so ist ihr Tod ihm doch sehr nahe gegangen.«

»Ich bin sehr froh darüber«, sagte Catherine, »es wäre ja schrecklich gewesen ...«

»Wenn ich Sie recht verstehe, haben Sie einen so grauenhaften Verdacht gehegt, daß ich kaum Worte ... Liebe Miss Morland, bedenken Sie, wie fürchterlich Ihr Argwohn ist. Woher nehmen Sie die Berechtigung? Bedenken Sie, in welchem Land und in welchem Zeitalter wir leben! Bedenken Sie, daß wir Engländer, daß wir Christen sind. Ziehen Sie doch Ihren eigenen Verstand zu Rate, Ihre Einsicht in das Wahrscheinliche, Ihre eigenen Beobachtungen dessen, was um Sie herum vorgeht! Legt unsere Erziehung uns solche Greueltaten nahe? Lassen unsere Gesetze sie stillschweigend zu? Können sie unentdeckt in einem Land wie diesem begangen werden, wo ein solch reger gesellschaftlicher und schriftlicher Verkehr herrscht, wo jeder in seiner Nachbarschaft von freiwilligen Spionen umgeben ist und wo Straßen und Zeitungen alles ans Tageslicht bringen? Liebste Miss

Morland, zu welchen Gedanken haben Sie sich hinreißen lassen?«
Sie hatten das Ende der Galerie erreicht, und unter Tränen der Scham lief sie in ihr eigenes Zimmer.

Kapitel 25

Die romantischen Visionen waren verflogen. Catherine war endgültig aufgewacht. Henrys Vortrag, so kurz er gewesen war, hatte ihr die Augen gründlicher über die Absurdität ihrer jüngsten Hirngespinste geöffnet als ihre verschiedenen Enttäuschungen. Aufs tiefste fühlte sie sich gedemütigt. Aufs bitterlichste mußte sie weinen. Nicht nur vor sich selbst schämte sie sich, sondern vor Henry. Sie hatte sich in ihrer ganzen Torheit, die jetzt sogar kriminell erschien, vor ihm bloßgestellt, und er mußte sie auf immer verachten. Die Freiheiten, die sich ihre Phantasie mit dem Charakter seines Vaters erlaubt hatte – konnte er sie je vergeben? Die Abwegigkeit ihrer Neugier und ihrer Ängste – konnte er sie je vergessen? Sie haßte sich selbst unaussprechlich. Er hatte, so schien ihr, er hatte ein- oder zweimal vor diesem verhängnisvollen Tag so etwas wie Zuneigung zu ihr gezeigt. Aber jetzt ... kurz und gut, sie ging eine halbe Stunde unbarmherzig mit sich ins Gericht, stieg, als es fünf schlug, mit gebrochenem Herzen die Treppe zu ihnen hinunter und konnte auf Eleanors Frage, ob ihr auch wohl sei, kaum eine verständliche Antwort geben. Der gefürchtete Henry trat bald nach ihr ins Zimmer, und der einzige Unterschied in seinem Benehmen ihr gegenüber bestand darin, daß er noch aufmerksamer zu ihr war als sonst. Noch nie hatte Catherine dringender Trost gebraucht, und er sah aus, als sei er sich dessen bewußt.
Der Abend verging, ohne daß seine wohltuende Höflich-

keit nachließ. Langsam hob sich ihre Stimmung bis zu bescheidener Gelassenheit. Sie konnte das Geschehene weder vergessen noch verteidigen, aber sie konnte hoffen, daß es ein Geheimnis bleiben und sie nicht Henrys ganze Achtung kosten werde.

Da ihre Gedanken hauptsächlich um das kreisten, was sie in grundlosem Schrecken empfunden und getan hatte, war ihr bald völlig klar, daß sie ganz und gar das Opfer ihrer willkürlichen Selbsttäuschungen geworden war und ihre ohnehin zu Panik entschlossene Einbildungskraft, die schon vor Betreten des Klosters darauf gebrannt hatte, in Angst und Zittern versetzt zu werden, auch dem geringfügigsten Umstand Gewicht beigemessen und ihn nur einem einzigen Zweck zuliebe zurechtgebogen hatte. Sie erinnerte sich, mit welchen Erwartungen sie der Begegnung mit Kloster Northanger entgegengesehen hatte. Sie begriff, daß ihre Verblendung schon entstanden, ja, daß das ganze Unheil schon lange vor ihrer Abreise aus Bath angerichtet war, und es schien, als ließe sich das Ganze auf den Einfluß der Lektüre zurückführen, der sie sich dort hingegeben hatte.

So reizend all die Werke von Mrs. Radcliffe und so reizend sogar die Werke all ihrer Nachahmer waren, nach wirklichkeitsgetreuen Charakteren, jedenfalls denen von Mittelengland, durfte man darin nicht suchen. Von den Alpen und Pyrenäen mit ihren Kiefernwäldern und ihren Lastern mochten sie eine getreuliche Vorstellung geben, und Italien, die Schweiz und Südfrankreich waren ja vielleicht so reich an Greueltaten, wie darin beschrieben wurde. Catherine wagte mit ihren Zweifeln nicht über die Grenzen des eigenen Landes hinauszugehen, und selbst dort hätte sie unter Druck die äußersten nördlichen und westlichen Regionen preisgegeben. Aber im Herzen Englands konnte doch wohl selbst eine ungeliebte Frau Zuflucht in den Gesetzen des Landes und in den Sitten ihres Zeitalters finden. Mord wurde nicht geduldet, Diener waren keine Sklaven, und weder Gift

noch Schlaftrunk waren wie Rhabarbersaft in jeder Apotheke erhältlich. In den Alpen und Pyrenäen gab es ja vielleicht keine Durchschnittsmenschen. Dort hatte womöglich, wer nicht makellos wie ein Engel war, die Züge eines Teufels. Aber in England war das anders; bei den Engländern, in ihren Sitten und Seelen waren ihrer Meinung nach Gut und Böse überall gleichmäßiger verteilt. Aufgrund dieser Überzeugung wäre sie nicht überrascht gewesen, wenn selbst Eleanor und Henry Tilney daraufhin Zeichen leichter Unvollkommenheit gezeigt hätten, und aufgrund dieser Überzeugung brauchte sie nicht einmal zu fürchten, ein paar dunkle Punkte im Charakter ihres Vaters zu entdecken, der zwar von den gröbsten Verdächtigungen, die ihr ein Leben lang die Schamröte ins Gesicht treiben würden, freigesprochen war, ihr bei ernsthafter Überlegung aber doch nicht wirklich liebenswürdig erschien.
Nachdem sie alle diese Punkte geklärt und den Entschluß gefaßt hatte, bei ihren Urteilen und Handlungen in Zukunft immer ihren gesunden Menschenverstand zu Rate zu ziehen, konnte sie sich mit gutem Gewissen selbst verzeihen und das Leben mehr denn je genießen. Und schon nach einem Tag hatte ihr die heilende Hand der Zeit unmerklich über das Schlimmste hinweggeholfen. Daß Henry die ungewöhnliche Großzügigkeit und Diskretion besaß, auch nicht ein einziges Mal auf die Vorkommnisse anzuspielen, war dabei von wesentlicher Bedeutung. Eher als sie in ihrer anfänglichen Verzweiflung für möglich gehalten hätte, hatte sie ihr seelisches Gleichgewicht wiedergefunden und war wie vorher imstande, ihm mit großem Gewinn zuzuhören. Natürlich gab es immer noch einige Gesprächsthemen, vor denen sie bestimmt immer zittern würden – die Erwähnung einer Truhe oder eines Sekretärs zum Beispiel, und am Anblick von Japanarbeiten jeder Art lag ihr gar nichts. Aber selbst sie mußte gestehen, daß die gelegentliche Erinnerung an vergangene Torheiten durchaus

nützlich, wenn auch nicht schmerzlos sein würde. Auf die romantischen Schauergeschichten folgten bald die Sorgen des Alltags. Ihr Wunsch, von Isabella zu hören, wurde von Tag zu Tag größer. Sie brannte darauf zu erfahren, was in Bath vor sich ging und was in den Gesellschaftsräumen los war, und besonders lag ihr daran zu erfahren, daß Isabella das feine Häkelgarn bekommen hatte, auf das sie so versessen gewesen war, und sich weiterhin mit James vertrug. Ihre einzige Informationsquelle war Isabella. James hatte sich gleich geweigert, ihr vor seiner Rückkehr nach Oxford zu schreiben, und auch Mrs. Allen hatte ihr keine Hoffnung auf einen Brief gemacht, ehe sie nach Fullerton zurückkehrte. Aber Isabella hatte es immer wieder versprochen, und wenn sie einmal etwas versprach, dann konnte man sich hundertprozentig auf sie verlassen! Das machte sie so stutzig! Neun Tage war Catherine Morgen für Morgen über das Ausbleiben von Post enttäuscht, und mit jedem Tag war die Enttäuschung größer geworden, aber als sie am zehnten Tag das Frühstückszimmer betrat, fiel ihr Blick als erstes auf einen Brief, den Henry ihr bereitwillig entgegenhielt. Sie dankte ihm so herzlich, als hätte er ihn selbst geschrieben. »Er ist allerdings nur von James«, sagte sie, als sie auf den Absender sah. Sie öffnete ihn, er kam aus Oxford und hatte folgenden Inhalt:

»Liebe Catherine,
obwohl ich weiß Gott wenig Neigung zu schreiben verspüre, halte ich es für meine Pflicht, Dir mitzuteilen, daß zwischen Miss Thorpe und mir alles aus ist. Ich will nicht ins einzelne gehen, das würde Dir nur noch mehr weh tun. Du wirst aus anderer Quelle früh genug erfahren, wo die Schuld liegt, und wie ich hoffe, Deinen Bruder von allem außer der Torheit freisprechen, sich leichtfertig eingebildet zu haben, daß seine Liebe erwidert wird. Gott sei Dank! Mir wurden rechtzeitig die Augen geöffnet! Aber es ist ein schwerer Schlag! Nach-

dem mein Vater so liebevoll seine Zustimmung gegeben hatte ... aber genug davon. Sie hat mich für immer unglücklich gemacht! Laß bald von Dir hören, liebe Catherine, Du bist meine einzige Freundin, auf Deine Liebe vertraue ich. Hoffentlich ist Dein Besuch in Northanger vorüber, bevor Hauptmann Tilney die Verlobung bekanntgibt, sonst bist Du in einer peinlichen Lage. Der arme Thorpe ist in London; mir graut vor einer Begegnung. Der treuen Seele wird es nahegehen. Ich habe an ihn und an meinen Vater geschrieben. *Ihre* Doppelzüngigkeit schmerzt mich am meisten; wenn ich ihr Vorhaltungen machte, behauptete sie noch bis zum letzten Augenblick, so an mir zu hängen wie eh und je, und machte sich über meine Befürchtungen lustig. Ich schäme mich, wenn ich bedenke, wie lange ich es hingenommen habe. Aber wenn ein Mann je Grund hatte, sich geliebt zu glauben, dann ich. Ich verstehe immer noch nicht, worauf sie eigentlich hinauswollte, denn es war wirklich nicht nötig, mir etwas vorzuspielen, um sich Tilneys zu versichern.
Wir trennten uns schließlich in gegenseitigem Einverständnis. Ich wollte, ich wäre ihr nie begegnet! Eine solche Frau werde ich nie wiederfinden. Liebste Catherine, nimm Dich in acht, wem Du Dein Herz schenkst!

Glaub mir« etc.

Catherine hatte noch keine drei Zeilen gelesen, als die plötzliche Veränderung ihrer Züge und die kurzen, ungläubigen Schreckensschreie verrieten, daß sie unerfreuliche Nachrichten erhielt, und Henry, der sie bei der Lektüre des ganzen Briefes aufmerksam betrachtete, erkannte deutlich, daß das Ende nicht besser war als der Anfang. Aber der Eintritt seines Vaters hinderte ihn sogar daran, seine Überraschung zu zeigen. Sie setzten sich gleich an den Frühstückstisch, aber Catherine konnte kaum etwas essen. Tränen standen ihr in den Augen und liefen ihr sogar die Wangen hinunter, während sie am Tisch saß. Mal hielt sie den Brief in der Hand, mal in ihrem Schoß, mal in ihrer Tasche, und sie sah aus, als wüßte sie gar nicht, was sie tat. Über seinem Kakao und seiner Zeitung hatte der General zum Glück kein Auge für sie. Aber den beiden anderen blieb ihr Kummer nicht verborgen. Sobald sie sich traute, vom Tisch aufzustehen, eilte sie hinauf in ihr eigenes Zimmer. Aber die Mädchen waren darin beschäftigt, und ihr blieb nichts anderes übrig, als wieder hinunterzugehen. Sie ging ins Wohnzimmer, um allein zu sein, aber Henry und Eleanor hatten sich ebenfalls dorthin zurückgezogen und befanden sich in diesem Augenblick tief in einem Gespräch über sie. Sie wandte sich ab und versuchte, sich zu entschuldigen, wurde aber mit liebevoller Gewalt zur Rückkehr bewegt. Und nachdem Eleanor sie zärtlich ihres Beistandes und Trostes versichert hatte, ließen die beiden sie allein.

Eine halbe Stunde ließ Catherine ihrem Schmerz und ihren Überlegungen freien Lauf, dann fühlte sie sich einer Begegnung mit den Freunden gewachsen. Aber ob sie ihnen ihren Kummer anvertrauen sollte, war eine andere Frage. Vielleicht würde sie, wenn man in sie drang, darauf anspielen, nur eine vorsichtige Andeutung machen, nicht mehr. Eine Freundin bloßzustellen, eine Freundin wie Isabella es gewesen war ... und dann ihr eigener Bruder so unmittelbar darin verstrickt! Sie fand, sie müsse das Thema ganz und gar vermeiden. Henry und Eleanor waren allein im Frühstückszimmer, und beide sahen sie bei ihrem Eintritt besorgt an. Catherine nahm am Tisch Platz, und nach kurzem Schweigen sagte Eleanor: »Hoffentlich keine schlechten Nachrichten aus Fullerton? Mr. und Mrs. Morland, Ihre Geschwister, hoffentlich ist niemand krank?«

»Nein, vielen Dank.« (Sie seufzte beim Sprechen.) »Es geht ihnen allen gut. Der Brief kommt von meinem Bruder aus Oxford.«

Ein paar Minuten lang wurde nichts weiter gesagt, dann fuhr Catherine unter Tränen fort: »Ich glaube nicht, daß ich je wieder einen Brief bekommen möchte.«

»Es tut mir leid«, sagte Henry und schloß das Buch, das er gerade aufgeschlagen hatte, »aber wenn ich geahnt hätte, daß der Brief Unerfreuliches enthält, hätte ich ihn mit ganz anderen Gefühlen überreicht.«

»Es stand darin etwas Schlimmeres, als man ahnen konnte. Der arme James ist so unglücklich. Sie werden bald erfahren, warum.«

»Eine so mitfühlende, so liebevolle Schwester zu haben«, erwiderte Henry nachdrücklich, »muß bei allem Mißgeschick ein Trost für ihn sein.«

»Ich muß Sie um einen Gefallen bitten«, sagte Catherine kurz darauf erregt, »wenn Ihr Bruder kommt, sagen Sie mir bitte Bescheid, damit ich vorher abreisen kann.«

»Unser Bruder! Frederick!«

»Ja, ich bin sicher, es täte mir sehr leid, Sie so bald zu verlassen, aber es ist etwas passiert, was es mir unerträglich machen würde, mit Hauptmann Tilney unter einem Dach zu wohnen.«

Eleanor hielt in ihrer Handarbeit inne und starrte Catherine mit wachsendem Staunen an. Aber Henry begann, die Wahrheit zu ahnen, und murmelte etwas, worin Miss Thorpes Name vorkam.

»Wie schnell Sie sind!« rief Catherine. »Sie haben es tatsächlich erraten. Und doch dachten Sie nicht, als wir in Bath darüber sprachen, daß es so enden würde. Isabella ... kein Wunder, daß ich nichts von ihr gehört habe ... Isabella hat meinen Bruder verlassen und will Ihren heiraten! Hätten Sie so viel Wankelmut, Unbeständigkeit und Schlechtigkeit auf der Welt für möglich gehalten?«

»Ich hoffe, daß Sie, was meinen Bruder betrifft, falsch informiert sind. Ich hoffe, daß er nicht entscheidend zu Mr. Morlands Enttäuschung beigetragen hat. Daß er Miss Thorpe heiratet, ist nicht wahrscheinlich, ich glaube, da irren Sie sich. Es tut mir sehr leid für Mr. Morland, tut mir leid, daß jemand, den Sie lieben, unglücklich ist, aber wenn Frederick sie heiratet, wäre das für mich bei der ganzen Geschichte die größte Überraschung.«

»Es stimmt aber, Sie können James' Brief selber lesen. Halt, es gibt da eine Stelle ...«, und die Erinnerung an den letzten Satz ließ sie erröten.

»Würde es Ihnen etwas ausmachen, uns die Abschnitte vorzulesen, die meinen Bruder betreffen?«

»Nein, lesen Sie selbst«, rief Catherine, die sich eines Besseren besonnen hatte. »Ich weiß nicht, was ich gemeint habe.« (Und weil sie vorher rot geworden war, errötete sie gleich noch einmal.) »James will mir ja nur einen guten Rat geben.«

Er nahm den Brief bereitwillig entgegen, und nachdem er ihn sehr aufmerksam durchgelesen hatte, gab er ihn mit den Worten zurück: »Na ja, wenn es so sein soll, kann ich nur sagen, daß es mir leid tut. Frederick wird nicht der erste sein, der eine Frau mit weniger Verstand heiratet, als seine Familie von ihm erwartet. Ich beneide ihn nicht um seine Lage, weder als Liebhaber noch als Sohn.«

Auf Catherines Aufforderung las Miss Tilney den Brief nun ebenfalls, und nachdem auch sie ihre Besorgnis und Überraschung geäußert hatte, begann sie sich nach Miss Thorpes Familien- und Vermögensverhältnissen zu erkundigen.

»Ihre Mutter ist eine sehr nette Frau«, war Catherines Antwort.

»Und was war ihr Vater?«

»Ich glaube, Rechtsanwalt. Sie wohnen in Putney.«

»Sind sie reich?«

»Nein, nicht besonders. Ich glaube nicht, daß Isabella Vermögen hat, aber das spielt in *Ihrer* Familie keine Rolle. Ihr Vater ist so großzügig. Er hat mir erst neulich erzählt, daß er auf Geld nur insofern Wert legt, als es ihm erlaubt, das Glück seiner Kinder zu fördern.« Bruder und Schwester sahen sich an. »Aber«, sagte Eleanor nach kurzer Pause, »würde es sein Glück auch fördern, wenn man ihm gestattete, ein solches Mädchen zu heiraten? Sie muß charakterlos sein, oder sie hätte Ihren Bruder nicht so ausgenutzt. Und was für eine merkwürdige Schwäche auf Fredericks Seite! Ein Mädchen, das unter seinen Augen ein Verlöbnis bricht, das sie freiwillig mit einem anderen Mann eingegangen ist! Ist das nicht unbegreiflich, Henry? Und ausgerechnet Frederick, der immer so wählerisch war! Der keine Frau gut genug fand!«

»Das macht die Heirat ziemlich unwahrscheinlich. Das spricht am stärksten gegen ihn. Wenn ich an seine früheren Erklärungen denke, dann gebe ich ihn verloren. Außerdem halte ich Miss Thorpe für zu diplomatisch, um ihr zuzutrauen, daß sie sich von dem einen Herrn trennen würde, bevor ihr der andere sicher ist. Es ist wirklich aus und vorbei mit Frederick! Er kann sich begraben lassen. Sein Verstand ist schon vor ihm gestorben. Bereite dich auf deine Schwägerin vor, Eleanor, und zwar eine Schwägerin, die dein ganzes Entzücken sein wird. Offen, ehrlich, unaffektiert, arglos, mit starken, aber unkomplizierten Gefühlen, ohne Anmaßung zu zeigen und Verstellung zu kennen.«

»Eine solche Schwägerin, Henry, wäre wirklich mein ganzes Entzücken«, sagte Eleanor lächelnd.

»Aber auch wenn sie unsere Familie so schlecht behandelt hat«, warf Catherine ein, »behandelt sie Ihre ja vielleicht besser. Wo sie jetzt den Mann hat, den sie wirklich mag, ist sie ja vielleicht treu.«

»Genau das befürchte ich«, entgegnete Henry, »ich fürchte, sie wird sehr treu sein, es sei denn, es läuft ihr ein Baron über den Weg, das ist Fredericks einzige Chance. Ich hole die Zeitung von Bath und gehe die Liste der Neuankömmlinge durch.«

»Sie meinen also, sie tut alles nur aus Berechnung? Und

ich muß schon sagen, einiges spricht fast dafür. Ich erinnere mich genau, als sie zuerst erfuhr, was mein Vater für die beiden tun wollte, war sie anscheinend ganz enttäuscht, daß es nicht *mehr* war. Noch nie in meinem Leben habe ich mich in einem Menschen so getäuscht!«

»Bei der großen Anzahl derer, die Sie kennengelernt und mit denen Sie sich beschäftigt haben …«

»Meine eigene Enttäuschung und mein eigener Verlust sind sehr groß, aber der arme James wird, fürchte ich, kaum je darüber hinwegkommen.«

»Ihr Bruder verdient natürlich im Moment unser ganzes Mitleid. Aber wir dürfen in unserem Mitgefühl für seinen Kummer auch Ihren nicht unterschätzen. Sie haben, nehme ich an, durch den Verlust Isabellas das Gefühl, eine Hälfte von sich selbst verloren zu haben; Sie haben das Gefühl, in Ihrem Herzen ist eine Leere, die nichts ausfüllen kann. Gesellschaft ist Ihnen lästig. Und was die gemeinsamen Vergnügungen in Bath angeht, an die Sie sich gewöhnt hatten, ohne Isabella widersteht Ihnen der bloße Gedanke daran. Sie würden jetzt zum Beispiel um nichts in der Welt auf einen Ball gehen. Sie haben das Gefühl, als ob Sie keine Freundin mehr hätten, mit der Sie unvoreingenommen sprechen, auf deren Achtung Sie bauen oder auf deren Rat Sie sich in allen Schwierigkeiten verlassen können. Haben Sie das Gefühl?«

»Nein«, sagte Catherine nach kurzer Überlegung, »das habe ich nicht … Müßte ich es? Um ehrlich zu sein, es kränkt und schmerzt mich zwar, daß ich sie nicht mehr lieben kann, daß ich nie wieder von ihr hören, sie vielleicht nie wiedersehen soll, aber ganz so sehr, wie man hätte erwarten können, trifft es mich nicht.«

»Wie immer sind Ihre Gefühle ein Kompliment für die menschliche Natur. Solche Gefühle müßten näher untersucht werden, damit Sie selber wissen, was sie wert sind.«

Irgendwie fühlte sich Catherine nach diesem Gespräch

erleichtert und bereute nicht, daß sie sich unerklärlicherweise dazu hatte hinreißen lassen, den Umstand zu erwähnen, der dazu geführt hatte.

Kapitel 26

Von nun an machten die drei jungen Leute dieses Thema immer wieder zum Gegenstand ihres Gesprächs, und Catherine stellte mit einiger Überraschung fest, daß ihre Freunde sich völlig darüber einig waren, daß Isabellas Mangel an gesellschaftlicher Stellung und Vermögen einer Heirat mit ihrem Bruder vermutlich erhebliche Schwierigkeiten in den Weg legen würde. Die Überzeugung, daß der General schon allein aus diesem Grunde und ungeachtet der Einwände, die sich gegen ihren Charakter vorbringen ließen, gegen die Verbindung sein würde, lenkte ihre Gedanken darüber hinaus mit einiger Besorgnis auf sich selbst. Sie war genauso unbedeutend und vielleicht genauso unvermögend wie Isabella. Und wenn nicht einmal der Erbe von Northanger genug Vornehmheit und Reichtum besaß, wie hoch mußten dann erst die Ansprüche des jüngeren Bruders sein? Die schmerzlichen Überlegungen, zu denen dieser Gedanke führte, ließen sich nur dadurch zerstreuen, daß sie sich auf die Wirkung jener ganz besonderen Beliebtheit verließ, die sie, wie sie aus seinen Worten und Handlungen schloß, zu ihrem Glück von Anfang an beim General genossen hatte, und sich einige höchst großzügige und uneigennützige Äußerungen seinerseits über das Thema Geld ins Gedächtnis zurückrief, die er mehrmals in ihrer Gegenwart gemacht hatte und die ihr nahelegten, daß seine Kinder seine Einstellung zu diesen Dingen mißverstanden.

Die beiden waren dagegen völlig davon überzeugt, daß

ihr Bruder gar nicht den Mut haben würde, persönlich die Zustimmung seines Vaters einzuholen, und versicherten ihr so oft, daß ein Besuch seinerseits in Northanger nie in seinem ganzen Leben unwahrscheinlicher gewesen war als zum gegenwärtigen Zeitpunkt, daß sie sich von der Notwendigkeit ihrer plötzlichen Abreise abbringen ließ. Da man aber nicht damit rechnen konnte, daß Hauptmann Tilney, wenn er seinen Antrag stellte, seinem Vater eine zutreffende Vorstellung von Isabellas Verhalten geben würde, erschien es ihr unbedingt notwendig, daß Henry ihm die ganze Angelegenheit, so wie sie wirklich war, darstellte, damit der General sich seine eigene unparteiliche Meinung bilden und seine Einwände durch etwas anderes als bloßen Mangel an Ebenbürtigkeit rechtfertigen konnte. Das schlug sie ihm daher vor, aber er ging darauf nicht so begeistert ein, wie sie erwartet hatte. »Nein«, sagte er, »man braucht meinem Vater nicht zu Hilfe und Fredericks Bekenntnis seiner Torheit nicht zuvorkommen. Er muß seine eigene Geschichte erzählen.«

»Aber er wird nur die Hälfte erzählen.«

»Ein Viertel würde reichen.«

Ein oder zwei Tage vergingen und brachten keine Neuigkeiten von Hauptmann Tilney. Sein Bruder und seine Schwester wußten nicht, was sie davon halten sollten. Mal schien es ihnen, als ob sein Schweigen die natürliche Folge der befürchteten Verlobung, dann wieder, als ob es damit überhaupt nicht in Einklang zu bringen sei. Der General machte sich unterdessen keinerlei Sorge um ihn, obwohl er sich jeden Morgen darüber empörte, daß er nicht geschrieben hatte, und hatte kein dringenderes Anliegen, als den Aufenthalt von Miss Morland so angenehm wie möglich zu machen. Er äußerte in dieser Hinsicht oft seine Besorgnis, fürchtete, die Eintönigkeit der täglichen Gesellschaft und der täglichen Beschäftigungen würde ihr den Ort verleiden, wünschte, Lady Frazer wäre auf ihrem Landsitz, sprach gelegentlich davon, eine große Dinnerparty zu geben, und überschlug ein- oder zweimal sogar die Zahl der am Tanzen interessierten jungen Leute in der Umgebung. Aber leider war es eine so ereignislose Jahreszeit, kein Wild, keine Jagdpartien, und die Lady Frazers waren nicht auf ihrem Landsitz. Und es lief zu guter Letzt darauf hinaus, daß er eines Vormittags zu Henry sagte, wenn er das nächstemal in Woodston sei, würden sie ihn bei Gelegenheit überraschen und sich bei ihm zum Essen einladen. Henry fühlte sich sehr geehrt und sehr glücklich darüber, und Catherine war von dem Plan ganz begeistert. »Und wann glaubst du, Vater, kann ich mit diesem Vergnügen rechnen? Ich muß am Montag in Woodston sein, um der Gemeindesitzung beizuwohnen, und werde vermutlich zwei oder drei Tage bleiben.«

»Nun ja, an einem der Tage werden wir schon kommen. Wir brauchen uns nicht festzulegen. Mach nur ja keine Umstände! Was du zufällig im Haus hast, wird genügen. Ich glaube, ich kann mich dafür verbürgen, daß die jungen Damen keine großen Ansprüche an einen Junggesellenhaushalt stellen. Wir wollen mal sehen. Montag bist *du* beschäftigt, also kommen wir nicht am Montag. Und Dienstag bin *ich* beschäftigt. Ich erwarte vormittags den Inspektor aus Brockham mit seinem Bericht. Und anschließend kann ich mit gutem Gewissen den Klubabend nicht versäumen. Ich könnte meinen Bekannten nicht ins Gesicht sehen, wenn ich wegbliebe, denn da man weiß, daß ich in Northanger bin, würde es als Unfreundlichkeit aufgefaßt werden. Und ich habe es mir zur Pflicht gemacht, Miss Morland, niemals bei meinen Nachbarn Anstoß zu erregen, wenn ich es durch ein kleines Opfer an Zeit und Aufmerksamkeit verhindern kann. Es sind alles sehr verdienstvolle Männer. Zweimal im Jahr bekommen sie ein halbes Reh von Northanger, und ich speise bei ihnen, wann immer ich kann. Dienstag kommt deshalb wohl nicht in Frage. Aber am Mittwoch, Henry, kannst du, glaube ich, mit uns rechnen. Und wir werden früh eintreffen, damit wir Zeit haben, uns umzusehen. In zweidreiviertel Stunden werden wir sicher in Woodston sein, spätestens um zehn sitzen wir in der Kutsche, du kannst also am Mittwoch gegen viertel vor eins nach uns Ausschau halten.«

Selbst ein Ball hätte Catherine nicht willkommener sein können als dieser kleine Ausflug, so stark war ihr Wunsch, Woodston kennenzulernen, und ihr hüpfte noch das Herz vor Freude, als Henry ungefähr eine Stunde später gestiefelt und gespornt ins Zimmer kam, wo Eleanor und sie saßen, und sagte: »Ich komme in einer hochmoralischen Anwandlung, meine Damen, und stelle fest, daß wir für unser Vergnügen auf dieser Welt immer teuer bezahlen und oft bares, handgreifliches Glück für einen Wechsel auf die Zukunft eintauschen müssen, der vielleicht nicht einmal eingelöst wird. Ich bin der lebende Beweis in dieser Stunde. In der bloßen Hoffnung auf das Vergnügen eures Besuchs in Woodston am Mittwoch, den schlechtes Wetter oder zwanzig andere Gründe vielleicht verhindern, muß ich umgehend aufbrechen – zwei Tage früher als beabsichtigt.«

»Aufbrechen!« sagte Catherine und machte ein langes Gesicht. »Und warum?«

»Warum? Wie können Sie so etwas fragen. Weil ich keine Zeit verlieren darf, meiner alten Haushälterin einen Schreck einzujagen, weil ich aufbrechen und natürlich ein Dinner für Sie auf den Tisch bringen muß.«

»Wie? Im Ernst?«

»Leider ja, denn ich bliebe viel lieber hier.«

»Aber wie kommen Sie nach dem, was der General gesagt hat, auf so etwas? Wo er doch ausdrücklich darum gebeten hat, keine Umstände zu machen, weil wir mit allem zufrieden sind.«

Henry lächelte nur. »Für Ihre Schwester und mich brauchen Sie keinen Aufwand zu machen. Das wissen Sie doch. Und der General hat extra betont, daß Sie nichts Außergewöhnliches auf den Tisch bringen sollen – und außerdem, auch wenn er nicht so darauf bestanden hätte, ißt er doch täglich ein so vorzügliches Dinner zu Hause, daß er sich einen Tag wohl einmal mit etwas Mittelmäßigem zufriedengeben kann.«

»Ich wollte, ich könnte mir Ihre Argumente zu eigen machen, um seinet- und um meinetwillen. Auf Wiedersehen. Da morgen Sonntag ist, Eleanor, werde ich vorher nicht zurückkommen.«

Er verließ sie. Und da es Catherine im Zweifelsfalle leichter fiel, ihrem eigenen Urteil als Henrys zu mißtrauen, blieb ihr sehr bald nichts anderes übrig, als seiner Meinung beizupflichten, so unlieb ihr seine Abreise auch war. Aber das unerklärliche Verhalten des Generals ging ihr trotzdem weiter im Kopf herum. Daß er mit dem Essen sehr eigen war, war eine Entdeckung, die sie aus eigener Anschauung bereits gemacht hatte. Aber warum er einerseits so ausdrücklich auf etwas bestand und andererseits etwas ganz anderes meinte, war ihr völlig unerklärlich. Wie sollte man sich da in den Leuten auskennen? Wer anders als Henry hätte begriffen, worauf sein Vater hinauswollte?

Von Sonnabend bis Mittwoch mußten sie nun allerdings ohne Henry auskommen. Das war das traurige Ergebnis all ihrer Überlegungen; und natürlich würde Hauptmann Tilneys Brief in seiner Abwesenheit eintreffen, und Mittwoch würde es bestimmt regnen. Vergangenheit, Gegenwart und Zukunft sahen gleichermaßen düster aus. Ihr Bruder so unglücklich und ihr eigener Schmerz über Isabellas Verlust so groß und auch Eleanor während Henrys Abwesenheit so niedergeschlagen! Womit sollten sie sich beschäftigen oder amüsieren? Sie war Park und Garten leid – alles so akkurat und langweilig. Und das Kloster selbst bedeutete ihr mit einemmal nicht mehr als jedes andere Haus. Die einzige Regung, die eine Betrachtung des Gebäudes in ihr hervorrief, war die peinliche Erinnerung an die Torheiten, zu denen es sie verleitet hatte. Welche Wandlung ihrer Vorstellungen! Sie, die so versessen darauf gewesen war, in einem Kloster zu wohnen! Jetzt konnte sie sich nichts Reizvolleres vorstellen als die anspruchslose Behaglichkeit eines Pfarrhauses mit guten Beziehungen, so ähnlich wie Fullerton, aber besser: Fullerton hatte seine Mängel, aber Woodston hatte vermutlich keine. Ob der Mittwoch jemals käme?

Er kam, und zwar genau zu dem Zeitpunkt, als man vernünftigerweise damit rechnen konnte. Er kam, das Wetter war schön, und Catherine ging wie auf Wolken. Um zehn Uhr brach das Trio im Vierspänner auf, und nach einer angenehmen Fahrt von beinahe zwanzig Meilen, fuhren sie nach Woodston hinein, einem großen, belebten Dorf in keineswegs reizloser Lage. Catherine schämte sich zu sagen, wie hübsch sie es fand, da der General für die Flachheit der Landschaft und die Größe des Dorfes eine Entschuldigung für nötig hielt. Aber insgeheim zog sie es jedem Ort vor, wo sie gewesen war, und betrachtete voller Bewunderung jedes adrette Häuschen, das nach mehr als einer Hütte aussah, und all die kleinen Lädchen, an denen sie vorbeifuhren. Am anderen Ende des Dorfes und in erträglicher Entfernung vom Rest der Häuser stand die Pfarrei, ein neues, geräumiges Steinhaus mit halbkreisförmiger Auffahrt und grünem Einfahrtstor. Und als sie an der Tür vorfuhren, stand Henry da mit den Freunden seiner Einsamkeit, einem großen jungen Neufundländer und zwei oder drei Terriern, um sie zu begrüßen und viel Aufhebens von ihnen zu machen.

Catherine war zu überwältigt beim Betreten des Hauses, um viel zu erkennen oder viel zu sagen. Und bevor der General sie um ihre Meinung bat, hatte sie kaum eine genauere Vorstellung von dem Zimmer, in dem sie saß. Als sie sich schließlich umsah, war ihr sofort klar, daß es das gemütlichste Zimmer auf der Welt war. Aber sie hütete sich, ihre Meinung laut zu sagen, und die Nüchternheit ihres Lobs enttäuschte ihn.

»Wir halten es für kein großartiges Haus«, sagte er. »Wir

stellen keine Vergleiche mit Fullerton oder Northanger an. Wir betrachten es als bloßes Pfarrhaus, klein und eng, zugegeben, aber ordentlich und bewohnbar jedenfalls, und alles in allem nicht unter Durchschnitt – mit anderen Worten, ich glaube, es gibt nicht viele Pfarrhäuser in England, die sich damit vergleichen können. Verbesserungen wären allerdings denkbar. Ich wäre der letzte, der das bestreiten wollte. Und in vernünftigen Grenzen … vielleicht ein Erkerfenster durchbrochen … obwohl, unter uns gesagt, wenn mir etwas von Herzen zuwider ist, dann ein angeklebtes Erkerfenster.«

Catherine hörte gar nicht genug von seiner Rede, um sie zu verstehen oder davon in Verlegenheit gebracht zu werden, und da Henry die Unterhaltung geschickt auf andere Themen brachte, während einer seiner Diener ein Tablett mit Erfrischungen herumreichte, fand der General bald seine Selbstzufriedenheit und Catherine ihre ganze frühere Unbefangenheit wieder.

Das Zimmer, in dem sie saßen, war geräumig, wohlproportioniert und geschmackvoll als Eßzimmer eingerichtet. Und auf dem Weg nach draußen, wo man einen Gang ums Haus machen wollte, wurde sie zuerst in ein kleineres Zimmer geführt, das speziell dem Hausherrn gehörte und für den besonderen Anlaß ungewöhnlich aufgeräumt war, und anschließend in das zukünftige Wohnzimmer, das, obwohl noch unmöbliert, Catherine so entzückte, daß selbst der General zufrieden war. Es hatte ein ansprechendes Format, und die bis auf den Boden reichenden Fenster erlaubten einen hübschen Blick nach draußen, wenn auch nur über grüne Wiesen. Catherine drückte ihre Bewunderung sogleich mit all der ungekünstelten Ehrlichkeit aus, die sie dabei empfand.

»Oh! Warum richten Sie dieses Zimmer nicht ein, Mr. Tilney? Was für ein Jammer, daß es nicht eingerichtet ist! Solch ein hübsches Zimmer habe ich noch nie gesehen, es ist das hübscheste Zimmer auf der Welt!«

»Ich vermute«, sagte der General mit einem Lächeln

voller Genugtuung, »daß es umgehend möbliert wird: es wartet nur auf den sicheren Geschmack einer Dame.«

»Also, wenn es mein Haus wäre, ich würde nie woanders sitzen. Oh! Was für eine süße kleine Hütte dort zwischen den Bäumen steht, und noch dazu Apfelbäume! Eine so hübsche kleine Hütte!«

»Sie gefällt Ihnen? Sie finden sie nicht deplaziert? Das genügt. Henry, denk daran, daß wir mit Robinson sprechen. Die Hütte bleibt.«

Dieses Kompliment ließ Catherine zur Besinnung kommen und augenblicklich verstummen, und obwohl der General sich ausdrücklich nach ihrer Lieblingsfarbe bei der Wahl der Tapeten und Vorhänge erkundigte, war aus ihr keine Meinung zu diesem Thema herauszulocken. Unter dem Einfluß von neuen Eindrücken und frischer Luft dauerte es allerdings nicht lange, bis diese peinlichen Assoziationen vertrieben waren, und als sie den dekorativen Teil des Gartens erreicht hatten, der aus einem Rundgang um eine Wiese bestand, den Henry mit seinem gärtnerischen Genie vor einem halben Jahr in Angriff genommen hatte, war sie so weit wiederhergestellt, daß sie es für die hübscheste Anlage hielt, die sie je betreten hatte, obwohl nicht ein einziger Busch höher war als die grüne Bank in der Ecke.

Nach einem gemütlichen Spaziergang über Wiesen und durch einen Teil des Dorfes, einem anschließenden Besuch der Ställe, um einige Verbesserungen zu begutachten und einer ausgelassenen Tollerei mit einem Wurf junger Hunde, gerade alt genug zum Herumtapsen, war es vier Uhr, als es Catherine kaum wie drei vorkam. Um vier wollten sie essen und um sechs die Rückfahrt antreten. Nie war ein Tag so schnell vergangen.

Es entging ihr nicht, daß die Üppigkeit des Dinners beim General nicht das mindeste Erstaunen hervorrief, ja, daß er auf dem Beistelltisch sogar nach kaltem Braten Ausschau hielt, der nicht vorhanden war. Die Beobachtungen seines Sohnes und seiner Tochter waren anderer Art.

Sie hatten ihn noch an keinem Tisch außer seinem eigenen so herzhaft zulangen und noch nie so wenig ungehalten darüber gesehen, daß die geschmolzene Butter ölig war.
Als der General seinen Kaffee getrunken hatte, nahm die Kutsche sie um sechs Uhr wieder auf. Und so erfreulich war der Tenor seines Verhaltens während des ganzen Besuchs gewesen, so sehr glaubte sie seinen Ansprüchen gerecht geworden zu sein, daß sie Woodston unbesorgt über das Wie oder das Wann einer eventuellen Rückkehr verlassen hätte, hätte sie im Hinblick auf die Wünsche seines Sohnes ebenso zuversichtlich sein können.

Kapitel 27

Am nächsten Morgen empfing sie folgenden völlig unerwarteten Brief von Isabella:

Bath, im April …

Meine liebste Catherine,
ich habe Deine beiden lieben Briefe mit dem größten Entzücken erhalten und muß mich tausendmal entschuldigen, daß ich sie nicht eher beantwortet habe. Ich schäme mich entsetzlich über meine Faulheit, aber an diesem gräßlichen Ort findet man ja für nichts Zeit. Beinahe jeden Tag, seit Du Bath verlassen hast, habe ich den Federhalter in der Hand gehabt, um einen Brief an Dich zu beginnen, bin aber immer von irgendeinem lästigen Störenfried daran gehindert worden. Schreib mir bitte gleich an meine Adresse zu Hause. Gott sei Dank! Wir verlassen diesen abscheulichen Ort morgen. Seit Deiner Abreise ist er mir ganz verleidet – der Staub ist nicht zu ertragen, und alle Leute, an denen einem etwas liegt, sind abgefahren. Ich glaube, wenn wir uns sehen

könnten, wäre mir das gleichgültig, denn wie lieb Du mir bist, kann sich niemand vorstellen. Ich mache mir richtige Sorgen um Deinen lieben Bruder, denn ich habe seit seiner Rückkehr nach Oxford nichts von ihm gehört und befürchte irgendein Mißverständnis zwischen uns. Deine freundliche Vermittlung wird alles einrenken: er ist der einzige Mann, den ich je geliebt habe oder lieben konnte, und ich bin sicher, Du wirst ihn davon überzeugen. Die Frühjahrsmode ist zum Teil heraus, und Du glaubst ja nicht, was für gräßliche Hüte man trägt. Ich hoffe, Du hast einen angenehmen Aufenthalt, fürchte aber, Du denkst gar nicht an mich. Ich will mich über die Familie, bei der Du wohnst, nicht auslassen, weil ich nicht kleinlich sein oder Dich gegen die, die Du schätzt, einnehmen will, aber man weiß ja wirklich nicht, wem man trauen soll, und junge Männer wissen keine zwei Tage lang, was sie eigentlich wollen. Ich bin von Herzen froh, daß der junge Mann, den ich mehr als alle anderen verabscheue, Bath verlassen hat. Du wirst nach dieser Beschreibung wissen, daß es sich nur um Hauptmann Tilney handeln kann, dem, wie Du Dich vielleicht erinnerst, so ungeheuer viel daran lag, mir nachzustellen und mich zu ärgern, bevor Du abfuhrst. Zuletzt wurde er immer unerträglicher und hing an mir wie eine Klette. Viele Mädchen wären darauf reingefallen, denn so wurde noch nie jemand umworben, aber ich wußte ja schon, wie launisch die Männer sind. Er ist vor zwei Tagen zu seinem Regiment zurückgekehrt, und ich hoffe inständig, daß er mich nie wieder belästigt. Er ist der größte Geck, den ich je gesehen habe, und ungeheuer aufdringlich. Die letzten beiden Tage wich er Charlotte Davis nicht von der Seite: Ich konnte seinen Geschmack nur beklagen, zeigte ihm aber die kalte Schulter. Das letztemal sind wir uns in Bath Street begegnet, und ich bin auf der Stelle in einen Laden gegangen, damit er mich nur nicht ansprach. Ich habe ihn keines Blickes gewürdigt. Er ging anschließend in die Brunnenhalle, aber ich wäre ihm um nichts in der Welt gefolgt. Was für ein Unterschied zwischen ihm und Deinem Bruder! Gib mir bitte Nachricht von James, ich bin seinetwegen ganz unglücklich, er machte einen so niedergeschlagenen Eindruck, als er abfuhr, eine Erkältung oder irgend so etwas muß ihm zugesetzt haben. Ich würde ihm selbst schreiben, habe aber seine Adresse verlegt und fürchte, wie ich oben schon andeutete, er hat irgend etwas an meinem Verhalten übelgenommen. Räum doch bitte alle Mißverständnisse aus dem Weg; oder wenn er immer noch Zweifel hegt, könnte eine Zeile von ihm an mich oder ein Besuch in Putney, wenn er das nächstemal in London ist, alles ins reine bringen. Ich bin eine Ewigkeit nicht in den Gesellschaftsräumen und auch nicht im Theater gewesen, außer gestern abend mit den Hodges zu einer Posse, zum halben Preis: Ich habe mich beschwatzen lassen, denn ich wollte auf jeden Fall vermeiden, daß man sagt, ich zöge mich zurück, bloß weil Tilney abgereist ist. Wir saßen zufällig neben den Mitchells, und sie taten so, als seien sie ganz überrascht, mich in der Öffentlichkeit zu sehen. Aber ich kenne ihre Schadenfreude – es gab eine Zeit, wo sie mich schnitten, und jetzt sind sie die Freundschaft selbst. Aber ich bin nicht so dumm, daß ich darauf hereinfalle. Ich bin nicht so leicht kleinzukriegen. Anne Mitchell hat versucht, so einen Turban aufzusetzen, wie ich ihn die Woche vorher im Konzert getragen hatte, aber sie sah furchtbar damit aus – er paßte nun mal zu meinem unmöglichen Gesicht, glaube ich, jedenfalls hat Tilney das damals behauptet und gesagt, alle Welt blicke nur auf mich. Aber er ist der letzte, auf dessen Wort ich etwas geben würde. Ich trage nur noch dunkelrot: Ich weiß, es steht mir abscheulich, aber ganz gleich – es ist die Lieblingsfarbe Deines lieben Bruders. Beeil Dich, meine liebste, beste Catherine, ihm und mir zu schreiben,

Deine etc.

So viel oberflächliche Berechnung beeindruckte nicht einmal Catherine. Die Ungereimtheiten, Widersprüche und die Verlogenheit waren ihr von Anfang an klar. Sie schämte sich für Isabella, schämte sich, sie je geliebt zu haben. Die Bekenntnisse ihrer Zuneigung waren jetzt ebenso widerwärtig wie ihre Entschuldigungen hohl und ihre Forderungen unverschämt. In ihrem Namen an James schreiben – nein, aus ihrem Munde sollte James Isabellas Namen nie wieder hören.

Bei Henrys Rückkehr von Woodston berichtete sie ihm und Eleanor, daß ihr Bruder gerettet sei, gratulierte ihnen in aller Aufrichtigkeit dazu und las ihnen die wichtigsten Passagen aus ihrem Brief mit ausgesprochener Entrüstung vor. Als sie fertig war, rief sie: »Das wäre Isabella und unsere Busenfreundschaft! Sie muß mich für eine Idiotin halten, sonst hätte sie keinen solchen Brief geschrieben. Aber vielleicht hat er dazu beigetragen, daß ich ihren Charakter besser durchschaue als sie meinen. Jetzt weiß ich, worauf sie hinauswollte. Sie ist eitel und kokett, und ihre Intrigen haben keinen Erfolg gehabt. Ich glaube nicht, daß ihr an James je etwas gelegen hat, und ich wollte, ich hätte sie nie kennengelernt.«

»So wird es Ihnen mit der Zeit auch vorkommen«, sagte Henry.

»Eins kann ich trotzdem nicht verstehen. Mir ist klar, daß sie Absichten auf Hauptmann Tilney hatte, die zu nichts geführt haben. Aber ich verstehe nicht, worauf Hauptmann Tilney die ganze Zeit hinauswollte. Warum bemüht er sich so um sie, daß sie sich mit meinem Bruder zankt, und macht sich dann selbst aus dem Staub?«

»Ich kann über Fredericks Motive, soweit ich sie verstehe, wenig sagen. Er ist zwar genauso eitel wie Miss Thorpe, der wesentliche Unterschied besteht aber darin, daß er ein größerer Dickkopf ist und seine Eitelkeit ihm noch nicht geschadet hat. Wenn die *Wirkung* seines Verhaltens ihn in Ihren Augen nicht rechtfertigt, wollen wir nach der *Ursache* lieber nicht fragen.«

»Dann glauben Sie also nicht, daß ihm jemals an ihr lag?«
»Davon bin ich überzeugt.«
»Und er nur so getan hat, um Unheil anzurichten?«
Henry verbeugte sich zustimmend.
»Nun, dann muß ich sagen, daß ich ihn nicht ausstehen kann. Obwohl sich für uns alles zum Guten gewendet hat, kann ich ihn nicht ausstehen. Bei Licht besehen, ist der Schaden nicht groß, denn ich glaube nicht, daß Isabella ein Herz zu verlieren hat. Aber stellen Sie sich vor, sie hätte sich Hals über Kopf in ihn verliebt?«
»Aber dazu müssen wir uns zuerst vorstellen können, daß Isabella ein Herz zu verlieren hat, infolgedessen eine ganz andere Person gewesen wäre. Und in dem Fall wäre sie auch ganz anders behandelt worden.«
»Es ist nur recht und billig, daß Sie zu Ihrem Bruder halten.«
»Und wenn Sie zu Ihrem hielten, dann würde Ihnen Miss Thorpes Enttäuschung nicht so zu Herzen gehen. Aber Sie sind durch einen unerschütterlichen Glauben an menschliche Integrität für diese Welt verdorben und deshalb den nüchternen Erwägungen von Familienparteilichkeiten oder dem Wunsch nach Rache nicht zugänglich.«
Solchen Komplimenten war Catherines Erbitterung nicht gewachsen. Frederick konnte nicht hoffnungslos schuldig sein, wenn Henry so sympathisch war. Sie beschloß, Isabellas Brief nicht zu beantworten, und versuchte, nicht mehr daran zu denken.

Kapitel 28

Wenig später sah sich der General genötigt, eine Woche in London zu verbringen, und verließ Northanger mit dem tiefsten Bedauern, daß ihn die Pflicht auch nur eine

Stunde lang um Miss Morlands Gesellschaft bringen sollte, und legte seinen Kindern die Sorge um ihr Wohlbefinden und ihre Unterhaltung während seiner Abwesenheit dringend ans Herz. Seine Abreise ließ Catherine zum erstenmal am eigenen Leibe erfahren, daß ein Verlust unter Umständen auch ein Gewinn sein kann. Voll Heiterkeit verbrachten sie ihre Zeit, jede Arbeit wurde gern getan, jedem Lachen nachgegeben, jede Mahlzeit verging unter Ausgelassenheit und guter Laune, sie machten Spaziergänge, wohin und wann es ihnen gefiel, und die Freiheit, mit der sie über ihre Zeit, ihre Vergnügungen und ihre Mußestunden verfügen konnten, machte ihr deutlich klar, welchen Zwang die Gegenwart des Generals ihnen auferlegt hatte, und ließ sie die vorübergehende Befreiung dankbar genießen. Bei so viel Ungezwungenheit und Vergnügen wurden ihr der Ort und seine Bewohner von Tag zu Tag lieber, und wäre nicht die Angst gewesen, daß es bald nötig sein würde, *sie* zu verlassen, und die Befürchtung, bei *ihm* nicht auf Gegenliebe zu stoßen, dann wäre sie jeden Augenblick des Tages wunschlos glücklich gewesen. Aber die vierte Woche ihres Besuchs war angebrochen. Bevor der General nach Hause kam, würde sie abgelaufen sein, und vielleicht empfand man es als Zumutung, wenn sie noch länger blieb. Die Überlegung bedrückte sie, wann immer sie daran dachte. Und um sich von dieser Last zu befreien, beschloß sie, bald mit Eleanor darüber zu sprechen, ihre Abreise vorzuschlagen und ihr Verhalten von Eleanors Reaktion auf diesen Vorschlag abhängig zu machen.

Wohl wissend, daß ein Aufschub es ihr nur schwerer machen würde, ein so unangenehmes Thema zu berühren, nutzte sie das erste unerwartete Alleinsein mit Eleanor und fing, obwohl Eleanor gerade von etwas ganz anderem sprach, von der Notwendigkeit ihrer baldigen Abreise an. Eleanor gab durch Worte und Blicke ihre Enttäuschung zu erkennen. Sie hatte gehofft, das Vergnügen ihrer Gesellschaft länger genießen zu dürfen, hatte fälschlich (vielleicht weil sie es wünschte) im Glauben gelebt, daß ein viel längerer Besuch zugesagt war, und konnte es sich nicht anders vorstellen, als daß Mr. und Mrs. Morland Catherines Besuch großzügig ausdehnen würden, wenn sie wüßten, welche Freude sie ihr damit machten. Catherine erklärte es ihr. »Oh! Was das betrifft, so haben Papa und Mama gar keine Eile. Solange ich glücklich bin, sind sie immer einverstanden.«

»Warum haben Sie es dann, wenn ich fragen darf, so eilig, uns zu verlassen?«

»Weil ich doch schon so lange da bin.«

»Ja, wenn Sie es so nennen, will ich nicht weiter in Sie dringen. Wenn Sie finden, es war zu lange ...«

»Oh, nein, ganz und gar nicht. Wenn es nach mir ginge, könnte ich noch einmal so lange bleiben.« Und sie beschlossen auf der Stelle, bis dahin keinen weiteren Gedanken an ihre Abreise zu verschwenden. Nachdem Catherine den Anlaß der einen Sorge so mühelos beseitigt hatte, lastete auch die andere nicht mehr so bedrükkend auf ihr. Die Freundlichkeit, die Ernsthaftigkeit, mit der Eleanor sie zum Bleiben gedrängt hatte, und Henrys dankbarer Blick bei der Nachricht, daß ihr Bleiben beschlossene Sache sei, waren solch schmeichelhafter Beweis dafür, wieviel sie ihnen bedeutete, daß ihr gerade das bißchen Unsicherheit blieb, ohne das der Mensch sich nicht wohl fühlt. Fast immer kam es ihr so vor, als ob Henry sie wirklich liebte, und so gut wie immer, als ob sein Vater und seine Schwester sie liebten und sogar wünschten, daß sie zu ihnen gehörte. Und aufgrund dieser Überzeugung fielen ihre Zweifel und Ängste nicht weiter ins Gewicht.

Henry konnte der Aufforderung seines Vaters, während seines gesamten Aufenthalts in London den Damen Gesellschaft zu leisten, nicht nachkommen. Seine Amtspflichten in Woodston zwangen ihn, sie am Sonnabend für ein paar Tage zu verlassen. Sein Verlust wog diesmal

nicht so schwer wie damals, als der General zu Hause gewesen war; er dämpfte ihre Ausgelassenheit, beeinträchtigte ihre Behaglichkeit aber nicht, und da die beiden Mädchen ihren gemeinsamen Interessen nachgingen und sich dabei sehr viel näher kamen, waren sie so mit sich selbst beschäftigt, daß es am Tag von Henrys Abfahrt schließlich elf Uhr war, eine für das Kloster ziemlich späte Stunde, ehe sie das Eßzimmer verließen. Sie hatten gerade das obere Ende der Treppe erreicht, als es, soweit sie das bei der Dicke der Mauern beurteilen konnten, so klang, als ob eine Kutsche vorgefahren käme, und im nächsten Augenblick wurde ihre Vermutung durch das laute Geräusch der Hausklingel bestätigt. Nachdem die erste überraschte Besorgnis sich in einem »Du lieber Himmel! Wer mag das sein?« Luft gemacht hatte, kam Eleanor zu dem schnellen Schluß, daß es nur ihr ältester Bruder sein könne, dessen Ankunft oft so plötzlich, wenn auch nicht so unzeitgemäß stattfand, und so eilte sie hinunter, um ihn zu begrüßen.
Catherine ging weiter in ihr Zimmer, wappnete sich, so gut es ging, für eine nähere Bekanntschaft mit Hauptmann Tilney und tröstete sich trotz des unangenehmen Eindrucks, den sein Verhalten auf sie gemacht hatte, und der Überzeugung, daß er sich für viel zu vornehm halten würde, sie zu akzeptieren, mit dem Gedanken, daß ihre jetzige Umgebung die Peinlichkeit einer Begegnung in Grenzen halten werde. Sie verließ sich darauf, daß er nie auf Miss Thorpe zu sprechen kommen würde, und da er sich der Rolle, die er dabei gespielt hatte, inzwischen bestimmt schämte, bestand dazu keine Gefahr. Und solange man das Thema Bath vermied, glaubte sie, die Höflichkeit ihm gegenüber wahren zu können. Unter solchen Überlegungen verging die Zeit, und es sprach zweifellos für ihn, daß Eleanor so froh war, ihn zu sehen und ihm so viel zu sagen hatte, denn es war beinahe eine halbe Stunde seit seiner Ankunft vergangen, und Eleanor kam immer noch nicht herauf.

In dem Moment glaubte Catherine, ihren Schritt in der Galerie zu hören, und lauschte angestrengt. Aber alles war ruhig. Kaum hatte sie sich allerdings davon überzeugt, daß alles Einbildung gewesen war, als ein Geräusch ganz in der Nähe der Tür sie zusammenfahren ließ. Es war, als berühre jemand den Türpfosten – und einen Augenblick später bewies eine leichte Bewegung der Türklinke, daß eine Hand darauf liegen mußte. Sie zitterte ein wenig bei dem Gedanken, daß sich jemand verstohlen ihrer Tür näherte. Aber entschlossen, sich nicht von kindischen Angstvorstellungen hinreißen oder von ihrer überspannten Phantasie irreführen zu lassen, stand sie leise auf und öffnete die Tür. Eleanor, und niemand anders als Eleanor stand davor. Catherine fühlte sich allerdings nur vorübergehend beruhigt, denn Eleanors Wangen waren blaß, und sie machte einen verstörten Eindruck. Obwohl sie offensichtlich die Absicht hatte, hereinzukommen, schien es sie große Mühe zu kosten, das Zimmer zu betreten, und noch größere zu sprechen, als sie darin war. Catherine, die Hauptmann Tilney für den Grund ihrer Verlegenheit hielt, konnte ihr Mitgefühl nur dadurch zu verstehen geben, daß sie sich schweigend um sie bemühte: sie zwang sie, sich zu setzen, rieb ihr die Schläfen mit Lavendelwasser ein und umsorgte sie mit liebevoller Fürsorglichkeit. »Meine liebe Catherine, Sie dürfen nicht … Sie dürfen wirklich nicht …«, waren Eleanors erste zusammenhängende Worte. »Es geht mir ja gut. Diese Fürsorge beschämt mich … ich kann sie nicht ertragen … ich komme mit einer solchen Nachricht zu Ihnen!«
»Eine Nachricht! Für mich?«
»Wie soll ich es Ihnen sagen! Oh, wie soll ich es Ihnen nur sagen?«
Ein neuer Gedanke schoß Catherine durch den Kopf, und während sie so blaß wurde wie ihre Freundin, rief sie aus: »Es ist ein Bote von Woodston!«
»Sie irren sich«, entgegnete Eleanor und sah sie mitleidig

an. »Es ist niemand von Woodston. Es ist mein Vater.« Ihr versagte die Stimme, und sie senkte die Augen, als sie seinen Namen erwähnte. Diese unerwartete Rückkehr genügte, um Catherines Mut gänzlich sinken zu lassen, und einen Augenblick lang glaubte sie, daß es gar keine schlimmere Nachricht geben könne. Sie schwieg. Eleanor versuchte, sich zu fassen und mit Festigkeit zu sprechen, und fuhr dann, die Augen immer noch zu Boden gesenkt, fort: »Ich weiß, Sie sind zu verständnisvoll, um mir die Rolle, die ich spielen muß, zu verübeln. Ich bin wahrhaftig ein Bote wider Willen. Nach allem, was wir erst neulich besprochen, was wir erst neulich verabredet haben – wie freudig, wie dankbar auf meiner Seite – über Ihren weiteren Aufenthalt hier, der, wie ich hoffte, noch viele, viele Wochen dauern würde, wie kann ich Ihnen sagen, daß Ihre Freundlichkeit nicht akzeptiert wird und daß das Glück, das uns Ihre Gesellschaft bisher geschenkt hat, vergolten wird durch ... aber mir steht ein solches Urteil nicht zu. Meine liebe Catherine, wir müssen uns trennen. Meinem Vater ist eine Verabredung eingefallen, derentwegen unsere ganze Familie am Montag abfahren muß. Wir fahren vierzehn Tage lang zu Lord Longtown nach Hereford. Erklärung und Entschuldigung sind gleichermaßen unmöglich. Es gibt sie nicht.«

»Meine liebe Eleanor«, rief Catherine und versuchte, ihre Empfindungen, so gut sie konnte, zu unterdrücken, »nehmen Sie es sich nicht so zu Herzen. Eine frühere Verabredung hat den Vorrang vor einer späteren. Es tut mir sehr, sehr leid, daß wir uns trennen müssen – so bald und auch so plötzlich. Aber ich bin nicht beleidigt, nein, gar nicht. Ich kann meinen Besuch hier jederzeit abbrechen. Aber ich hoffe, Sie besuchen mich. Können Sie, wenn Sie von diesem Lord zurückkehren, nach Fullerton kommen?«

»Dazu werde ich nicht imstande sein, Catherine.«

»Dann kommen Sie, wenn Sie können.«

Eleanor gab keine Antwort. Catherines Gedanken kehrten zu einem Problem zurück, das sie viel dringender beschäftigte, und sie dachte laut, als sie fortfuhr: »Montag – schon Montag. Und Sie fahren *alle*. Aber ich bin sicher, daß ... Es wird mir nicht so schwerfallen. Ich brauche ja erst unmittelbar vor Ihnen abzufahren. Nehmen Sie es nicht so tragisch, Eleanor, ich kann gut am Montag abfahren. Daß meine Mutter und mein Vater nichts davon wissen, ist weiter nicht von Bedeutung. Die halbe Strecke gibt mir der General bestimmt einen Diener als Begleitung mit, und dann bin ich bald in Salisbury, und dann sind es nur noch neun Meilen bis nach Hause.«

»Ach, Catherine! Bei einer solchen Regelung wäre es nicht ganz so unerträglich, obwohl Sie viel mehr verdienen, als der mindeste Anstand vorschreibt. Aber – wie soll ich es Ihnen nur sagen? Morgen vormittag ist als Reisetermin für Sie festgesetzt, und nicht einmal die Uhrzeit ist Ihnen überlassen. Sogar die Kutsche ist bestellt und wird um sieben Uhr hier sein, und kein Diener wird Sie begleiten.«

Catherine setzte sich, es verschlug ihr den Atem und die Sprache. »Ich traute meinen Ohren nicht, als ich es hörte, und die ganz und gar berechtigte Empörung und Erbitterung, die Sie in diesem Augenblick empfinden müssen, kann nicht größer sein als das, was ich ... aber ich darf nicht sagen, was ich empfand! Oh! Wenn ich nur wüßte, wie ich den Schlag lindern könnte! Guter Gott! Was werden Ihr Vater und Ihre Mutter sagen? Sie aus den Händen wahrer Freunde wegzulocken zu dieser ... noch einmal so weit von zu Hause entfernt ... Sie nun aus dem Haus zu weisen, ohne die mindeste Rücksicht auf das, was sich gehört! Liebe, liebe Catherine, als Überbringerin einer solchen Nachricht mache ich mich mitschuldig an der Beleidigung. Doch ich vertraue darauf, Sie werden mich freisprechen, denn Sie sind lange genug in diesem Hause gewesen, um zu wissen, daß ich nur

dem Namen nach seine Herrin bin, daß meine wirkliche Macht gar nichts ist.«
»Habe ich den General beleidigt?« fragte Catherine mit versagender Stimme.
»Ach! Soweit ich als Tochter weiß, soweit ich es beurteilen kann, haben Sie ihm keinen berechtigten Anlaß zur Beleidigung gegeben. Er ist zweifellos ungehalten, außerordentlich ungehalten, ich habe ihn selten so erlebt. Er ist kein ausgeglichener Mensch, und nun ist etwas geschehen, was ihn ganz und gar aus der Fassung gebracht hat. Irgendeine Enttäuschung, irgendein Ärgernis, das gerade jetzt wichtig zu sein scheint, das aber doch schwerlich Sie betreffen kann, denn wie wäre das möglich?«
Catherine fand nur unter großer Anstrengung Worte. Nur um Eleanors willen bemühte sie sich darum. »Jedenfalls täte es mir außerordentlich leid«, sagte sie, »wenn ich ihn beleidigt hätte. Nichts hätte mir ferner gelegen. Aber seien Sie nicht unglücklich, Eleanor. Eine Verabredung muß man halten. Ich bedaure nur, daß man nicht früher daran gedacht hat, dann hätte ich nach Hause schreiben können. Aber es hat weiter keine Bedeutung.«
»Ich hoffe es, ich hoffe von ganzem Herzen, daß es für Ihre Sicherheit keine Bedeutung hat. Aber für alles andere ist es von größter Bedeutung, für Seelenfrieden, Ansehen, Anstand, für Ihre Familie, für die Welt. Wären Ihre Freunde, die Allens, noch in Bath, dann könnten Sie mit Leichtigkeit zu ihnen fahren, in ein paar Stunden wären Sie da. Aber eine Reise von siebzig Meilen, mit der Postkutsche, in Ihrem Alter, allein, ohne Begleitung!«
»Ach, die Reise ist gar nichts. Denken Sie gar nicht daran. Und wenn wir uns trennen müssen, auf ein paar Stunden früher oder später kommt es auch nicht an. Ich kann um sieben fertig sein. Lassen Sie mich rechtzeitig wecken.«
Eleanor merkte, daß Catherine allein sein wollte, und da

es ihr für sie beide besser schien, weitere Gespräche zu vermeiden, verließ sie sie mit einem »Bis morgen früh«.

Catherines übervolles Herz bedurfte der Erleichterung. In Eleanors Gegenwart hatten Freundschaft und Stolz gleichermaßen ihre Tränen zurückgehalten, aber kaum war sie gegangen, da fing sie hemmungslos an zu weinen. Aus dem Haus gewiesen zu werden, und dann noch auf solche Weise! Ohne einen Grund, ohne eine Entschuldigung, die diese Plötzlichkeit, diese Unhöflichkeit, ja, diese Unverschämtheit rechtfertigen oder mildern konnten! Und Henry weit entfernt – nicht einmal Abschied konnte sie von ihm nehmen. Alle Hoffnungen, alle Erwartungen, die sie an ihn hatte, in weite Ferne gerückt – und wer wußte für wie lange? Wer wußte, wann sie sich wiedersehen würden? Und all das von einem Mann wie General Tilney, so höflich, so zuvorkommend, der sie so in sein Herz geschlossen hatte! Es war so unbegreiflich wie demütigend und schmerzlich. Worauf es beruhen und wozu es führen mochte, waren Überlegungen – verwirrend und bedenklich zugleich. Die Art, wie sie behandelt wurde, so unbegreiflich taktlos. Sie aus dem Haus zu jagen ohne jede Rücksicht auf ihre eigenen Wünsche, ja, ihr nicht einmal den Anschein einer Wahl zuzugestehen im Hinblick auf das Wann und Wie ihrer Abreise! Von zwei Tagen den ersten zu wählen, und auch noch die frühestmögliche Stunde, als sei er entschlossen, sie aus dem Hause zu haben, bevor er sich morgens rührte, damit sie ihm ja nicht unter die Augen käme. Was konnte anderes dahinterstecken als ein beabsichtigter Affront? Irgendwie mußte sie das Unglück gehabt haben, ihn zu beleidigen. Eleanor hatte zwar alles getan, um ihr diesen quälenden Gedanken auszureden, aber Catherine hielt es für ausgeschlossen, daß irgendeine ungewollte Beleidigung oder Kränkung solchen Unwillen gegen jemanden hervorrufen könnte, der nicht schuldig war oder mindestens dafür gehalten wurde.

Quälend langsam verging die Nacht. An Schlaf oder an Ruhe, die den Namen Schlaf verdiente, war nicht zu denken. Das Zimmer, in dem nach ihrer Ankunft ihre überspannte Phantasie sie gepeinigt hatte, war noch einmal der Schauplatz erregter Einbildungen und unruhigen Schlummers. Aber wie anders als damals war jetzt der Anlaß ihrer Ruhelosigkeit, wieviel trostloser in seiner Greifbarkeit und Alltäglichkeit! Ihre Angst beruhte auf Tatsachen, ihre Befürchtungen auf Wahrscheinlichkeit! Und während sie in Gedanken so mit dem wirklichen und lebensnahen Bösen beschäftigt war, berührten und beeindruckten sie die Einsamkeit ihrer Lage, die Dunkelheit des Zimmers, das Alter des Gebäudes überhaupt nicht. Obwohl ein heftiger Wind wehte und oft merkwürdige und plötzliche Geräusche im ganzen Haus hervorrief, hörte sie all dem, während sie Stunde um Stunde wachlag, ohne Neugier oder Panik zu.

Kurz nach sechs betrat Eleanor ihr Zimmer in dem Bedürfnis, ihr, wo es ging, beizustehen oder zu helfen. Aber es war nicht mehr viel zu tun. Catherine hatte keine Zeit verloren, sie war fast fertig angezogen und hatte fast fertig gepackt. Die Möglichkeit, daß der General ihr eine versöhnliche Nachricht schicken würde, kam ihr in den Sinn, als seine Tochter eintrat. Was war natürlicher, als daß der Zorn sich legen und Reue an seine Stelle treten würde? Und sie wollte nur wissen, wie sie nach allem, was geschehen war, angemessen auf eine Entschuldigung reagieren sollte. Aber das Wissen wäre nutzlos gewesen, es wurde gar nicht verlangt. Weder Großmut noch Würde wurden auf die Probe gestellt – Eleanor brachte keine Nachricht. Sie wechselten nur wenige Worte, beide suchten im Schweigen ihre sichere Zuflucht, und solange sie in Catherines Zimmer waren, fielen nur ein paar banale Sätze zwischen ihnen. Catherine zog sich in nervöser Hast fertig an, und Eleanor gab sich mit mehr gutem Willen als Sachkenntnis Mühe, die Reisetruhe zu packen. Als alles fertig war und sie das Zimmer verlassen wollten, blieb Catherine einen Augenblick hinter ihrer Freundin zurück, um einen Abschiedsblick auf all die wohlbekannten, liebgewonnenen Gegenstände zu werfen, und ging dann hinunter ins Frühstückszimmer, wo das Frühstück bereitet war. Sie zwang sich zu essen, um sich die Qual zu ersparen, dazu genötigt zu werden, und auch um ihrer Freundin einen Gefallen zu tun. Aber sie hatte keinen Appetit und konnte nur wenige Bissen hinunterbringen. Schmerzlich wurde ihr der Kontrast zwischen dem heutigen und dem letzten Frühstück in diesem Zimmer bewußt und machte ihr die Umgebung noch verhaßter. Es war noch keine vierundzwanzig Stunden her, daß sie sich zu dem gleichen Mahl zusammengefunden hatten, aber unter welch anderen Umständen! Mit welch heiterer Unbefangenheit, welch glücklicher, doch trügerischer Gewißheit hatte sie damals alles um sich herum betrachtet, die Gegenwart genossen und für die Zukunft nichts befürchtet, als daß Henry einen Tag nach Woodston fuhr! Was für ein glückliches Frühstück, denn Henry war da gewesen, Henry hatte neben ihr gesessen und ihr geholfen. Ausgiebig und ohne von ihrer Gefährtin, die selbst in Gedanken versunken dasaß, gestört zu werden, gab sie sich diesen Überlegungen hin. Und erst das Auftauchen der Kutsche riß sie aus ihren Gedanken und rief sie in die Gegenwart zurück. Catherine stieg bei ihrem Anblick das Blut ins Gesicht. Und die Erbärmlichkeit, mit der man sie behandelte, wurde ihr in diesem Augenblick mit solcher Unerbittlichkeit bewußt, daß sie für kurze Zeit nur Empörung empfinden konnte. Eleanor zwang sich nun zum Handeln und Sprechen.

»Sie müssen mir schreiben, Catherine«, rief sie, »Sie müssen sobald wie möglich von sich hören lassen. Solange ich nicht weiß, daß Sie sicher zu Hause sind, werde ich keine ruhige Minute haben. Um *einen* Brief muß ich Sie trotz aller Gefahren, trotz aller Schwierigkeiten bitten. Gönnen Sie mir die Freude zu erfahren, daß Sie wohlbehalten in Fullerton angekommen sind und Ihre Familie gesund vorgefunden haben, und ehe ich Ihnen nicht einen Briefwechsel vorschlagen kann, wie es sich gehört, darf ich nicht mehr erwarten. Richten Sie Ihren Brief an Lord Longtown und, darum muß ich Sie bitten, adressiert an Alice.«

»Nein, Eleanor, wenn Sie einen Brief von mir nicht empfangen dürfen, dann sollte ich lieber gar nicht erst schreiben. Ich komme bestimmt wohlbehalten nach Hause.«

Eleanor entgegnete nur: »Ich verstehe Ihre Empfindungen voll und ganz. Ich will nicht weiter in Sie dringen. Ich verlasse mich auf Ihre Güte, wenn wir voneinander getrennt sind.« Diese Worte und der betrübte Blick, der sie begleitete, genügten, Catherines Stolz dahinschmelzen zu lassen, und sie sagte sofort: »Doch, Eleanor, ich schreibe Ihnen.«

Es gab noch einen weiteren Punkt, den Miss Tilney unbedingt klären wollte, obwohl es ihr peinlich war, davon zu sprechen. Es war ihr eingefallen, daß Catherine nach so langer Abwesenheit von zu Hause womöglich nicht mehr genügend Geld für die Reise hatte, und als sie das Thema berührte und ihr zartfühlend ihre Hilfe anbot, stellte sich heraus, daß sie recht hatte. Catherine hatte bis dahin keinen Gedanken daran verschwendet. Aber als sie in ihr Portemonnaie sah, mußte sie feststellen, daß man sie, wenn ihre Freundin nicht gewesen wäre, sogar ohne die Mittel nach Hause zu kommen, aus dem Haus gewiesen hätte. Und da beide sich die dadurch heraufbeschworenen Unannehmlichkeiten lebhaft vorstellen konnten, wurde während der restlichen Zeit ihres Zusammenseins kaum mehr ein Wort gesprochen. Aber viel Zeit blieb ohnehin nicht. Bald wurde die Kutsche gemeldet. Catherine erhob sich sofort, und eine lange und liebevolle Umarmung ersetzte beim Abschied alle Worte. Als sie die Halle betraten, hielt sie, unfähig das Haus zu verlassen, ohne *den* zu erwähnen, dessen Name bisher nicht zwischen ihnen gefallen war, einen Moment inne und bestellte mit zitternden Lippen und kaum hörbar »freundliche Grüße an ihren abwesenden Freund«. Aber bei dieser Anspielung gelang es ihr nicht, sich noch länger zu beherrschen. Sie verbarg ihr Gesicht, so gut es ging, in ihrem Taschentuch, lief durch die Halle, sprang in die Kutsche, und im nächsten Augenblick fuhr sie ab.

Kapitel 29

Catherine fühlte sich zu elend, um Angst zu haben. Vor der Reise selbst graute ihr nicht, und sie fuhr los, ohne ihre Dauer zu scheuen oder das Alleinsein zu empfinden. In eine Ecke der Kutsche gelehnt, ließ sie ihren Tränen freien Lauf, und die Mauern des Klosters lagen schon einige Meilen hinter ihr, bevor sie den Kopf hob. Die höchste Erhebung im Park war ihrem Blick schon beinahe entschwunden, ehe sie imstande war, sich danach umzusehen. Unglücklicherweise führte ihr Weg über dieselbe Landstraße, auf der sie vor erst zehn Tagen so glücklich nach Woodston und zurück gefahren war. Und vierzehn Meilen lang wurde all ihre Bitterkeit noch durch den Anblick von Dingen verstärkt, die sie zum erstenmal mit so ganz anderen Eindrücken betrachtet hatte. Mit jeder Meile, die sie Woodston näher brachte, wuchs ihre Qual, und als sie in fünf Meilen Entfernung die Abzweigung passierte, die dorthin führte, und an Henry dachte, so nah und doch so ahnungslos, wurde sie von Schmerz und Erschütterung überwältigt.

Der Tag, den sie in Woodston verbracht hatte, zählte zu den glücklichsten ihres Lebens. Dort, an eben jenem Tag, hatte der General in bezug auf Henry und sie solch eindeutige Formulierungen benutzt, hatte sich so unmißverständlich ausgedrückt und verhalten, daß sie zutiefst davon überzeugt gewesen war, er wünschte ihre Heirat tatsächlich. Ja, erst vor zehn Tagen hatte er sie überglücklich gemacht mit seiner betonten Zuvorkommenheit, hatte sie sogar verwirrt durch seine vielsagenden Anspielungen! Und nun – was hatte sie getan oder was hatte sie zu tun versäumt, um einen solchen Umschwung zu verdienen?

Das einzige Vergehen gegen ihn, das sie sich vorzuwerfen hatte, hatte ihm kaum zu Ohren kommen können. Nur Henry und ihr eigenes Herz kannten den empörenden Verdacht, den sie so grundlos gehegt hatte, und bei beiden glaubte sie ihr Geheimnis gleich sicher aufgehoben. Absichtlich jedenfalls konnte Henry sie nicht verraten haben. Sollte sein Vater allerdings durch einen unglücklichen Zufall von dem erfahren haben, was sie zu denken und zu suchen gewagt hatte, von ihren unberechtigten Hirngespinsten und beleidigenden Nachforschungen, dann durfte keine noch so große Empörung sie überraschen. Wenn er wußte, daß sie ihn des Mordes verdächtigt hatte, dann durfte sie sich nicht wundern, wenn er sie aus dem Haus wies. Aber eine für sie so qualvolle Berechtigung konnte er unmöglich haben.

So angestrengt ihre Gedanken auch um diesen Punkt kreisten, es gab doch etwas, was sie intensiver beschäftigte. Ein Gedanke lag ihr näher, eine unmittelbarere, dringlichere Sorge. Was Henry denken und empfinden und was für ein Gesicht er machen würde, wenn er am nächsten Morgen nach Northanger zurückkehrte und von ihrer Abfahrt hörte, war eine Frage, deren Gewicht und Reiz alles andere verdrängte, die sich immer wieder, abwechselnd quälend und tröstend, stellte. Mal befürchtete sie, auf seine schweigende Ergebenheit schließen zu müssen, mal setzte sie das schönste Vertrauen auf sein Bedauern und seinen Widerstand. Mit dem General würde er sich natürlich nicht zu reden getrauen, aber Eleanor, was würde er Eleanor nicht alles von ihr erzählen!

Während ihr so Zweifel und Fragen in ständigem Kreislauf durch den Kopf gingen, ohne daß ihr Verstand fähig war, länger als einen Augenblick bei einem einzigen Punkt zu verweilen, vergingen die Stunden, und ihre Reise näherte sich ihrem Ende schneller, als ihr lieb war. Die quälenden Gedanken, die sie daran hinderten, ihre Umgebung wahrzunehmen, sobald sie die Gegend von Woodston hinter sich gelassen hatte, bewahrten sie gleichzeitig davor, den Fortgang ihrer Reise zu beobachten. Und obwohl nichts auf der Straße ihre Aufmerksamkeit auch nur einen Augenblick fesseln konnte, kam sie ihr an keinem Punkt langweilig vor. Davor bewahrte sie noch etwas anderes: sie sehnte das Ende der Reise durchaus nicht herbei. Denn eine Rückkehr nach Fullerton auf diese Weise würde ihr beinahe ganz das Vergnügen rauben, die Menschen wiederzusehen, die sie am meisten liebte, selbst nach so langer Abwesenheit – einer Abwesenheit von elf Wochen. Was konnte sie vorbringen, das nicht sie selbst demütigen und ihrer Familie wehtun würde, das ihren Kummer durch sein Eingeständnis nicht noch vergrößern, eine sinnlose Verbitterung verschlimmern und vielleicht die Entrüstung über den Schuldigen unterschiedslos auf die Unschuldigen ausdehnen würde. Sie würde Henrys und Eleanors Qualitäten niemals gerecht werden können und war unfähig, sie in Worte zu fassen. Und sollte man schlecht von ihnen denken, sollte man ihnen ihres Vaters wegen einen Vorwurf machen, es würde sie im Innersten treffen.

Bei solchen Gefühlen fürchtete sie den Anblick des wohlbekannten Kirchturms, der ihr ankündigte, daß sie nur noch zwanzig Meilen von zu Hause entfernt war, eher als daß sie ihn herbeisehnte. Salisbury, so viel hatte sie bei ihrer Abfahrt von Northanger gewußt, war ihr Reiseziel. Aber nach der ersten Etappe hatte sie sich wegen der Namen der Orte, durch die sie kommen mußte, ganz auf die Postmeister verlassen. So wenig kannte sie ihre Reiseroute. Es ereignete sich allerdings nichts, was sie hätte ängstigen oder erschrecken können. Ihre Jugend, ihr höfliches Benehmen und reichliches Trinkgeld verschafften ihr all die Aufmerksamkeit, die eine Reisende wie sie sich wünschen konnte. Und da man nur anhielt, um die Pferde zu wechseln, reiste sie ungefähr elf Stunden ohne beunruhigenden Zwischenfall und fuhr zu ihrer Überraschung zwischen sechs und sieben Uhr abends nach Fullerton hinein.

Die Rückkehr der Heldin am Ende ihrer Laufbahn in ihr heimatliches Dorf, im vollen Triumph ihres wiederhergestellten Rufs und mit der ganzen Würde einer Gräfin, mit einem langen Zug von adligen Verwandten, in einer Reihe vornehmer Wagen und drei Zofen in einer vierspännigen Kutsche hinter sich, ist ein Ereignis, bei dem die Feder jeder Autorin allen Grund hat, mit Entzücken zu verweilen. Sie ziert das Ende jedes Buches, und auch die Autorin hat teil an dem Ruhm, den sie so großzügig verteilt. Aber bei mir steht die Sache ganz anders. Ich lasse meine Heldin in Einsamkeit und Schande nach Hause kommen. Und keine freudige Begeisterung kann mich zu einer genauen Schilderung hinreißen. Eine Heldin in einer gewöhnlichen Postkutsche versetzt allen hochfliegenden Gefühlen einen solchen Schlag, daß auch Prunk und Pathos dagegen machtlos sind. Geschwind soll also der Kutscher unter den Blicken von Sonntagsspaziergängern durchs Dorf fahren, und eilig soll sie aussteigen.

Aber so betrübt Catherines Gemüt, als sie auf das Pfarrhaus zuging, und so groß die Beschämung ihrer Autorin bei der Beschreibung auch sein mag, denen zu Hause bereitete sie damit eine nicht alltägliche Freude; einmal durch die Ankunft der Postkutsche und zum andern durch sich selbst. Da eine Reisekutsche ein seltener Anblick in Fullerton war, war die ganze Familie unverzüglich am Fenster. Und daß sie am Gartentor hielt, war eine Freude, die alle Augen strahlen und alle Herzen höher schlagen ließ – eine ganz unerwartete Freude für alle außer den beiden jüngsten Kindern, einem Jungen von sechs und einem Mädchen von vier Jahren, die in jeder Kutsche einen Bruder oder eine Schwester erwarteten. Glücklich der Blick, der Catherine zuerst erkannte! Glücklich die Stimme, die die Entdeckung verkündete! Aber ob nun George oder Harriet rechtmäßig Anspruch auf dieses Glück erheben konnte, war nicht genau festzustellen.

Ihr Vater, ihre Mutter, Sarah, George und Harriet, alle an der Tür versammelt, um sie mit liebevoller Ungeduld zu begrüßen – das war ein Anblick, der die schönsten Gefühle in Catherines Herzen weckte. Und in der Umarmung jedes einzelnen fühlte sie sich, als sie aus der Kutsche stieg, über alle Erwartung getröstet. So umgeben, so ans Herz gedrückt fühlte sie sich beinahe glücklich. In der freudigen Geborgenheit familiärer Liebe war der Schmerz für eine Weile gedämpft, und da die Freude, Catherine wiederzusehen, ihnen zuerst wenig Zeit zu nüchternen Fragen ließ, saßen sie bald alle um den runden Teetisch, den Mrs. Morland mit Rücksicht auf die arme Reisende, deren blasses und abgespanntes Aussehen ihr nicht entging, eilig gedeckt hatte, bevor ihr Fragen gestellt wurden, deren Direktheit eine genaue Antwort verlangte.

Widerstrebend und nach vielem Zögern begann sie schließlich, was mit viel Entgegenkommen von seiten der Zuhörer vielleicht nach Ablauf einer halben Stunde eine Erklärung genannt werden konnte. Sie hatten Mühe, innerhalb dieses Zeitraums den Grund für ihre plötzliche Rückkehr zu begreifen oder die Einzelheiten zu erfassen. Sie waren durchaus keine empfindliche Familie, durchaus nicht geneigt, etwas vorschnell als Affront zu verstehen oder gar erbittert nachzutragen. Aber hier handelte es sich, als die ganze Geschichte ans Licht kam, doch um eine Beleidigung, die man nicht unterschätzen und zumindest während der ersten halben Stunde nicht so leicht vergeben konnte. Ohne sich überspannten Ängsten hinzugeben, konnten Mr. und Mrs. Morland angesichts der langen und einsamen Reise ihrer Tochter doch nicht umhin, sich vorzustellen, wieviel Unannehmlichkeiten ihr daraus hätten entstehen können, daß sie so etwas freiwillig niemals geduldet hätten und daß General Tilney, indem er ihr so etwas zumutete, weder ehrenhaft noch verständnisvoll, weder wie ein Gentleman noch wie ein Vater gehandelt hatte. Warum er es getan hatte, was ihn zu solcher Verletzung seiner Gastfreundschaft herausgefordert haben und all seine Zuneigung zu ihrer Tochter so plötzlich in regelrechte Abneigung verwandelt haben mochte, das leuchtete ihnen fast noch weniger ein als Catherine. Aber es bedrückte sie keineswegs so lange. Und nach einer Reihe von unumgänglichen, aber fruchtlosen Vermutungen brachte sie die Tatsache, daß es eine merkwürdige Angelegenheit sei und er ein sehr merkwürdiger Mann sein müsse, über all ihre Empörung und Verständnislosigkeit hinweg. Nur Sarah gab sich noch eine Zeitlang den Genüssen der Rätselhaftigkeit hin und brach mit jugendlichem Feuer in Ausrufe und Vermutungen aus. »Mein Kind, du machst dir eine Menge unnötiger Sorgen«, sagte ihre Mutter schließlich, »verlaß dich darauf, es lohnt sich nicht, sich darüber den Kopf zu zerbrechen.«

»Ich kann ja verstehen, daß ihm Catherine im Wege war, als ihm die frühere Verabredung einfiel«, sagte Sarah, »aber warum erledigte er es nicht auf höflichere Art?«

»Mir tun die jungen Leute leid«, entgegnete Mrs. Morland, »sie haben es jetzt bestimmt nicht leicht. Aber abgesehen davon, ist der Fall für uns erledigt. Catherine ist heil wieder zu Hause, und unser Wohlergehen hängt nicht von General Tilney ab.« Catherine seufzte. »Zugegeben«, fuhr ihre abgeklärte Mutter fort, »ich bin froh, daß ich vorher von deiner Reise nichts wußte. Aber jetzt, wo alles glücklich vorbei ist, ist der Schaden nicht groß. Es tut jungen Leuten ganz gut, mal auf sich selbst gestellt zu sein, und du weißt ja, meine liebe Catherine, du warst immer ein trauriger kleiner ›zerstreuter Professor‹, aber nun mußtest du deine fünf Sinne wohl oder übel zusammennehmen, wo du so oft die Postkutsche wechseln mußtest und so weiter. Und hoffentlich stellt sich nicht heraus, daß du etwas in den Seitentaschen vergessen hast.«

Das hoffte Catherine auch und gab sich Mühe, ihren eigenen Fortschritten Interesse abzugewinnen, aber sie war zu niedergeschlagen dazu. Und da sie nur den einzigen Wunsch hatte, zu schweigen und allein zu sein, befolgte sie bereitwillig den nächsten Rat ihrer Mutter, ins Bett zu gehen. Da ihre Eltern in ihrer Blässe und Erregung nichts sahen als die natürliche Folge ihrer großen Enttäuschung und der ungewöhnlichen Anstrengung und Strapaze einer solchen Reise, trennten sie sich von ihr in der Gewißheit, daß diese bald durch den Schlaf überwunden würden. Und obwohl sie sich am nächsten Morgen beim Frühstück nicht so erholt hatte wie gehofft, kam ihnen noch immer nicht der geringste Verdacht, daß der Schmerz tiefer saß. Daß ihr Herz im Spiel sein könne, kam ihnen nicht ein einziges Mal in den Sinn, was bei Eltern einer jungen Dame von siebzehn, die soeben von ihrem ersten Ausflug in die Welt zurückgekehrt ist, einigermaßen verblüfft.

Sobald das Frühstück vorüber war, setzte sich Catherine hin, um ihr Versprechen gegenüber Miss Tilney zu erfüllen, deren Vertrauen auf die Wirkung von Zeit und Entfernung auf die Stimmung ihrer Freundin sich bereits bestätigte, denn schon machte sich Catherine Vorwürfe, sich so kühl von Eleanor verabschiedet, ihre Freundschaftsbeweise und ihre Fürsorge nicht gebührend gewürdigt und nicht genug Mitleid aufgebracht zu haben für das, was sie nach ihrer Abfahrt durchmachen mußte. Die Intensität dieser Empfindungen kam ihrer Feder allerdings keineswegs zugute, und nie war ihr das Schreiben so schwer gefallen wie jetzt an Eleanor Tilney. Einen Brief aufzusetzen, der gleichzeitig ihren Gefühlen und ihrer Lage gerecht wurde, Dankbarkeit ohne unterwürfiges Bedauern, Zurückhaltung ohne Kälte und Ehrlichkeit ohne Bitterkeit ausdrückte – ein Brief, dessen Lektüre Eleanor nicht verletzen würde und bei dem vor allem sie selbst nicht zu erröten brauchte, falls Henry ihn zu sehen bekam, war ein Unterfangen, an dem sie fast verzweifelte. Es ganz kurz zu machen, war nach langem Nachdenken und großer Unschlüssigkeit das einzige, wozu sie sich mit Selbstvertrauen entschließen konnte. Das Geld, das Eleanor ihr geliehen hatte, wurde deshalb mit wenig mehr als dankbarer Anerkennung und tausend guten Wünschen einer zärtlichen Freundin zurückgeschickt.

»Das war eine eigenartige Bekanntschaft«, bemerkte Mrs. Morland, als der Brief fertig war, »schnell geschlossen und schnell beendet. Es tut mir leid, daß es so gekommen ist, denn Mrs. Allen hielt sie für ausgesprochen nette junge Leute. Und mit deiner Isabella hattest du auch solches Pech. Ach! Armer James! Nun ja, man lernt nie aus, und ich hoffe, daß die nächsten Freunde, die ihr kennenlernt, sich als verläßlicher erweisen.«

Catherine wurde rot, als sie mit Nachdruck erwiderte: »Keine Freundin könnte verläßlicher sein als Eleanor.«

»Wenn das so ist, mein Kind, dann werdet ihr euch bestimmt irgendwann wiedersehen. Mach dir nichts daraus. Ich wette, daß ihr euch im Laufe der nächsten Jahre wieder über den Weg lauft. Und was wird das für eine Freude sein!«

Mrs. Morland hatte wenig Glück mit dem Versuch, Catherine zu trösten. Bei der Aussicht auf ein Wiedersehen im Laufe der nächsten Jahre konnte sich Catherine lebhaft ausmalen, was in der Zeit geschehen mochte, um ihr ein Wiedersehen unerträglich zu machen. Sie würde Henry Tilney nie vergessen oder mit weniger Zärtlichkeit an ihn denken als in diesem Moment. Aber vielleicht vergaß er sie ja. Und sich dann wiederzutreffen ...! Ihre Augen füllten sich mit Tränen bei dem Gedanken an eine unter solchen Umständen erneuerte Bekanntschaft. Und da ihre Mutter sah, daß ihre tröstlichen Vorschläge nicht die gewünschte Wirkung hatten, machte sie einen neuen Vorschlag, ihre Stimmung zu heben, nämlich Mrs. Allen zu besuchen.

Die beiden Häuser lagen nur eine Viertelmeile auseinander, und auf dem Weg dorthin informierte Mrs. Morland sie kurz und bündig über ihren Eindruck von James' enttäuschter Liebe. »Er tut uns allen leid«, sagte sie, »aber abgesehen davon ist der Schaden nicht groß, daß aus dem Verlöbnis nichts geworden ist. Denn es kann nicht viel daran gelegen sein, daß er sich mit einem Mädchen verlobt hat, die wir so gar nicht kannten und die so gänzlich ohne Vermögen war. Und nun, nach solchem Benehmen, halten wir gar nichts mehr von ihr. Im Moment ist es schmerzlich für den armen James, aber das wird nicht ewig dauern. Und da er beim erstenmal seine Wahl so blindlings getroffen hat, wird er für den Rest seines Lebens hoffentlich um so vorsichtiger sein.«

Eine solch nüchterne Zusammenfassung hatte Catherine gerade noch gefehlt. Noch ein Satz, und sie hätte vielleicht die Beherrschung verloren und weniger gefaßt geantwortet. Denn bald wurde ihre ganze verstandesmäßige Einsicht von der Betrachtung überwältigt, welchen Wandel ihre Gefühle und Stimmungen durchgemacht hatten, seit sie das letztemal diese wohlbekannte Straße entlanggegangen war. Es waren keine drei Monate her, seit sie hier, ausgelassen vor freudiger Erwartung, mit leichtem Herzen, fröhlich und unbeschwert, in der Aussicht auf unbekannte und ungemischte Freuden und ohne sich vor Bosheit zu fürchten oder sie zu kennen, mindestens zehnmal pro Tag hin und her gelaufen war. So war es vor drei Monaten um sie bestellt gewesen, und wie verändert kam sie nun zurück!

Sie wurde von den Allens mit all der Freundlichkeit empfangen, die man in Anbetracht ihres unerwarteten Erscheinens und ihrer verläßlichen Zuneigung erwarten konnte. Groß war ihre Überraschung und nachdrücklich ihr Mißfallen, als sie hörten, wie man sie behandelt hatte, obwohl Mrs. Morland keine übertriebene Darstellung davon gab, keinen bewußten Appell an ihre Emotionen machte. »Catherine kam völlig überraschend gestern abend«, sagte sie. »Sie ist den ganzen Weg allein mit der Postkutsche gereist und wußte bis zum Sonnabend abend selbst nichts von ihrem Kommen. Denn General Tilney war ihrer aus irgendeiner Laune plötzlich überdrüssig geworden und warf sie beinahe aus dem Haus. Sehr unliebenswürdig, keine Frage, und er muß ein sehr merkwürdiger Mann sein. Aber wir sind so froh, sie wieder bei uns zu haben. Und es ist ein großer Trost zu wissen, daß sie kein hilfloses kleines Kind mehr ist, sondern sehr gut allein fertig werden kann.«

Mr. Allens Worte zu diesem Thema verrieten den verständlichen Ärger eines vernünftigen Freundes. Und Mrs. Allen gefielen seine Ausdrücke so gut, daß sie sich diese gleich zu eigen machte. Sein Erstaunen, seine Vermutungen und seine Erklärungen wurden in derselben Reihenfolge von ihr wiederholt, und jede zufällige Pause mit dem einzigen Zusatz gefüllt: »Ich bin wirklich ungehalten über den General.« Und: »Ich bin wirklich ungehalten über den General«, fiel noch zweimal, als Mr. Allen das Zimmer verlassen hatte, ohne daß ihr Ärger nachließ oder sie wesentlich vom Thema abwich. Bei der dritten Wiederholung geriet sie schon auf deutlichere Abwege, und nach der vierten fuhr sie unmittelbar fort: »Stellen Sie sich vor, mein Kind, ich habe diesen entsetzlich großen Riß in meinem besten Spitzenkleid, bevor ich Bath verließ, so unglaublich kunstvoll ausbessern lassen, daß man nicht einmal mehr sieht, wo er war. Ich muß es Ihnen irgendwann einmal zeigen. Bath ist trotzdem ein schöner Ort, Catherine. Glauben Sie mir, ich hatte überhaupt keine Lust abzufahren. Mrs. Thorpe zu treffen, war ein solcher Trost für uns, nicht wahr? Wir beide fühlten uns zu Anfang ganz verloren.«

»Ja, aber *das* hat nicht lange gedauert«, sagte Catherine und ihre Augen leuchteten bei der Erinnerung an das, was ihr Leben dort zu Anfang so reizvoll gemacht hatte.

»Das stimmt. Wir haben bald Mrs. Thorpe getroffen, und von da an waren wir wunschlos glücklich. Finden Sie nicht, mein Kind, diese seidenen Handschuhe haben sich gut getragen? Ich habe sie neu angezogen, als wir zum erstenmal in die Unteren Gesellschaftsräume gegangen sind, und habe sie seitdem sehr oft getragen. Erinnern Sie sich an den Abend?«

»Erinnern? Oh! Und ob!«

»Es war sehr unterhaltsam, nicht wahr? Mr. Tilney trank Tee mit uns, und ich habe ihn immer für einen Gewinn gehalten, er ist so unterhaltsam. Ich glaube, Sie haben sogar mit ihm getanzt, aber ich bin nicht ganz sicher. Ich erinnere mich, ich hatte mein Lieblingskleid an.«

Catherine konnte nicht antworten. Und nachdem man es mit ein paar anderen Themen versucht hatte, kehrte Mrs. Allen zu »Ich bin wirklich ungehalten über den General« zurück. »Ein so unterhaltsamer, ehrenwerter Mann, wie er anscheinend war! Ich kann mir nicht vorstellen, Mrs. Morland, daß Sie jemals einen so vollkommenen Gentleman getroffen haben. Seine Wohnung wurde gleich am Tag nach seiner Abfahrt wieder vermietet, Catherine. Aber kein Wunder, Sie wissen ja, Milsom Street ...«

Als sie wieder nach Hause gingen, gab sich Mrs. Morland Mühe, ihre Tochter davon zu überzeugen, wie glücklich sie sich schätzen könne, zwei so verläßliche und wohlmeinende Leute wie Mr. und Mrs. Allen zu kennen, und wie wenig die Geringschätzung oder Unfreundlichkeit von solch flüchtigen Bekannten wie den Tilneys bedeute, wenn sie sich die gute Meinung und Zuneigung ihrer früheren Freunde erhalten könne. In all dem steckte eine gehörige Portion gesunder Menschenverstand. Aber es gibt Stimmungen im menschlichen Leben, denen man mit gesundem Menschenverstand nicht beikommt. Und Catherines Empfindungen widersprachen den Standpunkten, die ihre Mutter vertrat, beinahe in allem. Es war gerade das Verhalten dieser ganz flüchtigen Bekannten, wovon ihr ganzes gegenwärtiges Glück abhing. Und während Mrs. Morland ihren eigenen Standpunkt erfolgreich durch ihre einleuchtende Darstellung bestätigte, dachte Catherine insgeheim, daß Henry *jetzt* in Northanger angekommen sein, *jetzt* von ihrer Abreise gehört haben mußte und sie *jetzt* vielleicht alle nach Hereford aufbrachen.

Kapitel 30

Catherine neigte von Natur weder dazu stillzusitzen, noch hatte sie sich je durch besonderen Fleiß ausgezeichnet. Und wenn ihre Mutter sich darüber schon vorher Sorgen gemacht hatte, so konnte sie jetzt nicht umhin festzustellen, daß sich der Fehler wesentlich verschlimmert hatte. Sie konnte keinen Moment stillsitzen und sich auch keine zehn Minuten lang beschäftigen, sie wanderte immer wieder durch den Blumen- und Obstgarten, als hielte sie ein innerer Motor in Bewegung. Und anscheinend wanderte sie auch lieber durchs Haus, als daß sie sich ruhig im Wohnzimmer hinsetzte. Die auffälligste Veränderung war allerdings ihre Niedergeschlagenheit. Wenn das ziellose Umhergehen und die Untätigkeit nur ein verzerrtes Bild ihres früheren Selbst waren, so war sie in ihrem Schweigen und ihrer Traurigkeit das genaue Gegenteil von allem, was sie früher gewesen war.
Zwei Tage lang ließ Mrs. Morland es hingehen, ohne auch nur ein Wort zu sagen. Aber als auch die dritte Nacht ihre Fröhlichkeit nicht wieder hergestellt und weder ihren Unternehmungsgeist belebt noch ihr Interesse am Handarbeiten angeregt hatte, konnte sie sich

eines leisen Vorwurfs nicht länger enthalten: »Meine liebe Catherine, ich fürchte, du spielst etwas zu sehr die feine Dame. Ich weiß nicht, wann der arme Richard seine Krawatten gebügelt bekäme, wenn sich außer dir niemand seiner annähme. Bath spukt dir zuviel im Kopf herum. Aber alles hat seine Zeit – Bälle und Theater und Arbeit. Du hast dich nun lange genug amüsiert, jetzt mußt du versuchen, dich nützlich zu machen.«

Catherine machte sich gleich an die Arbeit und sagte mit bedrückter Stimme, Bath spuke ihr nicht im Kopf herum – jedenfalls kaum.

»Dann grämst du dich über General Tilney, und das ist sehr einfältig von dir. Denn ich wette, du siehst ihn nie wieder. Über Kleinigkeiten soll man sich nicht grämen.« Nach kurzer Pause fuhr sie fort: »Ich hoffe nicht, mein Kind, daß es dir zu Hause nicht mehr gefällt, weil es nicht so großartig ist wie Northanger. Dann hätte dein Besuch nur Unheil angerichtet. Man soll sich überall wohl fühlen, aber besonders zu Hause, weil man dort die meiste Zeit verbringt. Es hat mir gar nicht recht gefallen, daß du beim Frühstück so viel über das französische Brot in Northanger geredet hast.«

»Mir liegt nichts an dem Brot. Es ist mir ganz egal, was ich esse.«

»Es gibt in einem der Bücher oben einen sehr klugen Aufsatz über genau dieses Thema, über junge Mädchen, denen ihre hochgestochenen Bekanntschaften den Geschmack an zu Hause vergällt haben ... Im *Mirror*[33], glaube ich, ich suche ihn dir bei Gelegenheit heraus, denn ich bin sicher, er wird dir guttun.«

Catherine sagte nichts weiter und machte sich mit der Absicht, sich zu bessern, an die Arbeit. Aber nach ein paar Minuten versank sie, ohne es selbst zu merken, wieder in Mutlosigkeit und Melancholie, und aus Unzufriedenheit mit sich selbst bewegte sie sich auf dem Stuhl mehr, als sie die Nadel bewegte. Mrs. Morland beobachtete diesen bedenklichen Rückfall, und da sie in dem abwesenden und lustlosen Blick ihrer Tochter den vollen Beweis für die Verdrossenheit sah, auf die sie ihren Mangel an Heiterkeit nun zurückzuführen begann, verließ sie eilig das Zimmer, um das besagte Buch zu holen, entschlossen, bei der Bekämpfung einer so schrecklichen Krankheit keine Zeit zu verlieren. Es dauerte einige Zeit, bevor sie finden konnte, was sie suchte. Und da andere familiäre Angelegenheiten sie aufhielten, war eine Viertelstunde vergangen, ehe sie mit dem Band, auf den sie so viel Hoffnung setzte, herunterkam. Da sie bei ihrer Beschäftigung so viel Lärm machte, daß die übrigen Geräusche im Haus nicht mehr zu ihr heraufdrangen, ahnte sie nicht, daß innerhalb der letzten paar Minuten ein Besucher ins Haus gekommen war, bis ihr Blick bei ihrem Eintritt ins Zimmer als erstes auf einen jungen Mann fiel, den sie noch nie gesehen hatte. Voller Ehrerbietung erhob er sich sofort, und als er ihr von ihrer verlegenen Tochter als »Mr. Henry Tilney« vorgestellt worden war, begann er sich mit der Zurückhaltung echten Zartgefühls für sein Erscheinen zu entschuldigen, gestand, daß er nach allem, was vorgefallen war, wenig Aussicht habe, in Fullerton willkommen zu sein, und gab seinen dringenden Wunsch, Gewißheit über Miss Morlands sichere Heimkehr zu erhalten, als Grund seiner Aufdringlichkeit an. Seine Worte waren an keinen voreingenommenen Richter und kein verbittertes Herz gerichtet. Weit davon entfernt, seine oder die Rolle seiner Schwester bei dem ungehörigen Benehmen ihres Vaters zu durchschauen, hatte Mrs. Morland immer freundlich von den beiden gedacht und empfing ihn deshalb, von seiner Erscheinung angetan, mit schlichten Bekundungen ungekünstelten Wohlwollens, dankte ihm für so viel Aufmerksamkeit ihrer Tochter gegenüber, versicherte ihm, daß die Freunde ihrer Kinder ihr immer willkommen seien und bat ihn inständig, kein Wort mehr über die Vergangenheit zu verlieren.

Er schien nicht abgeneigt, dieser Bitte nachzukommen,

denn obwohl ihm bei solch unerwarteter Nachsicht ein Stein vom Herzen fiel, war er in diesem Moment ohnehin außerstande, irgend etwas zu dem Thema zu sagen. Er kehrte deshalb schweigend zu seinem Stuhl zurück und beantwortete einige Minuten lang höchst zuvorkommend Mrs. Morlands alltägliche Bemerkungen über das Wetter und die Straßen. Catherine – die ängstliche, erregte, glückliche, fiebernde Catherine – sagte währenddessen nicht ein Wort. Aber ihre glühenden Wangen und leuchtenden Augen gaben ihrer Mutter die Gewißheit, daß dieser gutgemeinte Besuch ihr zumindest eine Zeitlang ihre Seelenruhe wiedergeben würde, und bereitwillig legte sie deshalb den ersten Band des *Mirror* für eine spätere Stunde beiseite.

Um ihrem Gast, dessen Verlegenheit wegen seines Vaters ihr ehrlich leid tat, Mut zu machen und die Unterhaltung zu beleben, lag Mrs. Morland an der Unterstützung ihres Mannes, und sie hatte sofort eins der Kinder losgeschickt, um ihn zu holen. Aber Mr. Morland war außer Haus, und da sie nun ganz auf sich gestellt war, hatte sie nach Ablauf einer Viertelstunde nichts mehr zu sagen. Nach ein paar Minuten ununterbrochenen Schweigens wandte sich Henry zum erstenmal seit dem Eintreten ihrer Mutter an Catherine und fragte sie mit plötzlicher Lebhaftigkeit, ob Mr. und Mrs. Allen in Fullerton seien, und da er dem verwirrenden Wortschwall ihrer Antwort die Bedeutung entnahm, die eine kurze Silbe ebenso vermittelt hätte, drückte er unverzüglich seinen Wunsch aus, ihnen seine Aufwartung zu machen, und bat Catherine errötend, ob sie die Güte haben wolle, ihm den Weg zu zeigen. »Sie können das Haus vom Fenster aus sehen, Sir«, wurde er von Sarah belehrt, was lediglich eine anerkennende Verbeugung von seiten des Gentleman und ein beschwichtigendes Kopfnicken von seiten ihrer Mutter hervorrief. Denn da Mrs. Morland es bei genauerer Überlegung für wahrscheinlich hielt, daß sich hinter seinem Wunsch, ihre schätzenswerten Nachbarn aufzusuchen, die Absicht verbarg, das Verhalten seines Vaters zu erklären, was ihm im Alleinsein mit Catherine leichter fallen mußte, wollte sie ihre Tochter unter keinen Umständen daran hindern, ihn zu begleiten. Sie machten sich auf den Weg, und Mrs. Morland hatte mit ihren Vermutungen so unrecht nicht. Er wollte zwar auch die Handlungsweise seines Vaters erklären, aber sein Hauptanliegen war, sich selbst zu erklären, und bevor sie Mr. Allens Grundstück erreicht hatten, war ihm das so gut gelungen, daß Catherine fand, es könne gar nicht oft genug wiederholt werden. Er versicherte sie seiner Zuneigung und bat sie ihrerseits um ihr Herz, obwohl es ihm, wie beide vermutlich ganz genau wußten, längst gehörte. Denn obwohl Henry nun von ganzem Herzen an ihr hing, obwohl er all die Vorzüge ihres Charakters zu schätzen und lieben wußte und ihre Gesellschaft genoß, muß ich doch gestehen, daß diese Zuneigung aus nichts als Dankbarkeit entstanden war, mit anderen Worten, daß die Überzeugung, daß sie eine Schwäche für ihn hatte, der einzige Grund dafür gewesen war, sie ernsthaft in Erwägung zu ziehen. Ich gebe zu, daß dies in einem Liebesroman eine etwas ungewöhnliche und der Würde einer Heldin äußerst abträgliche Motivation ist. Aber wenn sie im alltäglichen Leben genauso ungewöhnlich sein sollte, dann kann ich mir wenigstens etwas auf meine blühende Phantasie zugute halten.

Nach einem kurzen Besuch bei Mrs. Allen, wo Henry ohne Sinn und Verstand ins Blaue hinein redete und Catherine, in die Betrachtung ihres eigenen unaussprechlichen Glücks versunken, kaum den Mund aufmachte, konnten sie sich den Wonnen eines zweiten Tête-à-tête hingeben, und bevor sie es enden ließen, hatte er sie in die Lage versetzt zu beurteilen, wie weit sein gegenwärtiger Antrag von väterlicher Autorität gutgeheißen wurde. Bei seiner Rückkehr aus Woodston vor zwei Tagen war er von seinem Vater in der Nähe des Klosters ungeduldig erwartet, überstürzt und in zornigen Worten von Miss

Morlands Abreise informiert und angehalten worden, nicht mehr an sie zu denken.
So sah die väterliche Billigung aus, auf die er seinen Heiratsantrag stützte. Die verschüchterte Catherine konnte, als sie seiner Darstellung voll von schrecklichen Ahnungen zuhörte, nur dankbar für die liebevolle Rücksicht sein, daß Henry sie vor der Notwendigkeit einer Ablehnung aus Gewissensgründen bewahrt hatte, indem er sich ihres Jaworts vergewissert hatte, bevor er dieses Thema erwähnte. Und als er dazu überging, ihr die Einzelheiten zu berichten und die Motive für das Verhalten seines Vaters zu erklären, steigerten sich ihre Empfindungen zu jubelndem Triumph. Der General hatte ihr nichts vorzuwerfen, ihr nichts zur Last zu legen gehabt, als daß sie unwissentlich Gegenstand einer Täuschung geworden war, die sein Stolz nicht verzeihen konnte und die einzugestehen ein durch Einsicht gemäßigter Stolz sich geschämt hätte. Ihre einzige Schuld bestand darin, weniger reich zu sein, als er angenommen hatte. Irregeführt von dem Glauben an ihren Reichtum und ihre Erbansprüche hatte er in Bath ihre Bekanntschaft gesucht, sie ausdrücklich nach Northanger eingeladen und zu seiner Schwiegertochter bestimmt. Bei der Entdeckung seines Irrtums schien es ihm das Beste, sie aus dem Hause zu werfen, obwohl ihm auch das noch als ungenügender Beweis seiner Empörung über sie und seiner Verachtung für ihre Familie vorkam.
John Thorpe hatte in zuerst getäuscht. Als der General eines Abends im Theater bemerkte, daß sein Sohn sich über Gebühr um Miss Morland bemühte, hatte er sich zufällig bei Thorpe erkundigt, ob er mehr von ihr wisse als ihren Namen. Thorpe, dem nur zu sehr daran lag, zum Bekanntenkreis eines Mannes von General Tilneys Bedeutung zu gehören, hatte geschmeichelt und nur zu bereitwillig Auskunft gegeben. Und da er zu der Zeit nicht nur täglich Morlands Verlobung mit Isabella erwartete, sondern auch ziemlich entschlossen war, selbst

Catherine zu heiraten, hatte seine Eitelkeit ihn bewegt, die Familie als noch reicher darzustellen, als er sich in seiner Eitelkeit und Habgier eingebildet hatte. Mit wem er auch umging oder sich zu verbinden gedachte, immer erforderte es seine eigene Stellung, daß sie etwas darstellten, und in dem Maße wie sein Verhältnis zu seinen Bekannten enger wurde, wuchs regelmäßig auch ihr Vermögen. Die von Anfang an übertriebenen Hoffnungen auf seinen Freund Morland waren deshalb seit dessen Bekanntschaft mit Isabella ständig gestiegen. Und um der Größe des Augenblicks gerecht zu werden, fügte er noch einmal soviel hinzu, verdoppelte noch einmal das willkürlich veranschlagte Einkommen aus Mr. Morlands Stellung, verdreifachte sein Privatvermögen, erfand eine reiche Tante, strich die Hälfte der Kinder und konnte auf diese Weise dem General die ganze Familie in einem höchst eindrucksvollen Licht darstellen. Für Catherine allerdings, dem besonderen Gegenstand der Neugier des Generals und seiner eigenen Spekulationen, hatte er sich noch etwas Besonderes ausgedacht, bei ihr würden die zehn- oder fünfzehntausend Pfund, die ihr Vater ihr als Mitgift geben konnte, eine ansehnliche Ergänzung zu Mr. Allens Besitz sein. Catherines intimes Verhältnis zu den Allens hatte ihn ernsthaft davon überzeugt, daß sie später großzügig für sie sorgen würden, und von ihr als der fast offiziellen zukünftigen Erbin von Fullerton zu sprechen, ergab sich daher wie von selbst. Auf diese Informationen hatte sich der General verlassen, denn es war ihm gar nicht eingefallen, ihre Glaubwürdigkeit zu bezweifeln. Daß Thorpe durch die bevorstehende Verbindung seiner Schwester mit einem Familienmitglied und seine eigenen Absichten auf ein weiteres (Umstände, über die er mit beinahe gleicher Freimütigkeit prahlte) Interesse an der Familie hatte, schienen ihm ausreichende Gewähr für ihre Wahrheit. Hinzu kam die unbestreitbare Tatsache, daß die Allens vermögend und kinderlos waren, daß sich Miss Morland in ihrer Obhut befand und, sobald seine

Bekanntschaft ihm ein Urteil darüber erlaubte, daß sie diese mit elterlicher Zuneigung behandelten. Sein Entschluß stand bald fest. Schon hatte er im Blick seines Sohnes Sympathie für Miss Morland entdeckt. Und dankbar für Mr. Thorpes Mitteilung, beschloß er auf der Stelle, nichts unversucht zu lassen, die Beziehung, mit der dieser geprahlt hatte, zu untergraben und seine schönsten Hoffnungen zu zerstören. Catherine ahnte damals von alledem ebensowenig wie seine eigenen Kinder. Henry und Eleanor, die in ihren Lebensumständen nichts fanden, was die besondere Aufmerksamkeit ihres Vaters gerechtfertigt hätte, hatten mit Erstaunen die Plötzlichkeit, das Anhalten und Ausmaß seiner Hochachtung beobachtet. Und obwohl Henry in letzter Zeit aufgrund einiger Andeutungen, die den beinahe ausdrücklichen Befehl begleiteten, alles Erdenkliche zu tun, um Miss Morland an sich zu fesseln, überzeugt war, daß sein Vater Catherine für eine vorteilhafte Partie hielt, ging ihnen doch erst nach der verspäteten Enthüllung in Northanger auf, welch trügerische Berechnungen ihren Vater angetrieben hatten. Daß sie trügerisch waren, hatte der General von genau der Person erfahren, die sie ihm nahegelegt hatte, nämlich von Thorpe, dem er zufällig in London wiederbegegnet war und der sich unter dem Einfluß ganz entgegengesetzter Empfindungen, verärgert durch Catherines Ablehnung und mehr noch durch das Mißlingen seines erst kürzlich unternommenen Versuchs, eine Versöhnung zwischen Morland und Isabella zustande zu bringen, in der Überzeugung, daß sie geschiedene Leute seien und voller Verachtung für eine Freundschaft, die ihm nichts mehr einbringen konnte, beeilte, alles zu widerrufen, was er vorher zum Vorteil der Morlands gesagt hatte. Er gestand, sich über ihre Verhältnisse und ihren Charakter völlig geirrt zu haben, aufgrund der Übertreibungen seines Freundes dessen Vater für einen Mann von Geltung und Kredit gehalten zu haben, während die Vorgänge der letzten zwei oder drei Wochen das Gegenteil bewiesen hatten. Denn Mr. Morland, der sich zunächst bei der Aussicht auf eine Verbindung zwischen den beiden Familien zu den großzügigsten finanziellen Versprechungen hatte hinreißen lassen, hatte sich, als der gewiegte Erzähler zur Sache gekommen war, gezwungen gesehen, seine Unfähigkeit einzugestehen, die jungen Leute auch nur halbwegs angemessen zu versorgen. Sie waren in Wirklichkeit eine notleidende Familie, obendrein von beispiellosem Kinderreichtum, keineswegs angesehen in ihrer eigenen Nachbarschaft, wie er kürzlich besondere Gelegenheit gehabt hatte zu entdecken, auf einen Lebensstil erpicht, der in keinem Verhältnis zu ihren finanziellen Verhältnissen stand, darauf aus, es durch reiche Beziehungen zu etwas zu bringen – eine vorlaute, prahlerische, berechnende Bande.

Der entgeisterte General ließ mit fragendem Blick den Namen Allen fallen, und auch hier hatte Thorpe seinen Irrtum einsehen müssen. Die Allens, so glaube er, hätten zu lange in ihrer Nähe gelebt, und er kenne den jungen Mann, auf den der Besitz von Fullerton übergehen werde. Das genügte dem General. Erbost auf alle Welt außer sich selbst, machte er sich am nächsten Tag auf den Weg zum Kloster, und man weiß, wie er sich dort aufgeführt hat.

Ich überlasse es dem Scharfsinn meiner Leser zu entscheiden, wieviel Henry von all dem Catherine bei dieser Gelegenheit mitteilen, wieviel er von seinem Vater erfahren haben konnte, in welchen Punkten er auf seine eigenen Mutmaßungen angewiesen und welcher Teil erst einem Brief von James vorbehalten war. Ich habe zu ihrer Erleichterung zusammengefaßt, was sie zu meiner entwirren müssen. Catherine jedenfalls hatte genug gehört, um zu finden, daß sie in ihrem Verdacht, General Tilney habe seine Frau entweder ermordet oder eingekerkert, weder seinem Charakter unrecht getan noch seine Grausamkeit übertrieben hatte.

Als Henry all dies von seinem Vater berichten mußte, kam er sich ebenso erbärmlich vor wie an dem Tag, als er es sich selbst eingestand. Er errötete über die bornierte Anordnung, die er nicht verheimlichen konnte. Die Unterhaltung zwischen Vater und Sohn in Northanger war nicht gerade freundlich gewesen. Als Henry hörte, wie Catherine behandelt worden war, als ihm der Standpunkt seines Vaters klar wurde und man ihm zumutete, sich damit abzufinden, hielt er mit seiner offenen Entrüstung nicht zurück. Der General, der, gewohnt, in seinem Haus bei jeder Gelegenheit den Ton anzugeben, höchstens mit emotionalem Widerstand, aber nicht mit einer Weigerung, die sein Sohn auch noch in Worte zu kleiden wagte, gerechnet hatte, fand dessen Widerstand, da das Siegel der Vernunft und das Diktat seines Gewissens ihn unerschütterlich machten, unerträglich. Aber bei einem solchen Anlaß ließ Henry, der sein Ziel mit der Entschlossenheit des Gerechten verfolgte, sich auch durch einen noch so fürchterlichen Zorn nicht einschüchtern. Er fühlte sich durch seine Ehre und seine Liebe an Miss Morland gebunden, und da er das Herz zu besitzen glaubte, das zu gewinnen man ihn ausdrücklich angehalten hatte, konnte kein schändlicher Bruch eines stillschweigenden Einverständnisses, kein Widerruf aus ungerechtfertigtem Zorn seine Treue erschüttern oder die daraus entspringenden Entschlüsse beeinflussen.
Er weigerte sich standhaft, seinen Vater nach Herefordshire zu begleiten, ein kurzfristig angesetztes Unternehmen, um Catherine zur Abreise zu zwingen, und erklärte ebenso standhaft seine Absicht, um ihre Hand anzuhalten. Der General war außer sich in seinem Zorn, und sie trennten sich in fürchterlicher Verstimmung. Henry brauchte in seiner Erregung viele einsame Stunden, um sich zu beruhigen, war beinahe unverzüglich nach Woodston zurückgekehrt und am Nachmittag des folgenden Tages nach Fullerton aufgebrochen.

Kapitel 31

Mr. und Mrs. Morlands Überraschung, von Mr. Tilney um die Hand ihrer Tochter gebeten zu werden, war einige Minuten lang groß, da sie nie auf den Gedanken gekommen waren, daß bei beiden überhaupt Liebe im Spiel war, aber da schließlich nichts natürlicher war, als daß Catherine geliebt wurde, betrachteten sie das Ereignis bald nur noch in der freudigen Erregung dankbaren Stolzes und sahen, soweit es sie selbst betraf, keinen Anlaß zu irgendwelchen Einwänden. Seine angenehmen Umgangsformen und seine Verständigkeit waren die beste Empfehlung, und da sie nie etwas Nachteiliges über ihn gehört hatten, neigten sie auch nicht zu der Annahme, es gäbe etwas Nachteiliges über ihn zu erzählen. Da guter Wille an die Stelle von Erfahrung trat, brauchte sein Charakter keine weitere Bestätigung. »Catherine wird bestimmt eine traurige, gedankenlose kleine Hausfrau«, sagte ihre Mutter ahnungsvoll, aber sie tröstete sich schnell damit, daß Übung den Meister macht.

Kurz und gut, es gab nur *ein* ernsthaftes Hindernis, aber solange das nicht beseitigt war, konnten sie der Verlobung auf keinen Fall zustimmen. Sie waren zwar umgängliche Leute, hatten aber unumstößliche Grundsätze, und solange sein Vater die Verbindung offen untersagte, hielten sie es nicht für angebracht, sie gutzuheißen. Mit großen Worten zu fordern, daß der General von sich aus die Verbindung wünschen oder auch nur von Herzen billigen würde, stand ihnen nicht zu, aber der Schicklichkeit mußte durch stillschweigende Zustimmung Genüge getan werden, und sobald sie gegeben war – und ihre elterliche Liebe veranlaßte sie zu der Annahme, daß sie nicht lange auf sich warten lassen würde – wollten sie ihre sofortige Einwilligung gerne geben. Sein *Einverständnis* war alles, worauf sie bestanden. Auf sein *Geld*

Anspruch zu erheben, waren sie weder interessiert noch berechtigt. Durch Erbbestimmung konnte sein Sohn bei seiner Heirat mit einem sehr beträchtlichen Vermögen rechnen; sein gegenwärtiges Einkommen machte ihn zu einem unabhängigen und nicht unbemittelten Mann, und in finanzieller Hinsicht überstieg die Verbindung ohnehin die Ansprüche ihrer Tochter.

Das junge Paar durfte über eine solche Entscheidung nicht überrascht sein. Sie bedauerten und beklagten sie, aber sie hatten Verständnis dafür und trennten sich in der vagen Hoffnung, daß dieser Sinneswandel des Generals, den sie beide für äußerst unwahrscheinlich hielten, möglichst bald stattfinden möge, damit sie sich im berechtigten Anspruch ihrer Liebe wiedersehen könnten. Henry kehrte dahin zurück, wo nun sein einziges Zuhause war, um sich um seine jungen Pflanzen zu kümmern und weitere Verbesserungen für diejenige vorzunehmen, auf deren Anteilnahme daran er sich herzlich freute; und Catherine blieb in Fullerton zurück und weinte sich aus. Ob die Trennungsqualen durch eine heimliche Korrespondenz gelindert wurden, wollen wir nicht untersuchen. Mr. und Mrs. Morland taten es auch nicht. In ihrem Verständnis hatten sie ihnen ein Versprechen nicht abgenommen, und jedesmal wenn Catherine einen Brief erhielt, was jetzt ziemlich häufig geschah, drückten sie ein Auge zu.

Die ängstliche Spannung im Hinblick auf den Ausgang, die in diesem Stadium ihrer Liebe das Schicksal Catherines und Henrys und all derer, die sie liebten, war, kann von meinen Lesern, fürchte ich, kaum nachempfunden werden, die aus der verräterischen Kürze dieses letzten Kapitels entnehmen, daß wir gemeinsam auf das vollkommene Glück zueilen. Nur die Mittel, durch die ihre frühe Heirat erreicht wurde, liegen noch im Ungewissen: Welcher Umstand konnte wohl eine Persönlichkeit wie den General beeinflussen? Der Umstand, der am meisten dazu beitrug, war die Hochzeit seiner Tochter mit einem

Mann von Vermögen und Einfluß, die im Laufe des Sommers stattfand – ein Gewinn an Ansehen, der ihn in einen Anfall guter Laune versetzte, von dem er sich erst erholte, nachdem Eleanor seine Vergebung für Henry und seine Erlaubnis, ein Narr zu sein, wenn ihm das gefalle, erhalten hatte.

Eleanor Tilneys Hochzeit, ihr Umzug von einem durch Henrys Verbannung so unerträglich gewordenen Zuhause wie Northanger zum Heim ihrer Wahl und dem Mann ihrer Wahl sind Ereignisse, die alle ihre Bekannten hoffentlich mit großer Genugtuung zur Kenntnis nehmen. Meine eigene Freude kommt bei diesem Anlaß jedenfalls von Herzen. Ich kenne niemanden, der es wegen seiner Bescheidenheit eher verdiente, Glück zu empfangen und zu genießen oder durch ständiges Leiden besser darauf vorbereitet war. Ihre Zuneigung zu diesem Gentleman war nicht erst jüngeren Datums, und nur seine gesellschaftliche Unterlegenheit hatte ihn bisher davon abgehalten, sich um sie zu bewerben. Sein unerwarteter Aufstieg zu Titel und Vermögen hatte alle seine Schwierigkeiten beseitigt, und nie hatte der General seine Tochter in den langen Stunden der Gemeinsamkeit, des Dienens und schweigenden Duldens so sehr geliebt wie in dem Augenblick, als er sie zum erstenmal mit »Gräfin« anreden konnte. Ihr Mann verdiente sie voll und ganz; auch unabhängig von seinem Adelstitel, seinem Vermögen und seiner Liebe war er in jeder Hinsicht ein überaus reizender junger Mann. Jede genauere Beschreibung seiner Verdienste erübrigt sich. Das Bild eines überaus reizenden jungen Mannes sehen wir in unserer Phantasie sofort alle vor uns. Im Hinblick auf den fraglichen jungen Mann will ich daher nur noch hinzufügen (denn ich weiß durchaus, daß die Gesetze der Romankomposition die Einführung einer Gestalt verbieten, die nichts mit meiner Geschichte zu tun hat), daß dies genau der Herr war, dessen nachlässiger Diener bei einem ausgedehnten Besuch in Northanger die Sammlung von

Wäscherechnungen zurückgelassen hatte, durch die meine Heldin in eins ihrer aufregendsten Abenteuer gestürzt wurde.
Der Einfluß des Grafen und der Gräfin zugunsten ihres Bruders wurde noch durch die Einsicht des Generals in Mr. Morlands tatsächliche Lebensumstände verstärkt, die er von ihnen erhielt, sobald er für Informationen zugänglich war. Durch sie erfuhr er, daß er von Thorpes ursprünglicher Übertreibung der Vermögensverhältnisse der Familie kaum mehr in die Irre geführt worden war als von dem anschließenden böswilligen Widerruf; daß sie in keiner Weise notleidend oder arm waren und Catherine über dreitausend Pfund verfügte. Das war eine so wesentliche Steigerung seiner früheren Erwartungen, daß sie entscheidend dazu beitrug, seinen gedemütigten Stolz zu versöhnen, und durchaus nicht ohne Wirkung blieb auch die mit viel Mühe erhaltene private Information, daß der gegenwärtige Besitzer nach Belieben über die Ländereien von Fullerton verfügen konnte, die daher Raum für alle möglichen habgierigen Spekulationen ließ.
Aufgrund dieser überzeugenden Argumente gestattete der General seinem Sohn bald nach Eleanors Heirat, nach Northanger zurückzukehren und machte ihn dann zum Überbringer seiner Einwilligung, die in einer ganzen Seite sehr höflich formulierter Redensarten an Mr. Morland bestand. Das dadurch ausgelöste Ereignis folgte bald: Henry und Catherine wurden getraut, die Glocken läuteten, und alle Welt lächelte, und da all dies innerhalb eines Jahres nach ihrer ersten Begegnung stattfand, wird man nicht einmal behaupten können, daß ihnen durch all die schrecklichen Verzögerungen, die die Grausamkeit des Generals zur Folge hatte, wesentlicher Schaden zugefügt wurde. Vollkommenes Glück im Alter von sechsundzwanzig beziehungsweise achtzehn ist durchaus nicht zu verachten, und da ich bekenne, daß meiner Überzeugung nach die ungerechte Einmischung des

Generals anstatt ihr Glück zu beeinträchtigen es vielleicht eher förderte, weil sie sich dadurch gegenseitig besser kennenlernten und sich ihre Zuneigung verstärkte, überlasse ich es meinen Lesern zu entscheiden, ob es letzten Endes die Absicht dieses Buches ist, die Tyrannei der Eltern zu empfehlen oder den Ungehorsam der Kinder zu belohnen.

Anmerkungen

1 Ein Familienwitz, wie Jane Austens Brief vom 15. September 1796 an ihre Schwester Cassandra zeigt: »Mr. Richard Harveys Hochzeit ist verschoben worden, bis er sich einen besseren Vornamen zugelegt hat, wozu große Hoffnung besteht.«

2 *Der Hase und seine vielen Freunde*, aus John Gays (1685–1732) Fabelsammlung (1727): Daß der Hase, obwohl mit allen Tieren befreundet, keinen wirklichen Freund hat, stellt sich heraus, als die Jäger ihm auf der Spur sind, denn keines der großen Tiere ist bereit, ihn vor den Hunden zu retten.
»Des Bettlers Bitte«, Gedicht aus Thomas Moss' (1740–1808) Sammlung *Poems on Several Occasions* (1769): Ein greiser Bettler beklagt sein trostloses Alter und das Schicksal seiner Tochter, die von einem Mann verführt und verlassen worden ist. Sie sollte die Stütze seines Alters sein und ist nun tot.

3 Die Zitate stammen der Reihenfolge nach aus folgenden Werken: Alexander Pope (1688–1744), *Elegy to the Memory of an Unfortunate Lady (1727);* Thomas Gray (1716–71), *Elegy, Written in a Country Churchyard* (wie auch in *Emma* ist der Text ungenau zitiert); James Thompson (1700–48), aus dem Teil *Spring* (1728) des Naturepos *The Saisons* (1726–30) (ungenau zitiert); William Shakespeare (1564–1616): *Othello* III, 3 (ungenau zitiert), *Maß für Maß* III, 1 (ungenau zitiert), *Was ihr wollt* II, 4. Die Shakespeare-Zitate sind in Schlegel/Tiecks Übersetzung wiedergegeben.

4 Alle Straßen und Gebäude in Bath entsprechen der Wirklichkeit, wie der Leser auf der zeitgenössischen Karte von Bath (S. 294) verfolgen kann. Catherine wohnt im Südosten, die Tilneys im Zentrum, in der vornehmen Milsom Street und die Thorpes gleich nördlich davon (Edgar's Buildings ist eine Straße, die nach der durchgehenden Häuserfront genannt ist). Der Crescent, eine halbmondförmig gebaute Häuserfront im Nordwesten mit großzügiger Grünanlage davor, war der Wandelgang der vornehmen Gesellschaft. Bath mit der einzigen heißen Quelle Englands ist das gesellschaftliche Modebad des 18. Jahrhunderts. Jane Austen lebte dort – ungern – 1801–06. Sie wohnte zunächst ganz dicht bei Sydney Place, dann in Green Park Buildings und dann in Gay Street.

5 Romane erschienen um 1800 normalerweise in mehreren Bänden,

Northanger Abbey in zwei – Bd. 1: Kap. 1–15, Bd. 2: Kap. 16–31. Die Bände hatten in der Erstausgabe jeweils ihre eigene Kapitelzählung, so daß Bd. 2 Kap. 1–16 umfaßte.

6 Die Oberen Gesellschaftsräume (Upper Assemblee Rooms) und die Unteren Gesellschaftsräume (Lower Assemblee Rooms) waren die abendlichen Treffpunkte der Gesellschaft, wo in verschiedenen Räumlichkeiten Kartenspiele, Konzerte, Tanzveranstaltungen usw. stattfanden. Die Namen hatten sie wegen ihrer Lage (es handelt sich also nicht etwa um verschiedene Stockwerke innerhalb eines Gebäudes, sondern um zwei Gebäude in verschiedenen Stadtteilen): Die Unteren Gesellschaftsräume, 1708 gebaut, in der tiefer gelegenen Altstadt waren die älteren, aber mit dem Bau der Oberen Gesellschaftsräume 1769 in vornehmerer Lage beim Circus verloren sie einen Teil ihres Rufs. Bis ins 19. Jahrhundert waren die Bälle, die bis 23 Uhr dauerten, in beiden so organisiert, daß sie nicht gleichzeitig stattfanden. Es waren je zwei pro Woche, ein formeller und ein informeller. – Es darf für die Tageseinteilung überhaupt nicht übersehen werden, daß die englische Hauptmahlzeit etwa zwischen 16 und 18 Uhr stattfand und den Tag teilte. Die Zeit davor gehört zum »morning«, der also einen Teil des deutschen Nachmittags mitumfaßt. In der Brunnenhalle (Pump Room), die man meist am späteren »morning« besuchte, trank man das heilkräftige Mineralwasser.

7 20 Shilling = 1 Pfund; 21 Shilling = 1 Guinee. Das Pfund hatte um 1800 etwa den fünfzehnfachen Wert des heutigen Pfundes.

8 Merchant-Taylors ist eine der vornehmen englischen Privatschulen.

9 Die erwähnten Namen sind prominente englische Autoren des 17. und 18. Jahrhunderts: John Milton (1608–74), berühmt vor allem durch sein christliches Versepos *Paradise Lost* (1667); Alexander Pope (1688–1744), berühmt vor allem durch sein Lehrgedicht *An Essay on Man* (1734) und sein komisches Versepos *The Rape of the Lock* (1712); Matthew Prior (1664–1721), berühmt durch seine Epigramme und mehrere lange epische Gedichte. Lawrence Sterne (1713–68), Romancier und Satiriker, berühmt durch seinen Roman *The Life and Opinions of Tristram Shandy Gentleman* (1759–67) und seinen Reisebericht *A Sentimental Journey Through Italy and France* (1768).
Der *Spectator* (1711/12, 1714) war eine kurzlebige, aber einflußreiche Londoner Zeitschrift, deren Aufsatzschreiber sich hinter

dem »Spectator«-Beobachter verbargen, der die Londoner Szene kommentierte.

10 Zu *Cecilia* und *Camilla* vgl. Anm. 19 und 20. Belinda ist die Titelheldin eines Romans (1801) von Maria Edgeworth (1767–1849): Die schöne Belinda Portman kommt nach London in das Haus der mondänen Lady Delacour und wehrt sich dagegen, in das frivole Leben der Gesellschaft hineingezogen zu werden, bis sie mit der Hand Clarence Herveys belohnt wird, der sie lange für so leichtsinnig wie ihre Umgebung hält.

11 Vgl. Nachwort, Abschn. 3.

12 Catherine ist in ihrer Lektüre bis Bd. 2, Kap. 15, gekommen. Dort entdeckt die Dienerin der Heldin Emily St. Aubert, Annette, das geheimnisvolle, von einem schwarzen Seidenvorhang verborgene Bild, ohne daß sie wagt, es anzusehen. Erst einhundert Seiten später, etwa in der Mitte des Romans, zieht Emily den Vorhang beiseite – und fällt in Ohnmacht: »Dahinter erschien eine auf einer Art niedriger Couch ausgestreckte Leiche, die ebenso wie der Fußboden darunter von menschlichem Blut tiefrot war. Die vom Tod entstellten Züge waren leichenblaß und gräßlich, und mehr als eine bläulichblasse Wunde war auf dem Gesicht zu sehen.« Erst auf den letzten Seiten des Romans, also wieder gut 300 Seiten später, wird das Geheimnis gelüftet. Wäre Emily nicht ohnmächtig geworden, dann hätte sie gemerkt, daß es sich nicht um eine echte, von Würmern schon angenagte Leiche handelte, sondern um eine Wachsfigur: »Ihre Geschichte ist einigermaßen ungewöhnlich, obwohl sie nicht einzigartig in den Annalen der grausamen Strenge dasteht, mit der mönchischer Aberglaube die Menschheit gelegentlich verfolgt hat. Ein Mitglied des Hauses Udolpho, das ein Vergehen gegen die Vorrechte der Kirche begangen hatte, war zu der Strafe verdammt worden, zu bestimmten Stunden des Tages vor einem Wachsbild nachzudenken, das dem menschlichen Körper in dem Zustand glich, zu dem er nach dem Tod verfällt.«

13 *The Italian or the Confessional of the Black Penitents. A Romance* (1797) ist Ann Radcliffes letzter Roman, in dem der ruchlose Mönch Schedoni die Zentralgestalt bildet, der einige Morde auf dem Gewissen hat und in der von ihm verfolgten Heldin Ellena Rosalba schließlich seine eigene Tochter wiederfindet.

14 Die Forschung, die die Buchtitel zunächst für fiktiv hielt, hat große Mühe gehabt, ihre Authentizität nachzuweisen. Es handelt sich aber durchweg um gotische Romane – alle bis auf einen bei der

Minerva Press erschienen –, die einen guten Eindruck von dieser Gattung um 1800 vermitteln. Sie sind alle 1968 als *The Northanger Set of Jane Austen's Horrid Novels* (London: Folio Press) wieder erschienen. – Im folgenden Kurzcharakteristiken:
Eliza Parsons, *Castle of Wolfenbach* (1793): Gleich zwei verfolgte Damen bietet Parsons' Roman: Die zauberhafte Waise Mathilde Weimar muß sich vor den unsittlichen Anträgen ihres Onkels retten. Nachdem er sie per Schiff entführt und zu ermorden versucht hat und beide in türkische Gefangenschaft geraten sind, erzählt ihr der Sterbende, daß sie eine Gräfin Berniti ist und ihre Mutter lebt. Da kann sie endlich den tugendhaften Grafen De Bouville heiraten, dessen Anträge sie bisher aus dem Gefühl sozialer Unterlegenheit abgelehnt hat. – Die Gräfin von Wolfenbach wird von ihrem eifersüchtigen Mann jahrelang gefangen gehalten, bis sie nach England entfliehen kann, wo sie nach dem Tod ihres bösen Ehemanns Lord Delby heiratet. In Wien findet sie ihren ihr als Säugling weggenommenen Sohn wieder. Das Schicksal beider Damen wird miteinander verknüpft. Tränen fließen reichlich, Ohnmachten sind an der Tagesordnung, aber das Happy-End könnte nicht schöner sein: »Freude strahlte auf allen Gesichtern – alle waren gleichermaßen glücklich.«
Regina Maria Roche, *Clermont. A Tale* (1798): Ein Geheimnis umgibt Clermont und seine Tochter, die in ländlich-einfachen Verhältnissen verborgen in Südfrankreich leben. Die schöne Madeline verliebt sich in de Sevignie, der melancholisch durch die Landschaft geistert. Als die Gräfin de Merville sie mit auf ihr Schloß, nach Paris und wieder nach Südfrankreich nimmt, häufen sich die Probleme für ihre Liebe mit de Sevignie. Eine Zeitlang muß der Leser – unausdenkbar! – sogar fürchten, daß er nur der Sohn eines Dieners ist. Die Geheimnisse lichten sich dann in einer Reihe von Gruselszenen im finsteren Wald, auf alten Burgen und in Lebensrückblicken. Dabei ertränkt die Autorin ihre Handlung in einer so komplizierten Familiengeschichte der Geschlechter D'Alembert und de Montmorenci-St-Julian mit eingesperrten Damen, legitimen und scheinbar nichtlegitimen Kindern, daß der Leser schon während der Lektüre Mühe hat, zu behalten, wer wie mit wem verwandt ist. Im Zentrum dieser familiären Konfusionen steht der von anderen Familienmitgliedern teuflisch arrangierte Mord Clermont-St-Julians an seinem Halbbruder Philippe, um dessentwillen er sich in die Einsamkeit zurückgezogen hatte. De Sevignie stellt sich

schließlich als Sohn Philippes heraus, so daß seine Ehe mit Madeline alle Familienprobleme löst. Roches Geschichte ist in der ersten Hälfte eher ein sentimentaler Salonroman mit der arglosen, vom Land in die Stadt kommenden Heldin und in der zweiten Hälfte der typische Schauerroman mit flackernden Fakkeln in Burgverliesen und mit finsteren Bösewichtern.

Eliza Parsons, *The Mysterious Warning. A German Tale* (1796): In Schwaben wird um 1740 Ferdinand Renaud von seinem Vater enterbt, weil er die schöne Claudine geheiratet hat. So wird sein hinterlistiger Bruder Rhodophil alleiniger Erbe. Er unterstützt seinen Bruder großzügig, entfremdet ihm aber seine Frau, die sich nach einer Affäre mit ihm zur Sühne aus der Welt zurückzieht. Auf der Suche nach ihr begibt sich Ferdinand auf Reisen. Er befreit Lady Eugenia und Graf M. aus neunjähriger gräßlicher Gefangenschaft und wird in langen Erzählungen mit ihrem tragischen Schicksal bekannt: Aus eifersüchtiger Rache hat Baron S., dem sich Eugenia verweigert hat, sie und ihren Verehrer M. im finstersten Gewölbe der Burg angekettet. Er ermordet drei Bedienstete, um das Geheimnis zu wahren; das Kind der beiden Opfer stirbt im Kerker usw. Eugenia geht nach der Befreiung ins Kloster, M. begleitet Ferdinand. – Nun kreist das Geschehen um die von Graf Wolfran betrogene Louisa Hautweitzer. Er hat sie heimlich geheiratet, aber verstoßen und wieder geheiratet. Louisa wird von Mr. d'Allenberg und seiner Tochter Theresa betreut. Ferdinand und M. landen als Soldaten im kaiserlichen Krieg gegen die Türken schließlich als Sklaven in der Türkei, entdecken dort aber eine Halbschwester Fatima-Charlotte von Ferdinand und fliehen mit ihr und ihrem türkischen Herrn nach Wien. Hier schlägt die Handlung Kobolz: Louisa wird entführt, Wolfran ermordert, die sich als völlig verderbt herausstellende Fatima ist in alle möglichen Anschläge verwickelt und ersticht sich, Theresa wird aus Liebe fast närrisch, und mancher – so Claudine, Eugenia und Rhodophil – muß noch sterben, bevor das Happy-End stattfinden kann. Dann heiratet Ferdinand Theresa und M. Louisa. Die geheimnisvollen Stimmen im Schloß Renaud stellen sich, wie es sich gehört, als menschliche Warnungen heraus.

Lawrence Flammenberg (Pseudonym für Karl Friedrich Kahler), *The Necromanter or The Tale of the Black Forest*, founded on Facts from the German by Peter Teuthold (1794; Titel der deutschen Originalausgabe: *Der Geisterbanner. Eine Wunderge-*

schichte, aus mündlichen und schriftlichen Traditionen gesammelt): Als sich die Jugendfreunde Heilfried und Hermann nach vielen Jahren wiedersehen, erzählen sie sich ihre Erfahrungen mit Geistererscheinungen. Hermann hinterläßt die Fortsetzung seiner begonnenen Erzählung als Manuskript: Aufzeichnungen von Baron R. und Leutnant B., zweier weiterer, in die geheimnisvollen Ereignisse um eine alte Burg im Schwarzwald verwikkelter Personen, die zwanzig Jahre nach den Ereignissen in Hermanns Hände gelangt sind und in die wieder Berichte mehrerer anderer Gestalten eingeflochten sind. Im Laufe dieser verwickelten Geschichten um Räuber und Geisterbeschwörungen schält sich langsam heraus, daß die verschiedenen Geistererscheinungen auf einen großen Betrüger mit mehreren Verkleidungen – Volkert, Pater Francis, der alte Bettler Peter – zurückgehen, den Anführer einer Räuberbande, die mehr oder minder den ganzen Schwarzwald beherrscht. Er erzählt kurz vor dem Ende des Romans seine Lebensgeschichte.
Francis Lathom, *The Midnight Bell. A German Story. Founded on Incidents in Real Life* (1798; nur dieser Roman ist nicht bei der Minerva Press erschienen, sondern bei H. D. Symonds): Mit 17 wird der junge Graf Alphonsus Cohenburg aus Sachsen von seiner Mutter, deren Beziehung zu ihrem Schwager undurchschaubar ist, beschworen, nie wieder auf das Familienschloß zurückzukommen. Er wird Soldat, Bergmann, Diener, Pförtner im Nonnenkloster und Fischer. Er heiratet und verliert vorübergehend seine schöne junge Frau Lauretta, die bei ihrer Entführung und grauenhaften Gefangenschaft unter den Banditen ihren Vater Graf Byroff wiederfindet, dessen Frau mit Alphonsus' Onkel ein Verhältnis hatte. So erfährt er ihre Identität. Das Geheimnis der gespenstischen Mitternachtsglocke auf Schloß Cohenburg und der Verbannung durch seine Mutter erfährt Alphonsus nach den langen Lebensgeschichten eines Eremiten und des Grafen Byroff erst am Ende des Romans: Seine Mutter hat aus Versehen seinen Vater ermordet, büßt ihr Leben in Einsamkeit und läßt die Glocke täglich von den Mönchen läuten. Dem Happy-End von Alphonsus und Lauretta steht nichts mehr im Wege.
Eleanor Sleath, *The Orphan of the Rhine. A Romance* (1798): Der Marchese von Montferrat hat seine Frau Julie de Rubine und seinen Sohn Enrico als unrechtmäßig verstoßen. 1605 erhält die in ländlicher Einsamkeit Lebende von ihrem Mann den Auftrag,

eine angebliche Waise aufzuziehen, der sie den Namen Lauretta gibt. Mit beiden Kindern siedelt sie unter Aufsicht des treuen Dieners des Marchese, des finsteren Paoli, nach Burg Elfinbach in Süddeutschland über (der ganze Roman spielt im französisch-schweizerisch-deutschen Alpengebiet), wo sie unter dem Namen Madame Chamont leben soll. Auf dem Weg trifft sie einen alten, kranken Mann namens La Roque, den sie später aus einem Burgverlies befreit und der in Wirklichkeit Conte della Croisse heißt, vom Marchese zum Mord an seiner eigenen Frau verführt, um sein Erbe betrogen worden ist und verfolgt wird. Julies Jugend unter der Obhut ihrer leichtsinnigen Tante und ihre trügerische Ehe werden eingeblendet (es ist ein hübscher Anachronismus, daß sie dabei »a small volume of Metastasio« [1698–1782] liest), und überhaupt wird im folgenden die Handlung so oft von den Lebensberichten der verschiedenen Personen unterbrochen, daß sie sich zeitweise kaum fortbewegt. Das Erwartete geschieht: Enrico, der als junger Soldat die Burg verläßt, und Lauretta verlieben sich ineinander. Madame Chamont verschwindet auf geheimnisvolle Weise, und Lauretta, getröstet nur von Pater Benedicta, wird nach Burg Lunenburg transportiert, wohin Montferrat kommt, um sich unter Drohungen um sie zu bewerben. Sie wird nach ihrer Weigerung in einem Verlies gefangen gesetzt, dort aber von Enrico entdeckt. Auch Julie, von Paoli beiseite geschafft, taucht wieder auf. Sterbend erkennt der Marchese ihre Ehe an und gibt Lauretta, der Tochter des Conte della Caro, ihr Erbe zurück, um das er sie betrogen hat, als er ihren Vater umbrachte. Ein geheimnisvoller Mönch, der durch den ganzen Roman geistert, stellt sich als ihr Großvater heraus. So endet das wenig straff konstruierte, mit Nachahmungen anderer gotischer Romane gespickte und die schauerlichen Höhepunkte entbehrende Buch mit der Hochzeit von Enrico und Lauretta.

Horrid Mysteries. A Story Translated from the German of the Marquis of Grosse by Peter Will (1796; Titel des deutschen Originals von Karl Grosse, eines bei Erscheinen 1791–95 ungeheuer populären Romans: *Der Genius. Aus den Papieren des Marquis C. von G.*): Der Roman kreist um einen geheimnisvollen Orden, der immer wieder auf schauerliche Weise in das von ihm selbst erzählte Leben des Marquis Carlos von G. eingreift. Ursprünglich von G.s Onkel zu seinem Schutz gegründet, ist der Orden in die falschen Hände geraten und tyrannisiert ihn nun, um sich seinen Besitz anzueigenen. Zweimal wird seine Frau scheinbar ermordet, alle Freunde stellen sich immer wieder als Agenten des Ordens heraus. G. versucht auf immer neuen Reisen die Geheimnisse zu erforschen, er wird Einsiedler, Diplomat, gründet einen kurzlebigen Gegenorden usw. Zum Schluß stellt sich sein treuer Diener Alphonso als der geheimnisvolle Genius Amanuel, der ihn wiederholt gewarnt hat, und als sein Onkel heraus.

15 Samuel Richardsons (1689–1761) letzter großer Briefroman *The History of Sir Charles Grandison* (1754), der die Geschichte und Liebe eines moralisch integren Edelmannes erzählt. Nach der biographischen Notiz ihres Bruders Henry vor der ersten Ausgabe von *Northanger Abbey* schätzte Jane Austen Richardson und vor allem *Grandison* sehr.

16 Drei der beliebtesten Kutschen der Zeit in England werden namentlich aufgeführt: *Gig*, ein leichter, offener, zweirädriger Wagen, Einspänner mit Gabeldeichsel, häufig mit einem rückwärtigen Bedienten- oder Notsitz; seit dem 17. Jahrhundert. Ähnlich *Curricle*, allerdings ein Zweispänner. – *Phaeton*, ein leichter, offener, vierrädriger Zweispänner ohne Türen, meist zwei Sitze mit einem Faltdach für den vorderen; im 19. Jahrhundert bevorzugt. – Die von General Tilney benutzte Reisekutsche war ein *Landauer*, ein vierrädriger Vierspänner mit einem in der Mitte zu öffnenden, zurückschlagbaren Verdeck, zwei Türen, vier Sitzen (je zwei einander gegenüber) und einem erhöhten Fahrersitz vorne; seit dem 17. Jahrhundert bei den vornehmen Familien sehr geschätzt.

17 Die englischen Studenten wohnten während ihres Studiums in Oxford oder Cambridge in »Colleges«, die auf unideologische Weise fast den Charakter von Studentenverbindungen hatten.

18 Henry Fieldings (1707–54) Roman *The History of Tom Jones, A Foundling* (1749) stellt die Geschichte des angeblichen Findlings Tom dar, der als charmanter Tunichtgut in immer neue Abenteuer verwickelt wird, wobei ein satirisches Bild der englischen Gesellschaft im 18. Jahrhundert entworfen wird.

19 Vgl. zu diesem gotischen Roman Nachwort, Abschn. 2 und 3.

20 John meint Francis (»Fanny«) Burney (1752–1840), die seit 1793 mit dem französischen Offizier Alexandre d'Arblay verheiratet war. Sie ist mit ihren Romanen *Evelina, or, Young Woman's Entrance into the World* (1778), *Cecilia, or, Memoirs of an Heiress* (1782) und *Camilla, or, a Picture*

of Youth (1797) die prominenteste Vertreterin des Frauenromans in England eine Generation vor Jane Austen. Die beiden ersten sind Briefromane, der früher schon erwähnte dritte ist ein handlungsarmer, über tausend Seiten ausgedehnter Roman, in dem die Liebe zwischen Camilla Tyrold und Edgar Mandlebert sich nicht entwickeln kann, weil er der schönen Indiana Lynmore versprochen ist und Camilla ihre Gefühle verbergen muß.

21 Johns Charakterisierung des Anfangs von *Camilla* enthüllt seine Oberflächlichkeit. Das Schaukeln des alten Mannes führt zu einer Tragödie. Durch seine Unachtsamkeit fällt seine achtjährige Nichte Eugenia von der Wippe, wodurch sie ihr Leben lang ein Krüppel bleibt und obendrein ihre Pocken ausbrechen, so daß auch noch ihr Gesicht entstellt wird. Die Gestalt des alten Mannes, Sir Hugh Tyrold, ist die Karikatur des unbedarften englischen »Country Squire«.

22 Meyers Großes Konversationslexikon, Bd. 11, Leipzig/Wien: Bibliographisches Institut, ^{6}1905, S. 541: »*Kotillon* (franz., spr. = iljóng), ein Gesellschaftstanz, der ursprünglich aus Frankreich stammt, beginnt mit einer großen Ronde, der zunächst eine große Quadrillentour (chaînes en quatre, croisée) zu folgen pflegt. Andre beliebige Touren schließen sich an; zu Ende einer jeden wird von sämtlichen Paaren einmal herumgewalzt. Während der K. zu Ludwigs XIV. Zeiten den Ball eröffnet haben soll, macht er jetzt mit beliebigen Touren den Beschluß und übt einen besondern Reiz durch die gegenseitige Freiheit der Wahl, womit allerlei Neckereien und kleine Geschenke (Bouketts, Orden, Attrappen etc.) verknüpft sind, und durch die Darstellung mannigfaltiger Figuren (Touren), deren Anordnung oder Erfindung den Tanzordnern überlassen bleibt. Gustav Freytag hat dem K. in ›Soll und Haben‹ eine glänzende Schilderung gewidmet. Den Namen K. (›Unterrock‹) führt er wahrscheinlich von dem dazu gesungenen Volksliedchen: ›Ma commère, quand je danse, mon cotillon, va-t-il bien?‹« – Goethe nennt den Kotillon in dem Brief an Zelter vom 8. März 1824 den »unseligen Tanz den Buben und Mädchen nie satt kriegen«.

23 Catherine irrt doppelt: Der Vater der Heldin in *The Mysteries of Udolpho* heißt nicht St. Aubin, sondern St. Aubert, und er stirbt (Bd. 1, Kap. 7) nicht nachts, sondern »um drei Uhr nachmittags«. Der Tag ist so schön, daß er die Heldin zu einem Gedicht *The First Hour of Morning* inspiriert.

24 Eine Episode aus *The Mysteries of Udolpho*; vgl. Nachwort, Abschn. 2.

25 Henrys Sprachkritik ist schwer zu übersetzen. Er bemängelt Catherines Gebrauch des Wortes »nice«, das erst zu Jane Austens Zeit die heute gängige Allerweltsbedeutung annimmt. Im 18. Jahrhundert hieß es noch »anspruchsvoll, gewählt« und wird so auch gelegentlich von Jane Austen verwendet.

26 Gemeint sind Samuel Johnsons (1709–84) *A Dictionary of the English Language* (1755) und Hugh Blairs (1718–1800) *Lectures on Rhetoric* (1783).

27 Beide sind prominente englische Historiker des 18. Jahrhunderts: der Philosoph David Hume (1711–76) durch seine mehrbändige *Geschichte Englands von dem Einfall Julius Cäsars bis auf Elisabeth* (1763) und der schottische Hofhistoriker William Robertson (1721–93) durch mehrere großangelegte Werke: *Geschichte von Schottland* (1759), *Geschichte Kaiser Karls V.* (1769) und *Geschichte Amerikas* (1777).

28 Catherines Bildauffassung ist die altmodisch gewordene des 18. Jahrhunderts: weiter freier Blick auf eine in der Ferne liegende Landschaft mit großem Himmel. Die Tilneys sind Opfer der neuesten Mode, des Pittoresken, bei dem die Landschaft bewegt und durch Vordergrundobjekte eingerahmt sein mußte. Vgl. zur Mode des Pittoresken und Jane Austen: Jane Austen, *Stolz und Vorurteil*, Stuttgart 1977 (Reclams Universal-Bibliothek, Nr. 9871), S. 428, Anm. 9.

29 Chapman in seiner Ausgabe von *Northanger Abbey* und nach ihm alle Kommentatoren beziehen die Anspielung auf die schöne, leichtsinnige Indiana Lynmore in Fanny Burneys *Camilla*. Gemeint sein könnte aber auch die arglose Titelheldin Evelina von Burneys erstem Roman, die London mit ihrer Naivität bezaubert, oder die schöne naive Virginia St. Pierre in Maria Edgeworths *Belinda*, die sich Clarence Harvey zur Frau heranziehen will, bevor er die Titelheldin kennenlernt.

30 Vgl. Anm. 5; Duodez ist ein kleines Buchformat.

31 Isabella spielt offenbar mit der Möglichkeit, daß sie selbst Hauptmann Tilney und Catherine Henry Tilney heiratet; dann wären sie auch Schwägerinnen.

32 Der Schurke in *The Mysteries of Udolpho*; vgl. Nachwort, Abschn. 3.

33 *Mirror* war eine kurzlebige schottische Zeitschrift (1779–80).

Literaturhinweise

Die englische Standardausgabe von »Northanger Abbey«

The Novels of Jane Austen. Ed. R. W. Chapman. Vol. 5: Northanger Abbey and Persuasion. London: Oxford University Press, ^{3}1933. [Mehrfach nachgedr., zuletzt 1980.]

Literatur zu »Northanger Abbey«

Babb, H. S.: Jane Austen's Novels. The Fabric of Dialogue. Ohio: State University Press, 1962. [Über *Northanger Abbey*: S. 86–112.]

Burlin, K. R.: ›The pen of the contriver‹: the four fictions of »Northanger Abbey«. In: Jane Austen. Bicentenary Essays. Ed. J. Halperin. Cambridge: University Press, 1975. S. 89–111.

Bush, D.: Jane Austen. London/Basingbroke: The MacMillan Press, 1975. [Über *Northanger Abbey*: S. 55–70.]

Liddell, R.: The Novels of Jane Austen. London: A. Lane Paperback, 1974. [Über *Northanger Abbey*: S. 1–12.]

Mansell, D.: The Novels of Jane Austen. An Interpretation. London/Basingbroke: MacMillan, 1973. [Über *Northanger Abbey*: S. 22–45.]

Mudrick, M.: Jane Austen. Irony as Defense and Discovery. Berkeley / Los Angeles / London: University of California Press, ^{2}1974. [Über *Northanger Abbey*: S. 37–59.]

Nardin, J.: Those Elegant Decorums: The Concept of Propriety in Jane Austen's Novels. Albany: State University of New York Press, 1973. [Über *Northanger Abbey*: S. 62–81.]

Southam, B. C. (ed.): Northanger Abbey and Persuasions. A Casebook. London / Basingbroke: MacMillan, 1976.

Nachwort

»That young lady had a talent for describing the involvement and feelings and characters of ordinary life which is to me the most wunderful I ever met with.«

Walter Scott über Jane Austen

1

Northanger Abbey hat von allen Romanen Jane Austens die ungewöhnlichste Textgeschichte. Das Buch wird zwischen 1797 und 1803 von der erst gut Zwanzigjährigen geschrieben, begonnen aber möglicherweise schon 1790 und heißt *Susan*. Daß der erste, in Bath spielende Teil die Spuren von Janes eigenem dortigen Leben zwischen 1801 und 1806 trägt, wird in der genauen Schilderung der Örtlichkeiten deutlich. Wie alle frühen Manuskripte der Autorin erlebt es seine »Uraufführung« wohl im Familienkreis, dem Jane mit dem Vorlesen ihrer witzigen und parodistischen Geschichten viel Vergnügen bereitet. Über eine Mittelsperson ihres Bruders Henry wird das Manuskript im Frühjahr 1803 an den Verleger Crosby für zehn Pfund zur unmittelbaren Veröffentlichung verkauft. Es muß ein stolzer Augenblick für die junge Dame gewesen sein, der sich mit der Publikation dieses ersten Buches binnen Jahresfrist eine literarische Karriere zu eröffnen scheint. Aber obwohl der Verleger das Autorenhonorar bezahlt hat, unternimmt er weiter nichts; er kündigt den Band an, ohne ihn je erscheinen zu lassen. Sechs Jahre später schreibt Jane Austen anonym an Crosby und erkundigt sich nach dem Manuskript. Sie könne nur vermuten, daß es verloren gegangen sei, da es entgegen der Absprache nicht veröffentlicht wurde, und sie erklärt sich bereit, ein zweites Exemplar zu übersenden, falls das sonst unerklärliche Nichterscheinen darauf zurückzuführen sei. Crosby antwortet mit dem Angebot, ihr das Manuskript zum selben Preis wieder zu überlassen. Eine Erklärung gibt er nicht, nur verbittet er sich die anderweitige Veröffentlichung, solange er rechtmäßig im Besitz des Manuskriptes sei. Erst 1816, als Jane Austen schon mehrere Romane publiziert hat und sich ihre Anonymität langsam zu lüften beginnt, macht sie von dem Angebot des Rückkaufs Gebrauch. Daß die geachtete Autorin von *Sense and Sensibility, Pride and Prejudice, Mansfield Park* und *Emma* die Verfasserin des Buches ist, das er so vernachlässigt hat, erfährt Crosby erst, als er die Rechte daran wieder abgetreten hat.

Jane Austen bearbeitet das unterdessen gut fünfzehn Jahre alte Manuskript, legt es dann aber zunächst zugunsten ihres neuen Romans *Persuasion* vorläufig wieder zur Seite. Daher kommt es wieder nicht zur unmittelbaren Publikation und diesmal mit tragischen Folgen: 1817 stirbt Jane Austen im Alter von zweiundvierzig Jahren. Ihr Bruder nimmt sich ihrer beiden noch unveröffentlichten Romane an, und so erscheinen 1818 ihr frühes und ihr letztes Werk postum und mit einer biographischen Notiz, aus der die Öffentlichkeit zum erstenmal erfährt, wer sich hinter den immer größere Aufmerksamkeit findenden Romanen verbirgt, die ohne Autorennamen, nur mit dem Hinweis »by a lady« erschienen sind. »Ihr der Nützlichkeit, Literatur und Religion gewidmetes Leben«, schreibt Henry Austen, »war keineswegs ein ereignisreiches Leben.« Warum Crosby das Manuskript zurückgehalten hat, läßt sich nur vermuten. Fürchtete er einen finanziellen Mißerfolg? Paßte es nicht in sein Verlagsprogramm? War die »gothic novel«, der gotische Schauerroman der Zeit, ihm noch zu populär, als daß er es riskieren wollte, mit einer offensichtlichen Parodie dieses in den neunziger Jahren unglaublich beliebten und erfolgreichen Romantyps ans Licht zu treten? Jedenfalls raubte die verspätete Publikation dem Buch einen Teil seiner unmittelbaren Aktualität, denn 1818 war die große Zeit des gotischen Romans vorüber, obwohl gerade in dieser Zeit noch zwei späte Meisterwerke der Gattung erschienen: *Frankenstein or the Modern Prometheus* (1818) von Mary Shelley (1797 bis

1851) und *Melmouth the Wanderer* (1820) von Charles Maturin (1780–1824). In diesen späteren Werken des Genres fällt auf, daß in ihrem Mittelpunkt nicht mehr das beschützenswerte junge Mädchen steht, sondern der »romantische« Held, von seinen Begierden getrieben, dem Teufel verfallen oder dem Wissensdurst hingegeben. Der gotische Roman ist noch heute weitgehend tot, oder, anders gesagt: paradoxerweise lebt er heute am intensivsten gerade in Jane Austens Parodie. Henry Austen hat recht gehabt, als er in seiner biographischen Notiz auch bemerkte: »Aber vielleicht leben ja die Werke der Autorin ebensolange wie die, die mit mehr éclat über die Welt hereingebrochen sind.«

Während *Northanger Abbey* durch die Verzögerungen unzeitgemäß spät erscheint, macht gerade diese Verspätung deutlich, daß Jane Austens literarische Produktion enger mit dem Beginn des realistischen englischen Romans im 19. Jahrhundert zusammengehört. Nicht der Schauerroman erregt um 1820 die Gemüter; das Interesse hat sich anderen Romantypen zugewandt, in denen die genaue, detaillierte und unsensationelle Beschreibung der tatsächlich gelebten und erlebten Wirklichkeit eine größere Rolle spielt und für die der Name Walter Scott repräsentativ ist. In seinen Romanen verbindet sich die Vorliebe für die nun nicht mehr so phantastisch übersteigerte und entwirklichte Historie mit dem Gefallen an der unverwechselbaren Eigenart einzelner britischer Regionen: *Waverley*, die Darstellung des letzten Versuchs der Stuarts, in der Mitte des 18. Jahrhunderts den englischen Thron von Schottland aus zurückzuerobern, erscheint 1814 und *Ivanhoe*, die Geschichte des edlen Ritters zur Zeit von Richard Löwenherz und Robin Hood, 1819. Bei Scott oder in Susan Ferriers (1782–1854) Roman *Marriage*, der im selben Jahr wie *Northanger Abbey* herauskommt und öfter mit Jane Austens Büchern verglichen worden ist, gibt Schottland den literarischen Reiz her.

Fast programmatisch weist Jane Austen den Leser schon im zweiten Kapitel darauf hin, daß sie vorhat, seine aufs Unwahrscheinlich-Phantastische gerichteten Erwartungen

zu enttäuschen, indem sie das Märchenhafte im Leben einer Heldin ausmalt, aber dann als nicht wirklich entlarvt. In diesem Fall beschreibt sie Catherines Abschied, wie er nach den Romankonventionen der Zeit stattfinden müßte und wie er sich wirklich abgespielt hat, und dabei betont sie den eben skizzierten Gegensatz zwischen dem alten und dem neuen Typ von Roman: »Überhaupt wurde von seiten der Morlands alles, was diese bedeutsame Reise anging, mit einem Grad von Mäßigung und Gefaßtheit getan, die eher *den alltäglichen Empfindungen alltäglicher Menschen* entsprach als den hochgespannten Erwartungen, den zärtlichen Gefühlen, die die erste Trennung einer Romanheldin von ihrer Familie eigentlich auslösen sollte [...].«
Und so erscheint denn letztlich der Publikationstermin von Jane Austens verspätetem Jugendwerk doch als recht glücklich: Ihr Buch braucht den Abstand zum gotischen Roman, damit erkennbar wird, wie sie ihn im Bewußtsein neuerer Entwicklungen kritisiert, zu denen sie selbst beigetragen hat. Aber außerdem erscheint es nun im selben Jahr wie die andere glänzende, wenn auch intellektuellere und mehr auf die Romantik zielende Parodie des gotischen Romans, *Nightmare Abbey* von William Love Peacock (1785–1866), das mit der ironischen Beschreibung eines mittelalterlichen Familiensitzes beginnt, wie ihn Catherine Morland erst im zweiten Teil von *Northanger Abbey* zu sehen bekommt: »Kloster Alptraum, ein ehrwürdiger Familiensitz im höchst malerischen Zustand von Halbverfallenheit [...].«

2

Die für die Entwicklung der gotischen Mode im England des 18. Jahrhunderts wichtigste Gestalt, die freilich auf früheren Ansätzen aufbauen kann, ist Horace Walpole (1717–97), vierter Earl of Oxford und langjähriges Mitglied des Parlaments. Er läßt sich in den sechziger Jahren sein Landhaus Strawberry Hill in gotischem Stil und mit unregelmäßigem Grundriß bauen und veröffentlicht 1764 den ersten gotischen

Roman: *The Castle of Otranto*. Auch in Deutschland beginnt ja etwa um diese Zeit die Mittelalter-Begeisterung, für die Goethes Kult des Straßburger Münsters und sein *Götz von Berlichingen* (1773) frühe und bekannte Beispiele sind. Aber während sich in Deutschland diese gotischen Elemente erst in der Romantik wirklich durchsetzen und Teil einer Weltanschauung werden, bestimmen sie in England schon in den letzten dreißig Jahren des 18. Jahrhunderts die Mode. Man baut gotische Gebäude oder läßt sich seine Bibliothek mit gotischen Ornamenten verzieren, zimmert gotisches Mobiliar oder malt gotische Bilder mit pittoresk verfallenen Burgen, schreibt Friedhofsdichtung oder gotische Romane, die in den neunziger Jahren den populären Buchmarkt beherrschen und durch die Leihbüchereien eine weite Verbreitung finden; in ihnen bricht die Phantasie gerade in einer aufklärerisch-rationalen Epoche auf abenteuerliche Weise aus der bürgerlich-regulierten Welt aus. Vor allem die *Minerva Press* von William Lane (1745?–1814), der selbst auch eine Kette von »lending libraries« unterhält und aus dessen Verlag alle von Isabella Thorpe im sechsten Kapitel von *Northanger Abbey* erwähnten gotischen Romane (vgl. Anm. 14) stammen, versorgt zum Nutzen für den eigenen Geldbeutel den Markt mit Schauerliteratur.
Diese Romane spielen manchmal äußerst geschickt, manchmal recht plump mit den Nerven der Leser und Leserinnen und haben bei den besseren Autoren durchaus tiefenpsychologische Dimensionen, die im Grauen aufleuchten. Daß sie das heutige Lesepublikum eher erheitern, hat sicher viele Gründe. Man braucht im Zeitalter von Science Fiction, Kino und Fernsehen, in dem die täglichen Nachrichten schon eine Horrorschau darstellen, wohl stärkere Dosen des Grauens, um sich zu gruseln, und kann sich sicher auch nicht mehr recht vorstellen, wie furchterregend die Nacht war, als man nur Kerzenlicht und offenes Kaminfeuer kannte und Schatten über die Wände huschten, wenn alles im Halbdunkel lag; ganz abgesehen davon, daß die jungen Damen von heute weniger vor der omnipotenten Macht bösartiger Tanten,

Vormünder oder Verführer zittern als die wohlbehüteten Mädchen um 1800, als der Jungfräulichkeit – dem Zeichen seelischer und sittlicher Intaktheit – ein ungeheuerlicher Wert zugemessen wurde.
In Walpoles Roman sind die wesentlichen Elemente des Genres schon ausgebildet: die Faszination durch das katholische Südeuropa und die für die protestantischen Engländer unheimlichen Aspekte dieser Religion mit ihren geheimnisumwitterten Klöstern und Inquisitionsgerichten; die alte Burg, die in *Northanger Abbey* und vielen gotischen Romanen ursprünglich kirchlichen Zwecken diente, mit ihren Wällen, Türmen, Kellergewölben und unendlich vielen verwirrenden Räumen und Treppen, wo sich scheinbar oder tatsächlich gespenstische Dinge ereignen (bei Walpole wirklich, später häufig kunstvoll von Finsterlingen inszeniert); das unschuldige junge Mädchen, das schrecklichen Verfolgungen ausgesetzt ist und nachts durch dunkle Gänge irrt; der strenge oder gar böse Vater, Vormund oder Ehemann, der bei Walpole die Braut seines eigenen gerade durch übernatürliche Ereignisse getöteten Sohnes (ein riesiger Helm fällt aus heiterem Himmel auf ihn herab und erschlägt ihn) zur Heirat zwingen will; die märchenhaft-unglaubliche Weise, auf die sich scheinbar arme Gestalten plötzlich als hohe Aristokraten oder steinreiche Erben (häufig die Heldin selbst) herausstellen; der junge Held, der das Mädchen den Verfolgungen entzieht und die auf amüsante Weise abergläubischen und naiven Bediensteten.
Bis zum Ende des gotischen Romans bleibt dies der Prototyp der Gattung, aber es darf nicht übersehen werden, daß sich alle möglichen Varianten entwickeln. So wird in Mary Shelleys schon erwähntem, durch die unsäglichen Verfilmungen in ein völlig falsches Licht geratenen *Frankenstein* das Faustthema der ins Verbotene vordringenden, verbrecherischen menschlichen Neugier und in William Beckfords (1760–1844) *Vathek* (1786) die grausame exotische Welt des alten Arabien dargestellt. Shelleys Roman, ein wahres Kompendium romantischer Motive, und *The Monk* (1796) von

Matthew Lewis (1775–1822), das E. T. A. Hoffmanns *Elixiere des Teufels* beeinflußt hat, bilden für mich den Höhepunkt des gotischen Romans; Lewis' Buch unter anderem deshalb, weil kein anderer Autor die unheimlichen und finsteren Elemente der katholischen Welt in Spanien so atemberaubend heraufbeschwört und tiefenpsychologisch durchdringt und den Mut hat, den schönen jungen Damen all die fürchterlichen Dinge tatsächlich zuzufügen, mit denen die meisten anderen gotischen Romanciers sie immer nur bedrohen. Sowohl Shelley als auch Lewis waren interessanterweise erst etwa zwanzig Jahre alt, als sie ihre Bücher schrieben. Es gehört übrigens zu den Paradoxien des Genres, daß es die Deutschen als eine spezifisch englische Erscheinung berührt, daß aber die englischen Zeitgenossen um 1800 das »Gotische« als einen deutschen Einfluß empfinden und daher die Autoren häufig entweder ihre gotischen Romane in Deutschland, vor allem im Schwarzwald, spielen lassen oder vorgeben, nur eine Übersetzung aus dem Deutschen zu liefern. Es gehört wohl zu den angenehmen Schauern, die diese Romangattung in England auslöst, sich in der befreienden Illusion zu wiegen, daß nur auf dem Kontinent die menschliche Phantasie sich so verirren kann.

3

Walpole lebte lange genug, um noch zu erleben, was er angerichtet hatte. Er konnte sogar noch das Vorbild für *Northanger Abbey* lesen, *The Mysteries of Udolpho* (1794) von der gefeiertsten Autorin des gotischen Romans, Ann Radcliffe (1763–1823). Sie wiederum lebte lange genug, um Jane Austens Parodie ihres eigenen Buches noch zu erleben, dessen ungefähre Kenntnis das Verständnis von *Northanger Abbey* erleichtert:

Mit dem Tod ihrer Eltern endet im Südwesten Frankreichs gegen Ende des 16. Jahrhunderts das idyllische Leben der kultivierten und bezaubernden jungen Emily St. Aubert fern von den korrupten Vergnügungen des Pariser Hofes. Aus dem väterlichen Landsitz La Vallée wird sie in die Obhut ihrer frivolen, übelgesinnten Tante gegeben. Nun beginnt ihre fünfhundert Seiten lange Leidens- und Schreckenszeit, an welcher der Leser immer aus ihrer eigenen Perspektive und daher mit denselben seelischen Erschütterungen teilnimmt. Die Tante heiratet einen Italiener von finsterem Charme, Montoni, der auch Emily mitnimmt nach Venedig, wo sie sich den Anträgen des Grafen Morano erwehren muß. Von hier siedelt die Gesellschaft nach Udolpho über, der alten gotischen Burg im Appenin, dem Schauplatz der finsteren und räuberischen Machenschaften Montonis und seiner brutalen Herrschaft über die beiden hilflosen Frauen. Emilys Tante, die ihrem Mann die Vollmacht über ihren Besitz verweigert, wird eingekerkert und hungert zu Tode. Emily durchlebt auf ihrem Zimmer, weitab von den anderen bewohnten Räumen der Burg und in einem Labyrinth von Treppen, Gängen und Zimmern oberhalb des undurchdringlichen Waldes, eine Zeit des Grauens: Morano dringt nachts in ihr Zimmer ein, zu dem es eine nur von der anderen Seite zu verschließende Tür gibt; Montoni versucht, ihr durch Einschüchterung und Gewalt das Erbe ihrer Tante wegzunehmen; um sie tobt der Bandenkrieg; sie erfährt von den Gefangenen in unterirdischen Gewölben, die sie selbst durchstreift; das geheimnisvolle Porträt der früheren Burgherrin, in deren jetzt verlassene Zimmer sie nachts eindringt, deutet auf vergangene Verbrechen. Ihr gelingt schließlich die Flucht mit dem französischen Gefangenen Du Pont, der sich nun um sie bewirbt. Aber sie hält ihrem Valancourt die Treue, den sie schon auf einer mit ihrem dabei sterbenden Vater unternommenen Reise durch Südfrankreich lieben gelernt hat. Auf dieser im ersten Buch des Romans in stimmungsvollen und malerischen Landschaftsbildern beschriebenen Reise ist auch auf die Geheimnisse von Schloß Chateau-le-Blanc hingewiesen worden, wohin Emily nun auf ihrer Flucht kommt, und hier entwirren sich im vierten und letzten Buch die Rätsel um Udolpho: Emily findet die frühere Burgherrin Laurentini als Nonne wieder. Sie hat aus

Eifersucht Emilys Tante, die frühere Schloßherrin von Chateau-le-Blanc, ermordet und büßt ihre Untat in völliger Abgeschiedenheit von der Welt. Erst aus ihrer Lebensgeschichte auf den letzten Seiten des Buches enthüllt sich auch, was sich hinter dem schwarzen Seidenvorhang auf Udolpho verbirgt, der Catherine in *Northanger Abbey* so in Spannung hält (vgl. Anm. 12).

Emily heiratet ihren Valancourt, obwohl er in der Zwischenzeit vorübergehend den bösen Freuden der höfischen Welt zum Opfer gefallen ist:

> »Oh! Mit welchem Vergnügen läßt sich von einem Glück wie dem Emilys und Valancourts berichten, läßt sich erzählen, daß sie nach so viel Leiden unter der Drangsal der Bösen und der Verachtung der Schwachen schließlich zueinander und zum beständigsten Lebensgenuß zurückfanden, zu dem nämlich, Moral zu erwerben und sich um Bildung zu bemühen; zu dem angenehmen Umgang einer aufgeklärten Gesellschaft und zur Ausübung von Freigebigkeit, die immer ihr Herz erwärmte, während die Laubengänge von La Vallée wieder zur Heimstatt von Güte, Weisheit und häuslichem Glück wurden.«

Ann Radcliffe ragt als Schriftstellerin über die Durchschnittsautoren der Schauerliteratur der Zeit hinaus. Sie fesselt ihre Leser dadurch, daß sie die Charaktere des Buches erst entwickelt, bevor sie sie in Abenteuer stürzt und dem Grauen aussetzt. Sie wechselt in geschicktem Rhythmus zwischen der Sentimentalität der Liebes- und häuslichen Szenen (die Abschiedsszene zwischen Emily und Valancourt, Buch 4, Kap. 1, ist ein Meisterwerk der Kitschliteratur, bei dem die Tränen sicher heftig geflossen sind), den komischen Szenen mit dem Personal, den malerischen Landschaftsbildern, eingestreuten Stimmungs-, Gedanken- und Naturgedichten und den kunstvoll sich entwickelnden Episoden des Grauens, in denen das ganze von Jane Austen parodierte Arsenal des Schreckens mit hohem Schauer- und Stimmungswert eingesetzt wird: das Irren durch die endlo-

sen Korridore, das Belauschen der fürchterlichen Pläne Montonis, die unerklärlichen Geräusche überall, die Panik beim Verlöschen der Kerze in dunkler Nacht usw.
Zu den typischen Zügen aller Romane Ann Radcliffes und vieler anderer gotischer Autoren gehört es, daß das Übernatürliche nicht existiert. Alle scheinbar unerklärlichen Geschehnisse finden deshalb letzten Endes ihre natürliche Erklärung. Zu den Tugenden der Heldin gehört es daher, sich nicht so leichtfertig in Angst und Schrecken versetzen zu lassen wie die Dienstmädchen. »Ich habe zu viel Verstand, um den Einfluß des Aberglaubens zu beklagen oder selbst ein Opfer davon zu werden«, sagt in *The Monk* die schöne Agnes de Medina, die als schwangere Nonne allerlei im Kloster durchmacht und die allen Grund hätte, vorsichtig zu sein, denn der böse Abt Ambrosio ist mit dem Teufel im Bunde und wird am Ende des Romans auch von ihm geholt, und es braucht viel Geschicklichkeit, bis die blutende Nonne endlich aufhört zu spuken. Erst als ihre Gebeine beerdigt sind, erklärt sie sich bereit, im Jenseits zu bleiben und die Menschen künftig zu verschonen.
Jane Austen kann bei ihren Zeitgenossen und allemal bei ihrer eigenen Familie voraussetzen, daß sie wissen, worauf sich in Ann Radcliffes Roman Henrys Anspielungen auf dem Weg nach Northanger und Catherines Abenteuer in dem alten Kloster – z. B. ihre Besessenheit von dem Gedanken, Henrys Mutter müsse das Opfer der Verbrechen ihres eigenen Mannes geworden sein – beziehen, denn einzelne Episoden sind deutlich bestimmten Szenen in *The Mysteries of Udolpho* nachgearbeitet – Zeichen ihrer Hochachtung, nicht Verachtung dieser Schriftstellerin. Im Hinblick auf das parodistische Spiel ist besonders das Gespräch zwischen Henry und Catherine auf der Reise (Kap. 20) reizvoll, denn während Henry sich über Catherines Verfallenheit an den gotischen Roman lustig macht, beweist Jane Austen ironischerweise gerade aus seinem Munde, daß sie selbst, wenn sie gewollt hätte, durchaus eine gotische Autorin von Rang geworden wäre. Wie Catherine selbst wird der Leser fast

wider Willen in Henrys spannende Ausmalung imaginierter Schrecken hineingezogen, obwohl doch der Erzähler selbst immer wieder die Spannung ironisierend durchbricht; wie Catherine selbst möchte auch der Leser immer gleichzeitig sagen: Wie albern, hör auf – wie spannend, erzähl weiter! Die Autorin verwandelt einige Kapitel lang augenzwinkernd sogar ihr eigenes Buch in einen gotischen Roman; nur betrügt sie listig ihre Heldin und den Leser immer wieder um den erwarteten schauerlichen Höhepunkt der Episoden, so etwa, wenn Catherine nach atemberaubender Suche nicht den von Henry auf der Fahrt heraufbeschworenen Bericht eines Mordopfers findet, sondern eine alte Wäscheliste. Catherines Satz »Oh, Mr. Tilney, das klingt wie in einem Roman« ist der Höhepunkt dieses ironischen Spiels, denn Henrys Erzählung ist ja Teil eines Romans – aber eines, der den gotischen Roman gerade persifliert und damit kritisiert.

4

Aber Jane Austens Auseinandersetzung mit dem Schauerroman der Zeit geht in mehrerer Hinsicht über die bloße Belustigung hinaus. Sie macht den Lesern, die gotischen Hirngespinsten nachjagen, klar, wo die wirklichen Schrekken in der modernen aufgeklärten Gesellschaft liegen. Während Catherine sich bei den Tilneys auf phantastischen Spuren bewegt, die ihr durch die Lektüre abenteuerlicher Romane nahegelegt worden sind, braut sich über ihrem ahnungslosen Haupt in dem alten Kloster eine wirkliche Katastrophe zusammen, die ganz andere Ursachen als Gespenster oder eingekerkerte Ehefrauen hat. Es ist aber dieselbe Person, die sie der finstersten Verbrechen verdächtigt und die ihr auf ganz andere Weise Unglück zufügt: In seinen finanziellen Spekulationen von seiner zukünftigen Schwiegertochter enttäuscht, zwingt General Tilney sie auf die unhöflichste Weise, ja, sogar ohne sich von ihr zu verabschieden, sein Haus zu verlassen, in das er sie so verbindlich eingeladen hat und in das sie mit so großen Erwartungen

gekommen ist, und er bringt damit zugleich seine Tochter und seinen Sohn in ärgste Verlegenheit. Daß er in Wirklichkeit selbst getäuscht worden ist, weil John Thorpe in seiner Angeberei Catherines Vermögensverhältnisse maßlos übertrieben hat, ändert an der Sache selbst nichts, macht aber auch ihn zum Opfer der wahren Schrecken der modernen Zeit: Jagd nach dem Geld, Lüge, Eitelkeit, Rücksichtslosigkeit, Selbstbetrug, Gedankenlosigkeit, Egoismus bilden die wirklichen Gefahren, nicht die in den gotischen Romanen ausgemalten Horrorszenen der Vergangenheit. Kloster Northanger hat durchaus unheimliche Züge, aber nicht, weil irgendwo ein paar Skelette von zu Tode gemarterten Menschen versteckt liegen, ein nächtliches Gespenst in der Ahnengalerie herumlärmt oder ein Montoni Catherine mit zynischem Lächeln die Unschuld rauben will, sondern weil der gegenwärtige Besitzer seine menschlichen Pflichten vernachlässigt. Dieser Schrecken ist wirklich, nicht eingebildet. Jane Austen ist dabei von Anfang an bemüht, General Tilney die tyrannischen Züge zu geben, die Catherine auf die falsche Spur lenken und ihre Scheu vor ihm deutlich werden lassen. Daß seine autoritäre Stellung in der Familie durch den Mut seines Sohnes Henry gebrochen wird, ist in den Augen der Autorin sicher ein emanzipatorischer Akt, ein Stück Überwindung von Mängeln innerhalb der Gesellschaft ihrer Zeit. Es gehört zu diesem Entwurf, daß in Henry Tilney *eine* Person zugleich die gotischen Schauer überwindet, in denen Catherine befangen ist, indem er ihr nach ihrem »Ausflug« in die leerstehenden Zimmer seiner toten Mutter freundlich den Kopf zurechtrückt und sie darauf aufmerksam macht, daß sie im England des 18. Jahrhunderts, in einem von Gesetz und Sitte regierten Land, und nicht im Mittelalter leben, und indem er sich die Unabhängigkeit von der väterlichen Gewalt erkämpft; beides gehört zusammen, denn beides sind Elemente einer richtig verstandenen Aufklärung. Catherine wird derweil durch ihre eigene Scham von den Exzessen ihrer Phantasie geheilt.
Dieses Szenario parodistischer Enthüllung allerdings gilt nur

für das letzte Drittel von *Northanger Abbey*. Erst dann erfüllt sich ja Catherines Wunsch, einen alten gotischen Familiensitz kennenzulernen und die durch ihre Lektüre angeregten Schauer selbst an Ort und Stelle zu empfinden. Aber auch der erste Teil des Romans ist die heiter-parodistische Auseinandersetzung mit einem Erzählgenre der Zeit: mit dem sentimentalen Frauenroman. Da der Typ der Heldin in beiden Romantypen der gleiche ist, läßt sich für die Autorin in Catherines Person leicht die Klammer für die Verbindung beider Teile finden. Die Forschung hat allerdings gelegentlich darauf hingewiesen, daß die Komposition des Buches unter der Verschiedenheit beider Teile leide.
Das Thema des Frauenromans in der Nachfolge von Samuel Richardson (1689–1761) – die bekannteste Vertreterin unter Jane Austens Zeitgenossinnen ist Fanny Burney (1752–1840) mit *Evelina* (1778), *Cecilia* (1782) und *Camilla* (1796), auf die im siebten Kapitel von *Northanger Abbey* angespielt wird – bildet die Konfrontation des unverdorbenen jungen Mädchens mit der großen und korrupten Welt, deren elegantes und frivoles Leben sie mit staunendem Schaudern betrachtet und deren Verlockungen sie nur mit Mühe widersteht. Susan Ferriers schon erwähnter, gleichzeitig mit *Northanger Abbey* erschienener Erstling *Marriage* bildet ein späteres Beispiel für die Darstellung der seelischen Erschütterungen einer »young woman upon her entrance into life« (einer jungen Frau beim Eintritt ins Leben; Bd. 2, Kap. 4): Mary Douglas wird nach einer glücklichen Kindheit im ländlich-sittlichen Schottland nach Bath zu ihrer Mutter und Zwillingsschwester geschickt, die ohne moralische Prinzipien auf großem Fuß leben und im leichtsinnigen gesellschaftlichen Leben aufgehen. Das Lebensziel von Marys Schwester Adelaide ist eine großartige Heirat. Sie erobert sich zwar auch den Herzog von Altamont, ist aber in ihrer Ehe so unbefriedigt, daß sie mit einem anderen Mann davonläuft. So wiederholt sie das Schicksal ihrer Mutter, Lady Juliana. Mary aber bleibt Oberst Lennox treu, dem Sohn einer blinden alten Dame, die sie pflegt, während ihre

Mutter und Schwester sich auf Bällen vergnügen, und sie wird glücklich.

Auch Catherine Morland ist »a young woman upon her entrance into life«. Auch sie wird in Bath, dem vornehmen Modebad des 18. Jahrhunderts im Südwesten Englands, von dem Zauber der eleganten städtischen Welt beeindruckt: Bälle und Tanz, Stadtbummel und Ausfahrten, die neueste Mode und – nicht zu vergessen – Verehrer. Im zweiten Kapitel findet sich diese typische Formulierung zweimal im Abstand von nur vier Zeilen: »to introduce a young lady into public [...] our héroine's entrée into life«, wobei beim zweitenmal durch die Ausgefallenheit des französischen Wortes das Ironische bewußt gemacht wird. Der komödiantische Reiz dieser in so vielen Romanen vorgegebenen Konstellation ergibt sich in *Northanger Abbey* daraus, daß einmal die Autorin die Konventionen auch dieses Romantyps ständig durchbricht und mit ironischen Kommentaren begleitet, weil sie ihrer Heldin die aufregenden, unglaubwürdigen, abenteuerlichen Schicksalsmomente vorenthält, die der Leser erwartet. Schon das erste Kapitel bringt die völlige Desillusionierung des Lesers über Catherines Geburt, Kindheit und Jugend, die wohl für die Familie Austen zugleich deutliche Anspielungen auf Janes eigene Kindheit enthält. Zum anderen aber entlarvt Catherine die neue soziale Welt, die sie kennenlernt, indem sie ihre Doppelbödigkeit nicht begreift. Sie ist nur mit einer Welt vertraut, in der es Falschheit nicht gibt. Sie sagt, was sie meint, und meint, was sie sagt. Da alle ihre Gesprächspartner sich aber nach einem Code gesellschaftlichen Verhaltens bewegen, bei dem man sich nur dann richtig versteht, wenn man Schein und Sein genau zu unterscheiden weiß, wenn man das Gegenteil dessen sagt, was man meint, ist sie hilflos. Catherines Charme ist ihre Eindimensionalität. Sie *glaubt*, daß Isabella an den jungen Männern nicht interessiert ist, von denen sie dauernd redet und denen sie sogar nachläuft; sie *glaubt*, daß ihre Freundin nicht tanzen will, wenn sie es doch sagt, oder daß ihr nichts am Geld liegt, sondern alles an der Liebe James Morlands, wenn sie von einem Glück in Armut phantasiert; sie *glaubt*, daß Anne gern auf den Ausflug nach Clifton verzichtet, wenn sie es behauptet usw. Catherines unvoreingenommener, »natürlicher« Umgang mit dieser Welt der Unwahrhaftigkeit führt zu allen möglichen Mißverständnissen. Wenn sie ihre Gesprächspartner wörtlich nimmt, enthüllt sie, ohne es zu ahnen, deren Hintergedanken und ist obendrein für sie frustrierend, weil sie dabei nicht die Rolle spielt, die ihr zugedacht ist. Ihre unerwartete Reaktion stört den reibungslosen Ablauf des alltäglichen Umgangs und erscheint als Begriffsstutzigkeit. Bei aller Unvergleichbarkeit der beiden Figuren hat sie Züge von Schwejk.

Steht Catherine also gewissermaßen *unterhalb* dieser Welt der gesellschaftlichen Fassade, in der echte Empfindungen nicht zu Hause sind, so Henry Tilney *oberhalb* davon. Schon sein erstes Gespräch mit ihr beim Tanzen macht das deutlich: Er beherrscht die gesellschaftlichen Konventionen so vollkommen, daß er mit ihnen spielen und sie zum Zweck der Enthüllung ins Bewußtsein heben kann. Er ironisiert, was er den Konventionen entsprechend sagen müßte, aber nicht meint. Dieser ironische Umgang mit den schematisierten und unehrlichen menschlichen Beziehungen wirkt auf Catherine noch verwirrender als die ernsthafte gesellschaftliche Fassade ihrer anderen Gesprächspartner. Nie weiß sie, was sie davon zu halten hat. Mit dieser kritischen Haltung spielt Henry Tilney *innerhalb* des Romans genau die Rolle, die Jane Austen als Autorin *außerhalb* davon spielt: Beide sind die ironisierende, distanzierende und damit pädagogische Instanz.

Noch in einer weiteren Hinsicht ist Henry Tilneys Funktion der Schriftstellerin selbst ähnlich: seine Kritik am Verfall der Sprache ist, so scheint es, die Kritik der Autorin, und *Northanger Abbey* geht darin einen Schritt über ihre anderen Werke hinaus, denn hier verwendet sie das Motiv nicht nur, sondern läßt Sprache zugleich von den Gestalten des Buches diskutieren. Der Austen-Leser ist es gewohnt, daß richtiger Sprachgebrauch und angemessene Lebenseinstellung Hand in Hand gehen, daß eine korrupte, falsche, altmodische, achtlose, überladene Sprache seelische Mängel offenbart. Mr. Collins zum Beispiel in *Pride and Prejudice* ist schon gerichtet, bevor er überhaupt zum erstenmal erscheint, denn er kündigt sein Kommen in einem völlig überkandidelten Brief an, auf den die Heldin des Buches und ihr Vater folgendermaßen reagieren:

»Kann er ein vernünftiger Mensch sein, Vater?«
»Nein, mein Kind, ich glaube nicht; ganz im Gegenteil, hoffe ich. Diese Mischung aus Liebedienerei und Überheblichkeit ist jedenfalls vielversprechend.«

Was hier im Ansatz vorhanden ist, die Reflexion der Figuren über Sprache, bekommt in *Northanger Abbey* mehr Gewicht. Henry weist wiederholt seine Schwester und Catherine auf die Nachlässigkeit ihrer Ausdrucksweise hin, um sie darauf aufmerksam zu machen, daß sie in Gefahr sind, den sprachlichen Stereotypen ihrer Umgebung zum Opfer zu fallen. Dem oberflächlichen oder gar doppeldeutigen gesellschaftlichen Verhalten entspricht ein Jargon von modisch-unpräzisem Vokabular, den Henry als derjenige, der auch die Gesellschaft selbst kritisiert, durchschaut. Wie kaum anders zu erwarten, sind es die Geschwister Thorpe, die verschiedenen Varianten dieses Slangs am stärksten verfallen sind. John begleitet alle seine Sätze mit einem Schwall von Flüchen und beweist dadurch, wie auch durch die Gesprächsthemen, mit denen er Catherine zu imponieren glaubt – Pferde, Kutschen, Saufgelage –, daß er von seinem rowdyhaften Studententum nicht loskommt und ein Egoist ist. Isabella findet alles »ungeheuer« schön oder schrecklich (der englische Ausdruck des Originals ist »amazing«) und dokumentiert damit ihr mangelndes Unterscheidungsvermögen und ihre Unwahrhaftigkeit auch sprachlich. Daß Jane Austens literarische Sprache von unbestechlichem Sprachsinn zeugt (und überhaupt zur schönsten englischen Prosa gehört), rückt sie in die Reihe der großen Romanciers

der Weltliteratur. Eine Charakterisierung wie »Jane Austen vermeidet jeden Anflug von Vulgarität« ist daher von Wunschdenken bestimmt und trifft den wahren Sachverhalt kaum. Wie alle großen Romanciers spricht Jane Austen die Sprache ihrer Gestalten. Sie ist daher immer so vulgär wie die Gestalt, die spricht, und John Thorpe tut sich da besonders unrühmlich hervor.
Wie die Sprache selbst in *Northanger Abbey* zum Thema wird, so auch der Roman. Indem die Autorin zwei Erzählgenres ihrer Zeit parodiert, trägt sie ein vehementes Plädoyer für das Lesen von Romanen vor, und wieder geht sie dabei in dem frühen Werk weiter als in den späteren Romanen. Der Austen-Leser ist vertraut damit, daß die Einstellung ihrer literarischen Gestalten zum Roman ihm signalisiert, was er von ihnen zu halten hat. Gnade finden vor den Augen der Autorin nur diejenigen ihrer eigenen Gestalten, die sich zum Roman bekennen. John Thorpes Einstellung »Ich lese nie Romane; ich habe etwas Besseres zu tun« entspricht seine sonstige Beschränktheit. Daraufhin nimmt Catherine an, daß es unter der Würde der Männer ist, Romane zu lesen, und wird von Henry Tilneys Bekenntnis aufs angenehmste überrascht: »Wenn jemand, ganz gleich ob Herr oder Dame, einen guten Roman nicht mit Vergnügen liest, kann er nur unausstehlich dumm sein.« Aber über solche indirekten Stellungnahmen aus dem Mund ihrer Gestalten nimmt sie in *Northanger Abbey* mehrmals mit der autoritativen Stimme der Autorin zum Roman der Zeit, zu seinen Lesern, Kritikern und Heldinnen Stellung – am ausführlichsten im fünften Kapitel –, wehrt sich gegen das ungerechtfertigt geringe Ansehen dieser literarischen Gattung und beklagt auch hier die Unwahrhaftigkeit: Sogar die Romanschriftstellerinnen selbst lassen ihre Heldinnen immer wieder ihre Verachtung für das literarische Genre ausdrücken, deren Existenz sie doch auch ihr Dasein verdanken.
Wenn Jane Austen also mit dem Roman ihrer Zeit literarisch spielt, darf das nicht als Plädoyer gegen den Roman insge-

samt verstanden werden, sondern nur als Anregung für einen anderen Roman – für einen Roman, der den Leser nicht in phantastisch-unverbindliche Welten entführt und ihm dadurch eine angenehm gruselige Flucht aus der Wirklichkeit gestattet, sondern der die unmittelbare Lebenswelt des Lesers spiegelt und eine kritische Funktion in seinem Leben wahrnehmen kann. Darauf ist der Kommentar gegen Ende von *Northanger Abbey* gerichtet: »So reizend all die Werke von Mrs. Radcliffe und so reizend sogar die Werke all ihrer Nachahmer waren, nach wirklichkeitstreuen Charakteren durfte man darin nicht suchen, jedenfalls nicht in Mittelengland.« Der Realismus des 19. Jahrhunderts kündigt sich an.

5

So ist unter der Hand das Buch, das auf den ersten Blick nichts weiter zu sein scheint als ein literarischer Spaß, ein parodistischer Scherz, zu einem mehrdimensionalen Gebilde geworden, das die Parodie des gotischen Romans als Vehikel eines selbständigen Werkes benutzt und hinter sich zurückläßt. Wie könnte das Buch auch heute noch so viel lebendiger sein als der Schauerroman selbst, über den es sich lustig macht, wenn es nicht aus eigenem Recht zu existieren vermöchte, wenn es nicht ein eigener Beitrag Jane Austens zur Gesellschaft ihrer Zeit und zur Rolle der Literatur wäre. Und sogar Catherine Morland, die Heldin, die so gar kein Talent dazu hat, eine zu werden, ist dabei wie von selbst zu einer viel überzeugenderen und lebensfähigeren Heroine geworden als ihre Vorbilder – eine in ihrer staunenden Naivität, arglosen Gutgläubigkeit und unaffektierten Liebe höchst liebenswürdige Gestalt.
Wie auch in ihren anderen Romanen hält Jane Austen ihren Zeitgenossen in *Northanger Abbey* einen Spiegel und ein Ideal vor. Im Spiegel sehen sich diesmal unter anderem – wie in *Pride and Prejudice* die Ehepartner und in *Emma* die Gentlemen – die Eltern und Kinder mit ihren Verfehlungen, und beide hängen miteinander zusammen. General

Tilney unterdrückt seine Kinder und ruft dadurch die Verantwortungslosigkeit seines älteren Sohnes und das Aufbegehren des jüngeren hervor. Mrs. Thorpe ist aus Eitelkeit blind für die Fehler ihrer Kinder, die denn auch dementsprechend unausstehlich sind. Mrs. Allen läßt als Pflegemutter Catherine aus Selbstbezogenheit, ewigem Schwanken in ihrem Urteil und endloser Beschäftigung mit modischem Kleinkram ohne jede moralische und gesellschaftliche Orientierung. Nur Catherines Eltern handeln pädagogisch angemessen, und auffällig sind bei der Rückkehr der Heldin ins Elternhaus die familiäre Herzlichkeit, der Takt, das Verständnis und die Fürsorge im Vergleich zur vornehmen Kontaktarmut im Hause Tilney und dem mißgünstigen Nebeneinanderherleben der Thorpes. Gerade darum ist es für Catherine ein solcher Schock, daß ihr eigener Bruder sich bei dem Versuch, sie zur Teilnahme an dem Ausflug nach Clifton zu bewegen, auf die Seite John Thorpes schlägt, des aufs Menschliche und Lächerliche reduzierten Schurken des Schauerromans der Zeit. Auch dies ist Teil des Romankonzepts, denn ähnlich wird der Leser im Hinblick auf Mrs. Allen in seinen Erwartungen getäuscht. Dafür, daß sie nicht Catherines »Briefe abfängt, ihren Charakter verdirbt oder sie aus dem Haus weist«, entschuldigt sich die Autorin im zweiten Kapitel gewissermaßen. In ihr wie in der Gestalt des Bösewichts John Thorpe, der immer wieder Catherines Glück zu zerstören droht, zeigt sich Jane Austens Kritik an den Übertreibungen ihrer Schriftstellerkolleginnen, bei denen die Übeltäter diabolische Züge haben. In *Northanger Abbey* ist der Böse gedankenlos und banal, ein bloßer egoistischer Aufschneider. Daß er Catherine nicht verdient, ja, daß sie nicht einmal begreift, daß er um ihre Hand anhält, spricht nur für die natürliche Richtigkeit ihrer Empfindungen. Das wahre Glück kann ihr nur Henry Tilney geben; und mag Geburt und Jugend auch noch so wenig vielversprechend sein, um ihr Happy-End wird keine von Jane Austens Heldinnen betrogen.

Christian Grawe

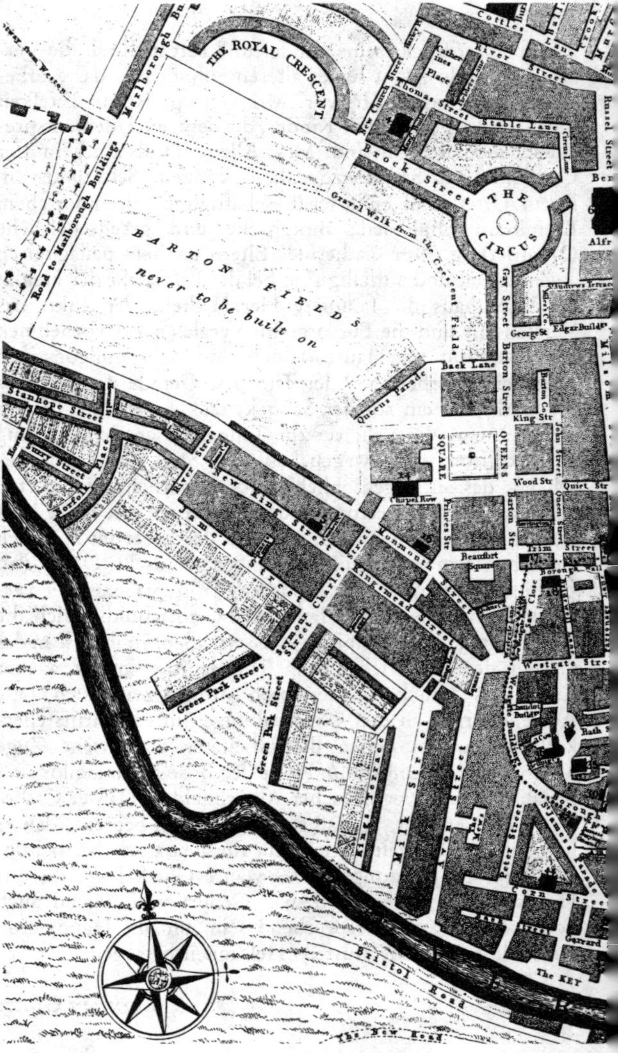

THE ROYAL CRESCENT
Marlborough Buildings
Road to Marlborough Buildings
BARTON FIELDS never to be built on
Gravel Walk from the Crescent Fields
Brock Street
THE CIRCUS
Gay Street
Barton Street
Bennet Street
Russel Street
River Street
Cottles Lane
Catherines Place
Thomas Street
Stable Lane
Circus Lane
New Church Street
St. Andrews Terrace
George St
Edgar Buildings
Milsom
Back Lane
Queens Parade
QUEENS SQUARE
King Str
John Street
Wood Str
Quiet Str
Chapel Row
Princes Str
Barton Str
Queen Street
Trim Street
Beaufort Square
Monmouth Street
Kingsmead Street
Charles Street
New King Street
James's Street
River Street
Stanhope Street
Surry Street
Norfolk Place
Seymour Street
Green Park Street
Green Park Street
Kings Terrace
Milk Street
Avon Street
Westgate Street
Westgate Buildings
Saw Close
Bath
Borough Walls
Peter Street
St James's Parade
The Mews
Corn Street
Back Street
Garrard
The KEY
Bristol Road
The New Road

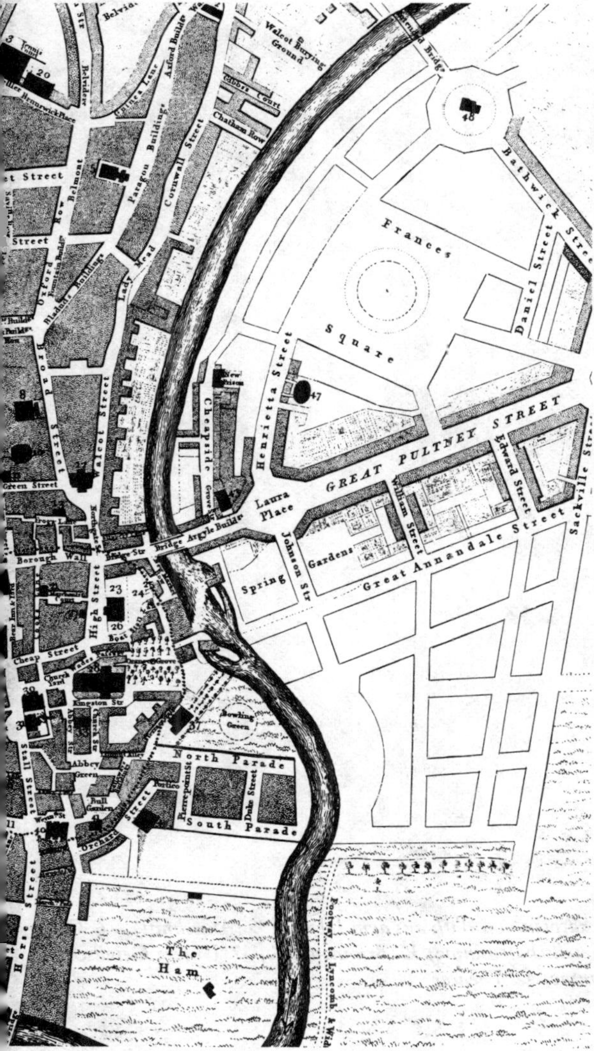

Walcot Burying Ground
Gibbs Court
Chatham Row
Paragon Buildings
Cornwall Street
Guinea Lane
Belmont
Lady Mead
Bathwick Street
Frances Square
Daniel Street
Henrietta Street
New Prison
Cheapside
Walcot Street
Broad Street
Oxford Row
Green Street
Borough Wall
Bridge Str
Argyle Builds
Laura Place
GREAT PULTNEY STREET
Edward Street
William Street
Sackville Street
Johnson Str
Spring Gardens
Great Annandale Street
High Street
Cheap Street
Kingston Str
Bowling Green
North Parade
South Parade
Pierrepont St
Duke Street
Abbey Green
Stall Street
Orchard Street
Horse Street
The Ham
Footway to Lyncomb & Widcomb

Stadtplan von Bath aus dem Jahre 1799 (Ausschnitt). – 6 Obere Gesellschaftsräume; 30 Brunnenhalle; 37 Untere Gesellschaftsräume; 42 Theater